ମେଘ ଓ ଅନ୍ୟାନ୍ୟ ଗଳ୍ପ

ମେଘ ଓ ଅନ୍ୟାନ୍ୟ ଗଳ୍ପ

ରମାକାନ୍ତ ରଥ

ବ୍ଲାକ୍ ଇଗଲ୍ ବୁକ୍ସ

ଭୁବନେଶ୍ୱର, ଓଡ଼ିଶା

BLACK EAGLE BOOKS

Dublin, USA

ମେଘ ଓ ଅନ୍ୟାନ୍ୟ ଗଳ୍ପ / ରମାକାନ୍ତ ରଥ

ବ୍ଲାକ୍ ଈଗଲ୍ ବୁକ୍ସ : ଭୁବନେଶ୍ୱର, ଓଡ଼ିଶା • ଡବ୍‌ଲିନ୍, ଯୁକ୍ତରାଷ୍ଟ୍ର ଆମେରିକା

BLACK EAGLE BOOKS

USA address:
7464 Wisdom Lane
Dublin, OH 43016

India address:
E/312, Trident Galaxy, Kalinga Nagar,
Bhubaneswar-751003, Odisha, India

E-mail: info@blackeaglebooks.org
Website: www.blackeaglebooks.org

First International Edition Published by
BLACK EAGLE BOOKS, 2023

MEGHA O ANYANYA GALPA
by **Ramakanta Rath**

Copyright © **Ramakanta Rath**

Cover & Interior Design: Ezy's Publication

ISBN- 978-1-64560-411-2 (Paperback)

Printed in the United States of America

ଏ ବାଟ ଅମଡ଼ାବାଟ

ମୁଁ ଗଳ୍ପଲେଖକ ନୁହେଁ। କଲେଜ ମାଡ଼ିବାର କେତେଦିନ ପରେ ଲେଖିବା ଆରମ୍ଭ କଲି। ସେତେବେଳେ କବିତା ଓ ଗଳ୍ପ ଉଭୟ ଲେଖୁଥିଲି। ଦୁଇ ତିନିବର୍ଷ ପରେ ମୋର ହୃଦ୍‌ବୋଧ ହେଲା ଯେ ଗୋଟିଏ ମାଧ୍ୟମ ପାଇଁ ବି ମୋର ସାମର୍ଥ୍ୟ ନାହିଁ, ଗୋଟିଏକୁ ନଛାଡ଼ିଲେ ମୋର ଅବସ୍ଥା ଦୁଇ ନାହାରେ ଗୋଡ଼ ରଖିଥିବା ଲୋକର ଅବସ୍ଥା ପରି ହେବ। ଯାହାକୁ ପାଖରେ ରଖିଲି, ଅର୍ଥାତ୍ କବିତାକୁ, ତା ପ୍ରତି ଯେ ନ୍ୟାୟ କରିପାରିଲି ତାହା ନୁହେଁ, କିନ୍ତୁ ଅନିଚ୍ଛା ବା ଉଦ୍ୟମର ଅଭାବ ତା'ର କାରଣ ନୁହେଁ।

ବହୁତ ବର୍ଷର ବ୍ୟବଧାନ ପରେ, ୧୯୭୭ ମସିହାରେ, ଏ ସଙ୍କଳନର ପ୍ରଥମ ଗଳ୍ପ (ମହିଷାସୁରବଧ) ଲେଖିଲି। ତା'ପରେ, ମଝିରେ ମଝିରେ, ଯେଉଁ କେତୋଟି ଗଳ୍ପ ଲେଖିଥିଲି ସେଗୁଡ଼ିକ ଏ ସଙ୍କଳନର ଅନ୍ତର୍ଭୁକ୍ତ। ଏତେ ବର୍ଷ ଭିତରେ ଏତେ ଅଳ୍ପ ସଂଖ୍ୟକ ଗଳ୍ପ ଲେଖିଥିବାରୁ ପ୍ରମାଣିତ ହେବ ଯେ ମୁଁ ଗଳ୍ପ ସାହିତ୍ୟର ମୁଲକରେ ଜଣେ ପର୍ଯ୍ୟଟକ, ତା'ର ଅଧିବାସୀ ନୁହେଁ। ସଂଖ୍ୟା ଆହୁରି ଅଳ୍ପ ହୋଇଥା'ନ୍ତା ଯଦି ଗଳ୍ପ ସଂକଳନଟିଏ ପ୍ରକାଶ କରିବା ପାଇଁ କେତେକଙ୍କର ଆଗ୍ରହ ଦୃଷ୍ଟିରୁ ଓ ପୁସ୍ତକର ଆକାରକୁ ଟିକିଏ ମର୍ଯ୍ୟାଦାବନ୍ତ କରିବା ଦୃଷ୍ଟିରୁ ଶେଷ ଛଅଟି ଗଳ୍ପ ଲେଖିନଥା'ନ୍ତି।

ଗଳ୍ପ (କ୍ଷୁଦ୍ର ହେଉ ବା ଉପନ୍ୟାସର ବିଷୟ ପରି ଦୀର୍ଘ ହେଉ) ଓ କବିତା ଭିତରେ ବୋଧହୁଏ କିଛି ମୌଳିକ, ଗୁଣାତ୍ମକ ପାର୍ଥକ୍ୟ ନାହିଁ। ଭଲ କବିତାଟିଏ ପରି ଭଲ ଗଳ୍ପଟିଏ ପାଠକକୁ ଅସ୍ଥିର କରେ, ପୁଣି ଅସାର୍ଥକ ଗଳ୍ପ ଓ ଅସାର୍ଥକ କବିତା ସମାନ ଭାବରେ ବ୍ୟର୍ଥ। ଏକଥା ଅବଶ୍ୟ ସତ ଯେ ଗଳ୍ପରେ ଯାହା ଓ ଯେପରି କୁହାଯାଇ ପାରିବ କବିତାରେ ତାହା ଓ ସେପରି କୁହାଯାଇ ପାରିବ ନାହିଁ, ଯେପରି କବିତାର ସବୁ ଉଚ୍ଚାରଣ ଗଳ୍ପରେ ବି ବ୍ୟକ୍ତ କରାଯାଇ ପାରିବ ଭାବିବା ଭୁଲ୍ ହେବ।

ସେମାନଙ୍କର ପରସ୍ପରର ସ୍ୱତନ୍ତ୍ର ସଂସାର ଅଛି, ସେମାନଙ୍କର ମଣିଷମାନେ ଅଲଗା ଅଲଗା ଜିନିଷ ଦେଖନ୍ତି, ଅଲଗା ଅଲଗା ଭାଷାରେ କଥା କହନ୍ତି। ବେଳେବେଳେ କିନ୍ତୁ ଉଭୟେ ଗୋଟିଏ ସଂସାରରେ ବିଚରଣ କରନ୍ତି, ଗୋଟିଏ ଅସନ୍ତୋଷ ଦ୍ୱାରା ନିର୍ଯାତିତ ହୁଅନ୍ତି, ଯାହା ଅନ୍ତଃକରଣରେ ଡାହାଣୀ ପରି ସବାର୍ ହୋଇଥାଏ ତାକୁ ବର୍ଣ୍ଣନା କରିବା ପାଇଁ ସମାନ ଭାବରେ ଛଟପଟ ହୁଅନ୍ତି, ନିଜକୁ ଲଙ୍ଘିଯିବାର ଅତିଷ୍ଠପଣରେ ସମାନ ଭାବରେ ଅତିଷ୍ଠ ହୁଅନ୍ତି।

ପର୍ଯ୍ୟଟନର ମିଆଦ୍ ସରିଗଲା ପରି ଲାଗୁଛି। ଯଦି ନଫେରେ, ଏ ମୁଲକର ଅଧିବାସୀଙ୍କୁ, ଆକାଶକୁ, ପାଣିକୁ, ପବନକୁ, ବୃକ୍ଷଲତାଙ୍କୁ ଓ ଦିନରାତିଙ୍କୁ ବିଦାୟ।

ସୂଚୀ

ମହିଷାସୁରବଧ

। ୧ ।

ରାତି ହେଲେ ଆମ ଗାଆଁ ସୁନ୍ଦର ଦିଶେ। ଯଦି ଅନ୍ଧାରପକ୍ଷ ହୋଇଥାଏ ମଝିରେ ମଝିରେ କାହା ପିଣ୍ଡାରେ ଜଳୁଥିବା ଲଣ୍ଠନ ଆଲୁଅ ଛଡ଼ା ଆଉ କିଛି ଦେଖାଯାଏ ନାହିଁ। ଚନ୍ଦ୍ରପକ୍ଷରେ ଚାଳ ଉପରେ ଓ ଦାଣ୍ଡରେ ନଡ଼ିଆ ଗଛମାନଙ୍କର ଛାଇ ପଡ଼ିବା ଫଳରେ ଚାରିଆଡ଼ ରହସ୍ୟମୟ ଦେଖାଯାଏ। ଘରସବୁ ଆଶ୍ରମ ପରି ଦିଶନ୍ତି, ଲଙ୍ଗଳା ହୋଇ ବା ଖାଲି ହାଫପ୍ୟାଣ୍ଟ ଖଣ୍ଡେ ପିନ୍ଧି ଦଉଡୁଥିବା ପିଲାମାନେ ଋଷିକୁମାରଙ୍କ ପରି ଦିଶନ୍ତି। ସହରରେ ରାତି ସୁନ୍ଦର ନୁହେଁ। ଯେଉଁ ସହରରେ ରାତି ଯେତେବେଶି ଦିନପରି ଦେଖାଯାଏ ସେ ସହର ସେତେ ବଡ଼ ଓ ସମୃଦ୍ଧ। ସେପରି ସହରମାନଙ୍କରେ ଅନ୍ଧାରପକ୍ଷ ବୋଲି କିଛି ନଥାଏ ଓ ଚନ୍ଦ୍ର ହତଭାଗ୍ୟ ଜ୍ଞାତିଟିଏ ପରି ବିଷଣ୍ଣଭାବେ ବୁଲୁଥାଏ। କିନ୍ତୁ ଗାଆଁ କଥା ଠିକ୍ ଓଲଟା। ଚନ୍ଦ୍ର ଉଇଁବା ମାତ୍ରେ ହିଁ ତା'ର ରାଜତ୍ୱ ଆରମ୍ଭ ହୋଇଯାଏ। ଘର, ରାସ୍ତା, ଗଛ, ନଈ କାହାର ସ୍ୱତନ୍ତ୍ର ଅସ୍ତିତ୍ୱ ରହେ ନାହିଁ।

ବେଳେ ବେଳେ ଆମ ଗାଆଁରେ ଯାତ୍ରା ହୁଏ। ଗାଆଁର ପ୍ରାୟ ସମସ୍ତେ ଯାତ୍ରା ଦେଖିବାକୁ ଆସନ୍ତି। ଯାତ୍ରା ଆରମ୍ଭ ହେଲା ବେଳକୁ ବେଶ୍ ରାତି ହୋଇ ଯାଇଥାଏ କାରଣ ଖିଆପିଆ ସାରିଲା ପରେ ହିଁ ଲୋକେ ଯାତ୍ରା ଦେଖିବାକୁ ଆସନ୍ତି। ଯାତ୍ରାବାଲାମାନେ ବି ଖାଇସାରି ବେଶ ହେବାକୁ ଯାଆନ୍ତି। ଯାତ୍ରା ସରିଲା ବେଳକୁ ରାତି ପାହି ଆସୁଥାଏ। ଏ ବ୍ୟବସ୍ଥା ସମସ୍ତଙ୍କୁ ସୁହାଏ। ଯେଉଁମାନଙ୍କର ଖାଇସାରିବା ପରେ ଶୋଇପଡ଼ିବା ଅଭ୍ୟାସ, ସେମାନେ ଯାତ୍ରାର ଶେଷ କେତୋଟି ଦୃଶ୍ୟ ଦେଖି ବିଷୟବସ୍ତୁ ପୂରାପୂରି ବୁଝିଯାଆନ୍ତି। ଯେଉଁମାନଙ୍କର ଟିକିଏ ଡେରିରେ ଶୋଇପଡ଼ିବା ଅଭ୍ୟାସ, ସେମାନେ ପ୍ରଥମ କେତୋଟି ଦୃଶ୍ୟରୁ ଜମି ଆସୁଥିବା ସଙ୍କଟର ରୂପରେଖ ଜାଣିପାରନ୍ତି ଓ ତା'ର ସମାଧାନ ସ୍ୱପ୍ନରେ କରିଦିଅନ୍ତି। ସ୍ୱପ୍ନ ନଦେଖିଲେ ବି ବିଶେଷ

କିଛି ଅସୁବିଧା ହୁଏ ନାହିଁ କାରଣ କଥାବସ୍ତୁ ଆଗରୁ ଜଣାଥାଏ। ଉଦାହରଣ ସ୍ୱରୂପ, ମହିଷାସୁର ବଧ। ସମସ୍ତେ ଜାଣନ୍ତି ଯେ ମହିଷାସୁର ଦୁର୍ଗାଙ୍କ ଦ୍ୱାରା ନିହତ ହୋଇଥିଲା। କେବଳ କିଏ କିପରି ଅଭିନୟ କରୁଛି ଓ କି କି ଗୀତ ବୋଲା ହେଉଛି ସେ ବିଷୟରେ ସମ୍ୟକ୍ ଧାରଣା ନଥାଏ। ପ୍ରଥମ କେତୋଟି ଦୃଶ୍ୟରୁ ହିଁ ସେ ଧାରଣା ମିଳିଯାଏ ଏବଂ ତା'ପରେ ଶୋଇବା ଓ ଚାହିଁବା ଭିତରେ ବିଶେଷ କିଛି ତଫାତ୍ ନଥାଏ।

ସେଥର କେତେକ ଉତ୍ସାହୀ ଯୁବକଙ୍କ ଉଦ୍ୟମରେ ବାହାରୁ ଯାତ୍ରା ପାର୍ଟି ନ ଆଣି ସ୍ଥାନୀୟ ଲୋକଙ୍କ ଦ୍ୱାରା ମହିଷାସୁର ବଧ ନାଟକ ଅଭିନୀତ ହେଉଥିଲା। ମୁଖ୍ୟାଂଶରେ ଥିବା କଳାକାରମାନଙ୍କ ନାମ ହେଲା, ଦୁର୍ଗା- ବିମ୍ବାଧର; ମହାଦେବ- ନବକିଶୋର; ମହିଷାସୁର- ପଦ୍ମନାଭ; ମହିଷାସୁରର ରାଣୀ- ଚନ୍ଦ୍ରଶେଖର ; ମହିଷାସୁରର ମନ୍ତ୍ରୀ- ସୁରେଶ; ନିୟତି- ବିଶ୍ୱଜିତ୍; ଦେବଗଣ (ଯେଉଁମାନେ ଶେଷ ଦୃଶ୍ୟରେ ପୁଷ୍ପବୃଷ୍ଟି କରିଥା'ନ୍ତେ କିନ୍ତୁ ତଳଲିଖିତ କାରଣ ଯୋଗୁଁ କରିପାରିଲେ ନାହିଁ) - ସୁଭାଷଚନ୍ଦ୍ର, ହରିହର, ଭୋବନି, କେମ୍ପା ବିଶିଆ, ନଟବର, ଇତ୍ୟାଦି।

ମୋଟାମୋଟି ନାଟକଟି ଉପଭୋଗ୍ୟ ହୋଇଥିଲା ଏବଂ ଯେଉଁ ଅସ୍ୱାଭାବିକ ଘଟଣା ଘଟିଲା ତାହା ନ ଘଟିଥିଲେ ସମସ୍ତେ ନିଜ ନିଜ ବିଶ୍ୱାସରେ ଅଟଳ ଥାଆନ୍ତେ ଯେ ସ୍ଥାନୀୟ ଯୁବକମାନଙ୍କର ଅଭିନୟରେ ପାରଦର୍ଶିତା ଦୃଷ୍ଟେ ଏଣିକି ବାହାରୁ ଯାତ୍ରାପାର୍ଟି ଆଣିବା ଉଚିତ ହେବ ନାହିଁ। କେତେଜଣ ଏକ ନାଟ୍ୟସଙ୍ଘ ପ୍ରତିଷ୍ଠା କରି ଆଖପାଖ ଗାଆଁମାନଙ୍କରେ ନାଟକ କରିବା ଓ ଉଦ୍‌ବୃତ୍ତ ଅର୍ଥକୁ ପରିକଳ୍ପିତ ହାଇସ୍କୁଲର ଗୃହ ନିର୍ମାଣ କାର୍ଯ୍ୟରେ ବିନିଯୋଗ କରିବା ପାଇଁ ଆଗୁଆ ଯୋଜନା ପ୍ରସ୍ତୁତ କରିବା ଆରମ୍ଭ କରି ଦେଇଥିଲେ। ନାଟ୍ୟସଙ୍ଘର ନାମକରଣ ନେଇ ସାମାନ୍ୟ ବାଦାନୁବାଦ ମଧ ଆରମ୍ଭ ହୋଇଯାଇଥିଲା। ଗାଆଁର ଇଷ୍ଟଦେବ ଲଡୁକେଶ୍ୱରଙ୍କ ନାମାନୁସାରେ ଏହାକୁ ଶ୍ରୀ ଲଡୁକେଶ୍ୱର ନାଟ୍ୟସଂଘ ନାମ ଦେବାର ପ୍ରସ୍ତାବକୁ ଯୁବକମାନେ ଖୁବ୍ ବିରୋଧ କଲେ କାରଣ ଏପରି ନାମକରଣ ଦ୍ୱାରା ଗାଆଁର ଆଧୁନିକ ଆଭିମୁଖ୍ୟ ସ୍ପଷ୍ଟ ହେବ ନାହିଁ ଏବଂ କେତେକଙ୍କର ଧାରଣା ହୋଇପାରେ ଯେ ଏ ନାଟ୍ୟସଙ୍ଘ ଗୁଡ଼ିଏ ଅଶିକ୍ଷିତ ଦିନମଜୁରିଆଙ୍କୁ ନେଇ ଗଠିତ ଯାହା ଠିକ୍ ନୁହେଁ। ଏ ବିଷୟରେ ଚୂଡ଼ାନ୍ତ ନିଷ୍ପତ୍ତି ନିଆଯିବା ପୂର୍ବରୁ ଗୋଟିଏ ଦୁର୍ଘଟଣା ଘଟିଲା।

ବିମ୍ବାଧର (ଦୁର୍ଗା) ଖୁବ୍ ସୁନ୍ଦର ଅଭିନୟ କରୁଥାଏ। ସେତେବେଳକୁ ତା ନାଆଁରେ ଦୁଇ ଦୁଇଟା ମେଡାଲ୍ ଘୋଷିତ ହୋଇ ସାରିଲାଣି। ତା'ର ଅଭିନୟ ଖୁବ୍ ଜୀବନ୍ତ ଓ ପ୍ରାଣସ୍ପର୍ଶୀ ହୋଇଥିଲା ସତେ ଯେପରି ସେ ସ୍ୱୟଂ ଦୁର୍ଗା ଏବଂ ଏକ ଦୁର୍ବୃତ୍ତ, ଦେବବ୍ରାହ୍ମଣଦ୍ୱେଷୀ ରାକ୍ଷସର ନିଧନ ହିଁ ତା'ର ପ୍ରଧାନ କର୍ତ୍ତବ୍ୟ। ସେ ଯେତେବେଳେ

ଟହଟହ ହସି ହୁଙ୍କାର କଲା, ଅନେକଙ୍କର ରୋମମୂଳ ଟାଙ୍କୁରି ଉଠିଲା ଏବଂ ସେ ଯେତେବେଳେ ବର୍ଚ୍ଛା ଉଠାଇ ମାରିବାକୁ ଉଦ୍ୟତ ହେଉଥିଲା, ଅନେକେ ଓଠକାମୁଡ଼ି ମହିଷାସୁର ପ୍ରତି ସମୁଚିତ ଶାସ୍ତିବିଧାନ କରାଯିବ ବୋଲି ଭାବିଲେ। ହଠାତ୍ ବିମ୍ବାଧର 'ରେ ପାପିଷ୍ଠ, ତୋର ଇଷ୍ଟଦେବ ସ୍ମରଣ କର' କହି ଆଗେଇ ଆସିଲା ଓ ପଦ୍ମନାଭର ପେଟକୁ ବର୍ଚ୍ଛାରେ ଭୁଷିଦେଲା। ପଦ୍ମନାଭ ବିକଳ ଆର୍ତ୍ତନାଦ କରି ଟଳି ପଡ଼ିଲା। ଦର୍ଶକମାନେ କିଛି ସମୟ ସ୍ତମ୍ଭୀଭୂତ ହୋଇ ରହିଯିବା ପରେ ପାଟିତୁଣ୍ଡ କରି ପଦ୍ମନାଭକୁ ଘେରିଗଲେ ଏବଂ ଏକ ହତବାକ୍ ବିମ୍ବାଧରକୁ ଭର୍ତ୍ସନା କରିବାକୁ ଲାଗିଲେ।

କିଛି ସମୟ ପରେ ସକାଳ ହେଲା। ସବୁଦିନ ପରି ସେ ଦିନ ସକାଳେ ସୁଲୁସୁଲିଆ ପବନ ବୋହିଲା, କିନ୍ତୁ ଅନୁଭୂତ ହେଲା ନାହିଁ। ପ୍ରଥମେ ନଡ଼ିଆଗଛ ଆଗରେ ତାପରେ ଚାଳ ଉପରେ ସବୁଦିନ ପରି ଖରା ପଡ଼ିଲା। ଯେଉଁମାନେ ବଡ଼ିଭୋରରୁ ଗାଧୁଆନ୍ତି ସେମାନେ ସେଦିନ ଖୁବ୍ ଡେରିରେ ଗାଧୋଇଗଲେ। ପ୍ରାଥମିକ ସ୍କୁଲ୍ ପୂରାପୂରି ବନ୍ଦ ରହିଲା ଓ ମାଇନର ସ୍କୁଲ୍ ଯଦିଓ ଖୋଲିଥିଲା ସେଦିନ ସ୍କୁଲ୍‌ରେ କିଛି ପଢ଼ାପଢ଼ି ହେଲା ନାହିଁ। ଦିଅଁଙ୍କର ନୀତିରେ ଖୁବ୍ ଉଛୁର ହେଲା, ଅଥଚ ସେଥିରେ କେହି ପ୍ରତିବାଦ କଲେ ନାହିଁ ଯେପରିକି ଠିକ୍ ସମୟରେ ନୀତି ହୋଇଥିଲେ ଗର୍ହିତ ହୋଇଥାନ୍ତା।

ବିମ୍ବାଧର ବନ୍ଧା ହୋଇ ଗଲାବେଳେ ତା' ପଛରେ ଗାଆଁର ପ୍ରାୟ ସବୁ ପୁରୁଷଲୋକ ଚାଲୁଥା'ନ୍ତି। ପ୍ରତ୍ୟେକ ପିଣ୍ଡା ଉପରେ ସ୍ତ୍ରୀ ଲୋକମାନେ ଠିଆ ହୋଇଥା'ନ୍ତି। ବିମ୍ବାଧର ଯେତୋଟି ଘର ଅତିକ୍ରମ କରି ଯାଉଥାଏ ସେ ଘରର ଲୋକମାନେ ଭାବୁଥା'ନ୍ତି ଯେ ସେହି ଦିନଠାରୁ ବିମ୍ବାଧର ସହିତ ସେମାନଙ୍କର ସମ୍ପର୍କ କଟିଗଲା। ଯେଉଁମାନେ ବିମ୍ବାଧରକୁ ପିଲାଦିନରୁ ଦେଖିଥିଲେ ସେମାନଙ୍କ ଭିତରୁ କାହା କାହା ଆଖିରେ ଲୁହ ଦେଖାଯାଇଥିଲା।

ବ୍ୟବଚ୍ଛେଦ ପରେ ପଦ୍ମନାଭର ଲାସ୍‌କୁ ସିଧା ମଶାଣିକୁ ନିଆଗଲା। ସେ କାମ ସରୁ ସରୁ ସନ୍ଧ୍ୟା। ରାତିରେ ଗାଆଁ ଏକପ୍ରକାର ସୁନ୍ଦର ଦିଶିଲା।

। ୨ ।

ଗୋଟିଏ ଛୋଟ ସହରର ପୁରୁଣାକାଳିଆ ଅଦାଲତ ଘରେ ବିମ୍ବାଧରର ବିଚାର ଆରମ୍ଭ ହେଲା। ସେ ମକଦ୍ଦମା ଦେଶସାରା ଚହଳ ପକାଇଲାନି ଏବଂ ଇଂରାଜୀ ଖବରକାଗଜ କଥା ଦୂରେ ଥାଉ, କୌଣସି ଓଡ଼ିଆ ଖବରକାଗଜରେ ବି ତା'ର ବିବରଣୀ ପ୍ରକାଶିତ ହେଲା ନାହିଁ। ଗାଆଁ ଲୋକେ, ପୋଲିସ୍ ଓ ଉଭୟ ପକ୍ଷର ଓକିଲଙ୍କ ବ୍ୟତୀତ

ସେ ମକଦ୍ଦମା କାହା ମନରେ କିଛି ଆଲୋଡ଼ନ ସୃଷ୍ଟି କଲା ନାହିଁ ଏବଂ ସେ ଛୋଟ ସହରଟିର ଲୋକେ ବି ମକଦ୍ଦମା ସମ୍ପର୍କରେ କୌଣସି ଆଗ୍ରହ ପ୍ରକାଶ କଲେ ନାହିଁ। ପୋଲିସ୍ ଓ ସରକାରୀ ଓକିଲ ବି ବିଶେଷ ଚିନ୍ତିତ ନଥିଲେ ଯେହେତୁ ମକଦ୍ଦମାର ଫଳାଫଳ ବିଷୟରେ ସେମାନଙ୍କର କୌଣସି ସନ୍ଦେହ ନଥିଲା। ଘଟଣାଟି ଅନେକ ଲୋକ ନିଜେ ଦେଖିଥିଲେ ଓ ପୋଲିସ୍ ଆଗରେ ସମାନ କଥା କହିଥିଲେ। ତା'ଛଡ଼ା ବିମ୍ବାଧର ନିଜେ ସ୍ୱୀକାର କରି ସାରିଥିଲା ଯେ ତା ବର୍ଚ୍ଛା ମାଡ଼ରେ ପଦ୍ମନାଭର ମୃତ୍ୟୁ ଘଟିଛି ଓ ସେ ଏତେ ବ୍ୟଥିତ ହୋଇପଡ଼ିଥିଲା ଯେ ବିଚାରବେଳେ ଅଲଗା କଥା କହିବ ବୋଲି ଆଶଙ୍କା କରାଯାଉନଥିଲା। ବିମ୍ବାଧରର ସ୍ୱୀକାରୋକ୍ତି ଗାଆଁର ବହୁତ ମାନ୍ୟଗଣ୍ୟ ବ୍ୟକ୍ତିଙ୍କ ଉପସ୍ଥିତିରେ ଲିପିବଦ୍ଧ କରାଯାଇଥିଲା, ସୁତରାଂ ଶାରୀରିକ ନିର୍ଯାତନା ଦ୍ୱାରା ପୋଲିସ୍ ଏ ସ୍ୱୀକାରୋକ୍ତି ଜବରଦସ୍ତ ଆଦାୟ କରିଛି ବୋଲି ଚିରାଚରିତ ଯୁକ୍ତି ଏ ମକଦ୍ଦମାରେ ବାଢ଼ିବା ଅସମ୍ଭବ ହେବ। ପୋଲିସ୍ ଖୁବ୍ ଖୁସି ଥିଲା ଯେହେତୁ ତା'ର କର୍ତ୍ତବ୍ୟନିଷ୍ଠା ଓ ତଦନ୍ତରେ ଦକ୍ଷତା ଆସାମୀ ପ୍ରତି ଦଣ୍ଡାଦେଶ ଦ୍ୱାରା ସୁପ୍ରତିଷ୍ଠିତ ହୋଇଯିବ ଏବଂ ଉପରିସ୍ଥ କର୍ମକର୍ତ୍ତାଙ୍କ ମନରେ ଗତ କେତେମାସ ଧରି ଉପୁଜିଥିବା ଭ୍ରାନ୍ତ ଧାରଣା ଅନେକାଂଶରେ ଦୂରୀଭୂତ ହୋଇଯିବ। ଗତ କେତେମାସ ଭିତରେ ଦୋକାନୀମାନଙ୍କଠାରୁ ଉତ୍କୋଚ ଗ୍ରହଣ କରିବାଠାରୁ ଆରମ୍ଭକରି ଆସାମୀମାନଙ୍କୁ ଖଲାସ କରିଦେବା ଉଦ୍ଦେଶ୍ୟରେ ମାମଲା ଗୁଡ଼ିକର ତଦାରଖରେ ଜାଣିଶୁଣି ଗଫଲତି କରିବା ପର୍ଯ୍ୟନ୍ତ ସ୍ଥାନୀୟ ଥାନା ଅଫିସରଙ୍କ ବିରୁଦ୍ଧରେ ନାନା ଅଭିଯୋଗ ଉପରିସ୍ଥ କର୍ମକର୍ତ୍ତାଙ୍କ ପାଖରେ କରାଯାଇଛି ଏବଂ ସେ ସବୁ ଫଳରେ ସେମାନଙ୍କ ମନରେ ସନ୍ଦେହ ଉପୁଜିଥିବା ସ୍ୱାଭାବିକ। ମୋଟାମୋଟି ଏପରି କାରଣ ଯୋଗୁଁ ସରକରୀ ଓକିଲ ବି ଖୁସି ଥିଲେ। ଅନେକ ଓକିଲ ଭାବୁଥିଲେ ଯେ ତାଙ୍କର ନିଯୁକ୍ତି ଯୋଗ୍ୟତା ଭିତ୍ତିରେ ହୋଇନାହିଁ; ବେଳେ ବେଳେ ଜଜ୍ ଓ ମାଜିଷ୍ଟ୍ରେଟ୍‌ମାନଙ୍କ ଚାହିଁବା ଭଙ୍ଗୀରୁ ମନେ ହେଉଥିଲା ଯେ ସେମାନେ ତାଙ୍କ ନିଯୁକ୍ତିରେ ଯେତିକି ଆଚମ୍ବିତ, ସେତିକି ଅସନ୍ତୁଷ୍ଟ। ସେ ଚଳାଉଥିବା ମକଦ୍ଦମାଗୁଡ଼ିକରୁ ଅଧିକାଂଶରେ ଆସାମୀମାନେ ଖଲଶସ ହୋଇଯିବା ଫଳରେ ବିଚାରକମାନଙ୍କର ଚାହିଁବା ଭଙ୍ଗୀ ଯଥାର୍ଥ ବୋଲି ଯେ କେହି ବିଶ୍ୱାସ କରିବ। ତାଙ୍କୁ ଆଉ ନିଯୁକ୍ତି ଦିଆଯିବ ନାହିଁ ବୋଲି ଉପର ମହଲରେ ନିଷ୍ପତ୍ତି ନିଆ ସରିଲାଣି, ଏ ମର୍ମରେ ଗୋଟିଏ ଗୁଜବ୍ କେତେଦିନ ହେଲା ପ୍ରଚାରିତ ହେଉଛି। ବିମ୍ବାଧରର ଦଣ୍ଡାଦେଶ ପରେ ପରିସ୍ଥିତିରେ ଏକ ଅନୁକୂଳ ପରିବର୍ତ୍ତନ ଆସିଯିବ ଏବଂ ପୂର୍ବ ମକଦ୍ଦମାଗୁଡ଼ିକର ବିପର୍ଯ୍ୟୟ ପାଇଁ ପୋଲିସ୍‌ର ଉପରଠାଉରିଆ, କଞ୍ଚା ତଦନ୍ତକୁ ଦାୟୀ କରାଯାଇ ପାରିବ। ଆଗକାଳେ ତଦନ୍ତ ଏମିତି ପକ୍‌କା ହେଉଥିଲା ଓ ସାକ୍ଷୀମାନଙ୍କ

ଉପରେ ପୋଲିସ୍‌ବାଲାଙ୍କ କର୍ତ୍ତୃତ୍ୱ ଏତେ ବେଶି ଥିଲା ଯେ ଅପରାଧ ନ ଘଟିଥିଲେ ମଧ୍ୟ ଘଟିଛି ବୋଲି ପ୍ରମାଣ କରିବା ସମ୍ଭବ ହେଉଥିଲା। କୁଆଡ଼େ ଗଲା ସେଦିନ? କାହାନ୍ତି ସେମିତି ପୋଲିସ୍‌ବାଲା? ଆଜିକାଲି ପ୍ରକୃତରେ ଘଟିଥିବା ଅପରାଧକୁ ପ୍ରମାଣ କରିବା କଷ୍ଟକର ହୋଇପଡ଼ିଲାଣି। ଜଣେ ନାଗରିକ ଭାବେ କର୍ତ୍ତୃପକ୍ଷଙ୍କୁ ଏ ବିଷୟରେ କାର୍ଯ୍ୟାନୁଷ୍ଠାନ ପାଇଁ ଲେଖିବାକୁ ହେବ। ଏହା ଭାବିବା ମାତ୍ରେ ସରକାରୀ ଓକିଲ ମନେ ମନେ ହସିଲେ। ପୋଲିସ୍ ପ୍ରଶିକ୍ଷଣ ବ୍ୟବସ୍ଥାରେ କିଛି ପରିବର୍ତ୍ତନ କରିବା ଅପେକ୍ଷା କର୍ତ୍ତୃପକ୍ଷ ତାଙ୍କୁ ଆଉଥରେ ନିଯୁକ୍ତି ଦେଇ ଏ ସଂକ୍ରାନ୍ତରେ ସର୍ବସାଧାରଣରେ ଆଲୋଚନାକୁ ପ୍ରଶ୍ରୟ ନ ଦେବାକୁ ଅବଶ୍ୟ ପସନ୍ଦ କରିବେ।

ବିମ୍ବାଧର ନିଜ ସପକ୍ଷରେ ଓକିଲ ଦେବାକୁ ମନା କରି ଦେଇଥିଲା। ସେ ମନା କରିବା ପରେ ତା'ର ସ୍ଥାବର ଅସ୍ଥାବର ସମ୍ପତ୍ତି ବିଷୟରେ ଅନୁସନ୍ଧାନ କରାଗଲା ଓ ଜଣାପଡ଼ିଲା ଯେ ଯଦିଓ ତା ନନାଙ୍କ ନାଆଁରେ ସାମାନ୍ୟ କିଛି ଜମି ଅଛି, ଭାଗଚାଷୀମାନେ କେତେବର୍ଷ ହେଲା କିଛି ଭାଗ ଦେଉନାହାନ୍ତି। ତା ନନା ଗାଆଁରୁ ଗାଆଁକୁ ବୁଲି ଥିଲାବାଲା ଲୋକଙ୍କ ପାଇଁ ପୂଜା କରନ୍ତି। ବିମ୍ବାଧର ବେଳେବେଳେ ପୁରାଣ ପଢ଼ି କିଛି ରୋଜଗାର କରୁଥିଲା। ଅର୍ଥନୈତିକ ଅର୍ଥନୈତିକ କାରଣରୁହିଁ ସେ ଓକିଲ ନ ଦେବାକୁ ସ୍ଥିର କରିଛି ବୋଲି ଭାବି ଜଜ୍ ସରକାରଙ୍କ ତରଫରୁ ତା ପାଇଁ ଓକିଲ ନିଯୁକ୍ତ କରିଦେଲେ। ଯଦି ବିମ୍ବାଧରର ଅନ୍ୟ କିଛି କାରଣ ଥିଲା ତାହା କେବଳ ସେ ହିଁ ଜାଣିଥିଲା।

ବିମ୍ବାଧରର ଓକିଲ ଜଣେ ମଧ୍ୟବୟସ୍କ ବ୍ୟକ୍ତି। ସେ ପିନ୍ଧିଥିବା କଳା କୋଟ୍ ଈଷତ୍ ବାଦାମୀ ଦିଶୁଥିଲା। ତାଙ୍କ ମୁହଁରେ ମଧ୍ୟ ଉତ୍କଣ୍ଠାର କୌଣସି ଲକ୍ଷଣ ଦିଶୁନଥିଲା। ଅନ୍ୟମାନଙ୍କ ପରି ସେ ମଧ୍ୟ ମକଦ୍ଦମାର ଫଳାଫଳ କ'ଣ ହେବ ଜାଣିଥିଲେ। ସେ ଫଳାଫଳ ବଦଳାଇବାକୁ ଚେଷ୍ଟା କଲେ ତାଙ୍କୁ ଦଶକୋଡ଼ିଏ ଟଙ୍କା ଅଧିକ ମିଳିବ ନାହିଁ, କିନ୍ତୁ ପୂରାପୂରି ନିର୍ଲିପ୍ତ ଭାବେ ମକଦ୍ଦମା ଚଳାଇବା ମଧ୍ୟ ଉଚିତ ହେବ ନାହିଁ। ସେପରି କଲେ ଭବିଷ୍ୟତରେ ଆଉ କୌଣସି ମକଦ୍ଦମାରେ ଜଜ୍ ତାଙ୍କୁ ନିଯୁକ୍ତି କରି ନ ପାରନ୍ତି।

ବିମ୍ବାଧର ବିରୁଦ୍ଧରେ ଅଭିଯୋଗ ଜଜ୍ ଅଦାଲତରେ ପଢ଼ି ଶୁଣେଇ ଦେଲେ। ଅଭିଯୋଗ ହେଲା, ଅମୁକ ଦିନ ଅମୁକ ସମୟରେ ସେ ଏକ ମୁନିଆଁ ଅସ୍ତ୍ର ସାହାଯ୍ୟରେ ପଦ୍ମନାଭ ନାମକ ବ୍ୟକ୍ତିକୁ ହତ୍ୟା କରିଛି ଏବଂ ତଦ୍ଦ୍ୱାରା ଭାରତୀୟ ପିଙ୍ଗଳ କୋଡ୍‌ର ୩୦୨ ଦଫାନୁଯାୟୀ ଦଣ୍ଡନୀୟ ଏକ ଅପରାଧ କରିଛି। ତାପରେ ସାକ୍ଷୀମାନେ ଗୋଟି ଗୋଟି ହୋଇ ଆସିଲେ। ପ୍ରଥମେ ଆସିଲେ ମକଦ୍ଦମା ତଦନ୍ତ କରିଥିବା ପୋଲିସ୍

କର୍ମଚାରୀ। ତାଙ୍କ ମୁଖମଣ୍ଡଳରେ ଗଭୀର ଆତ୍ମପ୍ରତ୍ୟୟ ପରିସ୍ଫୁଟ ହେଉଥିଲା ଏବଂ ଘଟଣାଟି ବର୍ଣ୍ଣନା କଲାବେଳେ ଜଣାପଡୁଥିଲା ଯେ ବିମ୍ବାଧର ନୁହେଁ, ସେ ହିଁ ଘଟଣାର କେନ୍ଦ୍ରବିନ୍ଦୁ। ଖବର ମିଳିବାମାତ୍ରେ ସେ କିପରି ନିଜର ବ୍ୟକ୍ତିଗତ କାମ ଛାଡ଼ିଦେଇ, ଜଳଖିଆ ଗଣ୍ଡେ ମଧ୍ୟ ନ ଖାଇ ଘଟଣାସ୍ଥଳକୁ ଚାଲିଗଲେ, ସାକ୍ଷ୍ୟପ୍ରମାଣ ଲିପିବଦ୍ଧ କରୁ କରୁ କିପରି ମଧ୍ୟାହ୍ନ ଭୋଜନ କଥା ଭୁଲିଗଲେ, ଆସାମୀକୁ କିପରି ଗିରଫ କଲେ, ଆସାମୀ ବ୍ୟବହାର କରିଥିବା ବର୍ଚ୍ଛା କିପରି ବହୁତ ଖୋଜି ଖୋଜି ପାଇଲେ ଓ ଜବତ୍ କଲେ, ଶବ ବ୍ୟବଚ୍ଛେଦ କିପରି ତାଙ୍କର ବ୍ୟକ୍ତିଗତ ଉଦ୍ୟମ ଫଳରେ ଅତିଶୀଘ୍ର ସମ୍ପନ୍ନ ହେଲା ଏସବୁ ସେ ବିଶଦ ଭାବେ ବର୍ଣ୍ଣନା କଲେ। କେବଳ ମୁହୂର୍ତ୍ତକ ପାଇଁ ସେ ଟିକିଏ ବିବ୍ରତ ଓ ଅସନ୍ତୁଷ୍ଟ ଦିଶିଥିଲେ। ସେ ଆଗରୁ ବିମ୍ବାଧରକୁ ଚିହ୍ନିଥିଲେ କି ବୋଲି ମୁଦାଲା ପକ୍ଷର ଓକିଲଙ୍କ ପ୍ରଶ୍ନର ଉତ୍ତରରେ ସେ ପ୍ରଥମେ ନା କହି ପରେ ହଁ କହିଲେ। ସେ କହିଲେ ଯେ ଥରେ ଥାନାରେ ତ୍ରିନାଥ ମେଳା ହେଉଥିଲା ଏବଂ କନ୍‌ଷ୍ଟେବଲ୍ ଗନ୍ଧର୍ବ ମିର୍ଦ୍ଧାର ପରାମର୍ଶରେ ସେ ବିମ୍ବାଧରକୁ ପୂଜା କାମରେ ନିଯୁକ୍ତ କରିଥିଲେ। କନ୍‌ଷ୍ଟେବଲ୍ ଗନ୍ଧର୍ବ ମିର୍ଦ୍ଧା ତାଙ୍କୁ କହିଥିଲା ଯେ ବିମ୍ବାଧର ଖୁବ୍ ଭଲ ପୁରାଣ ପଢ଼େ ଏବଂ ସେ ପଢ଼ିଲାବେଳେ ଶୁଣୁଥିବାଲୋକଙ୍କୁ ଲାଗେ ସତେ ଯେମିତି ବିମ୍ବାଧର ନୁହେଁ, ପୁରାଣବର୍ଣ୍ଣିତ ଦେବଦେବୀ, ରାକ୍ଷସମାନେ ନିଜେ କଥାବାର୍ତ୍ତା କରୁଛନ୍ତି। ଏ ହତ୍ୟାକାଣ୍ଡ ପଛରେ କିଛି ଉଦ୍ଦେଶ୍ୟ ଥିଲା କି ବୋଲି ମୁଦାଲା ପକ୍ଷର ଓକିଲଙ୍କ ପ୍ରଶ୍ନର ଉତ୍ତରରେ ସେ କହିଲେ ଯେ ସେ ଏ ସମ୍ବନ୍ଧରେ କିଛି ଜାଣନ୍ତି ନାହିଁ (ଏତେବେଳେ ସେ ଖୁବ୍ ବିବ୍ରତ ଦେଖାଗଲେ ଓ ସରକାରୀ ଓକିଲ କିଛି ଟିପୁଥିବାର ଦେଖାଗଲା)। ମୁଦାଲା ପକ୍ଷର ଓକିଲ ତା'ପରେ କହିଲେ ଯେ ତଦନ୍ତକାରୀ କର୍ମଚାରୀଙ୍କୁ ତାଙ୍କର ଆଉ କିଛି ପଚାରିବାର ନାହିଁ।

ଅନ୍ୟାନ୍ୟ ସାକ୍ଷୀମାନେ ଆଗରୁ ଯାହା କହିଥିଲେ ତା'ର ପୁନରାବୃତ୍ତି କଲେ। ସମସ୍ତେ କହିଲେ ଯେ ବିମ୍ବାଧର ପଦ୍ମନାଭକୁ ବର୍ଚ୍ଛାରେ ଭୁସିଦେବାର ସେମାନେ ଦେଖିଛନ୍ତି। ମୁଦାଲା ପକ୍ଷର ଓକିଲଙ୍କ ଜେରାରେ ସେମାନେ କହିଲେ ଯେ ବିମ୍ବାଧରର କିଛି ଉଦ୍ଦେଶ୍ୟ ଥିବା କଥା ସେମାନେ ଜାଣିନାହାନ୍ତି – ସରକାରୀ ଓକିଲ ପ୍ରତ୍ୟେକ ଥର ଏକଥା ଟିପୁଥିଲେ– ବରଂ ବିମ୍ବାଧର ଓ ପଦ୍ମନାଭଙ୍କ ଭିତରେ ଖୁବ୍ ଭଲ ପଡୁଥିଲା ବୋଲି ସେମାନେ ଜାଣନ୍ତି। ମାଇନର୍ ସ୍କୁଲ୍ ଘରେ କିଏ କେଉଁ ପାର୍ଟ ନେବ ସେ କଥା ପଡ଼ିଥିଲାବେଳେ ବିମ୍ବାଧର କହିଥିଲା ଯେ ଦୁର୍ଗା ପାର୍ଟ ମହିଷାସୁର ପାର୍ଟଠାରୁ ବଡ଼ ଓ ସେ ପାର୍ଟ ପଦ୍ମନାଭକୁ ଦେଲେ ଭଲ ହେବ, କିନ୍ତୁ ଦୁଇଦିନ ତଳେ ପଦ୍ମନାଭର ଜଣେ ମାଉସୀ ମରିଯାଇଥିଲେ ଓ ସେ ଅଶୌଚ ପାଳୁଥିବାରୁ ଛିଅର ହେଉ ନ ଥିଲା।

କ୍ଷିଅର ନ ହୋଇ ଦୁର୍ଗା ପାର୍ଟ କରିବା ସମ୍ଭବ ହେବ ନାହିଁ ବୋଲି ତାକୁ ମହିଷାସୁର ପାର୍ଟ ଦିଆଗଲା ଓ ଦୁର୍ଗା ପାର୍ଟ ବିମ୍ବାଧରକୁ ଦିଆଗଲା। ବିମ୍ବାଧରର କିଛି ଉଦ୍ଦେଶ୍ୟ ଥିଲା ବୋଲି ସେମାନେ ସମସ୍ତେ ସ୍ପଷ୍ଟଭାବେ ମନା କଲେ। ଏହା ଦୁର୍ଘଟଣାବଶତଃ ହୋଇଥାଇପାରେ ବୋଲି ମୁଦାଲାପକ୍ଷର ଓକିଲଙ୍କ ପରୋକ୍ଷ ଇଙ୍ଗିତ କେହି ଗ୍ରହଣ କଲେ ନାହିଁ। ମଞ୍ଚ ବେଶ୍ ଆଲୋକିତ ଥିଲା, ସେଠି କିଛି ଗୋଳମାଳ ନ ଥିଲା, ବର୍ଛାର ମୁନ ବେଷ୍ଟରୁ ଖସିଯାଇ ପଦ୍ମନାଭ ଦେହରେ ବାଜି ନ ିଲା କି ପଦ୍ମନାଭ ବିମ୍ବାଧର ଆଡ଼କୁ ଧାଇଁଯାଇ ବର୍ଛାରେ ବାଜିଯାଇ ନଥିଲା। ମେଢ଼ରେ ମହିଷାସୁରମାନେ ଯେମିତି ଗୋଟିଏ ଆଣ୍ଠୁ ତଳେ ପକାଇ ବସିଥା'ନ୍ତି ପଦ୍ମନାଭ ସେମିତି ବସିଥିଲା। ବିମ୍ବାଧର ବିଷୟରେ ସେମାନେ କ'ଣ ଜାଣନ୍ତି ଏ ପ୍ରଶ୍ନର ଉତ୍ତରରେ ସମସ୍ତେ କହିଲେ ଯେ ସେ କାହା ସହିତ କଳି ତକରାଳ କରେ ନାହିଁ, ସେ ସ୍ୱଭାବତଃ ଶାନ୍ତଶିଷ୍ଟ, ବଡ଼ ପାଟିରେ କଥାବାର୍ତ୍ତା କରେ ନାହିଁ, ବୟସ୍କ ଲୋକମାନଙ୍କ ପାଖରେ ସମ୍ଭ୍ରମ ଓ ନିଜ ଅଭାବ ଅସୁବିଧା କଥା କାହାକୁ କହେ ନାହିଁ। ତା ନନା ଗାଆଁରୁ ଅନେକ ସମୟରେ ଅନୁପସ୍ଥିତ ରହୁଥିବାରୁ ପୁରାଣପଢ଼ା କାମରେ ବିମ୍ବାଧର ହିଁ ପ୍ରାୟ ନିଯୁକ୍ତ ହେଉଥିଲା ଏବଂ ତାପରି ହୃଦୟସ୍ପର୍ଶୀ ଭାବେ ପୁରାଣ ପଢ଼ିବା ଲୋକ ଆଉ କେହି ନଥିଲେ। ଜଣେ ବୁଢ଼ା କହିଲେ ଯେ ଯେତେବେଳେ ବିମ୍ବାଧର କୌଣସି ରାକ୍ଷସର ଉକ୍ତି ପାଠ କରୁଥିଲା, ସେ ରାକ୍ଷସ ତା'ର କରାଳ ମୂର୍ତ୍ତିଧରି ସାମ୍ନାରେ ଠିଆ ହୋଇଥିବା ପରି ଜଣାପଡୁଥିଲା। ଯେତେବେଳେ କୌଣସି ଦେବତା ବା ସାଧ୍ୱୀ ମହିଳାଙ୍କ ଉକ୍ତି ସେ ପାଠ କରୁଥିଲା, ତା'ର ସ୍ୱର ଧୀର, ଅନୁଚ୍ଚ ଓ ଶାନ୍ତ ଶୁଭୁଥିଲା। ଦିନେ ଦିନେ ପୁରାଣପଢ଼ା ଶେଷ ହେବା ପରେ ସେ କିପରି ଅନ୍ୟମନସ୍କ ଜଣାପଡୁଥିଲା ଏବଂ ନଖାଇ ଚାଲିଯାଉଥିଲା। ମୁଦାଲା ପକ୍ଷର ଓକିଲ ମହାଶୟ ଏ ସବୁ ପାଗଳାମିର ଲକ୍ଷଣ ନୁହେଁ କି ବୋଲି ପଚାରିଲେ। ସମସ୍ତେ ମନାକଲେ ଓ କହିଲେ ଯେ ସେ ଯାହା କରୁଥିଲା ସେଥିରେ ତନ୍ମୟ ହୋଇଯିବା ବିମ୍ବାଧରର ପ୍ରକୃତିଗତ ଥିଲା। ଓକିଲ ମହାଶୟ ଏପରି ପ୍ରଶ୍ନ ପଚାରିଲାବେଳେ ବିମ୍ବାଧର ମୁହଁରେ ବିରକ୍ତିର ଚିହ୍ନ ସ୍ପଷ୍ଟ ଦେଖାଯାଉଥିଲା।

ସାକ୍ଷ୍ୟଗ୍ରହଣ ପରେ ଓକିଲ ଦୁହେଁ ଯେଉଁ ଜବାବ୍‌ସୁଆଲ୍ କଲେ ତାକୁ ଉଭୟଙ୍କ ବୁଦ୍ଧିର ଲଢ଼େଇ ବୋଲି କୁହାଯାଇପାରିବ ନାହିଁ। ସରକାରୀ ଓକିଲ ପ୍ରଥମେ ବିମ୍ବାଧରର ପାଗଳାମି କଥା କାଟିଦେଲେ ଏବଂ ସେପରି କଲାବେଳେ ନିଜ ସ୍ୱରରେ ଏକ ଅଭୂତପୂର୍ବ ଦୃଢ଼ତା ଓ ନିଜ ମନରେ ଏକ ଅଭୂତପୂର୍ବ ଆତ୍ମପ୍ରତ୍ୟୟ ଆବିଷ୍କାର କଲେ। ବିମ୍ବାଧର ପାଗଳ ନୁହେଁ ବୋଲି ବଜ୍ରଗମ୍ଭୀର ସ୍ୱରରେ ଘୋଷଣା କରି ସେ ପଚାରିଲେ ଯେ ଯଦି ମୁଦାଲା ପକ୍ଷର ଓକିଲ ମାନ୍ୟବର ଅଦାଲତଙ୍କ ମନରେ ଏ ପ୍ରକାର ବିଶ୍ୱାସ ଜନ୍ମାଇବାକୁ

ଚାହାନ୍ତି ତାହେଲେ ସେ ଆସାମୀର ମସ୍ତିଷ୍କ ଠିକ୍ ଅଛି କି ନାହିଁ ସେ ସମ୍ବନ୍ଧରେ ଡାକ୍ତରୀ ରିପୋର୍ଟ ଅଣାଇ ପେଶ୍ କରିବା ଉଚିତ ଥିଲା । ନିଜ ସ୍ୱରକୁ ଆଉ ଟିକିଏ ତେଜି ଦେଇ ସେ କହିଲେ ଯେ ଆସାମୀଠାରେ ପାଗଳାମିର ଚିହ୍ନବର୍ଣ୍ଣ ନାହିଁ ଏବଂ ପାଗଳାମି ଥିଲେ ମୁଦାଲା ପକ୍ଷର ଓକିଲ ମହାଶୟଙ୍କ ମସ୍ତିଷ୍କରେ ଥିବ । ସେ ଏହା କହିବା ସାଙ୍ଗେ ସାଙ୍ଗେ ମୁଦାଲା ପକ୍ଷର ଓକିଲ ପ୍ରତିବାଦ କରିବା ଉଦ୍ଦେଶ୍ୟରେ ଠିଆ ହୋଇ ପଡ଼ିଲେ, କିନ୍ତୁ ଜଜ୍ ତାଙ୍କୁ ବସିବାକୁ ଇଙ୍ଗିତ ଦେଇ ସରକାରୀ ଓକିଲଙ୍କୁ ତିରସ୍କାର କରି (ଏତିକିବେଳେ ସରକାରୀ ଓକିଲ ଜଜ୍‌ଙ୍କ ମୁଖମଣ୍ଡଳରେ ପୁଣି ସେହି ଦୃଷ୍ଟି ଦେଖିଲେ ଯାହା ଆଉ ଦିଶିବ ନାହିଁ ବୋଲି ସେ ସେ ଆଶା କରିଥିଲେ) କହିଲେ ଯେ ସେ ଅଦାଲତର ମର୍ଯ୍ୟାଦାନୁଯାୟୀ ଭାଷା ବ୍ୟବହାର କରିବା ଉଚିତ, ହାଟବଜାରର ଭାଷା ବ୍ୟବହାର କରିବା ଉଚିତ ନୁହେଁ । ଏତକ କହିସାରି ଜଜ୍ ଭାବିଲେ ଯେ ଏ ଅବସରରେ ଏପରି କିଛି କହିବା ଉଚିତ ଯାହା ଅନେକ ଲୋକ ଅନେକ ଦିନ ପାଇଁ ମନେ ରଖିବେ ଏବଂ ଅଧସ୍ତନ ମାଜିଷ୍ଟ୍ରେଟ୍‌ମାନେ ବେଳେ ବେଳେ ଉଦ୍ଧାର କରିପାରିବେ । ସେ କହିଲେ ଯେ ଜଣେ ଓକିଲ ଦୁଇଟି ଦୁର୍ବଳତା ବିରୁଦ୍ଧରେ ସତର୍କ ରହିବା ଆବଶ୍ୟକ, ପ୍ରଥମଟି ହେଲା ଆଇନ୍ ସମ୍ବନ୍ଧରେ ଅଜ୍ଞତା ଓ ଦ୍ୱିତୀୟଟି ହେଲା ଭାଷା ପ୍ରୟୋଗରେ ସଂଯମ ଓ ଶାଳୀନତାର ଅଭାବ । ତାଙ୍କ ବିଚାରରେ ଦ୍ୱିତୀୟୋକ୍ତ ଦୁର୍ବଳତା ବେଶି ଗର୍ହିତ ।

ସରକାରୀ ଓକିଲ କ୍ଷମାପ୍ରାର୍ଥନା କରି କହିଲେ ଯେ ମୁଦାଲା ପକ୍ଷର ଓକିଲ ତାଙ୍କର ଜଣେ ଅନ୍ତରଙ୍ଗ ସମ୍ମାନାସ୍ପଦ ସହକର୍ମୀ (ଏହା ଶୁଣିବାମାତ୍ରେ ମୁଦାଲା ପକ୍ଷର ଓକିଲ ଟିକିଏ ଚମକି ପଡ଼ିଲେ) ଓ କାହାପ୍ରତି ଆକ୍ଷେପ କରିବା ତାଙ୍କର କଳ୍ପନାତୀତ । ଦୂରକୁ ଘୁଞ୍ଚି ଘୁଞ୍ଚି ଯାଉଥିବା ଆତ୍ମପ୍ରତ୍ୟୟକୁ ସେ ଓଟାରି ଧରି ରଖିବାକୁ ଚେଷ୍ଟା କରୁଥିଲା ପରି ଜଣାଯାଉଥିଲା । ସରକାରୀ ଓକିଲ କହିଲେ ଯେ ସେ କେବଳ ଏତିକି ପ୍ରତିପାଦିତ କରିବାକୁ ଚାହୁଁଥିଲେ ଯେ ଆସାମୀ ବିକୃତମସ୍ତିଷ୍କ ନୁହେଁ ଏବଂ ଯଦି ତାହା ହୋଇଥା'ନ୍ତା ସେ ନିଜେ ସର୍ବାଦୌ ଏହା ମାନ୍ୟବର ଅଦାଲତଙ୍କ ଦୃଷ୍ଟିକୁ ଆଣି ଆସାମୀକୁ ପାଗଳଗାରଦକୁ ପଠାଇବାର ହୁକୁମ ହେଉ ବୋଲି ପ୍ରାର୍ଥନା କରିଥା'ନ୍ତେ । ପ୍ରତ୍ୟେକ ଆସାମୀକୁ ଜେଲ୍‌କୁ ପଠାଇବା ସରକାରୀ ଓକିଲର କର୍ତ୍ତବ୍ୟ ବୋଲି ସେ ବିଶ୍ୱାସ କରନ୍ତି ନାହିଁ । ସେ କର୍ତ୍ତବ୍ୟର ପରିସର ଖୁବ୍ ବ୍ୟାପକ । ସତ୍ୟ ନିର୍ଣ୍ଣୟ ଦିଗରେ ଅଦାଲତଙ୍କୁ ସାହାଯ୍ୟ କରିବା ତାଙ୍କର ପ୍ରଥମ କର୍ତ୍ତବ୍ୟ ଏବଂ ସେ ଯେଉଁଦିନଠାରୁ ସରକାରୀ ଓକିଲ ଭାବେ ନିଯୁକ୍ତି ପାଇଲେଣି ସେହିଦିନଠାରୁ ଏ କର୍ତ୍ତବ୍ୟବୋଧରୁ ବିଚ୍ୟୁତ ହୋଇ ନାହାନ୍ତି (ଏତକ କହିସାରି ସେ ପୁଣି ନିଯୁକ୍ତି ପାଇଲେ ନିଜ ଲକ୍ଷ୍ୟରେ ଅଟଳ ରହିବେ ବୋଲି

କହିବେ କି ନାହିଁ ମନେ ମନେ ଭାବି ଠିକ୍ କଲେ ଯେ ଏପରି କରିବା ଉଚିତ ହେବନାହିଁ ଯେହେତୁ ଜଜ୍ ଏହାକୁ ସୁପାରିଶ ପାଇଁ ଆବେଦନ ବୋଲି ମନେକରି ଆବେଦନକୁ ଅଗ୍ରାହ୍ୟ କରିଦେଇ ପାରନ୍ତି)। ଅସଲ କଥା ହେଉଛି, ଆସାମୀ ପାଗଳ ନୁହେଁ ଏବଂ ସେ ଜାଣିଶୁଣି ଏ ହତ୍ୟା କରିଛି।

ଏହା ଏକ ଦୁର୍ଘଟଣା ନୁହେଁ ବୋଲି ଯୁକ୍ତି କରି ସରକାରୀ ଓକିଲ କହିଲେ ଯେ ସାକ୍ଷୀମାନଙ୍କ ଭିତରୁ ଜଣେ ମଧ୍ୟ ଏହାକୁ ଦୁର୍ଘଟଣା ବୋଲି କହି ନାହାନ୍ତି। ଦୁର୍ଘଟଣା କ'ଣ ବୁଝାଇବାକୁ ଯାଇ ସେ କହିଲେ ଯେ ଯେଉଁ ଘଟଣା ଉପରେ ବ୍ୟକ୍ତିର ଅକ୍ତିଆର ନ ଥାଏ ତାକୁ ଦୁର୍ଘଟଣା କୁହାଯାଏ। ଭାରତୀୟ ପିଙ୍ଗଳ କୋଡ଼ର ମୋଟା ଓ ପୁରୁଣା ସଂସ୍କରଣଟିଏ ଖୋଲି ୮୦ ନମ୍ବର ଧାରା ତଳେ ଦିଆଯାଇଥିବା ଉଦାହରଣ ସେ ପଢ଼ି ସମସ୍ତଙ୍କୁ ଶୁଣେଇ ଦେଲେ। ତାପରେ ସେ କହିଲେ ଯେ ଉପସ୍ଥିତ କ୍ଷେତ୍ରରେ ସେପରି କିଛି ଘଟିନାହିଁ, ଜବତ କରାଯାଇଥିବା ବର୍ଚ୍ଛାକୁ ପରୀକ୍ଷା କଲେ ସ୍ପଷ୍ଟ ଜଣାଯିବ ଯେ ଏପର୍ଯ୍ୟନ୍ତ ମଧ୍ୟ ବର୍ଚ୍ଛାର ମୁନ ଓ ବେଣ୍ଟ ଦୃଢ଼ଭାବେ ସଂଲଗ୍ନ ଏବଂ ମୋର ସମ୍ମାନାସ୍ପଦ ସହକର୍ମୀ ଇଚ୍ଛା କଲେ ବର୍ଚ୍ଛାଟିକୁ ନିଜେ ପରୀକ୍ଷା କରି ପାରନ୍ତି (ମୁଦାଲା ପକ୍ଷର ଓକିଲ ମନକୁ ମନ କହିଲେ, କେମିତି ? ତୋ ଛାତିରେ ଭୁଷି ?)। ଏଥିରୁ ଘଟଣା ଉପରେ ଆସାମୀର ଅକ୍ତିଆର ନ ଥିଲା ବୋଲି କୁହାଯାଇ ପାରିବ କି ? ମହିଷାସୁରବଧ ନାଟକ ହଜାର ହଜାର ଥର ଅଭିନୀତ ହେଉଛି ଏବଂ ପ୍ରତ୍ୟେକ ନାଟକରେ ଦୁର୍ଗା ପାର୍ଟ କରୁଥିବା ଲୋକମାନେ ଏପରି ଜଗିରଖି ଅଭିନୟ କରନ୍ତି ଯେ ଦେଖଣାହାରୀଙ୍କ ମନରେ ମହିଷାସୁର ନିହତ ହେଲା ବୋଲି ପ୍ରହେଳିକା ସୃଷ୍ଟିହୁଏ ସତ୍ୟ, କିନ୍ତୁ ମହିଷାସୁରମାନଙ୍କର ପ୍ରକୃତରେ କିଛି କ୍ଷତି ହୁଏ ନାହିଁ ଓ ସେମାନେ ଦରକାର ପଡ଼ିଲେ ପୁନଶ୍ଚ ସେହି ଭୂମିକାରେ ଅବତୀର୍ଣ୍ଣ ହୁଅନ୍ତି। ଆସାମୀ ପାଗଳ ନୁହେଁ କି ଏହା ଏକ ଦୁର୍ଘଟଣା ନୁହେଁ, ଅଥଚ ମୃତଙ୍କର ମୃତ୍ୟୁ ହେଲା କିପରି ? ଯେଉଁମାନଙ୍କର ଦୁର୍ଗା ପାର୍ଟ କରିବାର ବୁଦ୍ଧିବୃତ୍ତି ଅଛି, ସେମାନେ ତାଙ୍କର ଓ ମହିଷାସୁର ଭିତରେ କିଛି ପାର୍ଥକ୍ୟ ନାହିଁ ଏକଥା ବୁଝନ୍ତି ବୋଲି ଆମେ ଆଶା କରିବା ସ୍ୱାଭାବିକ। ଦରକାର ବେଳେ ସେମାନେ ମହିଷାସୁର ହେବେ ଓ ଆଜି ମହିଷାସୁର ହୋଇଥିବା ଲୋକେ କାଲି ଦୁର୍ଗା ହେବେ ବୋଲି ସେମାନେ ସମସ୍ତେ ଜାଣନ୍ତି। ସେମାନେ ଆହୁରି ମଧ୍ୟ ଜାଣନ୍ତି ଯେ ସେମାନେ ମଞ୍ଚ ଉପରେ ଯାହା ଯାହା କହନ୍ତି ତାହା କେବଳ ଲୋକଙ୍କ ମନରେ ଏକ ଅଭିପ୍ରେତ ପ୍ରହେଳିକା ସୃଷ୍ଟି କରିବା ପାଇଁ ଉଦ୍ଦିଷ୍ଟ। ମୁଦାଲା ପକ୍ଷର ମାନ୍ୟବର ଓକିଲ କ'ଣ ଏକଥା କହିବାକୁ ଚାହାନ୍ତି ଯେ ଆସାମୀ ପ୍ରକୃତରେ ନିଜକୁ ଦୁର୍ଗା ବୋଲି ଭାବି

ନେଇଥିଲା ? ଆସାମୀର ମସ୍ତିଷ୍କ ବିକୃତ ବୋଲି ଡାକ୍ତରୀ ରିପୋର୍ଟ ନ ମିଳିଲେ ଏ ଯୁକ୍ତି ମାନିନେବା ଅସମ୍ଭବ ହେବ।

ମୁଦାଲା ପକ୍ଷର ଓକିଲଙ୍କୁ ଶୁଣିସାରି ଜଜ୍ ସେଦିନ ପାଇଁ ଅଦାଲତ ଛୁଟି କରି ରାୟ ପରେ ଦିଆଯିବ ବୋଲି ଘୋଷଣା କଲେ। ମୁଦାଲା ପକ୍ଷର ଓକିଲଙ୍କ ଯୁକ୍ତିରେ ବିଶେଷ କିଛି ଉଲ୍ଲେଖଯୋଗ୍ୟ କଥା ନ ଥିଲା। ଆସାମୀ ଏକ ଅଳ୍ପବୟସ୍କ ଯୁବକ ହୋଇଥିବା ଦୃଷ୍ଟେ ତା ପ୍ରତି କଠୋରତମ ଦଣ୍ଡ ବିଧାନ ନ କରିବାକୁ ପ୍ରାର୍ଥନା ହିଁ ତାଙ୍କ ବକ୍ତବ୍ୟର ସାରାଂଶ ଥିଲା। ସେ କହିଲେ ଯେ ଆସାମୀ ମୁତଫାଙ୍କୁ କାହିଁକି ହତ୍ୟା କଲା ଆମେ ଜାଣୁନାହିଁ, ବରଂ ପ୍ରାୟ ସବୁ ସାକ୍ଷୀମାନେ ସେମାନଙ୍କ ଭିତରେ ସୌହାର୍ଦ୍ଦ୍ୟ ଥିବା କଥା ଉଲ୍ଲେଖ କରିଛନ୍ତି। ଏପରିସ୍ଥଳେ ଏ ଦୁର୍ଭାଗ୍ୟଜନକ ଘଟଣା କାହିଁକି ଘଟିଲା ବୁଝିବା କଷ୍ଟକର। ସମ୍ଭବତଃ ଆସାମୀ ଏପରି ଏକ ପ୍ରଭାବର ବଶବର୍ତ୍ତୀ ହୋଇଥିଲା ଯାହାର ରୂପରେଖ ପୋଲିସ୍ ଅଦାଲତ ସାମ୍ନାରେ ପେଶ୍ କରିବାକୁ ଅସମର୍ଥ ହୋଇଛି। ଏ ପ୍ରଭାବଟି କ'ଣ ତାହା ନ ଜାଣି ଆସାମୀକୁ କଠୋରତମ ଦଣ୍ଡରେ ଦଣ୍ଡିତ କରିବା ଉଚିତ ହେବ କି ବୋଲି ପଚାରି ସେ ତାଙ୍କ ବକ୍ତବ୍ୟ ସାଙ୍ଗ କରିଥିଲେ।

।୩।

ଗାଆଁ ଲୋକେ ଅଦାଲତ କାମ ସାରି ଗାଆଁରେ ପହଞ୍ଚିଲା ବେଳକୁ ରାତି ଅଧ ହୋଇ ଯାଇଥିଲା। ଅଦାଲତ ଛୁଟି ହେବା ଯାଏଁ ସେମାନେ ଅପେକ୍ଷା କରିଥିଲେ। ଜଜ୍ ମିସଲରୁ ଉଠିଯିବା ପରେ ବିମ୍ବାଧରକୁ ପୋଲିସ୍‌ବାଲା ହାତକଡ଼ି ପିନ୍ଧେଇ ଅଦାଲତ ବାହାରେ ଠିଆ ହୋଇଥିବା ଗାଡ଼ିରେ ଚଢ଼େଇ ଦେଲେ। ଜଜ୍ କି ରାୟ ଦେବେ କେହି ଜାଣି ନଥିଲେ ବି କାହାରି ସନ୍ଦେହ ନ ଥିଲା ଯେ ବିମ୍ବାଧର ଫାଶୀ କିମ୍ବା ଯାବଜ୍ଜୀବନ କାରାଦଣ୍ଡ ପାଇବ। ରାୟ ପ୍ରକାଶ ନ ପାଇଥିଲେ ବି ଦେଖିବାକୁ ଚାହୁଁଥିବା ଲୋକକୁ ତାହା ଜଳ ଜଳ ଦିଶୁଥିଲା। ତାହା ବସ୍ ରାସ୍ତାରୁ ଗାଆଁକୁ ପଡ଼ିଥିବା ଗୋହିରୀ ବାଟର ଦି କଡ଼ରେ ଥିବା କିଆବୁଦା ପରି। କିଆବୁଦା ଅଛି ବୋଲି ସମସ୍ତେ ଜାଣନ୍ତି, କିନ୍ତୁ ଦିନବେଳେ ବି ସେ ବୁଦା କିପରି ଦିଶେ କେହି ଲକ୍ଷ୍ୟ କରନ୍ତି ନାହିଁ। ବେଳେବେଳେ କିନ୍ତୁ ରାତିରେ ସେ ବାଟରେ ଗଲାବେଳେ ଲାଗେ ଯେ କିଆବୁଦା ତକ ଆଗରେ ଠିଆ ହୋଇଛନ୍ତି ଓ ପରିଷ୍କାର ଭାବେ ଦିଶୁଛନ୍ତି। ଦିନବେଳେ ସେ ବୁଦାଗୁଡ଼ିକ ଆଦୌ ଭୟଙ୍କର ଦିଶନ୍ତି ନାହିଁ, କିନ୍ତୁ ରାତିରେ ସେ ବୁଦାଗୁଡ଼ିକର ସାମ୍ନାସାମ୍ନି ହେଲାବେଳେ ଖୁବ୍ ଡର ମାଡ଼େ।

ଗାଆଁକୁ ଫେରିବା ବାଟଯାକ ସେମାନେ ପରସ୍ପର ସହିତ କଥାବାର୍ତ୍ତା ପ୍ରାୟ ହୋଇ ନଥିଲେ। ଆସିବା ବେଳେ ବସ୍‌ରେ ଅଗାଧୁ ମିଶ୍ର କାଶୀ ମହାପାତ୍ରଙ୍କୁ ପାନଖଣ୍ଡେ

ମାଗିଥିଲେ ଏବଂ ମହାପାତ୍ରେ ଚୁପ୍‌ଚାପ୍ ପାନଖଣ୍ଡେ ତାଙ୍କୁ ବଢ଼ାଇ ଦେଇଥିଲେ। କଥାବାର୍ତ୍ତା ସେତିକି। ଗାଆଁ ଯେତିକି ପାଖ ହୋଇ ଆସୁଥାଏ, ନୀରବତା ସେତିକି ମାଡ଼ି ମାଡ଼ି ପଡୁଥାଏ। ତା ଓଜନରେ ସେମାନେ ଚାପି ହୋଇଗଲା ପରି ତାଙ୍କୁ ଲାଗୁଥାଏ। ନିଃଶ୍ୱାସ ସହଜରେ ନେଇ ହେଉ ନଥାଏ ଓ ଲାଗୁଥାଏ ଯେ ଶବ୍ଦଗୁଡ଼ିକ ଓଠଟି ପର୍ଯ୍ୟନ୍ତ ଆସି ଉଚ୍ଚାରିତ ହେବା ପୂର୍ବରୁ ମିଳେଇ ଯାଉଛନ୍ତି।

ପହଞ୍ଚିବା ମାତ୍ରେ ସେମାନେ ନିଜ ନିଜ ଘରକୁ ଯିବା ପରିବର୍ତ୍ତେ ଲଡୁକେଶ୍ୱରଙ୍କ ମନ୍ଦିରର ମଣ୍ଡପରେ ବସିଲେ। ମଣ୍ଡପକୁ ଅଳ୍ପ ଦୂର ଛାଡ଼ି ପୋଖରୀ, କିନ୍ତୁ ପୋଖରୀ ଥିବା ଜାଗାରେ ଏକ ଅନ୍ଧକାରମୟ ଶୂନ୍ୟତା ଛଡ଼ା ଆଉ କିଛି ଦିଶୁନଥିଲା। ସେମାନେ ବର୍ଷ ବର୍ଷ ଧରି ପ୍ରତିଦିନ ଦେଖି ଆସିଥିବା ପୋଖରୀକୁ ମନେ ପକାଇବାକୁ ଚେଷ୍ଟା କଲେ, କିନ୍ତୁ ପୋଖରୀ ଜାଗାରେ ଦିଶୁଥିବା ଅନ୍ଧାର ଘୁଞ୍ଚିଲା ନାହିଁ। ସେ ଅନ୍ଧାର ଚାରିଆଡ଼େ ବ୍ୟାପି ରହିଥିଲା, ଏପରିକି ମଣ୍ଡପକୁ ଲାଗି ଠିଆହେଲା ପରି ଜଣାପଡୁଥିଲା। ଖାଲି ସେତିକି ନୁହେଁ, ଅନ୍ଧାର ସେମାନଙ୍କ ସହିତ ଖେଳିବା ଆରମ୍ଭ କରି ଦେଇଥିଲା। ତା ଆଡ଼କୁ କିଛି ସମୟ ଚାହିଁରହିଲେ ଅନ୍ଧାର ଅନ୍ତର୍ହିତ ହୋଇଯାଉଥିଲା ଓ ଚାରିଆଡ଼ ଉଜ୍ଜ୍ୱଳ ଦିଶୁଥିଲା। ଜହ୍ନ ଆଲୁଅ ଚାରିଆଡ଼େ ଖେଳେଇ ହୋଇ ଯାଇଥିଲା ଏବଂ ହଠାତ୍ ଦୁର୍ଗା ବେଶରେ ବିମ୍ବାଧର ଠିଆ ହୋଇ ହସି ହସି କ'ଣ କହୁଥିବା ପରି ଦେଖାଯାଉଥିଲା। ସେ ଦୃଶ୍ୟ ଆଉ ନ ଦେଖିବାକୁ ଇଚ୍ଛା କରି ଯଦି ଦେଖୁଥିବା ଲୋକ ଆଖିବୁଜି ଦେଉଥିଲା, ତାକୁ ସେ ଦୃଶ୍ୟ ଆହୁରି ସ୍ପଷ୍ଟ ହୋଇ ଦିଶୁଥିଲା। ସେ ଆଡ଼କୁ ନ ଚାହିଁ ଅନ୍ୟ କିଛି କଲେ, ଆଙ୍ଗୁଠି ଫୁଟେଇଲେ କି କାନ କୁଣ୍ଡେଇଲେ ସେ ଦୃଶ୍ୟ ଲିଭି ଯାଉଥିଲା। ପୁଣି ଅନ୍ଧାରକୁ ଚାହିଁବାମାତ୍ରେ ବିମ୍ବାଧର ପୁରାଣ ପଢୁଥିବା ପରି ଏବଂ ତା ସାମ୍ନାରେ ଦଳେ ତନ୍ମୟ ଶ୍ରୋତା ବସିଥିବା ପରି ଦିଶୁଥିଲା। ଯେ କୌଣସିମତେ ବିମ୍ବାଧରକୁ ଆଣି ଆଖି ଆଗରେ ଥୋଇବା ଅନ୍ଧାରର ଏକମାତ୍ର ବଦମାସି ଥିଲା ଏବଂ ଯେଉଁମାନେ ଅନ୍ଧାରରେ ଅସ୍ୱସ୍ତି ବୋଧ କରୁଥିଲେ ଓ ଅନ୍ଧାର ଆଉ ଟିକିଏ ଦୂରକୁ ଘୁଞ୍ଚିଯାଉ ବୋଲି ଚାହୁଁଥିଲେ ସେମାନଙ୍କୁ ଅନ୍ଧାର ଏମିତି ହଇରାଣ କରୁଥିଲା। ସେମାନେ ଆଲୁଅ ଲୋଡୁଥିଲେ ଏବଂ ଆଲୁଅ ଦ୍ୱାରା ହିଁ ଅନ୍ଧାର ସେମାନଙ୍କୁ ନିର୍ଯାତିତ କରୁଥିଲା।

ଦେଉଳ ଭିତରେ ଅନ୍ଧାର ହୋଇଥିଲା। ହଠାତ୍ ଜଣେ ଖୁବ୍ ଚେଷ୍ଟା କରି ବଡ଼ ପାଟିରେ କହିଲା ଯେ ପଣ୍ଡା ବୋଧହୁଏ ଲଡୁକେଶ୍ୱରଙ୍କ ପାଇଁ କୋଠରୁ ଦିଆଯାଉଥିବା ପୁଲାଙ୍ଗ ତେଲ ବାହାରେ ବିକ୍ରିକରି ଦେଉଛି। ଏ ସଙ୍କେତ ମିଳିବା ମାତ୍ରେ ସମସ୍ତେ ବଡ଼ ପାଟିରେ ପଣ୍ଡାକୁ ଗାଳିଦେଇ ତା'ର ଅସାଧୁତା ଏବଂ ତା'ର ପିତୃପିତାମହଙ୍କ ଆଚରଣର ପରିପ୍ରେକ୍ଷୀରେ ଏ ଅସାଧୁତା କିପରି ସ୍ୱାଭାବିକ ତାହା ତର୍ଜ୍ଜମା କରିବାକୁ

ଲାଗିଲେ । ଏ ଗାଳିବର୍ଷଣ ଖେଳଟିଏ ପରି ଲାଗୁଥିଲା, କାରଣ ପଣ୍ଡା ନୁହେଁ, ଆଉ କେହି ବା ଆଉ କିଛି ପ୍ରତି ଏ ଗାଳି ଉଦ୍ଦିଷ୍ଟ ଥିଲା । ତା ନ ହୋଇଥିଲେ ଏତେ ବଡ଼ ପାଟିର କିଛି ଆବଶ୍ୟକତା ନ ଥିଲା । ବଡ଼ ପାଟି କରି ଆଉ କିଛିକୁ ଘଉଡ଼ାଇ ଦେବା ପାଇଁ ସେମାନେ ଚେଷ୍ଟା କଲାଭଳି ଜଣାପଡୁଥିଲା । ତାପରେ ସେମାନେ ପୋଖରୀରର ପଥର ପାହାଚରେ ଓହ୍ଲାଇ ଅଣ୍ଟାପାଣି କଲେ, ଖୁବ୍ ଶବ୍ଦର ସହିତ କୁଲୁକୁଳି କରି ଗଳା ସଫା କଲେ ଓ ଅଯଥାରେ ବାରମ୍ବାର ପାଣି ଆଡ଼େଇଲେ । ହଠାତ୍ ସେମାନେ ଖୁବ୍ ବଡ଼ପାଟିରେ କଥାବାର୍ତ୍ତା କରୁଥିବାର ଦେଖାଗଲା, କିନ୍ତୁ ସେ କଥାବାର୍ତ୍ତାର କିଛି ଉଦ୍ଦେଶ୍ୟ ନ ଥିଲା, ସେଥିରେ ପ୍ରଶ୍ନ ନ ଥିଲା କି ଉତ୍ତର ନ ଥିଲା । ଗୋଟିଏ ଫାଙ୍କା ଜାଗା ପୂର୍ଣ୍ଣ କରିବାକୁ ସତେ ଯେପରି ଗଦା ଗଦା ଶବ୍ଦ ଅଜାଡ଼ା ହେଉଥିଲା । ସେ କଥାରେ କିଛି ଅର୍ଥ ଥିଲା କି ନାହିଁ ତାହା କେହି ଚିନ୍ତା କରୁ ନ ଥିଲେ ।

ତା ପରେ ସେମାନେ ପୋଛା ପୋଛି ହୋଇସାରି ଗାଆଁ ଭିତରକୁ ପଶିଲେ ଓ ନିଜ ନିଜର ଘରେ ପହଞ୍ଚିବା ପର୍ଯ୍ୟନ୍ତ ସେମିତି ବଡ଼ ପାଟିରେ କଥାବାର୍ତ୍ତା କରୁଥିଲେ । ସେମାନଙ୍କ ଘରଣୀମାନେ ଖଣ୍ଡେ ଦୂରରୁ ସେ ପାଟି ଶୁଣି କବାଟ ଫିଟେଇଲେ ଓ ପ୍ରତ୍ୟେକେ ପିଣ୍ଡା ଉପରକୁ ଉଠିବା ମାତ୍ରେ ହିଁ ଘର ଭିତରକୁ ପଶିଗଲେ ।

■

ଗୁରୁ

"ମୁଁ ନିଜେ କି ଆଶ୍ଚର୍ଯ୍ୟମୟ ! ମୋ ନିଜକୁ ନମସ୍କାର..."

ଅଷ୍ଟାବକ୍ର ସଂହିତା

ମାର୍କଣ୍ଡେୟ ଶତପଥୀ ଦିନେ ଘରଛାଡ଼ି ଚାଲିଗଲେ । ଏ ଘଟଣାରେ କେହି ଆଶ୍ଚର୍ଯ୍ୟ ହେଲେ ନାହିଁ କାରଣ ଦିନେ ନା ଦିନେ ଏହା ଘଟିବ ବୋଲି ସମସ୍ତେ ଅନେକ ଦିନରୁ ଜାଣିଥିଲେ । ଖୁବ୍ ପିଲାଦିନରୁ ତାଙ୍କ ଆଚରଣରୁ ଜଣା ପଡୁଥିଲା ଯେ କୌଣସି ଅପରିଚିତ ଓ ଅବରୁଦ୍ଧ ଜାଗାରେ ଦୈବାତ୍ ପହଞ୍ଚିଯିବାର ଅଶ୍ୱସ୍ତି ସେ ଅନୁଭବ କରୁଥିଲେ । ଅନେକ ଲୋକଙ୍କର ଅବଶ୍ୟ ଏପରି ଅନୁଭୂତି ହୁଏ, କିନ୍ତୁ ସେମାନେ ନିଜ ନିଜର ସ୍ମୃତିଶକ୍ତି ହ୍ରାସ କରିଦେବା ଫଳରେ କାଳକ୍ରମେ କୌଣସି ଅସୁବିଧା ଭୋଗ କରନ୍ତି ନାହିଁ । କେହି କେହି କହନ୍ତି ଯେ ଏହା ଉଚ୍ଚତର ଅଭିଳାଷ ବା ଅତିକ୍ରମଣ ନୁହେଁ । ଯାହା ମନେ ନାହିଁ ତାହା ଆଉ ନାହିଁ ବୋଲି ଭାବିବା ଖୁବ୍ ସ୍ୱାଭାବିକ । ମାର୍କଣ୍ଡେୟ କୈଶୋର ଅବସ୍ଥାରୁ ହିଁ ଖୁବ୍ ଅସୁବିଧା ଭୋଗୁଥିଲା ପରି ଜଣାପଡୁଥିଲେ, ସତେ ଯେପରି ତାଙ୍କର କିଛି ମନେ ପଡୁଥିଲା । ସେ ଅସୁବିଧା ଏଡ଼େ ଅସହ୍ୟ ହୋଇନଥା'ନ୍ତା ଯଦି କ'ଣ ମନେ ପଡୁଛି ସେ ସଠିକ୍ ଭାବେ ଜାଣିଥା'ନ୍ତେ । ଦୁର୍ଭାଗ୍ୟବଶତଃ କ'ଣ ଗୋଟାଏ ମନେ ପଡ଼ିବାକୁ ଯାଉଛି ବୋଲି ତାଙ୍କୁ ସବୁବେଳେ ଲାଗୁଥିଲା, କିନ୍ତୁ ନିର୍ଦ୍ଦିଷ୍ଟ କିଛି ମନେ ପଡୁନଥିଲା । ବୋଧହୁଏ ଏକ ଭିନ୍ନ ପରିସ୍ଥିତିରେ ମନେ ପଡ଼ିପାରେ ଭାବି ସେ ଘରଛାଡ଼ି ଚାଲିଗଲେ ।

ମାର୍କଣ୍ଡେୟ ନାନାଦି ତୀର୍ଥସ୍ଥାନ, ଦୂର ଦୂରାନ୍ତର ଗାଆଁ, ଭାଙ୍ଗିପଡ଼ିତିବା ଦେଉଳ, ନଦୀକୂଳ ଓ ଜଙ୍ଗଲର ଉପକଣ୍ଠ ବୁଲିଲେ । ସେ ବାରମ୍ବାର ନିଜ ଚେହେରା ବି ଯଥାସାଧ୍ୟ ବଦଳାଉଥିଲେ । କେତେବେଳେ ମୁଣ୍ଡିତମସ୍ତକ ଓ ଶ୍ମଶ୍ରୁବିହୀନ ହୋଇ ପାଦଯାଏଁ

ଲମ୍ବିଥିବା ଗେରୁଆ ପୋଷାକ ପିନ୍ଧୁଥିଲେ ଓ ଅନ୍ୟ କେତେବେଳେ ଦାଢ଼ି ଛାଡ଼ିଦେଇ ସାଧାରଣ ଲୋକଙ୍କ ପରି ଲୁଗାପଟା (କେହି କେହି ତାଙ୍କୁ ପ୍ୟାଣ୍ଟ୍ ପିନ୍ଧିବାର ଦେଖିଛନ୍ତି ବୋଲି କହନ୍ତି) ପିନ୍ଧୁଥିଲେ। ଏପରି ବେଶ ବଦଳାଇବା ଅନେକ ପ୍ରକାରର ହେଉଥିଲା। ଉଦାହରଣ ସ୍ୱରୂପ, ଜଟାଜୁଟ ରଖି ଗେରୁଆ ପୋଷାକ ପିନ୍ଧିବା ବା ଗେରୁଆ ପୋଷାକ ପିନ୍ଧି କାନ୍ଧଯାଏଁ ବାଳ ଛାଡ଼ିଦେବା ଅଥଚ ଦାଢ଼ି ନରଖିବା, ବା ସାଧାରଣ ଲୋକଙ୍କ ପୋଷାକ ପିନ୍ଧିବା ସତ୍ତ୍ୱେ ଜଟାଜୁଟ ରଖିବା; ବା ମୁଣ୍ଡିତମସ୍ତକ ହୋଇ ଖାଲି ଦାଢ଼ି ରଖିବା ବା କୌପୀନ ପିନ୍ଧିବା। ଚେହେରା ଅନେକ ପ୍ରକାରର ହୋଇପାରେ - ଦାଢ଼ି ସମେତ ଜଟା ରଖିବା, ଜଟା ରଖି ଦାଢ଼ି ନରଖିବା, ଦାଢ଼ି ରଖି ଜଟା ନରଖିବା, ଜଟା କି ଦାଢ଼ି କିଛି ନରଖିବା ଅଥଚ ଦୀର୍ଘ ଓ ଅନିୟମିତ ବ୍ୟବଧାନରେ ବାଳକାଟିବା ଏବଂ କ୍ଷିଅର ହେବା, ନିୟମିତ ଭାବେ ମୁଣ୍ଡବାଳ ଓ ଦାଢ଼ି ଚିକ୍କଣ ଭାବେ କ୍ଷିଅର ହେବା ବା ଆପାଦଲମ୍ବିତ ଗେରୁଆ ପୋଷାକ ବଦଳରେ ଗେରୁଆ ଧୋତି ଓ କୁର୍ତ୍ତା ପିନ୍ଧିବା। ଏହା ଫଳରେ ମାର୍କଣ୍ଡେୟ ବିଭିନ୍ନ ସମୟରେ ବିଭିନ୍ନ ଭାବରେ ଦିଶିଥିବେ ଓ ଗୋଟିଏ ଭାବରେ ଦିଶୁଥିବା ମାର୍କଣ୍ଡେୟ ଆଗରୁ ଅନ୍ୟ ଭାବରେ ଦିଶିଥିବା ମାର୍କଣ୍ଡେୟ କ'ଣ ନିଜେ ଏଭଳି ଭୁଲ୍ କରି ବସୁଥିଲେ ? ସେକଥା ନିର୍ଦ୍ଦିଷ୍ଟ ଭାବେ କହି ହେବନାହିଁ, କିନ୍ତୁ ଆଗରୁ କୌଣସି ବେଶବିଶିଷ୍ଟ ନିଜ ସହିତ କୌଣସି ପରବର୍ତ୍ତୀ ବେଶବିଶିଷ୍ଟ ନିଜର ସବୁ ସମ୍ପର୍କ ସେ ଛିଣ୍ଡାଇ ଦେବାକୁ ଚାହୁଁଥିଲେ ବୋଲି ଭାବିବା ବୋଧହୁଏ ଅଯୌକ୍ତିକ ହେବନାହିଁ। ତାଙ୍କର ଶେଷ ଜୀବନରେ ତାଙ୍କୁ ଭେଟିଥିବା ଲୋକେ କହନ୍ତି ଯେ ସେ ସେତେବେଳେ କୌଣସି ପ୍ରତିଷ୍ଠିତ ପନ୍ଥାର ସନ୍ନ୍ୟାସୀଙ୍କ ପରି ଦିଶୁ ନଥିଲେ, କିନ୍ତୁ ତାଙ୍କର ଦୃଷ୍ଟି ଅଦୂରରେ ଥିବା ଓ ଅନ୍ୟମାନଙ୍କର ଦୃଷ୍ଟିଗୋଚର ହେଉ ନଥିବା କିଛି ଗୋଟାଏ ଉପରେ ପ୍ରାୟ ସବୁବେଳେ ନିବଦ୍ଧ ରହୁଥିଲା।

ସନ୍ନ୍ୟାସର ପନ୍ଥା ଯାହା ହେଉନା କାହିଁକି, ପ୍ରତ୍ୟେକ ସନ୍ନ୍ୟାସୀର ଜଣେ ଗୁରୁ ରହିବା ଉଚିତ ବୋଲି ମାର୍କଣ୍ଡେୟ ଜାଣିଥିଲେ। ଗୁରୁମାନଙ୍କ ବିଷୟରେ ସେ ଯାହା ପଢ଼ିଥିଲେ ବା ଶୁଣିଥିଲେ ତଦ୍ୱାରା କିନ୍ତୁ ତାଙ୍କର ଗୁରୁଟିଏ ପାଇବାର ସମସ୍ୟାର ସମାଧାନ ହୋଇ ପାରୁନଥିଲା। ଶାସ୍ତ୍ରବର୍ଣ୍ଣିତ ପ୍ରକାରେ ଗୁରୁ ସାକ୍ଷାତ୍ ବ୍ରହ୍ମା, ବିଷ୍ଣୁ ଓ ମହେଶ୍ୱର, କିନ୍ତୁ ଗୁରୁଟିଏ ପାଇବା ପରେ ହିଁ ସେ ତତ୍ତ୍ୱ କାର୍ଯ୍ୟକାରୀ ହେବା ସମ୍ଭବ, ତା ପୂର୍ବରୁ ନୁହେଁ। ବ୍ରହ୍ମା, ବିଷ୍ଣୁ ଓ ମହେଶ୍ୱରଙ୍କ ଭିତରୁ କାହାରିକୁ ଚିହ୍ନିବା ପୂର୍ବରୁ ତାଙ୍କର ଗୁଣାବଳୀ ସାହାଯ୍ୟରେ ଗୁରୁଙ୍କୁ ଚିହ୍ନି ହେବ ନାହିଁ, କିନ୍ତୁ ବିନା ଗୁରୁରେ ସେମାନଙ୍କୁ ଚିହ୍ନିବା ଅସମ୍ଭବ। ଏହାଦ୍ୱାରା କେବଳ ବୃତ୍ତର ମାର୍ଗ ପରିକ୍ରମା କରି ବାରମ୍ବାର ମୂଳ ଅବସ୍ଥାକୁ ଫେରି ଆସିବାକୁ ପଡ଼େ। କେତେକ ସତ୍ୟ ଏକ ନିର୍ଦ୍ଦିଷ୍ଟ ସମୟ ପରେ ହିଁ ସୁସ୍ପଷ୍ଟ

ହୁଅନ୍ତି, ତା ପୂର୍ବରୁ ତାହା ଅସାର ଯେପରି ଅସତ୍ୟ। ଅନ୍ୟମାନେ ନିଜ ନିଜ ଗୁରୁମାନଙ୍କର ଅଲୌକିକ କୀର୍ତ୍ତି ବର୍ଣ୍ଣନା କଲାବେଳେ ମାର୍କଣ୍ଡେୟ ସେମାନଙ୍କୁ ଭାଗ୍ୟବାନ ବିଚାରିବେ କି ନାହିଁ ସ୍ଥିର କରି ପାରୁନଥିଲେ। ନିଜେ ହାସଲ କରିଥିବା ସିଦ୍ଧି ଶିଷ୍ୟ ହାସଲ କଲେ ହିଁ ଗୁରୁଙ୍କୁ କୃତକାର୍ଯ୍ୟ କୁହାଯିବ, କିନ୍ତୁ ଏ ଗଦ୍‌ଗଦ୍ ଶିଷ୍ୟମାନେ ସେମାନଙ୍କ ଗୁରୁମାନଙ୍କଠାରେ ଆରୋପିତ ଅଲୌକିକ ଶକ୍ତିର ଧାର୍ ଧାରୁ ନଥିଲେ। ସେମାନଙ୍କ ଗୁରୁମାନେ ସେମାନଙ୍କଠାରୁ ବହୁତ ଦୂରରେ ଥିଲେ ଯେପରିକି ଶିଷ୍ୟମାନେ ସେମାନଙ୍କ ସ୍ତରର ପାଖାପାଖି ହୁଅନ୍ତୁ ବୋଲି ସେମାନେ ଚାହୁଁନଥିଲେ। ଶିଷ୍ୟମାନେ ପାଇଲେ କ'ଣ ? ଗୁରୁଙ୍କ ସ୍ତରରେ ପହଞ୍ଚିବା ଅସମ୍ଭବ ବୋଲି ସେମାନଙ୍କର ବଦ୍ଧମୂଳ ଧାରଣା ହେଲା, ନିଜର ଅକିଞ୍ଚନତାର ଅବ୍ୟାହତ ଚେତନା ହିଁ ସେମାନଙ୍କର ଏକମାତ୍ର ଚେତନା ହେଲା, ଏବଂ ନିଜେ ସିଦ୍ଧି ଲାଭ କରିବା ବଦଳରେ ଅନ୍ୟ ଜଣେ ସିଦ୍ଧି ଲାଭ କରିଛି ବୋଲି ନିଃସଂଶୟ ହୋଇ ସେମାନେ ସନ୍ତୁଷ୍ଟ ହେଉଥିଲେ। ଏପରି ଗୁରୁମାନଙ୍କ ସଂସ୍ପର୍ଶରେ ଆସୁଥିବା ଲୋକେ ସେ ସଂସ୍ପର୍ଶର ଦୂରରେ ଥିବା ଲୋକଙ୍କଠାରୁ ବେଶି ବିଫଳ ନୁହନ୍ତି କି ବୋଲି ମାର୍କଣ୍ଡେୟଙ୍କ ମନରେ ପ୍ରଶ୍ନ ଉଠୁଥିଲା। ସେମାନଙ୍କ ଉତ୍ସାହପୂର୍ଣ୍ଣ ବର୍ଣ୍ଣନା ଶୁଣୁ ଶୁଣୁ ବେଳେବେଳେ ତାଙ୍କ ଆଖି ଛଳଛଳ ହୋଇଯାଉଥିଲା। ତାଙ୍କର ଏପରି ଅବସ୍ଥା ଭାବାବେଶ ବୋଲି ଗୃହୀତ ହେଉଥିଲା; ଗଭୀର ଅନୁକମ୍ପାରେ ପରିପୂର୍ଣ୍ଣ ଉଦ୍‌ଗତ କୋହ ଯେ ତାଙ୍କର ଆଖିକୂଳ ଓଦା କରିଦେଇ ନିଜର ଅତଳତଳ ଉତ୍ପତ୍ତି ଜାଗାକୁ ଫେରିଯାଉଥିଲା, ତାହା ବୁଝୁଥିଲା କିଏ ?

ତଥାପି ନିଜର ସବୁ ସନ୍ଦେହ ଦମନ କରି ମାର୍କଣ୍ଡେୟ ଏକାଧିକ ଥର ଏପରି ଗୁରୁମାନଙ୍କର ଦ୍ୱାରସ୍ଥ ହୋଇଥିଲେ, କିନ୍ତୁ ପ୍ରତ୍ୟେକ ଥର ତାଙ୍କ ମନରେ ଯେଉଁ ଭାବର କୌଣସି ନିର୍ଦ୍ଦିଷ୍ଟ ଆକାର କି ଦୃଢ଼ ଭିତ୍ତି ନଥିଲା ତାହା ସ୍ପଷ୍ଟ ହୋଇ ଉଠୁଥିଲା ଯେପରି ରାତି ସରିସରି ଆସିଲା ବେଳକୁ ଆକାଶରେ ରାତିସାରା ଅଦୃଶ୍ୟ ହୋଇ ରହିଥିବା ମେଘଖଣ୍ଡମାନଙ୍କର ଆକୃତି ଦୃଷ୍ଟିଗୋଚର ହୁଏ। ସେମାନଙ୍କ ଠାରୁ ଆଲୋକ ନୁହେଁ, ଘୋରତମ ଅନ୍ଧକାର ରାତିର ଅନ୍ଧାର ହିଁ ନିର୍ଗତ ହେଉଥିଲା। ଥରେ ଅବଶ୍ୟ ମାର୍କଣ୍ଡେୟ ବିଶ୍ୱାସ କରିବାକୁ ଆରମ୍ଭ କରିଥିଲେ ଯେ ସେ ଉପଯୁକ୍ତ ଗୁରୁଟିଏ ପାଇଛନ୍ତି। ସେ ଗୁରୁଜଣକ ସର୍ବଦା ମୌନ ରହୁଥିଲେ। ମାର୍କଣ୍ଡେୟଙ୍କର ଧାରଣା ହେଲା ଯେ ତାଙ୍କ ଦୃଷ୍ଟିରେ କୌଣସି ଶବ୍ଦର କିଛି ଅର୍ଥ ନାହିଁ ଏବଂ ପ୍ରକୃତରେ ଯାହାର ଅର୍ଥ ଅଛି ତାହା କୌଣସି ଶବ୍ଦରେ ବା ଶବ୍ଦମାନଙ୍କର କୌଣସି ପ୍ରକାରର ସମାହାରରେ ପ୍ରକାଶିତ ହୋଇପାରିବ ନାହିଁ। ଭାଷା ଯାହା ବର୍ଣ୍ଣନା କରିପାରେ ତାହା ତ୍ରିକାଳର ସୀମା ଭିତରେ ଅବସ୍ଥିତ, ତା'ର ବାସ୍ତବତା ପ୍ରତ୍ୟେକ କାଳର ଗୁଣ ଦ୍ୱାରା ନିୟନ୍ତ୍ରିତ। ଯାହା ଅତୀତରେ

ଥିଲା ତା'ର ଅତୀତ କାଳର ବାସ୍ତବତା ଆଉ ନାହିଁ, ଯେଉଁ ବାସ୍ତବତା ରହିଛି ତାହା ପୂର୍ବର ବାସ୍ତବତାଠାରୁ ପୃଥକ୍। ଏପରି ସମୟବଦ୍ଧ ଓ ଅସ୍ଥାୟୀ ଅବସ୍ଥା ହିଁ ଭାଷା ପ୍ରକାଶ କରିପାରେ; ପ୍ରତ୍ୟେକ ଭାଷାର ବ୍ୟାକରଣରେ ମାତ୍ର ତିନିଟି କାଳ ଥିବା ତା'ର ପ୍ରମାଣ। ଯେଉଁ ବାସ୍ତବତା କାଳାତୀତ, ଅପରିବର୍ତ୍ତନୀୟ ଓ ଶାଶ୍ୱତ, ତାକୁ ଭାଷା ପ୍ରକାଶ କରିବ କିପରି ? ମାର୍କଣ୍ଡେୟ ଭାବିଥିଲେ ଯେ ଗୁରୁ ଜଣଙ୍କ ଏପରି ବାସ୍ତବତା ଉପଲବ୍ଧି କରିବା ଫଳରେ ଭାଷା ତାଙ୍କର ଆଉ ଦରକାର ହେଉ ନାହିଁ। ଦିନଦିନ ଧରି ସେ ତାଙ୍କର ଆଶ୍ରମରେ ରହିଲେ ଓ ତାଙ୍କର ସାନ୍ନିଧ ଲାଭର କୌଣସି ସୁଯୋଗ ଛାଡୁନଥିଲେ। ତାଙ୍କର ଖୁବ୍ ଆଶା ଥିଲା ଯେ କଥା ନ କହୁଥିବା ଏ ଗୁରୁହିଁ ତାଙ୍କୁ ଯେଉଁଠାରେ ଚରମ ସ୍ତବ୍ଧତା ଓ ଚରମ ଅଭିବ୍ୟକ୍ତି ଏକା କଥା ସେଠାକୁ ବାଟ ବତାଇଦେବେ। ଯେଉଁଦିନ ଗୁରୁଙ୍କ ସ୍ୱଲିଖିତ ବହିଟିଏ ତାଙ୍କ ଆଖିରେ ପଡ଼ିଲା ସେଦିନ ମାର୍କଣ୍ଡେୟ ଅନ୍ୟତ୍ର ଚାଲିଗଲେ। ବହିର ଶିରୋନାମା ବ୍ୟତୀତ ସେ ଅବଶ୍ୟ ଅନ୍ୟ କିଛି ପଢ଼ିନଥିଲେ, କିନ୍ତୁ ତାଙ୍କ ଦୃଷ୍ଟିରେ ବହି ଲେଖିବା ହିଁ ଗୁରୁଙ୍କ ସିଦ୍ଧିର ଅବାସ୍ତବତା ଅକାଟ୍ୟ ଭାବେ ପ୍ରମାଣ କରୁଥିଲା। ଶିରୋନାମା ('ଭକ୍ତି ଶତଦଳ') ବି ତାଙ୍କର ଏ ଧାରଣା ବଳବତ୍ତର କଲା। ଯଦି "ଶତଦଳ'' ପଦ୍ମଫୁଲ ଅର୍ଥରେ ବ୍ୟବହୃତ ହୋଇଥାଏ, ତା ହେଲେ ତାଙ୍କର ଭକ୍ତି ପ୍ରକୃତିର ପାର୍ଥିବ ସୃଷ୍ଟିଟିଏ ପରି; ଯଦି କୁହାଯାଏ ଯେ ଶବ୍ଦଟିର ଅର୍ଥ ତା'ର ଆକ୍ଷରିକ ଅର୍ଥ ଠାରୁ ବୃହତ୍ତର, ତା ହେଲେ କ୍ଷୁଦ୍ରତର ଅର୍ଥ ବିଶିଷ୍ଟ ଶବ୍ଦଟିଏ ବ୍ୟବହାର କରି ସେ ତାଙ୍କର ଭକ୍ତ ପାଠକମାନଙ୍କୁ ପ୍ରବଞ୍ଚିତ କରୁ ନାହାନ୍ତି କି ? ତା ଛଡ଼ା ତାଙ୍କର ଉଦ୍ଦିଷ୍ଟ ଅର୍ଥ କେତେ ବୃହତ୍ ? ସାଧାରଣ ସାଧାରଣ ପଦ୍ମଫୁଲ ଅପେକ୍ଷା ଅବଶ୍ୟ ତାଙ୍କର କଳ୍ପିତ ପଦ୍ମଫୁଲର ବେଶି ଅର୍ଥାତ୍ ଶହେ, ପାଖୁଡ଼ା ଅଛି, କିନ୍ତୁ ଶହେ ବି ତ ସଂଖ୍ୟାଟିଏ ଏବଂ ଖୁବ୍ କ୍ଷୁଦ୍ର ସଂଖ୍ୟାଟିଏ।

ତାପରେ ମାର୍କଣ୍ଡେୟ କୌଣସି ଗୁରୁଙ୍କ ପାଖକୁ ଯାଇନାହାନ୍ତି। ଗୋଟିଏ ଜାଗାରୁ ଅନ୍ୟ ଜାଗାକୁ ଯିବାରେ ତାଙ୍କର ଅଧିକାଂଶ ସମୟ କଟୁଥିଲା। ସେ ଯେଉଁଠି ପହଞ୍ଚୁଥିଲେ ଓ ଯେଉଁଠୁ ଆସିଥିଲେ ସେ ସବୁ ଜାଗାଙ୍କର ନାଆଁ ତାଙ୍କର ଆଉ ମନେ ରହୁନଥିଲା। ବେଶଭୂଷାରେ ଯେମିତି କିଛି ନିର୍ଦ୍ଦିଷ୍ଟ ପଦ୍ଧତି ନଥିଲା, ତାଙ୍କର ଲଗାତାର୍ ଯିବା ଆସିବାରେ ସେମିତି କୌଣସି ଯୋଜନା ନଥିଲା। ନିଜର ଅଜ୍ଞାତସାରରେ ସେ ଗୋଟିଏ ଜାଗାକୁ ବାରମ୍ବାର ଆସିଥିବା ସମ୍ଭବ ବା କୌଣସି ଜାଗାରେ ଥିବା ଅବସ୍ଥାରେ ଅନ୍ୟ ଜାଗାରେ ଅଛନ୍ତି ବୋଲି ଭାବିଥିବା ସମ୍ଭବ। ସେ ତାଙ୍କର ଜୀବନର ଯେଉଁ ପର୍ଯ୍ୟାୟରେ ସେତେବେଳେ ପ୍ରାୟ ପହଞ୍ଚିସାରିଥିଲେ, ସେଥିରେ କୌଣସି ଜାଗାର କି କୌଣସି ବ୍ୟକ୍ତିର କି କୌଣସି ବସ୍ତୁର ନାଆଁର ଆଉ କିଛି ତାତ୍ପର୍ଯ୍ୟ ନଥିଲା। କାଳକ୍ରମେ ସେ

କଥାବାର୍ତ୍ତା କରିବା ପ୍ରାୟ ବନ୍ଦ କରିଦେଲେ– କୌଣସି ଅବର୍ଣ୍ଣନୀୟ ବାସ୍ତବତା ନୁହେଁ, ନିଜ ଭିତରର ଦିଗ୍‌ବିଦିଗ ନଥିବା ଓ ବେଳେବେଳେ ଖୁବ୍ ବିକ୍ଷୁବ୍ଧ ଶୂନ୍ୟତା ଛଡ଼ା ତାଙ୍କୁ ଆଉ କିଛି ଦିଶୁ ନଥିଲା ବୋଲି। ସେ ଶୂନ୍ୟତାର ବାୟୁଶୂନ୍ୟ ଇଲାକାରେ ପହଞ୍ଚିବା ମାତ୍ରେ ପ୍ରତ୍ୟେକ ଭାବନା ନିଷ୍ପ୍ରାଣ ଓ ଅତ୍ୟଳ୍ପ ସମୟ ପରେ ଧ୍ୱଂସ ହୋଇଯାଉଥିଲା। ପ୍ରଥମେ ପ୍ରଥମେ ଏ ଉଭୟ ପ୍ରକ୍ରିୟା ଭିତରେ କିଛି ବ୍ୟବଧାନ ରହୁଥିଲା, କିନ୍ତୁ ତା ପରବର୍ତ୍ତୀ ଅବସ୍ଥାରେ ବ୍ୟବଧାନ ପ୍ରାୟ ରହିଲା ନାହିଁ। ଏପରିକି ବେଳେବେଳେ ପ୍ରଥମ ପ୍ରକ୍ରିୟା ସମାପ୍ତ ହେବା ପୂର୍ବରୁ ଦ୍ୱିତୀୟ ପ୍ରକ୍ରିୟା ଆରମ୍ଭ ହୋଇଯାଉଥିଲା। ଏ ଅବସ୍ଥାରେ ତାଙ୍କ ମନକୁ ଆସୁଥିବା ଭାବନାରେ କୌଣସି ନିର୍ଦ୍ଦିଷ୍ଟ ଆକାର ନଥିଲା ଯଦିଓ ତାର ଆଦୌ କିଛି ଆକାର ନଥିଲା ବୋଲି ମଧ କହିହେବ ନାହିଁ। ସବୁ ଭାବନା ତାଙ୍କର ଆଲୋକିତ ଚେତନାଠାରୁ ଭୟରେ ହେଉ ବା ଲଜ୍ଜାରେ ହେଉ ବାଟ ଭାଙ୍ଗିଯାଇ ମନର ପାତାଳ ପ୍ରଦେଶରେ ନିଜ ନିଜର ବିକଳାଙ୍ଗ ଓ ଅଳ୍ପାୟୁ ଚେହେରାରେ ବିଚରଣ କରୁଥିଲେ। ଏହା ଫଳରେ ତାଙ୍କର ଅଧିକାଂଶ ସମୟ ସ୍ୱପ୍ନ ଦେଖିବାରେ ହିଁ କଟୁଥିଲା ଓ ତାଙ୍କର ଜାଗ୍ରତାବସ୍ଥା ପ୍ରକୃତରେ ଦୁଇଟି ସ୍ୱପ୍ନପୂର୍ଣ୍ଣ ପର୍ଯ୍ୟାୟ ଭିତରେ ମଧ୍ୟାହ୍ନନ୍ତର ଛଡ଼ା ଅନ୍ୟକିଛି ନଥିଲା। ଥରେ ସେ ସ୍ୱପ୍ନ ଦେଖିଲେ ଯେ କଳା ବିରାଡ଼ିଟିଏ ନିର୍ଭୟରେ ଆସି ତାଙ୍କ ପାପୁଲି ଉପରେ ବସିଲା ଓ କ୍ରମେ କ୍ରମେ ତା'ର ଓଜନ ବଢ଼ିଲା। ବିରାଡ଼ି କିଛି ସମୟ ପରେ ଚାଲିଗଲା, କିନ୍ତୁ ପାପୁଲି ଉପରେ ତାଜା ରକ୍ତର ବୁନ୍ଦାଟିଏ ରହିଗଲା। ଆଉ ଥରେ ସେ ସ୍ୱପ୍ନରେ ଜଙ୍ଗଲରେ ଗଲାବେଳେ ଦୁଇଟି ମାଆଛେଉଣ୍ଡ ସିଂହ ଛୁଆଙ୍କୁ ଦେଖିଲେ; ଗୋଟିଏ ଅତିକାୟ ମହାବଳ ବାଘ ଛୁଆ ଦୁଇଟିକୁ ଆକ୍ରମଣ କରୁଥିଲା ଏବଂ ଯଦିଓ ମାର୍କଣ୍ଡେୟ ଜାଣିଥିଲେ ଯେ ସିଂହ ଛୁଆ ହିଁ ମରିବେ ସେ ସେମାନଙ୍କର ବିକ୍ରମ ଦେଖି ଭାବୁଥିଲେ ଯେ ଛୁଆ ଦୁଇଟିଙ୍କର ଜୀବନ ସାର୍ଥକ। ସବୁ ସ୍ୱପ୍ନରେ କୌଣସି ନା କୌଣସି ଜନ୍ତୁଥିଲେ ବୋଲି କହିହେବ ନାହିଁ। ଉଦାହରଣ ସ୍ୱରୂପ, ଗୋଟିଏ ସ୍ୱପ୍ନରେ ସେ ଏକ ଅଶରୀରୀ ଚେତନା ରୂପେ ରହି ନିଜର ମୁର୍ଦ୍ଦାର ମଶାଣିକୁ ବୁହା ହୋଇଯିବାର ଦୃଶ୍ୟ ଦେଖୁଥିଲେ। ଅନ୍ୟ ଏକ ସ୍ୱପ୍ନରେ ସେ ବସି ବସି ଗୁଡ଼ାଏ ମିଶାଣ ଓ ଗୁଣନ କରୁଥିଲେ ଯଦିଓ କାହିଁକି ଜାଣି ନଥିଲେ।

ଏ ଅବସ୍ଥା ପରେ ଯେଉଁ ଅବସ୍ଥା ଭିତରେ ସେ ଗଲେ, ସେଥିରେ ତାଙ୍କର ଚେତନାଶକ୍ତି ସଜାଗ ଓ ସକ୍ରିୟ ଥିଲା ସତ, ମାତ୍ର କୌଣସି ଚିନ୍ତା ତାଙ୍କ ମନକୁ ଆସୁନଥିଲା। ଏ ଅବସ୍ଥାରେ ତାଙ୍କର ଶୂନ୍ୟତାବୋଧ ରହିଥିଲା, କିନ୍ତୁ ସେ ଶୂନ୍ୟତା ଖୁବ୍ ପ୍ରଶାନ୍ତ, ଖୁବ୍ ଉଜ୍ଜ୍ୱଳ ମନେ ହେଉଥିଲା। ସେଥିରେ ଅତୀତ ଘଟଣାର ତିଳେମାତ୍ର ସ୍ମୃତି ନଥିଲା କି କୌଣସି ଦୃଶ୍ୟମାନ ବସ୍ତୁର, ଶବ୍ଦର, ଗନ୍ଧର, ସ୍ପର୍ଶର ଏପରିକି କୌଣସି

ଅନୁଭୂତିର ଚିହ୍ନବର୍ଣ୍ଣ ନଥିଲା। କିଛି ଦିନ ପରେ ସେ ଶୂନ୍ୟତା ଭିତରେ ଖୁବ୍ ଅସ୍ପଷ୍ଟ ଆକୃତିଟିଏ ଦିଶିଲା। ସେ ଆକୃତିର ସୀମାରେଖା ଦିଶିବାମାତ୍ରେ ହିଁ ଅଦୃଶ୍ୟ ହୋଇ ଯାଉଥିଲା, ପୁଣି କିଛି ସମୟ ପରେ ପୂର୍ବସ୍ଥାନରେ ପୂର୍ବପରି ଅସ୍ପଷ୍ଟ ଭାବରେ ଦିଶୁଥିଲା। ଧୀରେ ଧୀରେ ସେ ଆକୃତି ବେଶି ବେଶି ସ୍ପଷ୍ଟ ହେଲା ଓ ବେଶି ସମୟ ସ୍ଥିର ହୋଇ ରହିଲା। ମାର୍କଣ୍ଡେୟଙ୍କୁ ଲାଗିଲା ଯେ ସେ ଆକୃତିର ପଛ ଆଡ଼େ ମୃଦୁ ନୀଳ ଆଲୋକଟିଏ ଅନବରତ ରହିଛି ଓ ତା'ର ଜ୍ୟୋତିରେ ଆକୃତିଟି ବି ହାଲୁକା ନୀଳ ଦିଶୁଛି। ଏପରି ଦିନପରେ ଦିନ ବିତିଗଲା। ତାପରେ ହଠାତ୍ ଦିନେ ସେ ଦେଖିଲେ ଯେ ସେ ଆକୃତି ମଣିଷ ମୁହଁର ଆକୃତି। ତା'ର କିଛିଦିନ ପରେ ମାର୍କଣ୍ଡେୟ ସେ ମୁହଁକୁ ସ୍ପଷ୍ଟ ଭାବରେ ଦେଖିପାରିଲେ। ବେଳେ ବେଳେ ସେ ମୁହଁ କେଉଁ ଅଦୃଶ୍ୟ ନଈରେ ଭାସି ଭାସି ଆସିଲା ପରି ଦିଶୁଥିଲା, ପୁଣି ବେଳେବେଳେ ଏପରି ସ୍ଥିର ହୋଇ ରହିଯାଉଥିଲା ଯେ ସମୁଦାୟ ମୁହଁ ଓ ତା'ର ପ୍ରତ୍ୟେକ ଅଂଶ ସ୍ପଷ୍ଟ ଦିଶୁଥିଲା। ସେ ମୁହଁରେ ଆଖିପତା ଅନେକ ସମୟ ଧରି ପଡୁନଥିଲା ଓ ଡୋଳା ଭିତରକୁ କିଛି ବେଳ ଚାହିଁବା ପରେ ମନର ଚଞ୍ଚଳତା ପୂରାପୂରି ଶାନ୍ତ ହୋଇଯାଉଥିଲା। କ୍ରମଶଃ ତାଙ୍କର ଶୋଇବା ଖୁବ୍ କମିଗଲା ଓ ଘଣ୍ଟା ଘଣ୍ଟା ଧରି ସାମ୍ନାର ସେ କଳ୍ପିତ ଆକୃତି ଉପରେ ତାଙ୍କର ଦୃଷ୍ଟି ନିବଦ୍ଧ ରହୁଥିଲା। କଦବା କେମିତି ସେ ସମ୍ମତିସୂଚକ ଭାବେ ମୁଣ୍ଡ ଟୁଙ୍ଗାରୁଥିଲେ ବା ତାଙ୍କ ଓଠ ହସିଲା ପରି ଲମ୍ବିଯାଉଥିଲା। ସେ ଖୁବ୍ ଶୀର୍ଣ୍ଣକାୟ ହୋଇ ଯାଇଥିଲେ ସତ, କିନ୍ତୁ ତାଙ୍କ ମୁହଁ ସବୁବେଳେ ସତେଜ ଓ ପ୍ରଫୁଲ୍ଲ ଦିଶୁଥିଲା।

ତାଙ୍କ ଏକାଗ୍ରତାର ଓ ଦିନ ଦିନ ଧରି ନଖାଇ ନପିଇ ନଶୋଇ ରହିବାର ଖବର କ୍ରମଶଃ ବ୍ୟାପିବାକୁ ଆରମ୍ଭ କଲା। ପ୍ରଥମେ ପ୍ରଥମେ ଜଣେ ଦୁଇଜଣ ଲୋକ ଆସୁଥିଲେ ଓ କିଛି ସମୟ ତାଙ୍କୁ ଚାହିଁ ରହିବା ପରେ ଚାଲିଯାଉଥଲେ, ମାତ୍ର କାଳକ୍ରମେ ଲୋକ ଗହଳି ବଢ଼ିବାକୁ ଲାଗିଲା ଓ ପ୍ରାୟ ସବୁବେଳେ ଅନ୍ୟୂନ ପଚାଶ ଜଣ ଲୋକ ତାଙ୍କର ଦୁଇ ପାଖରେ ବସି ରହୁଥିଲେ। ମାର୍କଣ୍ଡେୟ କିନ୍ତୁ ସେମାନଙ୍କ ଉପସ୍ଥିତି ବିଷୟରେ ସଚେତନ ନଥିଲେ ଓ ଆଗପରି ସାମ୍ନାରେ କେବଳ ତାଙ୍କୁ ହିଁ ଦିଶୁଥିବା ମୁହଁଟିକୁ ଚାହିଁ ରହିଥିଲେ। ଯେଉଁ ଥରେ ଦୁଇଥର ସେ ବସିବା ଜାଗାରୁ ଉଠି କୁଆଡ଼େ ଯାଉଥିଲେ, ସେତେବେଳେ ବି ତାଙ୍କ ଯିବାବାଟର ଦୁଇପାଖରେ ପ୍ରଣାମ କରୁଥିବା ବା ମୁଣ୍ଡିଆ ମାରୁଥିବା ଲୋକେ ତାଙ୍କ ଆଖିରେ ପଡୁନଥିଲେ। ସେ କଳ୍ପିତ ମୁହଁ ତାଙ୍କର ସମସ୍ତ ଚେତନା ଶୋଷଣ କରି ନେଇଥିଲା କହିଲେ ଚଳେ, ଫଳରେ ତା'ର ସାମୀପ୍ୟ ଛାଡ଼ି ଅନ୍ୟ କୁଆଡ଼େ ଗଲାବେଳେ ସେ ଯନ୍ତ୍ରବତ୍ ଯାଉଥିଲେ।

ପରବର୍ତ୍ତୀ ଘଟଣା ଖୁବ୍ ସଂକ୍ଷିପ୍ତ। ଦିନେ ସେ ଯିବାବେଳେ ଜଣେ ସାମ୍ବାଦିକ

ଭକ୍ତ ଆଗକୁ ଚାଲିଆସ ତାଙ୍କୁ ଚିତ୍ରଟିଏ ଉପହାର ଦେଲେ ଓ ଦେଇସାରି ତାଙ୍କୁ ପାଦତଳେ ସାଷ୍ଟାଙ୍ଗ ପ୍ରଣାମ କଲେ। ଚିତ୍ରଟି ଦେଖିବା ମାତ୍ରେ ମାର୍କଣ୍ଡେୟ ନିଶ୍ଚଳ ହୋଇଗଲେ ଓ ଅନେକ ସମୟଯାଏଁ ତାକୁ ଚାହିଁ ରହିଲେ। ସେ ସମୟରେ ଉପସ୍ଥିତ ଥିବା ଲୋକେ କହନ୍ତି ଯେ ତାଙ୍କ ଆଖିରୁ ଧାର ଧାର ଲୁହ ବୋହି ଯାଉଥିଲା ଓ ଓଠ ବହୁତ କିଛି କହିବାକୁ ଯାଇ କିଛି କହି ପାରୁ ନଥିବା ପରି ଥରୁଥିଲା। ତାପରେ ସେ ଧୀରେ ଧୀରେ ବେଳେବେଳେ ବିଶ୍ରାମ ନେଉଥିବା କୁଡ଼ିଆ ଆଡ଼କୁ ଗଲେ, କିନ୍ତୁ ତାଙ୍କର ଦୃଷ୍ଟି ଚିତ୍ରଟି ଉପରେ ନିବଦ୍ଧ ରହିଥିଲା। ତା ପରବର୍ତ୍ତୀ ଦୁଇଦିନ ଧରି ସେ କୁଆଡ଼େ ଭିତରୁ ନ ବାହାରିବାରୁ କେତେକ ଉଦ୍‌ବିଗ୍ନ ଭକ୍ତ ଅନନ୍ୟୋପାୟ ହୋଇ କୁଡ଼ିଆ ଭିତରକୁ ଗଲେ। ସେମାନେ ଦେଖିଲେ ଯେ ବସିଥିବା ଅବସ୍ଥାରେ ମାର୍କଣ୍ଡେୟଙ୍କ ପ୍ରାଣବାୟୁ ଉଡ଼ିଯାଇଛି ଓ ତାଙ୍କ ସମ୍ମାରେ ତାଙ୍କ ନିଜର ଫଟୋଟିଏ ରହିଛି।

■

ସ୍ୱାଧୀନଚେତା

ଭାଲଚନ୍ଦ୍ର ଦୀକ୍ଷିତ୍ ଲେଖିଥିବା ଏକମାତ୍ର ବହି ସରକାରଙ୍କ ଦ୍ୱାରା ବାଜ୍ୟାପ୍ତ ହୋଇ ଯାଇଥିଲା। କାହିଁକି ବାଜ୍ୟାପ୍ତ ହେଲା କହିବା ମୁସ୍କିଲ୍। ମୋ ପାଖରେ ସେ ବହି ଅଛି ଏବଂ ତାକୁ ବାରମ୍ବାର ପଢ଼ି ମଧ ମୁଁ ସେଥିରେ କୌଣସି ଆପତ୍ତିଜନକ ବିଷୟର, ଏପରିକି କୌଣସି ମୌଳିକ ଚିନ୍ତାଧାରାର ଚିହ୍ନବର୍ଣ୍ଣ ପାଇନାହିଁ। ବହିଟିରେ ଭାରତର ସ୍ୱାଧୀନତା ସଂଗ୍ରାମକୁ ପୃଥିବୀର ଅନ୍ୟାନ୍ୟ ବିପ୍ଳବର ପରିପ୍ରେକ୍ଷୀରେ ଅନୁଶୀଳନ କରାଯାଇଛି। ଲେଖକଙ୍କ ମତରେ ପ୍ରତ୍ୟେକ ବିପ୍ଳବର ସୂତ୍ରପାତ ହେବା ମାତ୍ରେ ହିଁ ଦୁଇଟି ଗୋଷ୍ଠୀ ମୁଣ୍ଡ ଟେକନ୍ତି। ସେମାନଙ୍କ ଉଦ୍ଦେଶ୍ୟ ପ୍ରକୃତରେ ପୃଥକ୍, ଯଦିଓ ସାଧାରଣ ଦୃଷ୍ଟିରେ (ଅନେକ ସମୟରେ ନିଜ ଦୃଷ୍ଟିରେ ବି) ସେମାନେ ଗୋଟିଏ ଉଦ୍ଦେଶ୍ୟରେ ଅନୁପ୍ରାଣିତ। ଗୋଟିଏ ଗୋଷ୍ଠୀର ଦୃଷ୍ଟିରେ ସମୁଦାୟ ସାମାଜିକ ବ୍ୟବସ୍ଥାର ଆମୂଳଚୂଳ ପରିବର୍ତ୍ତନ ବିପ୍ଳବର ଉଦ୍ଦେଶ୍ୟ ହେବା ଉଚିତ କାରଣ ଏକ ଆଂଶିକ ପରିବର୍ତ୍ତନ ଦ୍ୱାରା ପୂର୍ବତନ ବ୍ୟବସ୍ଥା ପୂରାପୂରି ନିଶ୍ଚିହ୍ନ ହୋଇ ନ ଯାଇ ନାନାଦି ବିଭ୍ରାନ୍ତିକର ଆବରଣ ତଳେ ରହିଥାଏ ଏବଂ ଉଚିତ ସମୟରେ ପୂର୍ବପରି ପୁଣି ସକ୍ରିୟ ହୋଇଉଠେ। ଏ ତତ୍ତ୍ୱକୁ ଆଉ ଟିକିଏ ଆଗକୁ ନେଇ ସେମାନେ କହନ୍ତି ଯେ ଏପରି ପୁନରୁତ୍‌ଥିତ ବ୍ୟବସ୍ଥା ତାକୁ ଏକଦା ଭାଙ୍ଗିଥିବା (ବା ଭାଙ୍ଗିଛି ବୋଲି ମନେ କରୁଥିବା) ବିପ୍ଳବକୁ ନିଜ କାର୍ଯ୍ୟରେ ନିୟୋଜିତ କରେ ଯାହା ଫଳରେ ବିପ୍ଳବ ନିଜେ ନିଜକୁ ଧ୍ୱଂସ କରି ପକାଏ। ଅନ୍ୟ ଗୋଷ୍ଠୀର ମତରେ ରାଜନୈତିକ ପରିବର୍ତ୍ତନ ହିଁ ବିପ୍ଳବର ମୂଳ ଲକ୍ଷ୍ୟ। ସାମାଜିକ ବ୍ୟବସ୍ଥାରେ ଅନ୍ୟାନ୍ୟ ଅନେକ ଅନ୍ୟାୟ ରହିଛି ବୋଲି ସେମାନେ ମଧ ସ୍ୱୀକାର କରନ୍ତି, କିନ୍ତୁ ସେ ସବୁ ପ୍ରତି ସମାନ ଭାବରେ ଓ ଏକ ସମୟରେ ଧ୍ୟାନ ଦେଲେ ସବୁ ଅନ୍ୟାୟର ମୂଳ କାରଣ, ଅର୍ଥାତ୍ କ୍ଷମତାର ଅପପ୍ରୟୋଗ ଉପରେ ଆଧାରିତ ରାଜନୈତିକ ବ୍ୟବସ୍ଥାକୁ ଭାଙ୍ଗିବା ପାଇଁ ଆବଶ୍ୟକୀୟ ଶକ୍ତି ଏକତ୍ରିତ କରି ହେବ

ନାହିଁ। ଏ ଗୋଷ୍ଠୀ ତେଣୁ ରାଜନୈତିକ ପରିବର୍ତ୍ତନକୁ ଅଗ୍ରାଧିକାର ଦିଏ ଏବଂ ସମାଜର ବାକୀ ସବୁ ବିଭାଗକୁ ପୂର୍ବପରି କାର୍ଯ୍ୟକାରୀ ହେବାକୁ ଛାଡ଼ିଦେବା ଏକ ଯୁଦ୍ଧକୌଶଳ ବୋଲି ବିଚାର କରେ। ଭାଲଚନ୍ଦ୍ର ନିଃସନ୍ଦେହ ଭାବେ ପ୍ରଥମ ଗୋଷ୍ଠୀକୁ ସମର୍ଥନ କରିଥିଲେ, କାରଣ ପ୍ରଥମ ପରିଚ୍ଛେଦରେ ଏପରି ବିଭାଗୀକରଣ କରି ସାରି ଦ୍ୱିତୀୟ ପରିଚ୍ଛେଦରେ ସେ ଦ୍ୱିତୀୟୋକ୍ତ ମତବାଦର ଦୋଷ ଦୁର୍ବଳତା ବିଶଦ ଭାବରେ ଆଲୋଚନା କରିଥିଲେ। ତୃତୀୟ ପରିଚ୍ଛେଦରେ ନିଜର ଯୁକ୍ତି ପ୍ରମାଣ କରିବାକୁ ଯାଇ ସେ ଇତିହାସରୁ ନାନାଦି ନଜିର ଦେଇଥିଲେ। ତାଙ୍କ ବିଚାରରେ ସମାଜର ସମୁଦାୟ ପରିବର୍ତ୍ତନ ଲକ୍ଷ୍ୟ କରିବା ଫଳରେ ଆମେରିକାର ତଥା ରୁଷିଆର ବିପ୍ଳବ କୃତକାର୍ଯ୍ୟ ହେଲା, କିନ୍ତୁ ଆଧୁନିକ ଯୁଗର ସର୍ବପ୍ରଥମ ବିପ୍ଳବ ଓ ପ୍ରତ୍ୟେକ ପରବର୍ତ୍ତୀ ବିପ୍ଳବକୁ ଅନୁପ୍ରାଣିତ କରିଥିବା ଫରାସୀ ବିପ୍ଳବ ସୀମିତ ରାଜନୈତିକ ଲକ୍ଷ୍ୟ ରଖିବା ଫଳରେ ଅତ୍ୟଳ୍ପ ସମୟ ପରେ ସାମନ୍ତବାଦୀ ଅତ୍ୟାଚାର ଓ ଯଥେଚ୍ଛାଚାରଠାରୁ ଅଧିକତର ଅତ୍ୟାଚାର ଓ ଯଥେଚ୍ଛାଚାରର ପଥ ପରିଷ୍କାର କରି ଦେଲା। ନେପୋଲିଅନ୍ ନିଜକୁ ସମ୍ରାଟ ଓ ପତ୍ନୀଙ୍କୁ ସାମ୍ରାଜ୍ଞୀ ଘୋଷଣା କରିବା ଦିନ ହିଁ ଫରାସୀ ବିପ୍ଳବ ଏକ ନିର୍ମମ ପ୍ରହସନ ବୋଲି ସାବ୍ୟସ୍ତ ହୋଇଗଲା। ପରବର୍ତ୍ତୀ ଦୁଇଟି ପରିବେଛଦରେ ଲେଖକ ସିପାହୀ ବିଦ୍ରୋହଠାରୁ ଆରମ୍ଭ କରି ଭାରତର ସ୍ୱାଧୀନତା ସଂଗ୍ରାମର ଏକ ଐତିହାସିକ ବିବରଣୀ ଦେବା ସଙ୍ଗେସଙ୍ଗେ ତାକୁ ଫରାସୀ ବିପ୍ଳବ ପରି ବ୍ୟର୍ଥ ବିପ୍ଳବଟିଏ ବୋଲି ଦର୍ଶାଇବାକୁ ଚେଷ୍ଟା କରିଛନ୍ତି। ଷଷ୍ଠ ପରିଚ୍ଛେଦରେ ତାଙ୍କର ମୂଳ ତଥ୍ୟ ହେଲା ଯେ ଭାରତର ପ୍ରଥମ ଗୋଷ୍ଠୀ ଚତୁର ଦ୍ୱିତୀୟ ଗୋଷ୍ଠୀର ମୁକାବିଲା କରି ପାରିଲା ନାହିଁ ଏବଂ ଦ୍ୱିତୀୟ ଗୋଷ୍ଠୀ ସ୍ୱାଧୀନତା ପରେ କ୍ଷମତାସୀନ ହେଲା। ସପ୍ତମ ଓ ଶେଷ ପରିଚ୍ଛେଦରେ ଲେଖକ ସମ୍ଭାବ୍ୟ ଭବିଷ୍ୟତ ଉପରେ ଦୃକ୍‌ପାତ କରି କୌଣସି ଆଶାଜନକ ଲକ୍ଷଣ ଦେଖି ନାହାନ୍ତି। ବହିର ଶେଷ ଭାଗରେ ଥିବା ୨୨ ପୃଷ୍ଠା ବିଶିଷ୍ଟ ପରିଶିଷ୍ଟରେ ପ୍ରତ୍ୟେକ ପରିଚ୍ଛେଦରେ ବିଭିନ୍ନ ସଂଖ୍ୟା ଦ୍ୱାରା ସୂଚିତ ଉଦ୍ଧୃତି କେଉଁ ବହିର କେଉଁ ପୃଷ୍ଠାରୁ ଆହରଣ କରାଯାଇଛି ଦର୍ଶାଯାଇଛି ଓ ସ୍ଥଳବିଶେଷରେ କୌଣସି କୌଣସି ନିର୍ଦ୍ଦିଷ୍ଟ ବିଷୟ ଉପରେ ଅଧିକ ଆଲୋକପାତ କରିବା ଉଦ୍ଦେଶ୍ୟରେ ସଂକ୍ଷିପ୍ତ ମନ୍ତବ୍ୟ, ସହାୟକ ଉଦ୍ଧୃତି ଓ ପରିସଂଖ୍ୟାନ ଦିଆଯାଇଛି।

ବହିଟି ବଜାରକୁ ଆସିବା ମାତ୍ରେ ପ୍ରାୟ ପ୍ରତ୍ୟେକ ଗୋଷ୍ଠୀ ଏକ ସ୍ୱରରେ ପ୍ରତିବାଦ କରିବାକୁ ଆରମ୍ଭ କଲେ। ଭାଲଚନ୍ଦ୍ରଙ୍କର ପ୍ରକାଶ୍ୟ ସମର୍ଥନ ଲାଭ କରିଥି ପ୍ରଥମ ଗୋଷ୍ଠୀର ଅବଶିଷ୍ଟ ସଦସ୍ୟ ମଧ୍ୟ ସେଥିରୁ ବାଦ୍ ଗଲେ ନାହିଁ। ଏକେତ ସେମାନେ (ଭାଲଚନ୍ଦ୍ରଙ୍କ ମତରେ) ନିଜକୁ ନିଷ୍ଫଳ ବୋଲି ବିଚାରୁ ନ ଥିଲେ, ତା ଛଡ଼ା ବହିର

କେତୋଟି ବାକ୍ୟ ଓ ବାକ୍ୟାଂଶ ଦ୍ୱାରା ସେମାନେ ମର୍ମାହତ ହୋଇଥିଲେ। ଭାଲଚନ୍ଦ୍ର ଠାଏ କହିଛନ୍ତି ଯେ ପରାଜିତ ହୋଇଯିବା ପରେ ପ୍ରଥମ ଗୋଷ୍ଠୀର ଲୋକେ କିଛିଦିନ ସୂତା କାଟିବା ବା ତାଳଗୁଡ଼ ଶିଳ୍ପର ଉନ୍ନତି ବିଧାନ କରିବା ପରି ଗୁଡ଼ାଏ ପଣ୍ଡଶ୍ରମ କରି ଅବଶେଷରେ ଦେଶର ରାଜନୈତିକ ତଥା ସାମାଜିକ ଜୀବନରୁ ଅପସରି ଗଲେ। ସେମାନେ ନାନାଦି ତଥ୍ୟ ଭିତ୍ତିରେ ଯୁକ୍ତି କଲେ ଯେ ଦୁଇଟିଯାକ କାର୍ଯ୍ୟ ତାତ୍ପର୍ଯ୍ୟପୂର୍ଣ୍ଣ ଏବଂ ସେମାନେ ଖାଲି ଯେ ସକ୍ରିୟ ଅଛନ୍ତି ତାହା ନୁହେଁ, ଆନ୍ତର୍ଜାତିକ ସାହାଯ୍ୟ ଓ ସ୍ୱୀକୃତି ମଧ୍ୟ ଲାଭ କରୁଛନ୍ତି। ଭାଲଚନ୍ଦ୍ରଙ୍କର ସଂକ୍ଷିପ୍ତ ଜବାବ୍ (ଯାହା କୌଣସି ସମ୍ବାଦପତ୍ର ପ୍ରକାଶ କଲେ ନାହିଁ) ହେଲା ଯେ ବହୁତ ଆନ୍ତର୍ଜାତିକ ଖ୍ୟାତିସଂପନ୍ନ ଲଣ୍ଠାତାରାଙ୍କର ବର୍ତ୍ତମାନ ଚିହ୍ନବର୍ଣ୍ଣ ନାହିଁ। ସକ୍ରିୟ ରାଜନୀତି ଓ ସମାଜସେବାରେ ଉତ୍ସର୍ଗୀକୃତ ଲୋକେ ସବୁଠାରୁ ବେଶି ପ୍ରତିବାଦ କଲେ। ବାଜ୍ୟାପ୍ତି ଆଦେଶ ଅନୁସାରେ ସରକାର ସତ୍ୟର ଏପରି ଦୁରଭିସନ୍ଧିମୂଳକ ଅପଳାପକୁ ହୁଏତ ଉପେକ୍ଷା କରିଥାନ୍ତେ ଯଦି ସୂତା କାଟିବା ଓ ଲୁପ୍ତପ୍ରାୟ ତାଳଗୁଡ଼ ଶିଳ୍ପର ଉନ୍ନତି ବିଧାନ କରି ରଚନାତ୍ମକ କାର୍ଯ୍ୟ କରୁଥିବା ନିଃସ୍ୱାର୍ଥପର କର୍ମୀମାନେ ପୁସ୍ତକର ବକ୍ତବ୍ୟ ଦ୍ୱାରା ମର୍ମନ୍ତୁଦ ମାନସିକ ଯନ୍ତ୍ରଣା ଭୋଗ କରୁ ନ ଥାନ୍ତେ।

ଭାଲଚନ୍ଦ୍ର ଦ୍ୱିତୀୟ ବହି ଖଣ୍ଡେ ଲେଖିବାକୁ ଚେଷ୍ଟା କରିନାହାନ୍ତି। କେତେକ କହନ୍ତି, ପ୍ରଥମ ବହିର ବାଜ୍ୟାପ୍ତି ଫଳରେ ସେ ପୂରାପୂରି ଭାଙ୍ଗିପଡ଼ିଲେ। ଭାଲଚନ୍ଦ୍ର କିନ୍ତୁ କହନ୍ତି ଯେ ସେ କବି, ଗାଳ୍ପିକ ବା ଔପନ୍ୟାସିକ ନୁହନ୍ତି ଯେ କୌଣସି ନୂଆ ବକ୍ତବ୍ୟ ନ ଥିଲେ ସୁଦ୍ଧା ଖଣ୍ଡେ ପରେ ଖଣ୍ଡେ ବହି ଲେଖି ଚାଲିଥିବେ। ତାଙ୍କ ମତରେ ବହିର ବାଜ୍ୟାପ୍ତି ଫଳରେ ତାଙ୍କର ଯୁକ୍ତି ନାକଚ୍ ହୋଇଯାଇ ନାହିଁ ଏବଂ ସେ ଯୁକ୍ତି ଲିଖିତାକାରରେ ନ ହେଲେ ମଧ୍ୟ ଘଟଣାବଳୀ ଦ୍ୱାରା ପ୍ରମାଣିତ ହେଉଛି ଓ ହେବ।

ପ୍ରକୃତରେ ଯଦି ଭାଲଚନ୍ଦ୍ର ନିଜର ବକ୍ତବ୍ୟ କହିସାରି ସନ୍ତୁଷ୍ଟ ହୋଇଥିଲେ ତାହେଲେ ସେ ସନ୍ତ୍ରାସବାଦୀମାନଙ୍କ ସହିତ ଜଡ଼ିତ ହେଉଥିଲେ କାହିଁକି ? ସନ୍ତ୍ରାସବାଦୀମାନେ ଅବଶ୍ୟ ତାଙ୍କୁ ନିମନ୍ତ୍ରଣ କରି ନିଜ ଭିତରକୁ ଆଣିଥିଲେ, କିନ୍ତୁ ନିମନ୍ତ୍ରଣ ଗ୍ରହଣ କରି ସେ ନିଜେ ନିଜର ଯୁକ୍ତି ଖଣ୍ଡନ କଲେ ନାହିଁ କି ? ସେ ଯାହାହେଉ, ଭାଲଚନ୍ଦ୍ର ସେମାନଙ୍କ ସହିତ ଅନେକ ଦିନ ଯାଏଁ ସମ୍ପର୍କ ରଖିଥିଲେ ଏବଂ ନିମ୍ନୋକ୍ତ ଘଟଣା ଘଟି ନ ଥିଲେ ହୁଏତ ଆହୁରି ଅନେକ ଦିନ ରଖିଥା'ନ୍ତେ।

ଦିନକର ରାତି। ହୁ ହୁ ବର୍ଷା କଚାଡୁଥାଏ। ପାହାଡ଼ ପରିବେଷ୍ଟିତ ସଙ୍କୀର୍ଣ୍ଣ ସମତଳ ଇଲାକାଟି ତୁହାକୁତୁହା ଘଡ଼ଘଡ଼ି ଶବ୍ଦରେ ଦୁଲୁକି ଉଠୁଥାଏ। ଦଳେ ସନ୍ତ୍ରାସବାଦୀ ସେଦିନ ରାତିରେ କୁଖ୍ୟାତ ସାହୁକାର ଗଜାନନ ସାହୁ ଘରେ ପଶି ତାଙ୍କୁ ଗୁଳି କରି ମାରିଦେଲେ। ମାରିବା ପୂର୍ବରୁ ସେମାନେ ଗଜାନନଠାରୁ ଅନେକ ଦଲିଲ୍‌ପତ୍ର

ଜବତ୍ କରି ପୋଡ଼ିଦେଲେ। ଭାଲଚନ୍ଦ୍ର ଖୁବ୍ ସନ୍ତୋଷର ସହିତ ଦଲିଲ୍ ସବୁ ଜଳୁଥିବା ଦେଖୁଥିବା ବେଳେ ହଠାତ୍ ଗୁଳି ଶବ୍ଦ ଶୁଣିଲେ ଓ ବୁଲିପଡ଼ି ଗଜାନନର ରକ୍ତାକ୍ତ ମୁର୍ଦ୍ଦାର ଦେଖିଲେ। ଏ ହତ୍ୟା ଅନାବଶ୍ୟକ ବୋଲି ସେ ଭାବୁଥିଲେ ମଧ୍ୟ ଗଜାନନ ଭଳି ଲୋକ ସପକ୍ଷରେ କିଛି କହିବା ପାଇଁ ଉତ୍ସାହ ଅନୁଭବ କରିପାରିଲେ ନାହିଁ। କିନ୍ତୁ ସନ୍ତ୍ରାସବାଦୀମାନଙ୍କ ଭିତରୁ ଜଣେ ଯେତେବେଳେ ଗଜାନନର ମୁର୍ଦ୍ଦାର ପାଖରେ ମୁଣ୍ଡ କଚାଡ଼ି କାନ୍ଦୁଥିବା ଯୁବତୀ (ଗଜାନନର ଝିଅ, ନା ବୋହୂ?)ଙ୍କୁ ଗୁଳି କରିବାକୁ ଉଦ୍ୟତ ହେଲା, ଭାଲଚନ୍ଦ୍ର ତାଠାରୁ ବନ୍ଧୁକ ଛଡ଼ାଇ ନେଇ ଏପରି ଭାବରେ ଠିଆ ହୋଇ ରହିଲେ ଯେ ଯୁବତୀ ଆଡ଼କୁ କେହି ପାଦେ ବି ଅଗ୍ରସର ହେଲେ ତାକୁ ସେ ନିଶ୍ଚୟ ଗୁଳି କରିଦେବେ ବୋଲି ଜଣାପଡୁଥିଲା। ଭାଲଚନ୍ଦ୍ରଙ୍କର ଏ ଆଚରଣରେ ଅନ୍ୟ ସମସ୍ତେ ଆଶ୍ଚର୍ଯ୍ୟ ଓ ବିରକ୍ତ ହେଲେ, କିନ୍ତୁ ସେମାନଙ୍କର ଏକମାତ୍ର ବନ୍ଧୁକ ଭାଲଚନ୍ଦ୍ରଙ୍କର ହସ୍ତଗତ ହୋଇସାରିଥିବାରୁ ସେମାନେ ଖୁବ୍ ଶୀଘ୍ର ଘଟଣାସ୍ଥଳ ଛାଡ଼ି ଚାଲିଗଲେ। ଯିବାବେଳେ ସେମାନେ ଭାଲଚନ୍ଦ୍ରଙ୍କୁ ବିଶ୍ୱାସଘାତକ ବୋଲି ଅଭିହିତ କରିଥିଲେ ଓ ଅଚିରେ ତାଙ୍କୁ ଭେଟିବେ ବୋଲି ଧମକ ଦେଇଥିଲେ।

ଭାଲଚନ୍ଦ୍ର ଯେ ଭାବିଚିନ୍ତି ଏ ପଦକ୍ଷେପ ନେଇଥିଲେ, ତାହା ନୁହେଁ, କିନ୍ତୁ ନେଲାବେଳେ ଅନୁଭବ କରିଥିଲେ ଯେ ଏପରି ନ କରି ତାଙ୍କର ଗତ୍ୟନ୍ତର ନ ଥିଲା। ସେ ନାଟକୀୟ ମୁହୂର୍ତ୍ତରେ ନିଜ ଭିତରେ ଥିବା କ'ଣ ଗୋଟିଏ ଶକ୍ତ ଆବରଣ ହଠାତ୍ ଭାଙ୍ଗିଗଲା ପରି ତାଙ୍କୁ ଲାଗିଲା। ସେ ନିଜକୁ ଅନୁଶୀଳନ କରିବା ଅବସ୍ଥାରେ ନ ଥିଲେ, ଖାଲି ସ୍ନିଗ୍ଧ ଶାରଦୀୟ ଖରା ପଡ଼ିଥିବା ଓ କାକର ପୂରାପୂରି ଶୁଖି ଯାଇ ନ ଥିବା କେଉଁ ବିସ୍ତୀର୍ଣ୍ଣ ଶ୍ୟାମଳ ପ୍ରାନ୍ତରରେ ବୁଲି ବୁଲି ଶୀତଳ ପବନରେ ଉତ୍ଫୁଲ୍ଲ ହେଲା ଭଳି ଏକ ପ୍ରକାର ପ୍ରସନ୍ନ ଭାବରେ ଅଭିଭୂତ ହୋଇ ପଡୁଥିଲେ। ବାହାରେ ବର୍ଷା ଓ ଘଡ଼ଘଡ଼ି ଶବ୍ଦ, ପୂର୍ବତନ ସହକର୍ମୀମାନଙ୍କର ଭର୍ତ୍ସନା ଓ ଧମକ, ଏପରି କି ଯୁବତୀଟିର ବାହୁନିବା କିଛି ତାଙ୍କୁ ଶୁଭୁ ନ ଥିଲା। ତାଙ୍କର ମନେ ହେଲା ଯେ ଏହି ନିଃଶବ୍ଦ ଅବସ୍ଥାରେ ପହଞ୍ଚିବା ହିଁ ବାସ୍ତବିକ ତାଙ୍କ ଜୀବନର ଉଦ୍ଦେଶ୍ୟ ଥିଲା ଏବଂ ଏ ପର୍ଯ୍ୟନ୍ତ ସେ ଯାହା ଯାହା ଲେଖି ଆସିଛନ୍ତି ବା ଯାହା ଯାହା କରି ଆସିଛନ୍ତି ସେ ସବୁ ଏ ନିଃଶବ୍ଦତାର ଉପକ୍ରମଣିକା ମାତ୍ର।

ତାପରେ କେତେମାସ ପୂର୍ବତନ ସହକର୍ମୀମାନଙ୍କଠାରୁ ଆତ୍ମରକ୍ଷାର ବ୍ୟବସ୍ଥାରେ କଟିଗଲା। ଭାଲଚନ୍ଦ୍ର ସେମାନଙ୍କଠାରୁ ଯଥା ସମ୍ଭବ ଦୂରରେ ରହୁଥିଲେ, କିନ୍ତୁ କୌଣସି ନୂଆ ଜାଗାରେ ପହଞ୍ଚିବାର ଅଳ୍ପଦିନ ପରେ କେହି ଜଣେ ତାଙ୍କର ଗତିବିଧି ଅନୁସରଣ କରୁଥିଲା ପରି ତାଙ୍କୁ ଲାଗୁଥିଲା। ସେମାନଙ୍କ ଭିତରୁ ଦୁଇଜଣଙ୍କୁ ସେ ବିଭିନ୍ନ ସମୟରେ

ସ୍ପଷ୍ଟ ଭାବରେ ଦେଖିଥିଲେ। ଜଣକ ଉପରେ ତାଙ୍କ ଆଖି ପଡ଼ିବା ମାତ୍ରେ ସେ ନ ଜାଣିଲା ପରି ଗୋଟିଏ ଗଳି ଭିତରକୁ ପଶିଗଲା। ଆର ଜଣକ (ବିନାୟକ ଉପାଧ୍ୟାୟ) କିନ୍ତୁ କୌଣସି ଉଦ୍‌ବିଗ୍ନ ଆଚରଣ ଦେଖାଇଲା ନାହିଁ, ବରଂ ସେ ତାକୁ ଚାହିଁବା ମାତ୍ରେ ଟିକିଏ ହସି ଦେଲା ଯେପରିକି ଉଭୟେ ଉଭୟଙ୍କର ଉଦ୍ଦେଶ୍ୟ ଜାଣନ୍ତି ଯଦିଓ ବର୍ତ୍ତମାନ ଅବସ୍ଥାରେ ଉଭୟେ ନିଜେ ଜାଣିଥିବା କଥା ପ୍ରଘଟ ନ କରିବାକୁ ବାଧ୍ୟ। ଭାଲଚନ୍ଦ୍ରଙ୍କୁ ଲାଗିଲା ଯେ ତାଙ୍କର ଓ ବିନାୟକର ଉଦ୍ଦେଶ୍ୟ ପରସ୍ପର ବିରୋଧୀ ହୋଇଥିଲେ ମଧ୍ୟ ସେମାନେ ଦୁହେଁ ଗୋଟିଏ ଷଡ୍‌ଯନ୍ତ୍ରରେ ଲିପ୍ତ ଓ ସେ ଷଡ୍‌ଯନ୍ତ୍ରର ଗୋପନୀୟତା ରକ୍ଷା କରିବା ଉଭୟଙ୍କର କର୍ତ୍ତବ୍ୟ। ସେମାନେ ଦୁହେଁ ଗୋଟିଏ ସଙ୍ଗୀତର ତାଳମାନ ଅନୁଯାୟୀ ନାଚୁଥିଲେ, ଫଳତଃ ଜଣକର ପାଦ ଯେଉଁ ଭଙ୍ଗୀରେ ପଡ଼ିବ, ଆର ଜଣକର ପାଦ ସେହି ଭଙ୍ଗୀରେ ପଡ଼ିବାର ହିଁ ପଡ଼ିବ। ତାଙ୍କର ଓ ତାଙ୍କ ପିଛା ଧରିଥିବା ବିନାୟକର ଉଦ୍ଦେଶ୍ୟ କ'ଣ ବାସ୍ତବିକ ପ୍ରତିକୂଳାତ୍ମକ, ନା ଉଭୟଙ୍କ ଅକ୍ତିଆର ବାହାରେ ଥିବା ଓ ଉଭୟଙ୍କୁ ନିୟନ୍ତ୍ରିତ କରୁଥିବା କେଉଁ ଏକ ଉଦ୍ଦେଶ୍ୟର ସୁପରିକଳ୍ପିତ ବ୍ୟବସ୍ଥାରେ ପରସ୍ପରର ପରିପୂରକ? ତା ହେଲେ ତ ଉଭୟେ ଅସହାୟ ଭାବରେ ନିଜ ନିଜର ଉଦ୍ଦେଶ୍ୟର ବୋଝ ବୋହି ଚାଲିଛନ୍ତି ଏବଂ ସେମାନଙ୍କର ପରସ୍ପର ପ୍ରତି ମନୋଭାବ ବି ନିଜ ନିଜର ବୋଝରେ ଅନ୍ତର୍ଭୁକ୍ତ। ସେ ନିଜର ରକ୍ଷା କରିବାକୁ ଯତ୍ପରୋନାସ୍ତି ଚେଷ୍ଟା କରିବେ, କିନ୍ତୁ ତାଙ୍କର ସବୁ ବ୍ୟବସ୍ଥା ପଣ୍ଡ କରିବା ବି ବିନାୟକର କର୍ତ୍ତବ୍ୟ। କ୍ରମଶଃ ଏପରି କିଛି ଧାରଣା ତାଙ୍କ ମନରେ ବଳବତ୍ତର ହେବାକୁ ଲାଗିଲା, ଫଳତଃ ସବୁ ଆତଙ୍କଭାବ କଟିଗଲା ଓ ସେ ଘନଘନ ବସା ବଦଳାଇବା ଭିତରେ ଏକ ପ୍ରକାର ନିର୍ଲିପ୍ତତା ସହିତ ବୋଝ ବୋହିବା ବନ୍ଦ ହେବା ଦିନକୁ ଅପେକ୍ଷା କରି ରହିଥିଲେ।

ଭାଲଚନ୍ଦ୍ରଙ୍କର ଏଲାହାବାଦ୍ ବସା ଅଢ଼େଇ ଏକରର ଆମ୍ବ, ପିଜୁଳି ବଗିଚା ଭିତରେ ଅବସ୍ଥିତ। ଏକଦା ସଯତ୍ନବର୍ଦ୍ଧିତ ବଗିଚାଟି କାଳକ୍ରମେ ଅଧାଅଧି ଜଙ୍ଗଲ ହୋଇଗଲାଣି, ବସାଟି ବି ଅଧାଅଧି ରହିବାର ଅନୁପଯୋଗୀ ହୋଇ ସାରିଲାଣି। ଘର ଓ ବଗିଚା ଦାୟିତ୍ୱରେ ଥିବା ମାଳୀ ସହିତ କଥାବାର୍ତ୍ତା କରି ଭାଲଚନ୍ଦ୍ର ସେ ବସାରେ ରହିଲେ। ମାଳୀ ତାଙ୍କୁ ଘର ଓ ବଗିଚା ଉପରେ ନଜର୍ ରଖିବାକୁ କହି କିଛିଦିନ ମିରଟ୍ ଜିଲ୍ଲାରେ ନିଜ ଗାଆଁକୁ ଗଲା। ବସାଟି ଭାଲଚନ୍ଦ୍ରଙ୍କୁ ଖୁବ୍ ସୁବିଧାଜନକ ମନେ ହେଲା। ଏକେତ କିଛି ଭଡ଼ାଦେବାକୁ ପଡୁ ନଥିଲା, ତା ଛଡ଼ା ନାନାଦି ବଖରାବିଶିଷ୍ଟ ଘରଟିରେ ତଥା ସଂଲଗ୍ନ ଅରଣ୍ୟପ୍ରାୟ ଉଦ୍ୟାନରେ ସହଜରେ ଲୁଚିଯାଇ ହେବ। ଆତତାୟୀମାନେ ସାଧାରଣତଃ ସନ୍ଧ୍ୟା ପରେ ଆସନ୍ତି, କିନ୍ତୁ ସନ୍ଧ୍ୟାପରେ ତାଙ୍କର ବାସସ୍ଥାନରେ ନିରାପତ୍ତା ଆପେ ଆପେ ବହୁତଗୁଣ ବଢ଼ିଯାଉଥିଲା। ଅଳ୍ପ କେତେଦିନ ଭିତରେ ଭାଲଚନ୍ଦ୍ର

ବଗିଚାର ପ୍ରତ୍ୟେକ କନ୍ଦିବିକନ୍ଦି ସହିତ ପରିଚିତ ହୋଇଗଲେ ଓ ଶାନ୍ତିରେ ଜୀବନଯାପନ କରିବାକୁ ଲାଗିଲେ।

ଦିନେ ରାତି ପ୍ରାୟ ଦଶଟା ହେବ। ଭାଲଚନ୍ଦ୍ର ଖଟିଆରେ ଶୋଇ ବହିଖଣ୍ଡେ ପଢୁଥିଲେ। ଟେବୁଲ୍ ଉପରେ କେଉଁକାଳର ଲଣ୍ଠନଟିଏ ମିଞ୍ଜି ମିଞ୍ଜି ହୋଇ ଜଳୁଥିଲା। ବାହାରେ ବାଦୁଡ଼ିମାନେ ପିଜୁଳିଗଛରେ ବସିବାର ଓ ଗଛରୁ ଉଡ଼ିଯିବାର ଶବ୍ଦ ଛଡ଼ା ଅନ୍ୟକିଛି ଶବ୍ଦ ପ୍ରାୟ ନଥିଲା। ହଠାତ୍ ବଗିଚାର ଶୁଖିଲା ପତ୍ର ଉପରେ କିଏ ଜଣେ ଚାଲୁଥିବାର ଶବ୍ଦ ସେ ଶୁଣି ପାରିଲେ। ଏ ପ୍ରକାର ଘଟଣାର ମୁକାବିଲା କରିବାରେ ସିଦ୍ଧହସ୍ତ ଭାଲଚନ୍ଦ୍ର ହଠାତ୍ ଲଣ୍ଠନ ଲିଭାଇ ଦେଲେ ଓ ଅନ୍ଧାର ଭିତରେ ପାଦ ଚିପିଚିପି ଅନ୍ୟ ଏକ ବଖରାକୁ ଯାଇ ସେଠାରୁ ଝରକା ଡେଇଁ ବଗିଚାର ଅନ୍ଧାର ଭିତରେ ଲୁଚିଗଲେ। ବିଭିନ୍ନ ଦିଗରେ ଟର୍ଚ୍ଚ ଆଲୁଅ ପଡୁଥିବା ସେ ଦେଖି ପାରୁଥିଲେ। ବଗିଚା ଭିତରେ କେହି ତାଙ୍କର ପତ୍ତା ପାଇପାରିବ ନାହିଁ ବୋଲି ଭାଲଚନ୍ଦ୍ର ଜାଣିଥିଲେ, ତଥାପି ଦରକାର ପଡ଼ିଲେ ପାଚେରୀ ଡେଇଁ ବାହାରକୁ ଚାଲିଯିବେ ବୋଲି ସେ ପାଚେରୀ ଆଡ଼କୁ ଗଲେ। ସେଠାରୁ ଦେଖିଲେ ଯେ ବଗିଚା ଭିତରେ ଏଣେ ତେଣେ ଟର୍ଚ୍ଚ ଆଲୁଅ ପକାଇ କିଛିବାଟ ଯିବା ପରେ ଲୋକଟି ଫେରି ଅନ୍ୟଆଡ଼କୁ ଯାଉଛି। ବେଙ୍ଗଲା ବୁଲୁଥିବା ବଳଦପରି ତାର ସବୁ ଗତିବିଧି ଗୋଟିଏ ନିର୍ଦ୍ଦିଷ୍ଟ ପରିଧି ଭିତରେ ଆବଦ୍ଧ ରହୁଥିଲା। ଭାଲଚନ୍ଦ୍ରଙ୍କର ଇଚ୍ଛା ହେଲା ଯେ ସେ ବଗିଚାର ବିଭିନ୍ନ ସ୍ଥାନରୁ ନିଜର ଉପସ୍ଥିତିସୂଚକ କିଛି ଶବ୍ଦ କରିବେ ଏବଂ ଲୋକଟି ସେ ଦିଗରେ କିଛିବାଟ ଆଗେଇଗଲା ପରେ ଅନ୍ୟ ଏକ ଜାଗାରୁ ପୁଣି ନିଜର ସ୍ଥିତି ଘୋଷଣା କରିବେ। ସେ ତା ସହିତ ଏ ଖେଳ କିଛି ସମୟ ଖେଳି ସାରିଲା ପରେ ଲୋକଟି ବୁଝିପାରିବ ଯେ ଭାଲଚନ୍ଦ୍ର ତାକୁ ବୋକା ବନାଉଛନ୍ତି ଏବଂ ହୁଏତ ସେତେବେଳେ ଅପମାନରେ କାନ୍ଦକାନ୍ଦ ହୋଇଯିବ। ଏପରି ନିର୍ଦ୍ଦୟ ଚିନ୍ତାଟିଏ ତାଙ୍କ ମନକୁ ଆସିଥିବାରୁ ଭାଲଚନ୍ଦ୍ର ନିଜକୁ ଧିକ୍କାର କଲେ।

ତାପରେ ଭାଲଚନ୍ଦ୍ର ହଠାତ୍ ପୁଣିଥରେ ସେ ଶାରଦୀୟ ସକାଳର ଉନ୍ମୁକ୍ତତା ଅନୁଭବ କଲେ। ଇଚ୍ଛା କଲେ ହିଁ ସେ ତାଙ୍କର ଆତତାୟୀମାନଙ୍କ କବଳରୁ ଖସିଯିବେ, କିନ୍ତୁ କି ଦୁର୍ବିସହ ନିଷ୍ଫଳତାବୋଧରେ ସେମାନେ ନିର୍ଯାତିତ ହେବେ! ସେମାନେ ସେମାନଙ୍କର ଲକ୍ଷ୍ୟର ପାଖାପାଖି ହେବାମାତ୍ରେ ହିଁ ଭାଲଚନ୍ଦ୍ରଙ୍କର କିମିଆଁ ଫଳରେ ସେଥିରୁ ବଞ୍ଚିତ ହୋଇ ପଡୁଥିବେ। ସେମାନଙ୍କର ଲକ୍ଷ୍ୟ ଯେ ପ୍ରକୃତ ପକ୍ଷେ ନିଷ୍ଫଳ, ଏ ବିଷୟରେ ତାଙ୍କର ତିଳେମାତ୍ର ସନ୍ଦେହ ନ ଥିଲା, କିନ୍ତୁ ସେତିକି ବି ପାଇ ନ ପାରିବାର ନିଷ୍ଫଳତା ସେମାନଙ୍କ ଉପରେ ଲଦି ଦେବାକୁ ତାଙ୍କର ମନ ବଳିଲା ନାହିଁ। ଏପରି ନିରର୍ଥକ

ହିଂସାଚରଣ ଫଳରେ ସେମାନେ ନିଜ ନିଜ ଜୀବନର ଅକିଞ୍ଚନତା କିଛି ସମୟ ପାଇଁ ଭୁଲିଯାଇ ପାରୁଛନ୍ତି ତ, କିଛି ସମୟ ପାଇଁ ନିଜକୁ ଶକ୍ତିମାନ୍ ବୋଲି କଳ୍ପନା କରୁଛନ୍ତି ତ! ସେମାନଙ୍କ ଭାଗ୍ୟରେ କୌଣସି ସାର୍ଥକତା ନାହିଁ, ଖାଲି ଅଛି ସାର୍ଥକତାର ଏ ପ୍ରହେଳିକା ଟିକକ। ଭାଲଚନ୍ଦ୍ର କ'ଣ ତାଙ୍କୁ ସେତିକି ବି ମନା କରିଦେବେ ?

ଭାଲଚନ୍ଦ୍ରଙ୍କର ଚିତ୍ତବୃତ୍ତି ସେତେବେଳେ ବିପର୍ଯ୍ୟସ୍ତ ହୋଇପଡ଼ିଥିଲା ବୋଲି କହିହେବ ନାହିଁ, ବରଂ ତାଙ୍କର ଚେତନାର ପରିସର ଖୁବ୍ ଦ୍ରୁତଗତିରେ ବ୍ୟାପ୍ତ ହୋଇ ଯାଉଥିଲା। ସେ ଚେତନାରେ ସବୁ ଆକୃତି, ସବୁ ଆୟତନ ତରଳିଯାଇ ଗୋଟିଏ ନିରାକାର ଅଥଚ ଅନୁଭବ କରି ହେଉଥିବା ଉଜ୍ଜ୍ୱଳତାରେ ପରିଣତ ହୋଇଯାଉଥିଲେ। ନିର୍ଦ୍ଦିଷ୍ଟ ଆୟତନ ଦରକାର ନ କରି ରହିବାର ସ୍ୱଚ୍ଛନ୍ଦତାରେ ପୂରାପୂରି ମଜ୍ଜିଯିବାର ପ୍ରାକ୍‌କାଳରେ ସେ ନିଜର ସମୁଦାୟ ଅତୀତ ଜୀବନକୁ ଗୋଟିଏ ମୁହୂର୍ତ୍ତରେ ହିଁ ପର୍ଯ୍ୟାଲୋଚନା କରି ପାରିଥିଲେ। ଏ ପର୍ଯ୍ୟନ୍ତ ସେ ସଦାସର୍ବଦା କିଛି ନା କିଛିର ଆଶ୍ରୟ ଲୋଡ଼ି ଆସିଛନ୍ତି ଯାହା ଫଳରେ ନିଜକୁ ଅଯଥା ସଂକୀର୍ଣ୍ଣ ଓ ବିକଳାଙ୍ଗ କରି ପକାଇଛନ୍ତି। ତାଙ୍କର ଆଶ୍ରୟସ୍ଥଳ ବାହାରେ ଯାହା ରହିଯାଇଛି ସେଠାରେ ସେ ପହଞ୍ଚି ପାରିନାହାନ୍ତି, ବରଂ ତା ପାଖରୁ ନିଜକୁ ଯଥାସମ୍ଭବ ଦୂରେଇ ରଖିଛନ୍ତି। ବହୁତ କିଛି ତାଙ୍କର ଅନୁଭବ ବାହାରେ ରହିଯାଇଛି; ସଂଲଗ୍ନ ହେବା ସାଙ୍ଗେ ସାଙ୍ଗେ ବିଚ୍ଛିନ୍ନ ହେବାକୁ, ଉପସ୍ଥିତ ହେବା ସାଙ୍ଗେ ସାଙ୍ଗେ ଅନୁପସ୍ଥିତ ହେବାକୁ ସେ ବାଧ୍ୟ ହୋଇଛନ୍ତି। ଏପରି ହେଲା କାହିଁକି ? ସେ ନିଜେ ହିଁ ସବୁକିଛିର ବିପରୀତ ଅବସ୍ଥାଟିଏ କଳ୍ପନା କରି ତାକୁ ଜୀବନ୍ୟାସ ଦେଇଛନ୍ତି ଏବଂ ଗୋଟିଏ ଅବସ୍ଥାରେ ନିଜକୁ ଅବସ୍ଥାପିତ କରି ତା'ର ଆପାତତଃ ବିପରୀତ ଅବସ୍ଥାରୁ ଚେଷ୍ଟାକରି ଓହରି ଆସିଛନ୍ତି। ସବୁକିଛି ଯେ ଏକ ଅସୀମ ଏକାଙ୍ଗତା ଓ ତା ଭିତରେ ସଞ୍ଚରିଯିବା ତାଙ୍କର ଜନ୍ମଗତ ଦାୟିତ୍ୱ ଏହା ନ ବୁଝି ପାରି ସେ ନିଜକୁ କ୍ଷୟର ଓ ମୃତ୍ୟୁର ବଶବର୍ତ୍ତୀ କରିପକାଇଛନ୍ତି। ସେ ମୁହୂର୍ତ୍ତକ ପରେ ସେ ଆଉ କୌଣସି ଆକୃତି, କୌଣସି ଆୟତନ, କୌଣସି ଆଂଶିକ ଅବସ୍ଥା କଳ୍ପନା କରି ପାରିଲେ ନାହିଁ, ନିଜର କ୍ରମବର୍ଦ୍ଧିଷ୍ଣୁ ସତ୍ତା ଚତୁର୍ଦ୍ଦିଗରେ ବ୍ୟାପି ଯାଉଥିଲା ପରି ତାଙ୍କୁ ଲାଗିଲା।

ସେ ଲୋକଟି ଟର୍ଚ୍ଚ ପକାଇ ଯେଉଁ ଦିଗକୁ ଯାଉଥିଲା, ଭାଲଚନ୍ଦ୍ର ତା'ର ବିପରୀତ ଦିଗରୁ ତା ଆଡ଼କୁ ଆଗେଇଲେ। ସେ ତାର ଯେତେ ନିକଟବର୍ତ୍ତୀ ହେଉଥିଲେ, ନିଜ ଉପରୁ ଗୋଟିଏ ପରେ ଗୋଟିଏ ଆସ୍ତରଣ ଖସି ପଡୁଛି ବୋଲି ଅନୁଭବ କରୁଥିଲେ। ଗୁଳି ଫୁଟିବାର ଅବ୍ୟବହିତ ପୂର୍ବରୁ ସର୍ବଶେଷ ଆସ୍ତରଣଟି ଖସି ପଡ଼ିଥିଲା ଏବଂ ଭାଲଚନ୍ଦ୍ର ନିଜକୁ ସବୁ ସୃଷ୍ଟିର ପୂର୍ବବର୍ତ୍ତୀ, ଅସୀମ, ଅପରିବର୍ତ୍ତନୀୟ କଳ୍ପନାରେ ପରିଣତ କରି ସାରିଥିଲେ।

■

କସ୍ତୁରୀମୃଗ

ଅଫିସ୍ ଫେରନ୍ତା ନନ୍ଦିକେଶର ଇଚ୍ଛା ହେଉଥିଲା ସେ ସିଧାସଳଖ ଶୋଇବା ଘରକୁ ପଶିଯାଆନ୍ତା ଓ ଆଲୁଅ ଲିଭାଇ ଦେଇ ବିଛଣାରେ ନିଜକୁ ଅଜାଡ଼ି ଦିଅନ୍ତା। ମୁହଁହାତ ଧୋଇବାରେ ବା ଚା' କପେ ପିଇବାରେ ସମୟ ନଷ୍ଟ କରିବାକୁ ସେ ଚାହୁଁନଥିଲା; କେବଳ ଏତିକି ଚାହୁଁଥିଲା ଯେ ବିଛଣାରେ ପଡ଼ିଯିବା ମାତ୍ରେ ହିଁ ତାକୁ ନିଦ ଆସିଯାଆନ୍ତା ଓ ସକାଳଯାଏଁ ନିଦ ଭାଙ୍ଗନ୍ତା ନାହିଁ, ଖାଇବା ପାଇଁ ମଧ୍ୟ ନୁହେଁ। ତା'ର ଗୋଡ଼ହାତରେ ଜୀବନ ନଥିଲା; ଯେଉଁ ଟିକିଏ ଚଳତ୍‌ଶକ୍ତି ତା'ର ଗୋଡ଼ହାତରେ ଥିଲା ତାହା ସମ୍ଭବତଃ ଏପରି ଏକ ଶକ୍ତିର ପରିଣାମ ଯାହା ରହିଥିବାଯାଏଁ ଏତେ ପ୍ରବଳଭାବେ ରହିଥିଲା ଯେ ଚାଲିଯିବା ପରେ ବି ତା'ର ରହିଥିବା ଜାଗାରେ ତା'ର ରହିଥିବା ବେଳର ଘଟଣା ଘଟିଚାଲିଥିଲା। ଜଣେ ଲୋକ, ଯାହା ସହିତ ବର୍ଷବର୍ଷ କଟିଯାଇଛି, ହଠାତ୍ ମରିଯିବା ପରେ ଦିନଦିନ ଧରି, ଏପରିକି ମାସମାସ ଧରି ସେ ଆଉ ନାହିଁ ବୋଲି ସବୁବେଳେ ମନେ ପଡ଼େ ନାହିଁ, ଅନେକଥର ଅଜାଣତରେ ତା ନାଆଁ ଡାକି ହୋଇଯାଏ, ସେ ଥିଲାବେଳେ ତା' ପାଇଁ ଯେଉଁ କାମ କରିବାକୁ ପଡୁଥିଲା ତାହା କରି ହୋଇଯାଏ ବା କରିବାର ମାନସିକ ଅବସ୍ଥା ଆସିଯାଏ। ନିଷ୍କ୍ରାନ୍ତ ଶକ୍ତିର ଘଟଣା ଘଟାଇପାରିବାର ସାମର୍ଥ୍ୟର ଆହୁରି ଏକ ଏବଂ ନିତିଦିନିଆ ଉଦାହରଣ କୁକୁଡ଼ାମାନଙ୍କଠାରେ ଦେଖିବାକୁ ମିଳେ; ବେକ କଟା ହେବା ବେଶ୍ କିଛି ବେଳଯାଏଁ ତାଙ୍କର ସର୍ବାଙ୍ଗରେ ଜୀବନ୍ତ ପ୍ରାଣୀଙ୍କର ଅସ୍ଥିରତା ଦେଖାଯାଏ, ସେ ଅସ୍ଥିରତା କରୁଣ ହେଉ ପଛକେ। ନନ୍ଦିକେଶର ଆଖିପତା ମାଡ଼ିମାଡ଼ି ପଡୁଥିଲା ଏବଂ ତା'ର ଡାହାଣହାତରୁ ଫାଇଲ୍ ଖଲାସ୍ କରିବାକୁ ଧାଇଁ ଆସୁଥିବା ଝିଅ ଆଡ଼କୁ ଚାହିଁବା ପାଇଁ ତାକୁ ଚେଷ୍ଟା କରି ଆଖିପତା ଉଠାଇବାକୁ ପଡୁଛି ବୋଲି ସେ ଜାଣି ପାରୁଥିଲା। ସେ ଯେଉଁ କ୍ଳାନ୍ତି ଅନୁଭବ କରୁଥିଲା ତାହା କଠୋର ପରିଶ୍ରମଜନିତ ନୁହେଁ; ତା'ର ପରିଶ୍ରମର କିଛି ଅର୍ଥ ନାହିଁ ଅଥଚ ପରିଶ୍ରମ କରିବାରୁ କ୍ଷାନ୍ତ ହେବାର କି

ଅନ୍ୟ କୌଣସି କାର୍ଯ୍ୟରେ ପରିଶ୍ରମ କରିବାର ସ୍ୱାଧୀନତା ନାହିଁ ବୋଲି ଜାଣିବା ପରେ ଯେଉଁ କ୍ଳାନ୍ତି ଆସେ ନନ୍ଦିକେଶ ତାହା ଅନୁଭବ କରୁଥିଲା।

ନନ୍ଦିକେଶ ଅନେକଦିନରୁ ବୁଝି ସାରିଥିଲା ଯେ ଗତ କେତେବର୍ଷଧରି ଅବିରତଭାବେ ଅନୁଭୂତ ହେଉଥିବା ଏ କ୍ଳାନ୍ତିରୁ ତା'ର ଆଉ ନିଷ୍କୃତି ନାହିଁ। ସେତେବେଳେ ତା ଉପରେ କ୍ଳାନ୍ତିର ନୂଆ ଆକ୍ରମଣ ହେବନାହିଁ କି ସେ ମଧ୍ୟ ଯେତିକି କ୍ଳାନ୍ତି ଆଗରୁ ରହିଥିବ ତାକୁ ହଟାଇବାର ଚେଷ୍ଟା କରିବନାହିଁ। ଯୁଦ୍ଧବିରତିର ପୂର୍ବବର୍ତ୍ତୀ ପୀଡ଼ା ସେ ଅବଶ୍ୟ ଭୋଗୁଥିବ, କିନ୍ତୁ ତାହା ତ ସବୁ ଯୁଦ୍ଧବିରତିରେ ଘଟେ, ପ୍ରତିପକ୍ଷମାନେ ନିଜ ନିଜ ଶିବିରରେ ନିଜ ନିଜ କ୍ଷତର ପୀଡ଼ା ଉପଶମ କରିବା ଉଦ୍ୟମ କରୁଥାନ୍ତି। ଶୋଇପଡ଼ିବା ହିଁ ନନ୍ଦିକେଶ ପକ୍ଷରେ ଯୁଦ୍ଧବିରତି। ନିଦରେ ଢାଳୁତିବା ଲୋକଙ୍କ ଏକାଗ୍ରତାତୁଲ୍ୟ ଏକାଗ୍ରତା ସହିତ ନନ୍ଦିକେଶ ନିଜ ବିଛଣାଆଡ଼କୁ ଚାଲିଲା।

ତାର ଉଦ୍ଦେଶ୍ୟ ଚରିତାର୍ଥ ହେବା ପୂର୍ବରୁ ତା'ର ସ୍ତ୍ରୀ ତା'ର ଗତିପଥ ଅବରୋଧ କଲେ। ଦଶ ମିନିଟ୍ ଭିତରେ ମୁହଁହାତ ଧୋଇ ଲୁଗାପଟା ବଦଳାଇ ତାକୁ ପ୍ରସ୍ତୁତ ହେବାକୁ କୁହାଗଲା କାରଣ ବନାରସରୁ ଆସିଥିବା ଦୁଇଜଣ ସ୍ୱନାମଧନ୍ୟ ବେହେଲା ଓ ଶାହନାଇବାଦକଙ୍କ ସେଦିନ ସନ୍ଧ୍ୟାର ସଂଗୀତସଭାରେ ଠିକ୍ ସମୟରେ ପହଞ୍ଚିବାକୁ ହେବ। ଏ ଆଦେଶ ଶୁଣିବା ପୂର୍ବରୁ ଦେହସୁହା ହୋଇଯାଇଥିବା କିଛି ଭର୍ତ୍ସନା ବି ନନ୍ଦିକେଶ ଶୁଣିଲା, ଯେଉଁ ଭର୍ତ୍ସନାର ସାରାଂଶ ଏହା ଯେ କାମରୁ ନିଜକୁ ମୁକୁଳାଇ ନପାରିବା ଗୁଣଯୋଗୁଁ ସେ ପୂରା ପରିବାରକୁ ଅସୁଖୀ କରିବା ସଙ୍ଗେ ସଙ୍ଗେ ନିଜ ସ୍ୱାସ୍ଥ୍ୟର ମଧ୍ୟ ପ୍ରଭୂତ କ୍ଷତି କରିଛି। ଦର୍ପଣରେ ସେ ନିଜର ଚେହେରା ଦେଖି ଏବଂ ତା'ର ଚେହେରା ଓ ପ୍ରେତର ଚେହେରା କିପରି ତୁଳନୀୟ ତାହା ନିଜେ ବୁଝୁ ବୋଲି ପରାମର୍ଶ ମଧ୍ୟ ତା'ର ଶ୍ରୁତିଗୋଚର ହେଲା। ନନ୍ଦିକେଶ କିଛି ଉତ୍ତର ଦେଲାନାହିଁ ଯେହେତୁ ସେ ଜାଣିଥିଲା ଯେ ପ୍ରତିବାଦ କଲେ ବି ସେ ଶୋଇପାରିବ ନାହିଁ। ବିନା ବାକ୍ୟବ୍ୟୟରେ ସେ ମୁହଁ ଧୋଇଲା, ପୋଷାକ ବଦଳାଇଲା ଓ ନିର୍ଦ୍ଧାରିତ ସମୟ ପୂର୍ବରୁ ପୋର୍ଟିକୋରେ ଉପସ୍ଥିତ ହେଲା।

ନନ୍ଦିକେଶ ଗାଡ଼ିନେଇ ବନାରସରୁ ଆସିଥିବା ସଂଗୀତଜ୍ଞଦ୍ୱୟ ଯେଉଁଠାରେ ନିଜର କୃତିତ୍ୱ ପ୍ରଦର୍ଶନ କରିବେ ସେଠାରେ ସସ୍ତ୍ରୀକ ପହଞ୍ଚିଲା। ଗୃହ ଭିତରକୁ ଯିବା ପୂର୍ବରୁ କେତେଜଣ ଉଦ୍ୟୋକ୍ତା ତାକୁ ଦେଖି ଅସୀମ କାର୍ଯ୍ୟବ୍ୟସ୍ତତା ସତ୍ତ୍ୱେ ସେ ଆସିପାରିଛି ବୋଲି ତା ପ୍ରତି କୃତକୃତ୍ୟଭାବ ପ୍ରଦର୍ଶନ କଲେ। ନନ୍ଦିକେଶ ହସିହସି ସେମାନଙ୍କ ଉଦ୍ୟମର ତାରିଫ୍ କଲା, ତାପରେ ସ୍ତ୍ରୀଙ୍କ ସହିତ ଗୃହ ଭିତରକୁ ଗଲା। ସେମାନେ ବେଶ୍ କିଛି ପଛରେ ବସିଲେ। ଆଗଧାଡ଼ିରେ ଜାଗା ଖାଲିଥିବା ସତ୍ତ୍ୱେ ସେମାନେ ଆଗରେ

କାହିଁକି ବସିବେ ନାହିଁ ବୋଲି ତାର ସ୍ତ୍ରୀ ପଚାରିବାରୁ ନନ୍ଦିକେଶ ଉତ୍ତର ଦେଲା ଯେ ଖୁବ୍ ଆଗରେ ବସିଲେ ଲାଉଡ୍‌ସ୍ପିକର୍‌ରେ ସଂଗୀତର ସବୁଠୁଁ ସୂକ୍ଷ୍ମ ଓ ସବୁଠୁଁ ଲଳିତ ନାଦଗୁଡ଼ିକର ବିନାଶ ଓ ବିକଳାଙ୍ଗତା ବରଦାସ୍ତ କରିବାକୁ ପଡ଼ିବ। ତାର ସ୍ତ୍ରୀ ସେଥିରେ ବିଶ୍ୱାସ କରିଗଲେ ଓ ଉଭୟେ ବସି ସଂଗୀତସଭାର ଆରମ୍ଭକୁ ଅପେକ୍ଷା କଲେ।

ବେହେଲାବାଦକ ଓ ଶାହନାଇବାଦକ ପ୍ରତିଦିନ ପୁଷ୍ଟିକର ଖାଦ୍ୟ ଖାଉଥିବା ପିତାମାତାଙ୍କର ପ୍ରତିଦିନ ପୁଷ୍ଟିକର ଖାଦ୍ୟ ଖାଉଥିବା ସନ୍ତାନ ପରି ଦିଶୁଥିଲେ, କିନ୍ତୁ ତବଲାବାଦକ ବୋଧହୁଏ ଏପରି ଏକ ପରିବାରେ ଜନ୍ମଗ୍ରହଣ କରିଥିଲେ ଯେଉଁ ପରିବାରକୁ ସପ୍ତାହରେ ମାତ୍ର ତିନିଦିନର ଖାଦ୍ୟ ମିଳୁଥିଲା ଏବଂ ସେତିକି ଖାଦ୍ୟକୁ ପରିବାରର ସମସ୍ତେ ସାତଦିନ ଯାକ ବାଣ୍ଟି ଖାଉଥିଲେ। ତବଲାବାଦକ ବି ତ ବନାରସର, ତେବେ ସେ କ'ଣ ଏମାନଙ୍କର ପଡ଼ୋଶୀ? ତାନ୍‌ପୁରା ଧରିଥିବା ତନୁପାତଳୀ ଝିଅଟି ମୁହଁରେ ଉତ୍ସାହର ଚିହ୍ନବର୍ଣ୍ଣ ନଥିଲା। ବହୁତ ଦିନରୁ ତା'ର ହୁଏତ ହୃଦ୍‌ବୋଧ ହୋଇସାରିଥିଲା ଯେ ତାନ୍‌ପୁରା ବଜାଉଥିବା ଯାଏଁ ତା'ର ସ୍ଥାନ ସୁପ୍ରସିଦ୍ଧ ସଂଗୀତମାନଙ୍କଠାରୁ ବେଶ୍ କିଛି ଦୂରରେ ରହିବ, ଯେମିତି ଅସ୍ୱଚ୍ଛଳ ଜ୍ଞାତିକୁଟୁମ୍ବ ଯେଉଁମାନେ ଏକ ଅସ୍ଥିମଜ୍ଜାଗତ ନ୍ୟୂନଭାବ ଯୋଗୁଁ ଯେତେ ପାଖରେ ଚଳପ୍ରଚଳ ହେବା କଥା ହୁଅନ୍ତି ନାହିଁ, ତାଙ୍କୁ ପାଖକୁ ଆସିବାକୁ କେହି ନିଷେଧ ନକରୁ ପଛକେ। ପୃଥୁଳ, ଚନ୍ଦା ଓ ଟିକିଏ ଗେଡ଼ା ହାର୍ମୋନିୟମ୍‌ବାଦକ ଯେଉଁ ଅର୍ଦ୍ଧବୃତ୍ତର ସୀମାନ୍ତ ମଣ୍ଡନ କରିଥିଲେ ତା'ର ଅନ୍ୟ ସୀମାନ୍ତରେ ତବଲାବାଦକ ବସିଥିଲେ ଏବଂ ତା'ର ମଧ୍ୟଭାଗରେ ବେହେଲାବାଦକ ଓ ଶାହନାଇବାଦକ ଗୌରବଦୀପ୍ତ ପ୍ରଭା ବିକୀରଣ କରି ଉଦ୍ଭାସିତ ହେଉଥିଲେ।

ଏକାଧିକ ବାଦ୍ୟ ଏକ ସମୟରେ ବାଜିଲେ ନନ୍ଦିକେଶ ଖୁବ୍ ଅସ୍ୱସ୍ତି ଅନୁଭବ କରେ। ଗୋଟିଏ ମାତ୍ର ବାଦ୍ୟର ସଂଗୀତ ଶୁଣିବା ତା'ର ପସନ୍ଦ। ଗୋଟିଏ ପାଖରେ ଉଚ୍ଚ ଉଚ୍ଚ ଗଛ ଓ ନାନାଦି ଜଙ୍ଗଲୀ ଫୁଲର ବୁଦା ଏବଂ ଅନ୍ୟପାଖରେ ନିର୍ମଳ ନୀଳପାଣିର ଝରଣା ଥିବା ନିର୍ଜନ ରାସ୍ତାରେ ଏକୁଟିଆ ଯାଉଥିବା ଅନିନ୍ଦ୍ୟ ସୁନ୍ଦରୀ ଯୁବତୀ ପରି ସେ ସଂଗୀତ। ତା ପଛେ ପଛେ ଚାଲିବାରେ କି ଆନନ୍ଦ! ଯଦି ସେ ଅକସ୍ମାତ୍ ଲେଉଟି ଚାହେଁ ଓ ଟିକିଏ ହସିଦିଏ ତେବେ ଏପରି ଏକ ସ୍ମୃତି ନିଜସ୍ୱ ହୋଇଯାଏ ଯେ ତାକୁ ମନେ ପକାଇଲେହିଁ ଜୀବନର ଅସଂଖ୍ୟ ଦୁର୍ବିସହ ପ୍ରତିଘାତ ସହିନେବାର ସାମର୍ଥ୍ୟ ଆସିଯାଏ। ଯୌଥସଂଗୀତରେ କିନ୍ତୁ ପ୍ରତ୍ୟେକ ବାଦ୍ୟର ଧ୍ୱନି ଝାଳଗନ୍ଧ, ଈର୍ଷା ଓ ବକ୍ତା ତଥା ଶ୍ରୋତାଙ୍କ ପାଇଁ ସମାନଭାବେ ଅର୍ଥହୀନ ବାକ୍ୟଙ୍କର ଓଜନରେ ଭାରାକ୍ରାନ୍ତବାୟୁ ପରିପୂର୍ଣ୍ଣ କୋଠରିରେ ଠେଲାପେଲା ହେଉଥିବା ପୁରୁଷ ଓ ସ୍ତ୍ରୀଙ୍କ ପରି। ଆଜିକାଲି କିନ୍ତୁ

ଯୌଥସଂଗୀତର ଆଦର ଖୁବ୍ ବ୍ୟାପକ। ନିର୍ଜ୍ଜନ ରାସ୍ତାରେ ଏକାକିନୀ ମାନଙ୍କ ପଛେ ପଛେ ଯିବାର ସୌଭାଗ୍ୟ ତମର କାହିଁ? ତମର ଯେତିକି ସମୟ ଅଛି ତାହା ଭାରାକ୍ରାନ୍ତ ବାୟୁ ପରିପୂର୍ଣ୍ଣ କୋଠରୀମାନଙ୍କରେ ସକାଳକୁ ଯେଉଁ ସ୍ୱପ୍ନ ଆଉ ମନେପଡ଼ିବ ନାହିଁ ସେପରି ସ୍ୱପ୍ନରେ ଦିଶୁଥିବା ପ୍ରତିକୃତିପରି ଅସତ୍ୟ ପୁରୁଷ ଓ ସ୍ତ୍ରୀଙ୍କୁ ଠେଲିବାରେ ଏବଂ ତାଙ୍କଦ୍ୱାରା ଠେଲି ହୋଇଯିବାରେ ହିଁ କଟିବ।

ଚାରିଜଣ ଅଳ୍ପବୟସ୍କା ବାଳିକା ମଞ୍ଚ ଉପରକୁ ଆସି ସଂଗୀତଜ୍ଞ ଚାରିଜଣଙ୍କୁ ଚାରିଟି ଫୁଲତୋଡ଼ା ଉପହାର ଦେଲେ। ମଝି ସୂନ୍ଥା କାଟିଥିବା ମୋଟା ଭଦ୍ରଲୋକ ଜଣେ ମଞ୍ଚ ଉପରକୁ ଆସିଲେ ଓ ସଂଗୀତଜ୍ଞମାନଙ୍କର ସଂକ୍ଷିପ୍ତ ପରିଚୟ ଦେଲେ। ତାପରେ ସେ ବେହେଲାବାଦକ ଓ ଶାହନାଇବାଦକ କେଉଁ କେଉଁ ରାଗ କେଉଁ କ୍ରମରେ ପରିବେଷଣ କରିବେ ତା'ର ତାଲିକା ଦେଲେ। ନନ୍ଦିକେଶ ଶୁଣୁଥିବା ବାକ୍ୟଗୁଡ଼ିକ ତା କାନପାଖ ଦେଇ ଚାଲିଯାଉଥିଲେ ଓ ଚାଲିଗଲା ପରେ ସେମାନଙ୍କର ଅର୍ଥ ନିଶ୍ଚିହ୍ନ ହୋଇଯାଉଥିଲା। ସେ କେବଳ ଏତିକି ବୁଝୁଥିଲା ଯେ ଦାମ୍ପତ୍ୟଜୀବନରେ ବିଭ୍ରାଟ ଏଡ଼ାଇବା ପାଇଁ ତାକୁ ଆଗାମୀ ପ୍ରାୟ ଦୁଇଘଣ୍ଟା ବ୍ୟାପୀ ଯନ୍ତ୍ରଣା ଧୈର୍ଯ୍ୟସହକାରେ ବରଦାସ୍ତ କରିନେବାକୁ ପଡ଼ିବ। ସେଥିପାଇଁ ସେ ନିଜକୁ ପ୍ରସ୍ତୁତ କରିନେଲା।

ତବଲାବାଦକ ନିଜ ବାଦ୍ୟଯନ୍ତ୍ର ଉପରେ ପୂରା ପାଞ୍ଚମିନିଟ୍ କସ୍‌ରତ୍ କରି ସେଥିରୁ ନିଜର ପସନ୍ଦ ହେଉନଥିବା ନାନାଦି ଧ୍ୱନି ଉତ୍ପାଦନ କଲେ ଏବଂ ଶେଷରେ ଛୋଟ ହାତୁଡ଼ିଟିଏ ଦ୍ୱାରା ଡୁବିତାବ୍‌ଲାକୁ ବିଭିନ୍ନ ଜାଗାରେ ପିଟାପିଟି କରିବା ପରେ ଯେଉଁ ଧ୍ୱନି ଶୁଣିଲେ ସେଥିରେ ସନ୍ତୁଷ୍ଟ ହେଲାଭଳି ଦେଖାଗଲେ। ତାପରେ ମୁଖ୍ୟ ସଂଗୀତଜ୍ଞଦ୍ୱୟ ନିଜ ନିଜର ବାଦ୍ୟଯନ୍ତ୍ର ବଜାଇବା ଆରମ୍ଭ କଲେ। ପ୍ରଥମେ ବେହେଲାବାଦକ ଦୁଇତିନି ମିନିଟ୍ ବଜାଇବା ପରେ ଶାହନାଇବାଦକ ଦୁଇ ତିନି ମିନିଟ୍ ବଜାଇଲେ, ତାପରେ ଉଭୟେ ଏକତ୍ରପ୍ରାୟ ଦଶମିନିଟ୍ ବଜାଇଲେ। ତେଣିକି ଜଣେ ବଜାଇବା ହଠାତ୍ ବନ୍ଦ କରିଦେଉଥିଲେ ବା ପ୍ରାୟ ଶୁଭୁନଥିବା ଭଳି ବଜାଉଥିଲେ ଏବଂ ସେ ସମୟରେ ଅନ୍ୟ ସଂଗୀତଜ୍ଞଙ୍କର ବାଦ୍ୟସଂଗୀତ ମୁଖ୍ୟତଃ ଶୁଭୁଥିଲା। କିଛି ସମୟ ପରେ ସେ ଗୌଣଭୂମିକା ଅବଲମ୍ବନ କରିନେଉଥିଲେ ଏବଂ ଅନ୍ୟଜଣକ ନିଜର ପରାକାଷ୍ଠା ପ୍ରଦର୍ଶନ କରୁଥିଲେ। ନନ୍ଦିକେଶ ନିଜ ଭିତରର ସେଇ ସତ୍ତାଟିକୁ ଜାଗ୍ରତ କରିବାକୁ ଚେଷ୍ଟା କରୁଥିଲା ଯାହା ସଂଗୀତ, କଳା, ସାହିତ୍ୟ ବା ଦର୍ଶନ ପରି ମଣିଷର ଉଚ୍ଚାଙ୍ଗ ସାଧନା ପ୍ରତି ସମ୍ବେଦନଶୀଳ ଏବଂ ଆଶା କରୁଥିଲା ଯେ ସେଇ ସତ୍ତାଟି ସଂଗୀତଜ୍ଞଦ୍ୱୟଙ୍କର ପ୍ରତିଟି ଧ୍ୱନି ଏବଂ ପ୍ରତିଟି ଧ୍ୱନି ଭାବାବେଶଟିଏ ସୃଷ୍ଟି କରିବା ପାଇଁ ଯେଉଁ ଉଦ୍ୟମରେ ସୁଚାରୁରୂପେ ସମାହିତ ତାକୁ ବୁଝିବ, କିନ୍ତୁ ସେ

ସତ୍ତାଟି ହୁଏତ ଗଭୀର ନିଦ୍ରାରେ ନିଦ୍ରାଗତ ଥିଲା ବା ଏତେଦୂରରେ ରହିଯାଇଥିଲା ଯେ ନନ୍ଦିକେଶର କାକୁତିମିନତି ତାକୁ ଶୁଭୁନଥିଲା। ନନ୍ଦିକେଶ ଆଖିବନ୍ଦ କରି ଶୋଇବାକୁ ଚେଷ୍ଟାକଲା। ତା'ର ସ୍ତ୍ରୀ ବୋଧହୁଏ ଠିକ୍ ତାପରି ଅସୁବିଧାରେ ପଡ଼ିଥିଲେ ଏବଂ ସଂଗୀତ ତାକୁ ଭଲ ଲାଗୁନାହିଁ କି ବୋଲି ପଚାରିଲେ। ନନ୍ଦିକେଶ ସେ ପର୍ଯ୍ୟନ୍ତ ଶୋଇନଥିବାରୁ ତାଙ୍କୁ ଉତ୍ତର ଦେଇପାରିଲା ଯେ ତାଙ୍କର ଧାରଣା ଠିକ୍ ନୁହେଁ ଏବଂ ତା ମତରେ ସଂଗୀତଜ୍ଞଦ୍ୱୟଙ୍କର ନୈପୁଣ୍ୟର ପଟାନ୍ତର ନାହିଁ।

କିପରି କେଜାଣି, ନନ୍ଦିକେଶର ମନେହେଲା ଯେ ନାଲି ମଖ୍ମଲ୍ ଗଦିଥିବା ଓ ଚାନ୍ଦୁଆ ଝୁଲୁଥିବା ପାଲିଙ୍କିରେ ତା'ର ମୁର୍ଦାର ବୁହାହୋଇଯାଉଛି ଏବଂ ପାଲିଙ୍କି ସାମ୍ନାରେ ସଂଗୀତଜ୍ଞଦ୍ୱୟ ନିଜ ନିଜର ବାଦ୍ୟଯନ୍ତ୍ର ବଜାଇ ଚାଲିଛନ୍ତି। ମରିଯାଇଥିଲେ ବି ସେ ସେମାନଙ୍କୁ ସ୍ପଷ୍ଟଭାବେ ଦେଖିପାରୁଥିଲା ଓ ସେମାନଙ୍କର ସଂଗୀତ ଶୁଣିପାରୁଥିଲା। ପାଲିଙ୍କିରେ ପଡ଼ିରହିବା ବି ତାକୁ ବେଶ୍ ଭଲ ଲାଗୁଥିଲା। ଗଦି ଖୁବ୍ ନରମ ଥିଲା। ଚାନ୍ଦୁଆର ଜରୀକାମ ଚମତ୍କାର। ପାଲିଙ୍କି ପଛେ ପଛେ ବୋଧହୁଏ ପଟୁଆରଟିଏ ଆସୁଥିଲା, କିନ୍ତୁ ମରିଯାଇଥିବା ଯୋଗୁଁ ସେ ଉଠିପଡ଼ି ତା'ର ଧାରଣା ସତ କି ମିଛ ପରୀକ୍ଷା କରିପାରିଲା ନାହିଁ କି ଯଦି ପଟୁଆର ଆସୁଥିଲା, ସେଥିରେ କିଏ କିଏ ଥିଲେ ଦେଖିପାରିଲା ନାହିଁ। ହଲଚଲ ହେବାର ବାଟ ନଥିଲା, ସୁତରାଂ ସେ କେବଳ ଆଖି ବୁଲାଇ ଯେତେଦୂର ପାରେ ସେତେଦୂର ଦେଖିଲା। ସେଥିଯୋଗୁଁ ସେ ପାଲିଙ୍କି ଆଗରେ ଚାଲୁଥିବା ସଂଗୀତଜ୍ଞଦ୍ୱୟଙ୍କୁ ଦେଖିପାରିଲା। ତାଛଡ଼ା ପାଲିଙ୍କି ଉପରେ ବାଆଁପଟକୁ ଓ ଡାହାଣପଟକୁ ଆକାଶର ଚେନାଏ ଚେନାଏ ମଧ୍ୟ ସେ ଦେଖିପାରୁଥିଲା। ମେଘମୁକ୍ତ ଓ ନୀଳ ଆକାଶର ଠାଏ ଠାଏ ଖୁବ୍ ଉଚ୍ଚରେ ଅତି ଛୋଟ ଛୋଟ ପକ୍ଷୀ କେତୋଟି ଉଡୁଥିଲେ। ସେମାନଙ୍କୁ ଦେଖୁ ଦେଖୁ ନନ୍ଦିକେଶର ହୃଦୟ ଯେଉଁ ଅନିର୍ବଚନୀୟ ସନ୍ତୋଷରେ ପରିପୂର୍ଣ୍ଣ ହୋଇଗଲା ତାହା କେବଳ ସେତେବେଳେ ଆସେ ଯେତେବେଳେ ଜଣେ ଯାହା ଯାହା ଲୋଡ଼ିଥାଏ ସେ ସବୁ ଓ ତାଛଡ଼ା ଆହୁରି ଅନେକ କିଛି ପାଇଯାଏ, ଯେତେବେଳେ ତା'ର ଚାହିଦା ବୋଲି କିଛି ନଥାଏ। ତାର ଆଖି ବନ୍ଦ ହୋଇ ଆସିଲା। କିଛି ସମୟ ପାଇଁ ତାକୁ ନିଦ ଲାଗିଯାଇଥିଲା, ନଚେତ୍ ଆଖି ଖୋଲିଲା ବେଳକୁ ସେ ପାହାଡ଼ ଉପରେ ତିଆରି ହୋଇଥିବା ରାସ୍ତାରେ ଠିଆ ହୋଇଥାନ୍ତା କିପରି? ପାଲିଙ୍କିର ଚିହ୍ନବର୍ଣ୍ଣ ନଥିଲା। ସଂଗୀତଜ୍ଞଦ୍ୱୟ ଦିଶୁନଥିଲେ। ବାଆଁପଟର ଗଛଙ୍କର ଛାଇ ଓ ଖରାର ପଟାପଟା ଦାଗରେ ଚିତ୍ରିତ ରାସ୍ତାରେ ସେ ହିଁ ଏକୁଟିଆ ଚାଲୁଥିଲା। ଡାହାଣ ପଟେ ବି ଅସଂଖ୍ୟ ଗଛ। କେତୋଟି ଗଛ ବେଶ୍ କିଛି ଉଚ୍ଚ, କେତୋଟିରେ ଫୁଲ ଫୁଟିଥିଲା, ଆଉ କେତୋଟିର ଡାଳେ ଡାଳେ ପ୍ରଚୁର ଈଷତ୍ ଲାଲ୍ ନୂଆ ପତ୍ର। ଡାହାଣ ପଟର ଗଛ ତା'ର ଦୃଷ୍ଟିପଥ

ଅବରୋଧ କରୁନଥିଲେ। ବହୁଦୂରର ପର୍ବତଶ୍ରେଣୀ ଓ କମ୍ ଦୂରରେ ଥିବା ପାହାଡ଼ମାନଙ୍କୁ ସେ ସ୍ପଷ୍ଟଭାବେ ଦେଖିପାରୁଥିଲା। ପାହାଡ଼ମାନଙ୍କର ଉପରାର୍ଦ୍ଧର ଘଞ୍ଚ ଜଙ୍ଗଲରେ ଠାଏ ଠାଏ ଫସଲ ପାଇଁ ଉଦ୍ଦିଷ୍ଟ ପରିଷ୍କାର ଆୟତକ୍ଷେତ୍ର କେତୋଟି ଦିଶୁଥିଲେ। ଏହି ଆୟତକ୍ଷେତ୍ର ଗୁଡ଼ିକରେ ଖରା ପଡ଼ିଥିଲା, କିନ୍ତୁ ନିକଟବର୍ତ୍ତୀ ଜଙ୍ଗଲରୁ ଗତ ରାତିର ଅନ୍ଧାର ପୂରା ଲିଭିନଥିଲା। ଦୂର ପର୍ବତଶ୍ରେଣୀରେ ବି ଛାଇଆଲୁଅର ଖେଳ ଚାଲିଥିଲା। ଖରା ପଡ଼ିଥିବା ଜାଗା ଓ ଛାୟାଚ୍ଛନ୍ନ ଜାଗା ଲଗାଲଗି ହୋଇ ରହିଥିଲା। ରାସ୍ତାର ମୋଡ଼ଟିଏ ଅତିକ୍ରମ କରିବା ପୂର୍ବରୁ ନନ୍ଦିକେଶ ଟିକିଏ ଅଟକିଗଲା ଓ ଦେଖିଲା ଯେ ଏସବୁ ଜାଗାଙ୍କର ସୀମାରେଖା ବଦଳି ଚାଲିଛି। ବେଳେବେଳେ ଖରାପଡ଼ିଥିବା ଇଲାକାଟି ସଙ୍କୁଚିତ ହୋଇଯାଉଥିଲା ଓ ଭୁଲିହେଉନଥିବା ବହୁତଦିନର ଦୁଃଖଟିଏ ପରି ଛାୟାଚ୍ଛନ୍ନ ଇଲାକାଟି ବୃହତ୍ତର ହୋଇଯାଉଥିଲା। ଆଉ କେତେବେଳେ ପ୍ରତ୍ୟେକ ଛାୟାଚ୍ଛନ୍ନ ଇଲାକା ପ୍ରାୟ ନିଶ୍ଚିହ୍ନ ହୋଇଯାଉଥିଲା, ଖରା ବିଛେଇ ହୋଇପଡ଼ିଥିବା ପର୍ବତର ପ୍ରାୟ ସମୁଦାୟ ଜାଗା ଏକ ଅଲୌକିକ ମେଳଣ ପଡ଼ିଆ ପରି ଦିଶୁଥିଲା ଏବଂ ଲାଗୁଥିଲା ଯେ ଅତ୍ୟଳ୍ପ ସମୟପରେ ଅନ୍ୟ କେଉଁ ଜଗତର ଦିବ୍ୟସୁନ୍ଦର ସ୍ତ୍ରୀପୁରୁଷ ସେଠାରେ ଓହ୍ଲାଇ ପଡ଼ିବେ, ନାଚିବେ, ଗୀତ ଗାଇବେ, ନାନାଦି ମଉଜମଜଲିସ୍ କରିବେ। ନନ୍ଦିକେଶ ଏ ଦୃଶ୍ୟ ଦେଖିବାରେ ବେଶ୍ କିଛି ବେଳ ମଜ୍ଜିଯାଇଥିବ ଏବଂ ସେତେବେଳେ ଅନ୍ୟକିଛି କଥା ତାର ମନେପଡ଼ିନଥିବ କାରଣ ସେ ଆତ୍ମସଚେତନ ହେଲାବେଳକୁ ଟୋପାଟୋପା ବର୍ଷା ପଡ଼ିବା ଆରମ୍ଭ ହୋଇଯାଇଥିଲା। ବର୍ଷା ଆରମ୍ଭ ହେବାର ଅନେକ ବେଳ ପରେ ବି ଦୂର ପର୍ବତରେ ଛାଇଆଲୁଅର ଖେଳ ଚାଲିଥିଲା, କିନ୍ତୁ କ୍ରମଶଃ ପର୍ବତଶ୍ରେଣୀର ଅଧିକାଂଶ ଭାଗ ମେଘ ଭିତରେ ଲୁଚିଗଲା ଓ ମୂଷଳାଧାରରେ ବର୍ଷା ହେଲା। ସନ୍ଧ୍ୟାବେଳର ଆକାଶ ପରି ଅନ୍ଧାର ଦିଶୁଥିବା ଆକାଶ ଘନ ଘନ ବିଜୁଳିରେ ଆଲୋକିତ ହୋଇଉଠୁଥିଲା ଏବଂ ଘଡ଼ଘଡ଼ି ଶବ୍ଦରେ ଚତୁର୍ଦ୍ଦିଗ ପ୍ରକମ୍ପିତ ହୋଇପଡୁଥିଲା। ନନ୍ଦିକେଶ ଦେଖିଲା ଯେ ରାସ୍ତାର ଟିକିଏ ତଳକୁ ବେଶ୍ ବଡ଼ ନାଳଟିରେ ପ୍ରଚୁର ମାଟିଆ ପାଣିର ସୁଅ ଛୁଟିଛି। ସେ ନାଳର ଆରପାଖରେ ମଝିରେ ମଝିରେ କଟା ସରୁଗଛର ବା ବାଉଁଶର ବାଡ଼ ବୁଜା ହୋଇଥିବା ବିସ୍ତୀର୍ଣ୍ଣ ଓଦାସରସର ଧାନକ୍ଷେତ। କେତୋଟି ବାଡ଼ର କାଠରୁ ବୁନ୍ଦା ବୁନ୍ଦା ବର୍ଷାପାଣି ନିଗିଡ଼ି ପଡୁଥିଲା। କାହିଁ କେତେଦୂର ବ୍ୟାପିଯାଇଥିବା ସବୁଜକ୍ଷେତର ଏଠି ସେଠି ଠିଆ ହୋଇଥିବା ମହୁଲଗଛସବୁ ପବନରେ ଦୋହଲି ଯାଉଥିଲେ। ନନ୍ଦିକେଶ ହଠାତ୍ ଦେଖିଲା ଯେ ସେ ଗୋଟିଏ ଝଙ୍କା ଗଛତଳେ ଠିଆ ହୋଇଛି ଏବଂ ଆଣ୍ଠୁ ଛୁଉଁଥିବା ଧୋତିଖଣ୍ଡିକୁ ବାଦଦେଲେ ତାର ପୂରା ଫୁଙ୍ଗୁଳା ଦେହ ପବନରେ ଉଡ଼ିଆସୁଥିବା ବର୍ଷାପାଣିର ତୁହାକୁ ତୁହା ଛିଟିକାରେ ତିନ୍ତି ଯାଉଥିଲା।

ଗଛର ଗହଳପତ୍ର ଭିତରୁ ମଝିରେ ମଝିରେ ବର୍ଷାପାଣିର ଟୋପା ତା ଉପରେ ପଡୁଥିଲା। ଏମିତି ତିନ୍ତିବା ତାକୁ ଖୁବ୍ ଭଲ ଲାଗୁଥିଲା। ନନ୍ଦିକେଶ ଆଖିବନ୍ଦ କଲା ଏବଂ ଆଶା କଲା ଯେ ସେ ଆଖି ଖୋଲିଲା ବେଳକୁ ବର୍ଷାପାଣି ତା ଦେହର ପ୍ରତି ରନ୍ଧ୍ରବାଟେ ପଶି ଯାଇଥିବ ଏବଂ ତା ସତ୍ତାର ପ୍ରତ୍ୟେକ ଅଂଶକୁ ଭିଜାଇ ଦେଇଥିବ। ଈପ୍‌ସିତ ଲକ୍ଷ୍ୟରେ ପହଞ୍ଚିବାର ଅବ୍ୟବହିତ ପୂର୍ବରୁ ସେଠାରୁ ଖୁବ୍ ଜୋର୍‌ରେ ଠେଲି ହୋଇଯାଇଥିବାର ଏବଂ ତା ଫଳରେ ଲହୁଲୁହାଣ ହୋଇପଡ଼ିଥିବାର ସ୍ମୃତି ଯେଉଁ ଅଂଶରେ ଗଚ୍ଛିତ ଥିଲା ସେ ଅଂଶ ବି ବାଦ୍ ପଡ଼ିନଥିବ ବୋଲି ସେ ଆଶା କରୁଥିଲା।

ଆଖି ଖୋଲିଲାବେଳକୁ ସେ ଦେଖିଲା ଯେ ଗଛତଳେ ତା ପାଖରେ ତା'ର ସ୍ତ୍ରୀ ଠିଆ ହୋଇଛନ୍ତି। ସେ ବିସ୍ମିତ ହେଲା ନାହିଁ, ବରଂ ଅନେକଦିନରୁ ଅନୁଭବ ନକରିଥିବା ପ୍ରସନ୍ନତା ଅନୁଭବ କଲା। ତା'ର ସ୍ତ୍ରୀ ଶସ୍ତା ଶାଢ଼ୀ ଖଣ୍ଡେ ପିନ୍ଧିଥିଲେ। ତେଲ ଜୁକୁଜୁକୁ ବାଳର ଗଣ୍ଠି କଳା ଶଙ୍ଖଟିଏ ପରି ଦିଶୁଥିଲା ଓ ସେ ଶଙ୍ଖାଭିତରୁ ଜଙ୍ଗଲିଫୁଲର ପେନ୍ଥାଟିଏ ବାହାରି ଆସିଥିଲା। ତାଙ୍କୁ ନିଶ୍ଚୟ ଥଣ୍ଡା ଲାଗୁଥିଲା, କାରଣ ସେ ବାଆଁ ବାହୁକୁ ଡାହାଣ ହାତର ପାପୁଲିରେ ଓ ଡାହାଣ ବାହୁକୁ ବାଆଁ ହାତର ପାପୁଲିରେ ଜାବୁଡ଼ି ଧରିଥିଲେ। ତାଙ୍କୁ ଦେଖିଲେ କିନ୍ତୁ ସନ୍ଦେହର ଅବକାଶ ନଥିଲା ଯେ ବର୍ଷାରେ ଭିଜିବାକୁ ଓ ଆଖପାଖରେ କେହିନଥିବା ବେଳେ ଗଛତଳେ ତା ସହିତ ଠିଆ ହୋଇ ରହିବାକୁ ତାଙ୍କୁ ଖୁବ୍ ଭଲ ଲାଗୁଥିଲା। ନନ୍ଦିକେଶ ତାଙ୍କ ମୁହଁକୁ ନିରେଖି ଚାହିଁଲା। ଚମ କେଉଁଠି ଶିଥିଳ ହୋଇଯାଇନାହିଁ କି କୁଞ୍ଚିତ ହୋଇଯାଇନାହିଁ। ତାଙ୍କର ମୁରୁକି ମୁରୁକି ହସ ଠାଏ ଦେଖାଦେଇ ତାପରେ ମାଟି ତଳେ ତଳେ ଅନେକ ଦୂର ଯାଇ ଅନ୍ୟତ୍ର ହଠାତ୍ ବାହାରିପଡ଼ିଥିବା ଝରଣାପରି ତାଙ୍କ ଆଖିରେ ଫୁଟି ଉଠୁଥିଲା। ସେ କାହିଁକି ହସୁଥିଲେ ନଜାଣିଲେ ବି ସେ ହସୁଥିବାରୁ ନନ୍ଦିକେଶ ମଧ୍ୟ ହସିଲା।

ତାପରେ ନନ୍ଦିକେଶ ଘନଘନ କରତାଳି ଶୁଣିଲା। ପ୍ରଥମେ ପ୍ରଥମେ କରତାଳି ଶବ୍ଦ ଖୁବ୍ ଦୂରରୁ ଆସୁଥିବା ପରି ଲାଗୁଥିଲା, କିନ୍ତୁ କ୍ରମଶଃ ସେ ଶବ୍ଦ ପ୍ରବଳତର ହେଲା। ନିଜ ଅଜାଣତରେ ନନ୍ଦିକେଶ କରତାଳି ଦେଲା। ସଂଗୀତଜ୍ଞମାନେ ମଞ୍ଚ ଉପରେ ଠିଆହୋଇ ଶ୍ରୋତୃମଣ୍ଡଳୀର ଅଭିବାଦନ ଗ୍ରହଣ କରୁଥିଲେ। ଆସ୍ତେ ଆସ୍ତେ ଶ୍ରୋତାମାନେ ବାହାରକୁ ଯିବା ଆରମ୍ଭ କଲେ। ନନ୍ଦିକେଶର ସ୍ତ୍ରୀ ଆଗେ ଆଗେ ଚାଲୁଥିଲେ। ତାଙ୍କ ପଛେ ପଛେ ଚାଲୁଥିବା ନନ୍ଦିକେଶ ତାଙ୍କୁ ଚାହିଁଲା, ତା'ର ପ୍ରାଣ ତାଙ୍କପାଇଁ ସ୍ନେହାର୍ଦ୍ର ହୋଇଗଲା, ତାଙ୍କ ବେକର ପଛଆଡ଼େ ପଡ଼ିଥିବା ଅଥଚ ଦିଶୁନଥିବା ବର୍ଷାପାଣି ପୋଛିଦେବାର ବ୍ୟଗ୍ରତାରେ ତା'ର ନିଃଶ୍ୱାସ କିଛିସମୟ ପାଇଁ ଅସ୍ଥିର ହୋଇପଡ଼ିଲା।

■

ରକ୍ଷୀ

ରାଷ୍ଟ୍ରପତି ଫର୍ଡିନାଣ୍ଡ୍ ମରିବାର ଆଜି ବର୍ଷେ ପୂରିଲା। ତାଙ୍କର ମରିବାର ସପ୍ତାହେ ପର୍ଯ୍ୟନ୍ତ ଦେଶର ଏକମାତ୍ର ସମ୍ବାଦପତ୍ରରେ ଗଣ୍ୟମାଣ୍ୟ ବ୍ୟକ୍ତିଙ୍କର ଶୋକୋଚ୍ଛ୍ୱାସ ବ୍ୟତୀତ ଅନ୍ୟ କିଛି ସମ୍ବାଦ ପ୍ରକାଶ ପାଇନଥିଲା। ଆଜି ଛଅଟିଯାକ ସମ୍ବାଦପତ୍ର ତାଙ୍କର ମୃତ୍ୟୁବାର୍ଷିକୀ ଉପଲକ୍ଷେ ନାନାଦି ମନ୍ତବ୍ୟ ଓ ଆଲୋଚନା ପ୍ରକାଶ କରିଛନ୍ତି, କିନ୍ତୁ କୌଣସିଥିରେ ତିଳେମାତ୍ର ସନ୍ତାପ ବା ଗୁଣକୀର୍ତ୍ତନ ନାହିଁ। ଫର୍ଡିନାଣ୍ଡ୍‌ଙ୍କର ଏକଛତ୍ରବାଦରେ ଦେଶର ଆର୍ଥିକ ଓ ନୈତିକ ଦୁର୍ଗତି ସବୁ ମନ୍ତବ୍ୟର ଓ ସବୁ ଆଲୋଚନାର ବିଷୟବସ୍ତୁ। ଗୋଟିଏ ସମ୍ବାଦପତ୍ର ମତରେ ତାଙ୍କର ମୃତ୍ୟୁଦିବସ ଦ୍ୱିତୀୟ ସ୍ୱାଧୀନତା ଦିବସ ରୂପେ ପାଳିତ ହେବା ବିଧେୟ। ଅନ୍ୟ ଏକ ସମ୍ବାଦପତ୍ରରେ ଫର୍ଡିନାଣ୍ଡ୍‌ଙ୍କର ଜଣେ ଭୂତପୂର୍ବ ସମର୍ଥକ ବିବୃତି ଦେଇ କହିଛନ୍ତି ଯେ ତାଙ୍କର ଆକସ୍ମିକ ମୃତ୍ୟୁ ଆମ ଦେଶ ପ୍ରତି ପରମେଶ୍ୱରଙ୍କର ଅସୀମ ଅନୁକମ୍ପାର ନିଦର୍ଶନ, କାରଣ ପରମେଶ୍ୱରଙ୍କ ବ୍ୟତୀତ ଅନ୍ୟ କୌଣସି ଶକ୍ତିଦ୍ୱାରା ଏପରି ଦୁର୍ଦ୍ଧର୍ଷ ଅତ୍ୟାଚାରୀର ନିପାତ ସମ୍ଭବ ନଥିଲା। ତାଙ୍କର ମୃତ୍ୟୁର ପରବର୍ତ୍ତୀ ସପ୍ତାହବ୍ୟାପି ଶୋକପ୍ରକାଶ ପ୍ରକୃତରେ ଏକ ବାହ୍ୟ ଆବରଣ ମାତ୍ର ଥିଲା, ତାର ଅନ୍ତରାଳରେ ନୂଆ ଶାସନ ବ୍ୟବସ୍ଥାର ଯୋଜନା ତିଆରି ଚାଲିଥିଲା ଓ ତିଆରି କରୁଥିବା ଲୋକେ ଯଥେଷ୍ଟ ଶକ୍ତି ସଂଗ୍ରହ ନକରି ସାରିବା ପର୍ଯ୍ୟନ୍ତ ଫର୍ଡିନାଣ୍ଡ୍‌ଙ୍କର କ୍ଷମତାପନ୍ନ ଅନୁଚରବର୍ଗଙ୍କ ସହିତ ମୁକାବିଲା ଏଡ଼େଇବାକୁ ଚାହୁଁଥିଲେ। ଫର୍ଡିନାଣ୍ଡ୍‌ଙ୍କର ଶାସନବ୍ୟବସ୍ଥାର କୌଣସି ବାସ୍ତବ ଶକ୍ତି ନଥିଲା; ଜଣକ ପ୍ରତି ଅନ୍ୟମାନଙ୍କର ଆତଙ୍କ ସେ ବ୍ୟବସ୍ଥାର ଏକମାତ୍ର ଭିତ୍ତିଥିଲା ଏବଂ ସେ ଜଣକ କ୍ଷେତ୍ରରୁ ଓହରିଯିବା ଫଳରେ ଆଉ କିଛି ଭିତ୍ତି ରହିଲା ନାହିଁ। ସେ ଭିତ୍ତି ପୂରାପୂରି ଧୂଳିସାତ୍ ହେବାକୁ ସପ୍ତାହେରୁ ବେଶି ସମୟ ଦରକାର ହେଲା ନାହିଁ।

ଫର୍ଡିନାଣ୍ଡ୍‌ଙ୍କର ମୃତ୍ୟୁ ଆକସ୍ମିକ ନୁହେଁ ବୋଲି ମୁଁ ଜାଣେ। ଅବଶ୍ୟ ଯଦି

କୁହାଯାଏ ଘଟଣା ଅତି ସହଜରେ ଅନ୍ୟଧରଣର ହୋଇପାରିଥା'ନ୍ତା ଏବଂ ସେପରି ନହେବା ଆକସ୍ମିକ, ତା ହେଲେ ଅଲଗା କଥା। ସେପରି ଦୃଷ୍ଟିରୁ ଦେଖିଲେ ତ ସବୁ ଘଟଣା ଆକସ୍ମିକ, କିଛି ସ୍ୱାଭାବିକ ନୁହେଁ, କାରଣ ଅତି ସହଜରେ ଅନ୍ୟକିଛି ଘଟିପାରିଥା'ନ୍ତା। ସାଧାରଣତଃ କିନ୍ତୁ କୌଣସି ଅପ୍ରତ୍ୟାଶିତ, ଅପରିକଳ୍ପିତ ବା ଅନିୟନ୍ତ୍ରିତ ଘଟଣାକୁ ଆକସ୍ମିକ କୁହାଯାଏ ଏବଂ ସେ ଦୃଷ୍ଟିରୁ ଦେଖିଲେ ଫର୍ଡିନାଣ୍ଡ୍‌ଙ୍କର ମୃତ୍ୟୁ ଆକସ୍ମିକ ନୁହେଁ। ତାଙ୍କର ମୃତ୍ୟୁର ଅବ୍ୟବହିତ ପରେ ଏହା ପ୍ରଘଟ କରିଦେବାର ଆଗ୍ରହ ମୋର ଅନେକ ଥର ହୋଇଛି, କିନ୍ତୁ ସବୁବେଳେ ଲାଗିଛି ଯେ ଏପରି କଲେ ଫର୍ଡିନାଣ୍ଡ୍‌ଙ୍କ ସହିତ ମୋର ଗୁପ୍ତ ରାଜିନାମା ମୁଁ ଲଙ୍ଘନ କରିବି। ଏ ରାଜିନାମା କଲାବେଳେ ଫର୍ଡିନାଣ୍ଡ୍ ଜୀବନରେ ପ୍ରଥମଥର (ଓ ଶେଷଥର) ପାଇଁ ନିଷ୍କପଟ ହୋଇଥିଲେ ଓ ଅନ୍ୟଜଣକ ଉପରେ ନିଃସହାୟ ଭାବେ ନିର୍ଭର କରିଥିଲେ। ଏଇ ଗୋଟିକ ବ୍ୟତିକ୍ରମ ବ୍ୟତୀତ ତାଙ୍କ ପ୍ରତି କୌଣସି ବିଶ୍ୱାସଘାତକତା ମୋ ଦୃଷ୍ଟିରେ ଦୋଷାବହ ହୋଇନଥା'ନ୍ତା। ଫର୍ଡିନାଣ୍ଡ୍ ନିଜ ବ୍ୟତୀତ ଆଉ କାହାରି ଉପରେ କିଛି ଆସ୍ଥା ରଖି ନଥିଲେ, ସୁତରାଂ ପ୍ରକୃତପକ୍ଷେ ତାଙ୍କ ସହିତ ବିଶ୍ୱାସଘାତକତା ହିନ୍ଦୁମାନଙ୍କ ନ୍ୟାୟଶାସ୍ତ୍ରରେ ବର୍ଣ୍ଣିତ "ବନ୍ଧ୍ୟାର ସନ୍ତାନ" ପରି ଉଦ୍ଭଟ। ଯାହା ଉଦ୍ଭଟ, ତା'ର ଦୋଷଗୁଣ ବିଚାର କରିବା ବି ଉଦ୍ଭଟ। କିନ୍ତୁ ଆମର ରାଜିନାମା ଅଲଗା ଧରଣର ଥିଲା ଓ ରାଜିନାମା ବେଳେ ସେ ତାଙ୍କ ପ୍ରତିପତ୍ତିର ଇଲାକା ବାହାରକୁ ଗୋଡ଼ କାଢ଼ି ସାରିଥିଲେ ଓ ଯେଉଁ ଇଲାକାରେ ଜଣେ ଆଉଜଣକର ଆଖି ଭିତରକୁ ଖାଲି ଚାହିଁ ରହିବା ଛଡ଼ା ଆଉ କିଛି ଶକ୍ତି ପ୍ରୟୋଗ କରିପାରେ ନାହିଁ ସେଠାରେ ପହଞ୍ଚିସାରିଥିଲେ। ତାଙ୍କର ମୃତ୍ୟୁର ନିମ୍ନୋକ୍ତ ବିରବଣୀ ମୋ ମୃତ୍ୟୁ ପୂର୍ବରୁ ପ୍ରକାଶିତ ହେବ ନାହିଁ ବୋଲି ମୁଁ ବ୍ୟବସ୍ଥା କରିସାରିଛି। ତାପରେ ପ୍ରକାଶିତ ହେଲେ ଆମ ଦୁହିଁଙ୍କର ଭିତରେ ହୋଇଥିବା ଚୁକ୍ତିର ଖିଲାଫ୍ ହେବ ନାହିଁ, କାରଣ ମୁଁ ମଲାପରେ କୌଣସି ଚୁକ୍ତି ପାଳନ କରିବି କିପରି ? ତାଛଡ଼ା ଫର୍ଡିନାଣ୍ଡ୍ କିପରି ମଲେ ତାହା ଡେରିରେ ହେଉ ପଛକେ ଦେଶବାସୀ, ବିଶେଷତଃ ଦେଶର ପରବର୍ତ୍ତୀ ଶାସକବର୍ଗ ଜାଣିବା ଉଚିତ। ତା ନହେଲେ ଦେଶବାସୀ କେବଳ ଦୈବୀଶକ୍ତି ଉପରେ ନିର୍ଭର କରି ନିଜର କର୍ତ୍ତବ୍ୟ କରିବାର ପ୍ରତ୍ୟେକ ସୁଯୋଗ ଉପେକ୍ଷା କରିପାରନ୍ତି ଓ ପରବର୍ତ୍ତୀ ଶାସକବର୍ଗଙ୍କ ଭିତରୁ କେହି କେହି ଭାବିପାରନ୍ତି ଯେ ବୁଡ଼ିମରିବା ବା ତତ୍ତୁଲ୍ୟ ଦୁର୍ଘଟଣା ଛାଡ଼ିଦେଲେ ସ୍ୱୈରାଚାରର ବାସ୍ତବିକ କିଛି ଅନ୍ତରାୟ ନାହିଁ।

ମୋର ଭାଗ୍ୟ ଏପରି ଯେ ମୁଁ ଜୀବନରେ ଅନେକଥର ଦୁଇଟି ପରସ୍ପର ବିରୋଧୀ ପନ୍ଥା ଅନୁସରଣ କରିବାକୁ ବାଧ୍ୟ ହୋଇଛି। ଏହାକୁ ମୋର ମନର ଅନିଶ୍ଚିତତା

ବା ଦୁର୍ବଳତା କୁହାଯାଇପାରେ, କିନ୍ତୁ ମତେ ବାରମ୍ବାର ଲାଗିଛି ଯେ ପ୍ରତ୍ୟେକ ପନ୍ଥାର କିଛି ବିଶେଷତ୍ୱ, କିଛି ଅସାଧାରଣ ଆକର୍ଷଣ ରହିଛି ଏବଂ ତାହା ମୋର ଉପଲବ୍ଧି ବାହାରେ ରହିବାକୁ ଅଭିପ୍ରେତ ହୋଇଥିଲେ ତାହା ମୋର ଦୃଷ୍ଟିଗୋଚର ହୋଇନଥାନ୍ତା। ଉଭୟ ପନ୍ଥା ପରସ୍ପର ବିରୋଧୀ ହୋଇଥିବାରୁ ସେମାନଙ୍କର ଆକର୍ଷଣଗୁଡ଼ିକ ବି ପରସ୍ପର ବିରୋଧୀ। କେଉଁ ଗୋଟିଏ ଆକର୍ଷଣରେ ମୁଁ ପୂରା ମଜ୍ଜିଯାଇ ପାରିନାହିଁ କାରଣ ସେ ମୁହୂର୍ତ୍ତରେ ହିଁ ତା'ର ବିରୋଧାତ୍ମକ ଆକର୍ଷଣ ବି ମୋର ଅନ୍ତରାତ୍ମାରେ ପ୍ରବେଶ କରିସାରିଥାଏ। ଏ କ୍ଷେତ୍ରରେ ତାହାହିଁ ଘଟିଛି। ମୁଁ ଫର୍ଡିନାଣ୍ଡଙ୍କୁ ମାରିବା ଓ ନମାରିବା ସମାନ ଭାବରେ ସତ। ଫର୍ଡିନାଣ୍ଡଙ୍କ ମୃତ୍ୟୁରେ ମୋର କିଛି ଅବଦାନ ନାହିଁ, ତାଙ୍କର ମୃତ୍ୟୁ ତାଙ୍କରି କର୍ମର ପରିଣାମ, ଅଥଚ ମୋ ବ୍ୟତିରେକେ ସେ ପ୍ରାଣତ୍ୟାଗ କରି ନଥା'ନ୍ତେ।

ମୁଁ ଫର୍ଡିନାଣ୍ଡଙ୍କର ଜଣେ ପଦସ୍ଥ ଦେହରକ୍ଷୀ ଥିଲି। ତାଙ୍କୁ ଗୁଳି କରିଦେବା ମୋ ପକ୍ଷରେ ସହଜସାଧ୍ୟ ଥିଲା ଏବଂ ସେଥିପାଇଁ ଏକାଧିକ ଥର ମତେ ପ୍ରରୋଚିତ କରିବାକୁ ଚେଷ୍ଟା କରାଯାଇଛି। ପ୍ରତ୍ୟେକ ପ୍ରଲୋଭନ ମୁଁ ଦୃଢ଼ଭାବରେ ପ୍ରତ୍ୟାଖ୍ୟାନ କରିଛି ଯେହେତୁ କୌଣସି ଦେହରକ୍ଷୀ ଏପରି କାର୍ଯ୍ୟ କରିବା ନିତାନ୍ତ ଗର୍ହିତ ବୋଲି ମୋର ବିଶ୍ୱାସ, କିନ୍ତୁ ସେ ପ୍ରରୋଚକମାନଙ୍କୁ ଧରାଇଦେବାକୁ ମୋର ମନ ବଳି ନାହିଁ କାରଣ ମୋ ବିଚାରରେ ଫର୍ଡିନାଣ୍ଡଙ୍କ ପରି ଲୋକଙ୍କୁ ହତ୍ୟା କରିବାକୁ ଚାହିଁବା ଖୁବ୍ ସ୍ୱାଭାବିକ, ପ୍ରଶଂସନୀୟ ମଧ୍ୟ। ଏକ ସ୍ୱାର୍ଥପର, ହିତାହିତଜ୍ଞାନଶୂନ୍ୟ ଅତ୍ୟାଚାରୀ କବଳରୁ ଦେଶକୁ ମୁକ୍ତ କରିବା ପାଇଁ ଯଦି ହତ୍ୟା ବ୍ୟତୀତ ଅନ୍ୟ ଉପାୟ ନଥାଏ, ସେ ଉପାୟ ଅବୈଧ ବୋଲି ମୁଁ ଭାବୁନଥିଲି, କିନ୍ତୁ ଜଣେ ଦେହରକ୍ଷୀ ହିସାବରେ ଏଥିରେ ସଂପୃକ୍ତ ହେବା ଅନୁଚିତ ବୋଲି ମୋର ବିବେକ ମତେ ସବୁବେଳେ କହୁଥିଲା। କେହି କେହି ଷଡ଼ଯନ୍ତ୍ରକାରୀ ପରାମର୍ଶ ଦେଉଥିଲେ ଯେ ଦେଶର ବୃହତ୍ତର ସ୍ୱାର୍ଥ ପାଇଁ ଦରକାର ପଡ଼ିଲେ ବ୍ୟକ୍ତିଗତ ବିବେକକୁ ଜଳାଞ୍ଜଳି ଦେବା ଉଚିତ। ମୁଁ ସେ ଯୁକ୍ତି ସହିତ ଏକମତ ହୋଇପାରୁନଥିଲି। ମତେ କାହିଁକି ଲାଗୁଥିଲା ଯେ ଆପଣାକୁ ଉତ୍ସର୍ଗ କରିଦେଇଥିବା ଏ ଷଡ଼ଯନ୍ତ୍ରକାରୀଙ୍କ ପଛରେ, ଟିକିଏ ଦୂରରେ, ଦଳେ ଲୋକ ଠିଆ ହୋଇଛନ୍ତି ଯେଉଁମାନେ ଦେଶର ସ୍ୱାର୍ଥର ପର୍ଦ୍ଦା ଉହାଡ଼ରେ ଅନାୟାସରେ ବିବେକବର୍ଜିତ କାମ କରିଚାଲିବେ। ସେମାନଙ୍କର ବୀଭତ୍ସ ଉପସ୍ଥିତି ମତେ ମାଡ଼ି ମାଡ଼ି ପଡୁଥିଲା। ଯଦି ସତକୁ ସତ ତାହା ଘଟେ, ସେଥିପାଇଁ ଫର୍ଡିନାଣ୍ଡ ହିଁ ମୂଳତଃ ଦାୟୀ। ଯଦି ସେ ସମ୍ବିଧାନ ଓ ଶାସନପଦ୍ଧତିର ନିୟମାବଳୀ ବାତିଲ୍ କରି ଦେଇନଥା'ନ୍ତେ, ସେ ସବୁ ଉପେକ୍ଷା କରି ବି ସରକାର ଚଳାଇବା ସମ୍ଭବ ବୋଲି କାହାରି ଧାରଣା

ହୋଇନଥାନ୍ତା ଓ ଏପରି ଲୋକ କ୍ଷମତାକୁ ଆସିବାର ସୁଯୋଗ ପାଇନଥାନ୍ତେ। ହାନ୍ନା ଆରେଣ୍ଟ ଠାଏ ଲେଖିଛନ୍ତି ଯେ ଯେଉଁ ଶାସନବ୍ୟବସ୍ଥା ଭାଙ୍ଗିପଡ଼ିଲା ତାହାହିଁ ତାକୁ ଭାଙ୍ଗିଥିବା ବିପ୍ଳବର ଗୁଣ ନିର୍ଣ୍ଣୟ କରେ। ମୁଁ ତାଙ୍କ ସହିତ ଏକମତ, ଯଦିଓ ଇତିହାସ ଏପରି ଏକ ଦୁର୍ଭାଗ୍ୟଜନକ ନିୟମର ବଶବର୍ତ୍ତୀ ହୋଇନଥିଲେ କେତେ ଭଲ ହୋଇଥା'ନ୍ତା !

ସେମାନଙ୍କ ଭିତରୁ ଜଣେ (ଦାଢ଼ୀ ଛାଡ଼ିଦେଇଥିବା ଓ ନିଜର ବୁଦ୍ଧିମତା ଉପରେ ଅଟଳ ଆସ୍ଥା ରଖିଥିବା ଯୁବକଟି) ଥରେ ମତେ ତିରସ୍କାର କଲା ଭଳି ଦୃଷ୍ଟିନିକ୍ଷେପ କରି ପଚାରିଲା, "ସାମାନ୍ୟ ଦରମା ଗଣ୍ଡାକ ଛଡ଼ା ଫର୍ଡିନାଣ୍ଡ୍ ତମକୁ ଦେଇଛି କ'ଣ ?"

ମୁଁ କହିଥିଲି, "ଦରମା ଗଣ୍ଡାକ ବି ସେ ଦିଅନ୍ତି ନାହିଁ। ମତେ ଟ୍ରେଜେରୀରୁ ଦରମା ମିଳେ।"

ସେ ଆଉ କିଛି କହିଲା ନାହିଁ, ବୋଧହୁଏ ଭାବିଲା ଯେ ଦରମା ଉପରେ ଏତେ ନିର୍ଭରଶୀଳ ଲୋକ ସହିତ ବିପ୍ଳବର ତାତ୍ପର୍ଯ୍ୟ ଆଲୋଚନା କରି ଲାଭ ନାହିଁ। ତାକୁ ଧରାଇ ଦେଇଥିଲେ ମୁଁ ମୋର ଦରମାର ବହୁତ ଗୁଣ ଅର୍ଜନ କରିପାରିଥା'ନ୍ତି ବା ଫର୍ଡିନାଣ୍ଡ୍‌କୁ ଗୁଳି କରି ମାରିବା ପାଇଁ ପ୍ରଭୂତ ଅର୍ଥ ମୁଁ ପ୍ରତ୍ୟାଖ୍ୟାନ କରିଛି ଏକଥା ବୁଝିବା ପାଇଁ ତା'ର ବୁଦ୍ଧିର ଦୌଡ଼ ଯଥେଷ୍ଟ ନଥିଲା।

ଷଡ଼ଯନ୍ତ୍ରକାରୀମାନେ ନୁହନ୍ତି, ଫର୍ଡିନାଣ୍ଡ୍ ହିଁ ନିଜର ହତ୍ୟା ପାଇଁ ଧନ୍ୟବାଦାର୍ହ। ତାଙ୍କ ଯୋଜନାର ଲକ୍ଷ୍ୟ ଅବଶ୍ୟ ଭିନ୍ନ ଥିଲା, କିନ୍ତୁ ଯେହେତୁ ତାଙ୍କ ଯୋଜନା ବ୍ୟତିରେକେ ସେ ଯୋଜନାର ଶେଷ ପରିଣତି ସମ୍ଭବପର ହୋଇନଥାନ୍ତା, ସେ ହିଁ ଆମର କୁଣ୍ଠିତ କୃତଜ୍ଞତାର ଭାଜନ। ଅନ୍ୟାନ୍ୟ ସବୁ କାମ ପରି ଏକାମ ବି ସେ ଖୁବ୍ ତରତରରେ କରିଥିଲେ। ଫର୍ଡିନାଣ୍ଡ୍ ଜମା ମୋ ଭଳି ନଥିଲେ। କୌଣସି ଖିଆଲ୍ ତାଙ୍କ ମୁଣ୍ଡକୁ ଢୁକିବାମାତ୍ରେ ସେ ତଦ୍ଦ୍ୱାରା ଗୋଟାପଣେ ଆକ୍ରାନ୍ତ ହୋଇପଡ଼ୁଥିଲେ ଓ ଅନ୍ୟକିଛି ଭାବିବାର ବା ଅନୁଭବ କରିବାର ସାମର୍ଥ୍ୟ ହରାଇ ବସୁଥିଲେ। ସେ ଖିଆଲ୍ ତାଙ୍କୁ ତାରି ଅସରନ୍ତି କନ୍ଦିବିକନ୍ଦିରେ ଘୋଷାରି ନେଲାବେଳେ ପ୍ରତିରୋଧ କରିବାର ତିଳେମାତ୍ର କ୍ଷମତା ତାଙ୍କର ରହୁନଥିଲା। ଯଦିବା ସେ ଆର୍ତ୍ତନାଦ କରୁଥିଲେ, ତାଙ୍କର ସ୍ୱର ପ୍ରସ୍ତ ପ୍ରସ୍ତ ପ୍ରାଚୀର ପରିବେଷ୍ଟିତ ଅନ୍ଧକାର ଭିତରେ କୁଆଡ଼େ ହଜିଯାଉଥିଲା। ଫର୍ଡିନାଣ୍ଡ୍ ଅବଶ୍ୟ ନିଜର ଅସହାୟତା ବିଷୟରେ ସଚେତନ ନଥିଲେ, କିନ୍ତୁ ତା ବୋଲି କ'ଣ କୁହାଯାଇପାରିବ ଯେ ପରିସ୍ଥିତି ତାଙ୍କ ଅକ୍ତିଆର୍‌ରେ ରହୁଥିଲା ? ଅଜ୍ଞାନ ଶକ୍ତିର ପ୍ରହେଳିକାଟିଏ ସୃଷ୍ଟି କରିପାରେ, ଶକ୍ତିମାନ୍ କରେ ନାହିଁ। ସେ ପ୍ରହେଳିକା ଏଡ଼େ ବିସ୍ତୀର୍ଣ୍ଣ ଯେ ଖାଲି ଫର୍ଡିନାଣ୍ଡ୍ କାହିଁକି ଅନ୍ୟମାନେ ବି ତାକୁ ସତ ମଣୁଥିଲେ ଓ

ଫର୍ଡିନାଣ୍ଡ୍ କେଉଁ ଅଶ୍ରୁତ ଅନୁଜ୍ଞା ମୁତାବକ ରକ୍ତାକ୍ତ ହୋଇ ପଡ଼ିଉଠି ଧାଉଁଥିଲେ। ତାଙ୍କ ତୁଳନାରେ ମୋ ଅବସ୍ଥା ଶ୍ରେୟସ୍କର ଥିଲା, ମୁଁ କେଉଁ ଗୋଟିଏ ରସାତଳକୁ ଯାଉ ଯାଉ ସେଠାରେ ପହଞ୍ଚିବା ପୂର୍ବରୁ ଉଚିତ ସମୟରେ ଅନ୍ୟ ଏକ ଶକ୍ତିଦ୍ୱାରା ବିପରୀତ ଦିଗକୁ ଟାଣି ହୋଇଯାଉଥିଲି। ଅନେକ ସମୟରେ ଦୁଇଟି ପରସ୍ପର ବିରୋଧୀ ଶକ୍ତି ବଳକଷାକଷି ହେଲାବେଳେ ମୁଁ ନିଃଶ୍ୱାସ ମାରିବାକୁ ଫୁରୁସତ ପାଉଥିଲି ଏବଂ ସେମାନଙ୍କ ଲଢ଼େଇରୁ ଦୂରେଇ ଯାଇ ଅନୁଭବ କରୁଥିଲି ଯେ ମୁଁ କାହା ସହିତ ଜଡ଼ିତ ନୁହେଁ କି କାହାର ନିୟନ୍ତ୍ରଣାଧୀନ ନୁହେଁ, ଇଚ୍ଛାକଲେ ମୁଁ ଏ ଧୂଳିପଟଳରେ ଆଚ୍ଛାଦିତ ଓ ହୁଙ୍କାରରେ ପ୍ରକମ୍ପିତ ଯୁଦ୍ଧକ୍ଷେତ୍ର ଛାଡ଼ି ଖୁବ୍ ଦୂରକୁ ଚାଲିଯାଇ ପାରିବି। ଏପରି କ୍ଷଣିକ ମହଲତ୍ ବି ଫର୍ଡିନାଣ୍ଡ୍ଙ୍କ ଭାଗ୍ୟରେ ନଥିଲା। ମୋର ବେଳେ ବେଳେ ମନେ ହେଉଥିଲା ଯେ ମୁଁ ଗୋଟିଏ ଦିଗକୁ ଟାଣି ହୋଇଯିବା ବେଳର ନିଷ୍କ୍ରିୟତା ହିଁ ଫର୍ଡିନାଣ୍ଡ୍ଙ୍କର ଅପରିବର୍ତ୍ତନୀୟ ନିୟତି। ସେଥିରେ ନିଷ୍କୃତିର ସାମାନ୍ୟତମ ସମ୍ଭାବନା ନାହିଁ।

ଏପରି ନିୟତିବିଶିଷ୍ଟ ଫର୍ଡିନାଣ୍ଡ୍ ତାଙ୍କର ନିୟତିନିର୍ଦ୍ଦିଷ୍ଟ ପରିଣାମ ଆଡ଼କୁ ଖୁବ୍ ଦ୍ରୁତ ଗତିରେ ଆଗେଇ ଚାଲିଥିଲେ। ମାର୍ଚ୍ଚ ତିନି ତାରିଖ ସନ୍ଧ୍ୟାବେଳେ ସେ ଚାହାପାନ ସାରି ବଗିଚାରେ ବୁଲୁବୁଲୁ ହଠାତ୍ ବୁଲିପଡ଼ି ମତେ ପଚାରିଲେ, "ଲୋକଙ୍କର ମୋ ବିଷୟରେ ଧାରଣା କ'ଣ ଜାଣିଛ ?"

କାହିଁକି କେଜାଣି, ମୋ ହାତଘଣ୍ଟା ଉପରେ ମୋର ଆଖି ପଡ଼ିଗଲା। ଠିକ୍ ଛଅଟା ବାଜିଥାଏ। ଜଣେ ଦେହରକ୍ଷୀ ଏପରି ପ୍ରଶ୍ନର ଯେଉଁ ଏକମାତ୍ର ଉତ୍ତର ଦିଅନ୍ତା ମୁଁ ତାହାହିଁ ଦେଲି। "ଲୋକେ ଖୁବ୍ ସନ୍ତୁଷ୍ଟ," ମୁଁ କହିଲି। ମୁଁ ଜାଣିଥିଲି, ମୋ ଉତ୍ତର ମୂଲ୍ୟ କେବଳ ଏତିକି ଯେ ତାହା ନମିଳିବା ଯାଏଁ ଫର୍ଡିନାଣ୍ଡ୍ ଯାହା କହିବାକୁ ସ୍ଥିର କରିଛନ୍ତି ତାହା କହିପାରିବେ ନାହିଁ।

ଫର୍ଡିନାଣ୍ଡ୍ କହିଲେ, "ନା, ସେମାନେ ଖୁବ୍ ଅସନ୍ତୁଷ୍ଟ। ଜାଣିଛ, ଆଜି ସକାଳେ ସ୍କୁଲ୍ ପିଲାଟିଏ ଡାକଘରକୁ ଯାଇଥିଲା। ଡାକଟିକେଟ୍ କିଣିବା ବେଳେ ମୋର ଛବି ଥିବା ଟିକେଟ୍‌ଟିଏ ଟିକେଟ୍ ବିକୁଥିବା ଲୋକ ତାକୁ ଦେଲା। ପିଲାଟି ସେ ଟିକେଟ୍ ଫେରାଇ ଦେଲା, କହିଲା ତାର ଅନ୍ୟ ଟିକେଟ୍ ଦରକାର।"

ସବୁ ଟିକିନିଖି ଖବର ଫର୍ଡିନାଣ୍ଡ୍ଙ୍କ ପାଖରେ ପହଞ୍ଚେ ବୋଲି ମୁଁ ଜାଣିଥିଲି, କିନ୍ତୁ ଏପରି ଛୋଟ ଘଟଣା ବି ତାଙ୍କ କାନକୁ ଯାଉଥିବ ବୋଲି ମୁଁ ଭାବି ନଥିଲି। ତାଙ୍କର ଗୁପ୍ତଚରମାନେ ବୋଧହୁଏ ବୁଝିସାରିଥିଲେ ଯେ ସେ ମୂଳତଃ ନିଜ ବିଷୟକ ଖବରରେ ହିଁ ଆଗ୍ରହୀ, ସୁତରାଂ ଦେଶରେ ଘଟୁଥିବା ଉଲ୍ଲେଖଯୋଗ୍ୟ ଘଟଣା ଅପେକ୍ଷା

ଏଇ ଡାକଟିକେଟ୍ କିଣିବା ପରି ଛୋଟ ଛୋଟ ଖବର ତାଙ୍କ ପାଖରେ ପହଞ୍ଚାଇବା ଉପରେ କେବଳ ଗୁରୁତ୍ୱ ଦେଉଥିଲେ। ଏହାକୁ ଫର୍ଡିନାଣ୍ଡଙ୍କର ଆତ୍ମପ୍ରୀତିର ନିଦର୍ଶନ ଭାବେ ଗ୍ରହଣ କରାଯାଇପାରେ, କିନ୍ତୁ ଏକ ସମ୍ପୂର୍ଣ୍ଣ ଅଲଗା ଦୃଷ୍ଟିକୋଣ ମଧ୍ୟ ଅବାନ୍ତ ନହୋଇପାରେ। ଫର୍ଡିନାଣ୍ଡ୍ ହୁଏତ ବହୁତ ଭାବିଚିନ୍ତି ସ୍ଥିର କରିଥାଇପାରନ୍ତି ଯେ ତଥାକଥିତ ଉଲ୍ଲେଖଯୋଗ୍ୟ ଘଟଣାଠାରୁ ଏପରି ଛୋଟ ଘଟଣା ହିଁ ବେଶି ତାତ୍ପର୍ଯ୍ୟପୂର୍ଣ୍ଣ। ତାଙ୍କ ବିଚାରରେ ହୁଏତ ଏପରି ଘଟଣାମାନ ଆକାଶର କେଉଁ କୋଣରେ କଳାମେଘ ଖଣ୍ଡେ ପରି, କେତେବେଳେ ସମଗ୍ର ଆକାଶ ଆଚ୍ଛନ୍ନ ହୋଇଯିବ ଓ ବିଜୁଳି, ଘଡ଼ଘଡ଼ି, ବର୍ଷାପାତ ଦ୍ୱାରା ଚତୁର୍ଦ୍ଦିଗ ହୁଲସ୍ଥୁଲ୍ ହୋଇଯିବ ତାହା କହି ହେବ ନାହିଁ।

ଫର୍ଡିନାଣ୍ଡଙ୍କର ରୂପା ବା ପିତ୍ତଳ ତିଆରି ପ୍ରତିକୃତି ଆମ ସମସ୍ତଙ୍କୁ ପୋଷାକରେ ଲଗାଇବାକୁ ପଡୁଥିଲା। ଖାଲି ଦେହରକ୍ଷୀମାନେ ନୁହନ୍ତି, ସବୁ ସାମରିକ ଓ ଅଧିକାଂଶ ବେସାମରିକ କର୍ମଚାରୀ ତଥା ତାଙ୍କର ମନ୍ତ୍ରୀ ପରିଷଦର ସବୁ ସଦସ୍ୟ ବାଆଁ ପାଖ ଛାତି ପକେଟ୍ ଉପରେ ତାଙ୍କର ପ୍ରତିକୃତି ପିନ୍ଧୁଥିଲେ। ଫର୍ଡିନାଣ୍ଡଙ୍କର ଉପର୍ଯ୍ୟୁକ୍ତ ମନ୍ତବ୍ୟ ଶେଷ ହେବା ଆଗରୁ ମୋ ପୋଷାକରେ ଲଟକିଥିବା ତାଙ୍କର ପ୍ରତିକୃତି ଆଡ଼କୁ ମୋ ଦୃଷ୍ଟି ସ୍ୱତଃ ଚାଲିଗଲା। କ୍ଷଣକ ପାଇଁ ମତେ ଲାଗିଲା ଯେ ସେ ରୂପା ପଦକଟିର ଓଜନ ଖୁବ୍ ଦ୍ରୁତ ଭାବରେ ବଢ଼ିବାକୁ ଲାଗିଛି ଓ ଅତ୍ୟଳ୍ପ ସମୟ ପରେ ତା'ର ଓଜନରେ ମୁଁ ଶ୍ୱାସରୁଦ୍ଧ ହୋଇପଡ଼ିଛି। କ୍ଷଣକ ପରେ କିନ୍ତୁ ଏ ଭାବ ଚାଲିଗଲା ଓ ଫର୍ଡିନାଣ୍ଡଙ୍କୁ ସାନ୍ତ୍ୱନା ଦେବାପାଇଁ (ମୋର ଧୃଷ୍ଟତା କ୍ଷମା କରିବାକୁ ଅନୁରୋଧ କରିସାରି) କହିଲି ଯେ ଅତି ନଗଣ୍ୟ ଘଟଣାରୁ ସେ ଅର୍ଥ ଖୋଜି ବସୁଛନ୍ତି, ପିଲାଟି ପାଖରେ ତାଙ୍କର ଛବିଥିବା ଟିକେଟ୍ ଯଥେଷ୍ଟ ସଂଖ୍ୟାରେ ଥିବାରୁ ସେ ହୁଏତ ଅନ୍ୟ ଟିକେଟ୍ ସଂଗ୍ରହ କରିବାକୁ ଚାହୁଁଥାଇପାରେ। ଫର୍ଡିନାଣ୍ଡ୍ ମୋ ଉପରେ ବିରକ୍ତ ହେଲେ ନାହିଁ, ଚୁପ୍‌ଚାପ୍ କେତେ ପାହୁଣ୍ଡ ଆଗକୁ ଗଲେ, ତାପରେ ମୋ ଆଡ଼କୁ ବୁଲିପଡ଼ି ବିମର୍ଷ ତାଚ୍ଛଲ୍ୟରେ ମୋ ଯୁକ୍ତି ଖଣ୍ଡନ କରି କହିଲେ, "ଯେ ଡାକଟିକେଟ୍ ସଂଗ୍ରହ କରେ, ସେ ନିଜେ ପଠାଉଥିବା ଚିଠିର ଟିକେଟ୍ ଉପରେ ଗୁରୁତ୍ୱ ଦେବ କାହିଁକି ?"

ସେ ଏ ବିଷୟରେ ତର୍କ ଚାହୁଁନଥିଲେ ବୋଲି ସ୍ପଷ୍ଟ ବୁଝାପଡୁଥିଲା। କଥା ବଢ଼ାଇବା ପାଇଁ ମୋର ବି ଆଗ୍ରହ ନଥିଲା ଓ ଫର୍ଡିନାଣ୍ଡ୍ କେତେ ପାହୁଣ୍ଡ ଆଗକୁ ଗଲେ, ତାପରେ କେତେବେଳେ ବାଆଁ ପାଖକୁ କେତେବେଳେ ଡାହାଣ ପାଖକୁ ଯାଉଥିଲେ। ତାଙ୍କର ବୁଲିବାରେ କିଛି ନିର୍ଦ୍ଦିଷ୍ଟ ପଦ୍ଧତି ନଥିଲା ସତେ ଯେପରି କୌଣସି ଶକ୍ତି ତାଙ୍କୁ ଓଟାରିବା ଆରମ୍ଭ କଲାଣି ଓ ସେ ତାଙ୍କର ଅଚିରେ ସରିବାକୁ ଥିବା ପ୍ରତିରୋଧ ପ୍ରୟୋଗ କରିବା ଫଳରେ ଗୋଟିଏ ଦିଗକୁ ନ ମୁହାଁଇ ଇତସ୍ତତଃ ହୋଇ ପଡୁଥିଲେ।

ଏ ଅବସ୍ଥା ବେଶିକାଳ ରହିବ ନାହିଁ ବୋଲି ମୁଁ ଜାଣିଥିଲି। ଆଉ ଅଳ୍ପ କେତୋଟି ମୁହୂର୍ତ୍ତ ପରେ ଫର୍ଡିନାଣ୍ଡ୍ ଗୋଟିଏ ମାତ୍ର ଦିଗରେ ଅଗ୍ରସର ହେବେ। ସେ ଦିଗ କୁଆଡ଼େ ମୁଁ ସେତେବେଳେ ଜାଣିଥା'ନ୍ତି କିପରି ?

ଫର୍ଡିନାଣ୍ଡ୍ ବୁଲୁ ବୁଲୁ ବେଶ୍ କିଛି ବାଟ ଚାଲିଯାଇଥିଲେ। ହଠାତ୍ ମୋ ପାଖକୁ ଫେରିଆସି ପଚାରିଲେ, "ତମେ ଭଲ ପହଁରା ଜାଣ ?"

"ଆଜ୍ଞା, ହଁ," ମୁଁ କହିଲି।

"ନଈ ପଠାଯାଏଁ ପହଁରି ଯାଇ ପାରିବ ?"

ଫର୍ଡିନାଣ୍ଡ୍‌ଙ୍କର କୋଠି ନଈକୂଳରେ। କୂଳଠାରୁ ଅଳ୍ପଦୂରରେ ପଠା। ଖରାଦିନେ ପଠାଯାଏଁ ନଈର ଗଭୀରତା ଅଣ୍ଟାଏ ବା ଖୁବ୍ ବେଶି ହେଲେ ଛାତିଯାଏଁ ହେବ। ମାର୍ଚ୍ଚ ମାସ ଆରମ୍ଭରେ କେଉଁଠି ପୁରୁଷକରୁ ବେଶି ପାଣି ନଥିବ। ଏତିକି ପାଣିରେ ଏତେ ଅଳ୍ପବାଟ ପହଁରିବା ଖୁବ୍ ସହଜ। ମୁଁ କିନ୍ତୁ କେବଳ କହିଲି, "ଆଜ୍ଞା, ପାରିବି।"

ତାପରେ ଫର୍ଡିନାଣ୍ଡ୍ ତାଙ୍କର ଉଦ୍ଭଟ ଯୋଜନା ବାଢ଼ିଲେ। ଆମେ ଦୁହେଁ ନଈରେ ପହଁରିବାକୁ ଯିବୁ। ପଠା ପାଖରେ ମୁଁ ବୁଡ଼ିଯାଉଛି ବୋଲି ପାର୍ଟି କରିବି, ଆଉ ଫର୍ଡିନାଣ୍ଡ୍ ମତେ ଉଦ୍ଧାର କରି ପଠା ଉପରକୁ ଆଣିବେ। ମୁଁ ଅବଶ୍ୟ ନିଜେ ନିଜେ ଆସିବି ଏବଂ ତାଙ୍କର ସୁରକ୍ଷା ଉପରେ ବି ଆଖି ରଖିଥିବି। ଫର୍ଡିନାଣ୍ଡ୍ ଯୋଜନାର ଦିନକାଳ ବି ଠିକ୍ କରିସାରିଥିଲେ। ଛଅ ତାରିଖ ଅପରାହ୍ଣରେ ଏ ଅଭିନୟ ହେବ।

ଫର୍ଡିନାଣ୍ଡ୍‌ଙ୍କୁ ମୁଁ ହଠାତ୍ ଖୁବ୍ ଘୃଣା କରିବା ଆରମ୍ଭ କଲି। ଏ ଅଭିନୟ ପରେ ଜଣେ ଅକିଞ୍ଚନ ବ୍ୟକ୍ତିର ଜୀବନ ରକ୍ଷା କରିବା ପାଇଁ ସେ ନିଜର ଜୀବନକୁ ବିପନ୍ନ କରିଥିଲେ ବୋଲି ବାହାବା ନେବେ। ତାପରେ ମାସାଧିକ କାଳ ଦେଶର ବିଭିନ୍ନ ପ୍ରାନ୍ତରେ ତାଙ୍କର ସାହସିକତା ଆଲୋଚିତ ହେବ, ଆଲୋଚିତ ହେଉ କି ନହେଉ, ଦେଶର ଏକମାତ୍ର ସମ୍ବାଦପତ୍ରରେ ଆଲୋଚନା ହେଉଛି ବୋଲି ଲେଖାଯିବ। ଈଶ୍ୱର ତାଙ୍କୁ ଦୀର୍ଘାୟୁ କରନ୍ତୁ ଓ ଦେଶମାତୃକାର ସେବାରେ ତାଙ୍କର ଅନନ୍ୟସାଧାରଣ ଶକ୍ତି ଆଗାମୀ ବହୁତ ବର୍ଷ ଧରି ନିୟୋଜିତ କରନ୍ତୁ ବୋଲି ବିବୃତିମାନ ପ୍ରକାଶ ପାଇବ, ଆଉ ଦୁଇ ତିନିଟି ଦେଶର ରାଷ୍ଟ୍ରପତି ନିଜ ନିଜର ଆଶ୍ୱସ୍ତିଭାବ ଓ ଶୁଭେଚ୍ଛା ଜ୍ଞାପନ କରି ବାର୍ତ୍ତା ପଠାଇପାରନ୍ତି। ଏସବୁ କୋଳାହାଳ ଭିତରେ ଓ ତାପରେ ମଧ୍ୟ ମତେ ଚୁପ୍ ରହିବାକୁ ପଡ଼ିବ, ସମସ୍ତଙ୍କୁ ଧାରଣା ଦେବାକୁ ପଡ଼ିବ ମୋର ଜୀବନ ଫର୍ଡିନାଣ୍ଡ୍‌ଙ୍କର ଅବଦାନ। ନିଜର ପ୍ରତିଷ୍ଠା ପାଇଁ ସେ ଏପରି ହୀନ ପ୍ରବଞ୍ଚନା କଳ୍ପନା କରି ପାରନ୍ତି ବୋଲି ମୁଁ ଭାବିନଥିଲି। ମୋର ମନେ ହେଲା ଯେ ସେ ଅନାମଧେୟ ସ୍କୁଲ୍‌ପିଲାର ସୁଦୃଷ୍ଟିଭାଜନ ହେବା ପାଇଁ ହିଁ ଏତେ ପରିଶ୍ରମ।

ମାର୍ଚ୍ଚ ଛଅ ତାରିଖରେ ଆମେ ଦୁହେଁ ନଈ ଭିତରକୁ ପଶିଲୁ। ଆଉ ଦୁଇ ତିନିଜଣ ଦେହରକ୍ଷୀ କୂଳରେ ଠିଆ ହୋଇଥା'ନ୍ତି। ମୁଁ ଲକ୍ଷ୍ୟ କଲି, ଫର୍ଡିନାଣ୍ଡ୍ ମୋ ଆଡ଼କୁ ସିଧାସଳଖ ଚାହୁଁନଥାନ୍ତି, ମୋ ଉପସ୍ଥିତି ଯୋଗୁଁ ଏକପ୍ରକାର ଅସ୍ୱସ୍ତି ବୋଧ କଲା ପରି ଜଣାପଡୁଥିଲେ। ତାଙ୍କର ଏପରି ଆଚରଣ, ଅର୍ଥାତ୍ ବାଟଭାଙ୍ଗି ଚାଲିଯିବାକୁ ଚାହିଁବା, ମୁଁ ଆଗରୁ କେବେ ଦେଖିନଥିଲି। ସେତେବେଳକୁ ଅସ୍ତଗାମୀ ସୂର୍ଯ୍ୟର କିରଣରେ ନଈର ଦୂରତର ଅଂଶ ଚିକ୍ ଚିକ୍ କରୁଥିଲା ଓ ଅତି ଛୋଟ ଛୋଟ, ଭଲ କରି ନ ଚାହିଁଲେ ଦିଶୁନଥିବା ଅସଂଖ୍ୟ ଲହଡ଼ି ପାଣିରେ ନୁହେଁ ଖୁବ୍ ମୃଦୁ ଆଲୋକରେ ତିଆରି ହେଲା ପରି ଦିଶୁଥିଲେ। ଆମ କୂଳରେ କିନ୍ତୁ ନଈପାଣି ଏତେ ଉଜ୍ଜ୍ୱଳ ନଥିଲା। ମୋର ମନେ ପଡୁଛି, ଫର୍ଡିନାଣ୍ଡ୍ ପାଣିରେ ପଶିବା ପୂର୍ବରୁ କୂଳରେ ଟିକିଏ ଠିଆହେଲେ, ତାପରେ ପଶିବା ଉତ୍ତାରେ ଆଣ୍ଠୁଏ ପାଣିରେ ଆଉ କିଛି ସମୟ ଠିଆ ହୋଇ ପାଣିକୁ ଚାହିଁ ରହିଲେ ଯେପରି ନିଜର ମୁହଁ ପ୍ରତିଫଳିତ ହେଉଛି କି ନାହିଁ ଦେଖୁଥିଲେ।

ତାପରେ ଆମେ ପହଁରିବାକୁ ଆରମ୍ଭ କଲୁ। ଅଳ୍ପ ସମୟ ପରେ ମୁଁ ଜାଣିପାରିଲି ଯେ ଫର୍ଡିନାଣ୍ଡଙ୍କୁ ଭଲ ପହଁରା ଆସେ ନାହିଁ, ପହଁରିବା ଅପେକ୍ଷା ହାତରେ ଗୋଡ଼ରେ ପାଣି ବାଡ଼େଇବା ହିଁ ବେଶି ପରିମାଣରେ ହେଉଥିଲା। ମଝିରେ ମଝିରେ ସେ ନଦୀଶଯ୍ୟାରେ ଠିଆ ହୋଇ ପଡୁଥିଲେ ଓ ତାପରେ ପୁଣି ତାଙ୍କର ଖଣ୍ଡିପହଁରା ଆରମ୍ଭ କରୁଥିଲେ। ଯଦି ଗଭୀର ପାଣିରେ କିଛି ବାଟ ପହଁରିବାକୁ ପଡ଼ନ୍ତା ତାହେଲେ କେହି ଉଦ୍ଧାରକର୍ତ୍ତା ନଥିଲେ ସେ ସଲିଳସମାଧି ଗ୍ରହଣ କରନ୍ତେ ବୋଲି ମୋର ଧାରଣା ହେଲା।

ଆମେ ପଠା ପାଖାପାଖି ହେଲା ବେଳକୁ ମୁଁ ଲକ୍ଷ୍ୟ କଲି ଯେ ଫର୍ଡିନାଣ୍ଡ୍ ଖୁବ୍ ଛାଟିପିଟି ହେଉଛନ୍ତି। ସେ ବାରମ୍ବାର ଗୋଡ଼ ବଢ଼ାଇ ନଦୀ ଶଯ୍ୟା ଛୁଇଁବାକୁ ଚାହୁଁଥିଲେ, କିନ୍ତୁ ତାଙ୍କର ଗୋଡ଼ ପାଉନଥିଲା। ସେ ସେତେବେଳକୁ କେତେ ଢୋକ ପାଣି ପିଇସାରିଥିଲେ। ସେ ଜାଗାରେ ନଈର ଗଭୀରତା ଏତେ ବୋଲି ଆମେ ଅନୁମାନ କରି ନଥିଲୁ। କାଳବିଳମ୍ବ ନକରି ମୁଁ ତାଙ୍କ ଆଡ଼କୁ ଆଗ୍ରସର ହେଲି, କିନ୍ତୁ କାହିଁକି କେଜାଣି ମୋର ଅନିଚ୍ଛାସତ୍ତ୍ୱେ ଅଟକି ଗଲି। ସେତେବେଳେ ମୋର ମନର ଅବସ୍ଥା ବର୍ଣ୍ଣନା କରିବାକୁ ମୋର ଭାଷା ନାହିଁ। ଫର୍ଡିନାଣ୍ଡ୍ ମତେ କିଛି କହିବା ଅବସ୍ଥାରେ ନଥିଲେ। ମୁଁ ଯେତେଥର ତାଙ୍କୁ ଚାହୁଁଥିଲି, ସେତେଥର ତାଙ୍କ ଆଖିର ଅତି ପ୍ରାଞ୍ଜଳ ଅନୁନୟ ବିନୟରେ ଅତିଷ୍ଠ ହୋଇପଡୁଥିଲି। ମରଣାନ୍ତକ କଷ୍ଟ ଭୋଗୁଥିବା ପଶୁର ନିର୍ବାକ୍ ସାହାଯ୍ୟଭିକ୍ଷା ତାଙ୍କ ଆଖିରେ ଭର୍ତ୍ତିହୋଇ ଥିଲା, ମାତ୍ର ମୁଁ ସାହାଯ୍ୟ କରିବାକୁ ଉଦ୍ୟତ ହେବା ମାତ୍ରେ ହିଁ କେଉଁ କଠୋର ଶକ୍ତି ମତେ ପଛକୁ ଭିଡ଼ି ଆଣୁଥିଲା ଓ

ଫର୍ଡିନାଣ୍ଡ୍ ପଶୁପରି ମରିବା ଉଚିତ ବୋଲି ତାର ଅଲଙ୍ଘ୍ୟ ଆଦେଶରେ ମୋର ପ୍ରତ୍ୟେକ ରକ୍ତକଣିକାର ଚଞ୍ଚଳତାକୁ ନିଶ୍ଚଳ କରି ଦେଉଥିଲା। କିଛି ସମୟ ପରେ ମତେ ଲାଗିଲା ଯେ ମୁଁ ଜଡ଼ପଦାର୍ଥଟିଏ, ଫର୍ଡିନାଣ୍ଡ୍ଙ୍କ ଭାଗ୍ୟରେ ହସ୍ତକ୍ଷେପ କରିବାର କ୍ଷମତା ମୋର ନାହିଁ। ସେ ବି ଏକଥା ବୁଝିପାରିଲା ପରି ମତେ ଲାଗିଲା। ତାଙ୍କର ମୋ ପ୍ରତି ଶେଷ ଦୃଷ୍ଟିରେ କୌଣସି ଭର୍ତ୍ସନା ନଥିଲା, ଥିଲା ଏକ ଅନୁରୋଧ। ତାଙ୍କର ଏ ଦୁର୍ଭାଗ୍ୟଜନକ ଯୋଜନା ପ୍ରଘଟ ନକରିବାକୁ ସେ ମତେ ଅନୁରୋଧ କଲାପରି ମୋର ମନେହେଲା ଏବଂ ମୁଁ କିଛି ନକହି ସୁଦ୍ଧା ତାଙ୍କୁ ଜଣାଇଦେବାକୁ ଚାହୁଁଥିଲି ଯେ ତାଙ୍କର ଶେଷ ଇଚ୍ଛା ମୁଁ ପାଳନ କରିବି।

ପରବର୍ତ୍ତୀ ଘଟଣା ସର୍ବଜନବିଦିତ। ମୁଁ ଫର୍ଡିନାଣ୍ଡ୍ଙ୍କୁ ପାଣି ଭିତରୁ କୂଳକୁ ଆଣିଥିଲି ଓ ଅନ୍ୟାନ୍ୟ ଦେହରକ୍ଷୀଙ୍କ ସାହାଯ୍ୟରେ ଡାକ୍ତରମାନେ ପହଞ୍ଚିବା ଯାଏଁ ତାଙ୍କର ନିଃଶ୍ୱାସପ୍ରଶ୍ୱାସ ଶକ୍ତି ଫେରାଇ ଆଣିବାକୁ ଚେଷ୍ଟା କରୁଥିଲି। ସେ ଚେଷ୍ଟାରେ କୌଣସି ତ୍ରୁଟି ନଥିଲା, କିନ୍ତୁ ସେତେବେଳକୁ ଫର୍ଡିନାଣ୍ଡ୍ଙ୍କର ପ୍ରାଣବାୟୁ ଉଡ଼ିଯାଇଥିଲା। ଏକ ନିରପେକ୍ଷ ତଦନ୍ତ ହୋଇଥିଲେ ହୁଏତ ମୁଁ କର୍ତ୍ତବ୍ୟରେ ଅବହେଳା କରିଥିଲି ବୋଲି ଅଭିଯୁକ୍ତ ଓ ଦଣ୍ଡିତ ହୋଇଥା'ନ୍ତି, କିନ୍ତୁ ସେପରି ତଦନ୍ତରେ କାହାର ଆଗ୍ରହ ଥିଲା ? କେହି କିଛି ନ କହିଲେ ବି ମୋ ପ୍ରତି ସମସ୍ତଙ୍କର କୃତକୃତ୍ୟଭାବ ମୁଁ ଅନୁଭବ କରିପାରୁଥିଲି। ମତେ କେବଳ କିଛି ଉପରଠାଉରିଆ ପ୍ରଶ୍ନ ପଚରାଯାଇଥିଲା ଓ କର୍ତ୍ତବ୍ୟନିଷ୍ଠା ପାଇଁ ପୁରସ୍କୃତ କରାଯାଇଥିଲା। ସେ ପୁରସ୍କାର ମୋର କିଛି କାମରେ ଆସିଲା ନାହିଁ, କାରଣ ଫର୍ଡିନାଣ୍ଡ୍ଙ୍କର ପ୍ରତିକୃତି ଥିବା ସ୍ୱର୍ଣ୍ଣପଦକଟିଏ ମତେ ପୁରସ୍କାର ମିଳିଥିଲା।

■

ମିତ୍ର

ମୋ ଚାକିରିର ଦଶମ ବର୍ଷରେ ଏ ଘଟଣାଟି ଘଟିଥିଲା । ସେତେବେଳେ ମୁଁ ପର୍ଯ୍ୟଟନ ବିଭାଗରେ ନା ଖୁବ୍ ଉପରିସ୍ଥ ନା ଖୁବ୍ ଅଧସ୍ତନ କର୍ମଚାରୀ ଥିଲି । ସରକାରଙ୍କ ଆତିଥ୍ୟ ଲାଭ କରିଥିବା ବିଶିଷ୍ଟ ବ୍ୟକ୍ତିଙ୍କୁ ଓ ତାଙ୍କର ପରିବାରର ସଦସ୍ୟଙ୍କୁ ରାଜ୍ୟର ଐତିହାସିକ କୀର୍ତ୍ତି ଓ ପ୍ରାକୃତିକ ସୁଷମାମୟ ସ୍ଥାନ ଦେଖାଇବାର ଦାୟିତ୍ୱ ବେଳେବେଳେ ଗ୍ରହଣ କରିବାକୁ ପଡୁଥିଲା । ଦେଖୁଥିବା ଜାଗା ବିଷୟରେ ସେମାନଙ୍କ ଭିତରୁ ଅନେକଙ୍କର ବିଶେଷ ଆଗ୍ରହ ନଥିଲା, ବିନା ଖର୍ଚ୍ଚରେ ଓ ବିନା ଆୟାସରେ ଗୋଟିଏ ଅଲଗା ଜାଗାରେ ଅବସର ବିତାଇବା ସେମାନଙ୍କର ମୁଖ୍ୟ ଲକ୍ଷ୍ୟ ଥିଲା । ଆଉ କେତେଜଣଙ୍କର କିନ୍ତୁ ଅନୁସନ୍ଧିତ୍ସା ଓ ବିଭୋରପଣ ଆନ୍ତରିକ ଥିଲା ଏବଂ ସେମାନେ ନିଜ ବାହାରେ ଥିବା ବିଶାଳତାର ଓ ସୌନ୍ଦର୍ଯ୍ୟର ନିକଟରେ ହେବାକୁ ଚେଷ୍ଟା କରୁଥିଲେ ।

ଏଲ୍‌ଟନ୍ ଦମ୍ପତି ଦ୍ୱିତୀୟ ଶ୍ରେଣୀଭୁକ୍ତ । ଶ୍ରୀମତୀ (ଇସାବେଲ୍) ଏଲ୍‌ଟନ୍ ଆମର ପ୍ରକୃତ ଅତିଥି ଥିଲେ । ଆମେରିକାର ଏକ ଖ୍ୟାତନାମା ସମ୍ବାଦପତ୍ରରେ ସେ ଅନ୍ୟତମ ସହଯୋଗୀ ସମ୍ପାଦକ । ଭାରତବର୍ଷର ରାଜନୈତିକ ବିବର୍ତ୍ତନ ଉପରେ କେତୋଟି ନିବନ୍ଧ ଲେଖିବା ଉଦ୍ଦେଶ୍ୟରେ ସେ ଆମ ଦେଶକୁ ଆସିଥିଲେ ଓ ବହୁତ ଲୋକଙ୍କୁ ଭେଟୁଥିଲେ । ଶ୍ରୀମତୀ ଏଲ୍‌ଟନ୍ ପହଞ୍ଚିବା ପୂର୍ବରୁ ମୋର ଧାରଣା ହୋଇଥିଲା ଯେ ସେ ବି ପଶ୍ଚିମ ୟୁରୋପ ଓ ଯୁକ୍ତରାଷ୍ଟ୍ର ଆମେରିକା ବିଷୟରେ ନିର୍ଦ୍ଦିଷ୍ଟ କିଛି କହିବାକୁ ଦ୍ୱିଧା ବୋଧ କରୁଥିବା ଅଥଚ ବିକାଶଶୀଳ ରାଷ୍ଟ୍ରମାନଙ୍କର ପରିସ୍ଥିତି ପୂରା ବୁଝି ସେମାନଙ୍କ ବିଷୟରେ ଭବିଷ୍ୟତବାଣୀ କରିପାରୁଥିବା ଆଉ ଜଣେ ପାଶ୍ଚାତ୍ୟ ପତ୍ରକାର-ବୁଦ୍ଧିଜୀବି । ପରବର୍ତ୍ତୀ କାଳରେ ଶ୍ରୀମତୀ ଏଲ୍‌ଟନ୍ କ'ଣ ଲେଖିଲେ ମୁଁ ଜାଣେନି, କିନ୍ତୁ ମୁଁ ଭାବୁଛି ସେ ଯାହା ବାସ୍ତବିକ ବୁଝିଥିବେ ତାରି ଭିତ୍ତିରେ କିଛି ଅନୁମାନ ହିଁ କରିଥିବେ ଏବଂ ଯାହା ବୁଝି ନାହାନ୍ତି ତାହା ବୁଝିଛନ୍ତି ବୋଲି ଦମ୍ଭୋକ୍ତି କରିନଥିବେ ।

ମୋର ଉପରିସ୍ଥ କର୍ମଚାରୀ ମତେ ଡକାଇ ଏଲ୍‌ଟନ୍ ଦମ୍ପତିଙ୍କର ଅଭ୍ୟର୍ଥନା, ପରିଦର୍ଶନ ଓ ରହଣିର ତ୍ରୁଟିଶୂନ୍ୟ ବନ୍ଦୋବସ୍ତ କରିବାକୁ ନିର୍ଦ୍ଦେଶ ଦେଲେ। ପହଞ୍ଚିବା ଦିନ ହିଁ ମଧ୍ୟାହ୍ନଭୋଜନ ପରେ ସେମାନେ ଶହେଦେଶ କିଲୋମିଟର ଦୂରବର୍ତ୍ତୀ ଗୋଟିଏ ପ୍ରାଚୀନ କୀର୍ତ୍ତି ଦେଖିବାକୁ ଯିବେ ଏବଂ ସେଠାରେ ରାତ୍ରିଯାପନ କରି ତା ପରଦିନ ରାଜଧାନୀକୁ ଫେରିଆସିବେ ଓ ସନ୍ଧ୍ୟାବେଳ ବିମାନରେ ଦିଲ୍ଲୀ ଚାଲିଯିବେ। ଉପରିସ୍ଥ କର୍ମଚାରୀ ଆହୁରି ମଧ୍ୟ କହିଲେ ଯେ ଯଦି ସମୟ ଥାଏ ଏବଂ ଯଦି ଶ୍ରୀମତୀ ଏଲ୍‌ଟନ୍ ଆଗ୍ରହ ପ୍ରକାଶ କରନ୍ତି, ତାଙ୍କ ସହିତ କେତେଜଣ ସ୍ଥାନୀୟ ଲୋକପ୍ରତିନିଧିଙ୍କର ଆଲୋଚନାର ବ୍ୟବସ୍ଥା ମୁଁ କରିବି।

ସେମାନେ ନିର୍ଦ୍ଧାରିତ ସମୟରେ ପହଞ୍ଚିଲେ ଓ ନିର୍ଦ୍ଧାରିତ ସମୟରେ ଗାଡ଼ିରେ ବସି ଆମର ଗନ୍ତବ୍ୟସ୍ଥଳକୁ ଚାଲିଲେ। ଶ୍ରୀମତୀ ଏଲ୍‌ଟନ୍ ସାମ୍ନାରେ ବସିଲେ; ମୁଁ ଓ ଶ୍ରୀଯୁକ୍ତ (ମାର୍ଟିନ୍) ଏଲ୍‌ଟନ୍ ପଛରେ ବସିଲୁ। ଶ୍ରୀମତୀ ଏଲ୍‌ଟନ୍ କିଛି କାଗଜପତ୍ର ଥିବା ଫାଇଲ୍‌ଟିଏ ଓ ଖଣ୍ଡେ ନୋଟ୍‌ଖାତା ଧରିଥା'ନ୍ତି। ଫାଇଲ୍‌ର କାଗଜପତ୍ର ପଢ଼ି ମଝିରେ ମଝିରେ ନୋଟ୍‌ଖାତାରେ କିଛି ଟିପିବାରେ ସେ ପ୍ରାୟ ପୂରା ମନୋନିବେଶ କରିଥିଲେ, ଖାଲି ଯାହା ବେଳେ ବେଳେ ଅଳ୍ପ ସମୟ ପାଇଁ ଗାଡ଼ିର ଝରକା ବାହାରକୁ ଚାହୁଁଥିଲେ। ମତେ ଲାଗିଲା ଯେ ସେ ସେମିତି ଚାହିଁଲା ବେଳେ ବାହାରର କିଛି ଦେଖୁନଥିଲେ ବରଂ ଦୂର ବିଲ ଭିତରେ ଠିଆ ହୋଇଥିବା ନିଜରଙ୍କୌଣସି ଚିନ୍ତାର ବାଷ୍ପୀୟ ଚେହେରାକୁ ଚାହୁଁଥିଲେ ସତେ ଯେପରି ତାଙ୍କର ଏକାଗ୍ର ଦୃଷ୍ଟିଫଳରେ ତା'ର ଆୟତନ ସୀମାବଦ୍ଧ ଓ ନିର୍ଦ୍ଦିଷ୍ଟ ହୋଇଯିବ। ଶ୍ରୀଯୁକ୍ତ ଏଲ୍‌ଟନ୍ କିନ୍ତୁ କେବଳ ବାହାରକୁ ଚାହିଁରହିଥିଲେ ଏବଂ ସମ୍ଭବତଃ ଯାହା କିଛି ଦେଖୁଥିଲେ ତା ପ୍ରତି ଏକ ଗଭୀର ଆତ୍ମୀୟଭାବ ଯୋଗୁଁ ପ୍ରସନ୍ନ ଦିଶୁଥିଲେ।

ଆମେ ଓହ୍ଲାଇବାର ଅଧଘଣ୍ଟାଏ ଭିତରେ ଦୁର୍ଘଟଣାଟି ଘଟିଲା। ସେମାନେ ଚାହା ପିଉଥିବା ବେଳେ ଶ୍ରୀଯୁକ୍ତ ଏଲ୍‌ଟନ୍ ଛାତିରେ ଖୁବ୍ ଯନ୍ତ୍ରଣା ଅନୁଭବ କଲେ। ତାଙ୍କୁ ଆମେ ବିଛଣାରେ ଶୁଆଇ ଦେଲୁ। ଶ୍ରୀମତୀ ଏଲ୍‌ଟନ୍ ତାଙ୍କ ବ୍ୟାଗ୍‌ରୁ ବଟିକାଟିଏ କାଢ଼ି ଶ୍ରୀଯୁକ୍ତ ଏଲ୍‌ଟନ୍‌ଙ୍କ ଜିଭ ତଳେ ଦେଲେ ଓ ତାଙ୍କ ଛାତି ଘଷିବା ଆରମ୍ଭ କଲେ। ମୁଁ ସାଙ୍ଗେ ସାଙ୍ଗେ ଗାଡ଼ିନେଇ ପାଖରେ ଥିବା ଡାକ୍ତରଖାନାକୁ ଚାଲିଗଲି ଓ ଅଳ୍ପ ସମୟ ଭିତରେ ଡାକ୍ତରଙ୍କୁ ଆଣି ପହଞ୍ଚିଲି। ସେ ଶ୍ରୀଯୁକ୍ତ ଏଲ୍‌ଟନ୍‌ଙ୍କର ରକ୍ତଚାପ ଓ ନାଡ଼ି ପରୀକ୍ଷା କଲେ ଓ ଶ୍ରୀମତୀ ଏଲ୍‌ଟନ୍‌ଙ୍କଠାରୁ ବୁଝିଲେ ଯେ ତାଙ୍କର ସ୍ୱାମୀ ଜଣେ ହୃଦ୍‌ରୋଗୀ। ଡାକ୍ତରବାବୁ ଆଉ କିଛି ଔଷଧ ଦେଲେ, କିନ୍ତୁ ରାତି ପ୍ରାୟ ଆଠଟା ବେଳେ ଶ୍ରୀଯୁକ୍ତ ଏଲ୍‌ଟନ୍ ପ୍ରାଣବାୟୁ ତ୍ୟାଗ କଲେ।

ଶ୍ରୀମତୀ ଏଲ୍‌ଟନ୍ କିଛି ସମୟ ଧରି ସ୍ୱାମୀଙ୍କ ମୃତଦେହକୁ ଚାହିଁ ରହିଲେ। ତାପରେ ତାଙ୍କ ଛାତିରେ ମୁଣ୍ଡ ରଖି କଇଁ କଇଁ ହୋଇ କାନ୍ଦିଲେ। ଏ ସମୟରେ ସେ ଏକୁଟିଆ ରହିବାକୁ ଚାହୁଁଥିବେ ଭାବି ମୁଁ ବାହାରକୁ ଚାଲିଗଲି। ତାଛଡ଼ା ଡାକ୍ତରଙ୍କଠାରୁ ଶ୍ରୀଯୁକ୍ତ ଏଲ୍‌ଟନ୍‌ଙ୍କ ମୃତ୍ୟୁ-ସାର୍ଟିଫିକେଟ୍ ତ ଆଣିବାର ଥିଲା। ମୁଁ ପ୍ରାୟ ଘଣ୍ଟାକ ପରେ ଫେରି ସେମାନଙ୍କ କୋଠରୀର ବାରଣ୍ଡାରେ ବସିଲି। କିଛି ସମୟ ପରେ ଭାବିଲି ଯେ ମୃତଦେହକୁ କେତେବେଳେ ଏଠାରୁ ନିଆଯିବ, ଶବସତ୍କାର କେଉଁ ପଦ୍ଧତିରେ କରାଯିବ ଏବଂ ଶ୍ରୀମତୀ ଏଲ୍‌ଟନ୍‌ଙ୍କ ଯାତ୍ରା ନିଘଣ୍ଟରେ କି ପରିବର୍ତ୍ତନ ସେ ଚାହୁଁଛନ୍ତି ଏ ସବୁ ତାଙ୍କଠାରୁ ବୁଝିନେବା ଉଚିତ ହେବ। ସେ ଉଦ୍ଦେଶ୍ୟରେ ମୁଁ କୋଠରୀ ଭିତରକୁ ଗଲି ଓ ଦେଖିଲି ଯେ ଶ୍ରୀମତୀ ଏଲ୍‌ଟନ୍ ପ୍ରକୃତିସ୍ଥ ହୋଇସାରିଲେଣି କିନ୍ତୁ ତାଙ୍କର ସ୍ନେହସିକ୍ତ ଦୃଷ୍ଟି ଶ୍ରୀଯୁକ୍ତ ଏଲ୍‌ଟନ୍‌ଙ୍କର ମୁହଁ ଉପରେ ନିବଦ୍ଧ ରହିଛି। ମଝିରେ ମଝିରେ ସେ ତାଙ୍କ ବାଳ ଭିତରେ ଆଙ୍ଗୁଠି ବୁଲାଇ ମାର୍ଟିନ୍, ମାର୍ଟିନ୍ ବୋଲି କହୁଥିଲେ।

ମତେ ଶ୍ରୀମତୀ ଏଲ୍‌ଟନ୍ ବସିବାକୁ ଅନୁରୋଧ କଲେ ଓ ମୋର ଦୁଃଖପ୍ରକାଶରେ ବାଧା ଦେଇ କହିଲେ ଯେ ଏ ପରିସ୍ଥିତିରେ ଯାହା କରାଯାଇପାରିଥା'ନ୍ତା ମୁଁ ତାହା କରିଛି। ନିଜ ଦେଶରେ ବା ଆମ ରାଜଧାନୀରେ ଥିଲେ ହୁଏତ ଏ ମୃତ୍ୟୁ ଏଡ଼ାଇ ଦିଆଯାଇ ପାରିଥା'ନ୍ତା ବୋଲି ମୁଁ କହିବାରୁ ସେ ତାହା ଅସ୍ୱୀକାର କଲେ ଓ କହିଲେ ଯେ ଶ୍ରୀଯୁକ୍ତ ଏଲ୍‌ଟନ୍‌ଙ୍କର ପିତା ଏପରି ଏକ ପରିସ୍ଥିତିରେ ପ୍ରାଣତ୍ୟାଗ କରିଥିଲେ ଓ ପ୍ରାତଃଭୋଜନର ଦଶ ମିନିଟ୍ ପରେ ତାଙ୍କ ନିଜ ମାଆଙ୍କର ଦେହାନ୍ତ ହୋଇଯାଇଥିଲା। ମୋର ଅନ୍ୟାନ୍ୟ ପ୍ରଶ୍ନର ଉତ୍ତରରେ ସେ କହିଲେ ଯେ ଆଜି ରାତିକ ସେ ମାର୍ଟିନ୍‌ଙ୍କ ଶବ ପାଖରେ ରହିବାକୁ ଚାହାନ୍ତି, କାଲି ପୂର୍ବାହ୍ନରେ ଆମ ପଦ୍ଧତିରେ ମାର୍ଟିନ୍‌ଙ୍କର ଶବଦାହ କରାଗଲେ ତାଙ୍କର କିଛି ଆପତ୍ତି ନାହିଁ, କିନ୍ତୁ ଚିତାଭସ୍ମରୁ ଟିକିଏ ପାଇଲେ ସେ ଖୁବ୍ କୃତଜ୍ଞ ରହିବେ ଏବଂ ପୂର୍ବନିର୍ଘଣ୍ଟ ଅନୁଯାୟୀ ସେ ଦିଲ୍ଲୀ ଓ ଦିଲ୍ଲୀରୁ ନ୍ୟୁୟର୍କ ଫେରିଯିବେ, ଖାଲି ଯାହା ମାର୍ଟିନ୍‌ଙ୍କର ଟିକେଟ୍ ରଦ୍ଦ କରିବାକୁ ପଡ଼ିବ।

ତାପରେ ମୁଁ ବାହାରକୁ ଆସିଲି ଓ ଜଣେ କର୍ମଚାରୀଙ୍କ ଘରେ ଥିବା ଟେଲିଫୋନ୍‌ରୁ ମୋର ଉପରିସ୍ଥ କର୍ମଚାରୀଙ୍କୁ ଏ ଦୁଃଖଦାୟକ ଘଟଣା ଜଣାଇଲି। ତାଛଡ଼ା ଶବସଂସ୍କାର ଓ ଏଲ୍‌ଟନ୍ ଦମ୍ପତିଙ୍କର ଟିକେଟ୍ ବିଷୟରେ ଯାହା କରିବା କଥା ସେ ସବୁର ବ୍ୟବସ୍ଥା କରିବା ପାଇଁ ମୋର ଜଣେ ସହକର୍ମୀଙ୍କୁ ଅନୁରୋଧ କଲି। ଗୋଟିଏ ଦୋକାନ ଖୋଲାଇ କିଛି ଧଳାକନା କିଣି ଶ୍ରୀଯୁକ୍ତ ଏଲ୍‌ଟନ୍‌ଙ୍କ ଦେହ ଆବୃତ କରିବା ଉଦ୍ଦେଶ୍ୟରେ ଶ୍ରୀମତୀ ଏଲ୍‌ଟନ୍‌ଙ୍କ ନିକଟକୁ ଗଲି। ଗଲାବେଳେ ବିଶ୍ରାମାଗାରର ଖାନ୍‌ସାମାଠାରୁ ଗୋଟିଏ ଥର୍ମୋସ୍‌ରେ କିଛି କଫି ନେଲି। କନା ଖଣ୍ଡକ ଶବ ଉପରେ

ଘୋଡ଼ାଇ ଦେଇ ସେ କଫି କପେ ପିଇଲେ ଓ ମତେ ତାଙ୍କ ପାଖ ଚଉକୀରେ ବସିବାକୁ କହିଲେ ।

ଆମେ କିଛି ସମୟ ଚୁପ୍‌ଚାପ୍ ବସିଲା ପରେ ଶ୍ରୀମତୀ ଏଲ୍‌ଟନ୍ କହିଲେ, "ମାର୍ଟିନ୍ ଜଣେ ଅସାଧାରଣ ଲୋକ । ମୁଁ ବହୁତ ଲୋକଙ୍କୁ ଭେଟିଛି, ବହୁତ ଲୋକଙ୍କ ବିଷୟ ବହିରେ ପଢ଼ିଛି, କିନ୍ତୁ ମୋର ବିଶ୍ୱାସ ଯେ ମାର୍ଟିନ୍‌ଙ୍କ ପରି ହୃଦୟବାନ୍ ଲୋକ ପୃଥିବୀରେ ବେଶି ନଥିବେ । ସେ ମୋର ସ୍ୱାମୀ ବୋଲି ମୁଁ ଏକଥା କହୁନାହିଁ, କହୁଛି ମୋର ଅଭିଜ୍ଞତାରୁ ।"

ତାଙ୍କର ଅଭିଜ୍ଞତା ଏପରି । ବିବାହର କେତେମାସ ପରେ ମାର୍ଟିନ୍ ଜଣେ ଆମେରିକାନ୍ ସୈନିକ ଭାବେ ଭିଏତ୍‌ନାମ୍ ଯୁଦ୍ଧକୁ ଚାଲିଗଲେ । ମାସମାସ ଧରି ତାଙ୍କଠାରୁ କୌଣସି ଚିଠି ମିଳିଲା ନାହିଁ, ସୁତରାଂ ଯୁଦ୍ଧରେ ପ୍ରାଣ ହରାଇଥିବା ଅନେକ ଆମେରିକାନ୍ ସୈନିକଙ୍କ ଭିତରୁ ସେ ଜଣେ ହୋଇଥିବେ ବୋଲି ସନ୍ଦେହ ହେବା ସ୍ୱାଭାବିକ । ଅବଶ୍ୟ ପ୍ରତିରକ୍ଷା ବିଭାଗରୁ କୌଣସି ଖବର ନମିଳିବା ଯାଏଁ ମାର୍ଟିନ୍ ଆଉ ଇହଜଗତରେ ନାହାନ୍ତି ବୋଲି ଧରିନେବା ସମ୍ଭବ ନଥିଲା, କିନ୍ତୁ ତାଙ୍କର ଅନିଶ୍ଚିତ ପ୍ରତ୍ୟାବର୍ତ୍ତନର ଭରସାରେ ମାସ ମାସ ଧରି ନିଃସଙ୍ଗ ଜୀବନ ବିତାଇବା ଯୁବତୀ ଇସାବେଲ୍‌ଙ୍କ ପକ୍ଷରେ ଦିନକୁ ଦିନ ଦୁଃସହ ହୋଇ ପଡୁଥିଲା । ଅବଶେଷରେ ଦିନେ ସେ ପ୍ରେମରେ ପଡ଼ିଗଲେ ଓ ତାଙ୍କର ପ୍ରେମିକଙ୍କ ସହିତ ଅନେକ ରାତି ବିତାଇଲେ । ଉଭୟେ ଭାବୁଥିଲେ ଯେ ଅଳ୍ପଦିନ ଭିତରେ ମାର୍ଟିନ୍‌ଙ୍କ ମୃତ୍ୟୁ ଖବର ସରକାରୀ ସୂତ୍ରରୁ ମିଳିଯିବ ଓ ତାପରେ ସେମାନେ ବିବାହ କରିବେ । ଦିନେ ହଠାତ୍ ଶ୍ରୀମତୀ ଏଲ୍‌ଟନ୍ ଜାଣିଲେ ଯେ ସେ ଅନ୍ତଃସତ୍ତ୍ୱା ହୋଇଯାଇଛନ୍ତି । ଗର୍ଭପାତ କରିବେ କି ନାହିଁ ଭାବୁଭାବୁ ଦିନେ ମାର୍ଟିନ୍‌ଙ୍କଠାରୁ ଟେଲିଗ୍ରାମ୍ ମିଳିଲା ଯେ ସେ ତା ପରଦିନ ପୂର୍ବାହ୍ଣରେ ପହଞ୍ଚିବେ । ସେତେବେଳକୁ ମାର୍ଟିନ ଆମେରିକା ଛାଡ଼ିବାର ଚାରିବର୍ଷ ଅତିକ୍ରାନ୍ତ ହୋଇଗଲାଣି ।

ଦୀର୍ଘ ବିଚ୍ଛେଦ ପରେ ମିଳନର ଆନନ୍ଦ ଉପରୋକ୍ତ କାରଣବଶତଃ ଶ୍ରୀମତୀ ଏଲ୍‌ଟନ୍ ପୂରା ଉପଭୋଗ କରିପାରୁନଥିଲେ । ଶ୍ରୀଯୁକ୍ତ ଏଲ୍‌ଟନ୍ ଅବଶ୍ୟ ନିଜ ଘରକୁ ଫେରିଆସିଥିବା ଯୋଗୁଁ ଖୁବ୍ ଖୁସିଥିଲେ, କିନ୍ତୁ ତାଙ୍କର ସ୍ୱଭାବସୁଲଭ କଥାବାର୍ତ୍ତାର ଭଙ୍ଗୀ ଟିକିଏ ବଦଳି ଯାଇଥିଲା । ଯେଉଁ ଅନର୍ଗଳ ଉତ୍ସାହିତ ଓ ହସହସ କଥାବାର୍ତ୍ତା ଯୋଗୁଁ ସେ ବାରି ହୋଇ ପଡୁଥିଲେ, ସେ ଫେରିବା ପରେ ସେଥିରେ ଅନେକଗୁଡ଼ିଏ ନୀରବ ପର୍ଯ୍ୟାୟ ରହୁଥିଲା; ସେତେବେଳେ ସେ କ'ଣ କ'ଣ ଭାବୁଥିଲା ପରି ଦିଶୁଥିଲେ, ବିଷଣ୍ଣ ଦିଶୁଥିଲେ । ଶ୍ରୀମତୀ ଏଲ୍‌ଟନ୍ ସନ୍ଦେହ କଲେ ଯେ ତାଙ୍କର ଗୁପ୍ତ

ପ୍ରଣୟର ଖବର ମାର୍ଟିନ୍ କେଉଁଠାରୁ ଶୁଣି ସାରିଛନ୍ତି ଏବଂ ତା ଫଳରେ ମର୍ମାହତ ହୋଇ ପଡ଼ିଛନ୍ତି । ଏ ସନ୍ଦେହର ଓଜନ ଦିନକୁ ଦିନ ବଢ଼ି ଚାଲିଲା । ଶ୍ରୀମତୀ ଏଲ୍‌ଟନ୍ ଦିନେ ସ୍ଥିର କଲେ ଯେ ଉଭୟେ ଏପରି ଦହଗଞ୍ଜ ହୋଇ ଚାଲିବା ଅପେକ୍ଷା ସେ ନିଜ ଆଡୁ ସବୁକଥା ସାଫ୍ ସାଫ୍ କହିଦେବା ଭଲ ହେବ ।

ସେ ତାହାହିଁ କଲେ । ଶ୍ରୀଯୁକ୍ତ ଏଲ୍‌ଟନ୍ ଦୁଃଖରେ ଭାଙ୍ଗି ପଡ଼ିଲେ ନାହିଁ, ଉତ୍‌କ୍ଷିପ୍ତ ହେଲେ ନାହିଁ, ସାମାନ୍ୟତମ ଅଭିଯୋଗ ମଧ୍ୟ କଲେ ନାହିଁ । ଯେତେବେଳେ ଶ୍ରୀମତୀ ଏଲ୍‌ଟନ୍ କହିଲେ ଯେ ଏ ଘଟଣା (ଯେଉଁଥିପାଇଁ ସେ ନିଜେ ପୂରା ଦାୟୀ) ପରେ ସେମାନେ ସ୍ୱାମୀ ସ୍ତ୍ରୀ ହୋଇ ଚଳିବା ସହଜ ହେବ ନାହିଁ ଏବଂ ସେମାନେ ପରସ୍ପରଠାରୁ ବିଦାୟ ନେବା ହୁଏତ ଉଚିତ ହେବ, ଶ୍ରୀଯୁକ୍ତ ଏଲ୍‌ଟନ୍ ଉତ୍ତର ଦେଲେ ଯେ ଏପରି ନଗଣ୍ୟ ଘଟଣାଟିର ତାଙ୍କ ପାଖରେ କିଛି ଗୁରୁତ୍ୱ ନାହିଁ ଏବଂ ଯଦି ଇସାବେଲ୍‌ଙ୍କର କିଛି ଆପତ୍ତି ନଥାଏ, ସେ ଦାମ୍ପତ୍ୟ ସମ୍ପର୍କ ବଜାୟ ରଖିବେ ଓ ତାଙ୍କର ଭଲପାଇବା ପୂର୍ବପରି ପ୍ରଗାଢ଼ ରହିବ । କଥା ଅଳ୍ପକରେ ଛିଣ୍ଡାଇ ଦେଇ ଶ୍ରୀଯୁକ୍ତ ଏଲ୍‌ଟନ୍ ଭିଏତ୍‌ନାମ୍ ଯୁଦ୍ଧ ବେଳେ ତାଙ୍କର ଗୋଟିଏ ଅଭିଜ୍ଞତା ବର୍ଣ୍ଣନା କଲେ ।

ଥରେ କେତେଜଣ ଭିଏତ୍‌ନାମୀ ସୈନିକ ଶ୍ରୀଯୁକ୍ତ ଏଲ୍‌ଟନ୍‌ଙ୍କ ବାହିନୀ ଦ୍ୱାରା ବନ୍ଦୀ ହେଲେ । ଯୁଦ୍ଧବନ୍ଦୀମାନଙ୍କୁ ବନ୍ଦୀଭାବେ ରଖିବାର ଆୟାସ ସ୍ୱୀକାର କରିବାକୁ କୌଣସି ପକ୍ଷ ପ୍ରସ୍ତୁତ ନଥିଲେ ଏବଂ ବନ୍ଦୀମାନଙ୍କୁ ଗୁଳିକରି ସେମାନଙ୍କୁ ଯୁଦ୍ଧରେ ନିହତ ବୋଲି ଘୋଷଣା କରିବା ଏକପ୍ରକାର ନିୟମ ହୋଇଯାଇଥିଲା । ଜଣେ ଭିଏତ୍‌ନାମୀ ଯୁଦ୍ଧବନ୍ଦୀ ଫରାସୀ ଭାଷା ବେଶ୍ ଭଲ ଭାବରେ ଜାଣିଥିଲା । ଶ୍ରୀଯୁକ୍ତ ମାର୍ଟିନ୍ ମଧ୍ୟ ଫରାସୀ ଭାଷା କିଛିଟା ଜାଣିଥିବାରୁ ଉଭୟଙ୍କ ମଧ୍ୟରେ କିଛି ସମୟ କଥାବାର୍ତ୍ତା ହୋଇଥିଲା ।

ସେତେବେଳକୁ ସନ୍ଧ୍ୟା ହୋଇସାରିଥିଲା । ଜଙ୍ଗଲ ସଫାକରି ବସାଯାଇଥିବା ସୈନ୍ୟଛାଉଣିରେ ଦଶଜଣ ନିରସ୍ତ୍ର ଯୁଦ୍ଧବନ୍ଦୀଙ୍କୁ ଶ୍ରୀଯୁକ୍ତ ଏଲ୍‌ଟନ୍‌ଙ୍କ ସମେତ ତିନିଜଣ ସଶସ୍ତ୍ର ଆମେରିକାନ୍ ସୈନ୍ୟ ଜଗିଥିଲେ । ବାକି ସବୁ ସୈନ୍ୟ ନିଜ ନିଜ ତମ୍ବୁ ଭିତରେ ଥିଲେ । ଛାଉଣୀର ଅନତିଦୂରରେ ଥିବା ଘଞ୍ଚ ଜଙ୍ଗଲର ଗୋଟିଏ ବି ଗଛ ଅନ୍ଧାରରେ ଦିଶୁନଥିଲା । ସେ ଦଶଜଣ ଯୁଦ୍ଧବନ୍ଦୀ ଗୁଳିରେ ମରିବାର ମୁହୂର୍ତ୍ତକୁ ଅବିଚଳିତ ଭାବେ ଅପେକ୍ଷା କରି ବସିଥିଲେ । ଶ୍ରୀଯୁକ୍ତ ଏଲ୍‌ଟନ୍ ମନେ ମନେ ସେମାନଙ୍କର ସାହସକୁ ତାରିଫ୍ କରୁଥିଲେ ।

ଫରାସୀ ଭାଷା ଜାଣିଥିବା ସୈନିକଜଣକ ଶ୍ରୀଯୁକ୍ତ ଏଲ୍‌ଟନ୍‌ଙ୍କୁ ପଚାରିଲା, "ଆପଣମାନେ ଆମକୁ କେତେବେଳେ ଗୁଳି କରିବେ ?"

ଯାହା କହୁଛନ୍ତି ତାହା ମିଛ ବୋଲି ଜାଣି ସୁଦ୍ଧା ଶ୍ରୀଯୁକ୍ତ ଏଲ୍‌ଟନ୍ କହିଲେ, "ଯୁଦ୍ଧବନ୍ଦୀମାନଙ୍କୁ ଗୁଳି କରି ମାରିଦେବା ଆମର ସଂସ୍କୃତି ନୁହେଁ।"

ସେ ଭିଏତ୍‌ନାମୀ ସୈନିକ ଜଣକ ହସି ହସି କହିଲା, "ତମର ସଂସ୍କୃତି ସହିତ ଆମେ ବେଶ୍ ପରିଚିତ। ଗୋଟିଏ ବି ଜୀବିତ ଯୁଦ୍ଧବନ୍ଦୀ ତମେମାନେ ଦେଖାଇପାରିବ ? ଛାଡ଼ ସେ କଥା। ସକାଳ ହେବା ଆଗରୁ ତମେ ଆମକୁ ଗୁଳିକରି ମାରିବ ବୋଲି ଆମେ ଜାଣୁ। ଆହୁରି ମଧ୍ୟ ଜାଣୁ ଯେ ଏ ଯୁଦ୍ଧ ଆମେ ହିଁ ଜିତିବୁ। ଆମେ ଖାଲି କେତେବେଳେ ମରିବୁ ତାହା ଜାଣିବାକୁ ଚାହୁଁଥିଲି।"

ଶ୍ରୀଯୁକ୍ତ ଏଲ୍‌ଟନ୍ କିଛି ଉତ୍ତର ଦେଲେ ନାହିଁ। କିଛି ସମୟ ପରେ ସେ ଭିଏତ୍‌ନାମୀ ସୈନିକ କହିଲା, "ତମକୁ ଗୋଟିଏ ଅନୁରୋଧ ଅଛି, ଶୁଣିବ ?"

ଶ୍ରୀଯୁକ୍ତ ଏଲ୍‌ଟନ୍ ନିରୁତ୍ତର ରହିଲେ। ସୈନିକ ଜଣକ ପକେଟ୍‌ରୁ ଖଣ୍ଡେ କାଗଜ ବାହାର କରି ତାଙ୍କ ହାତକୁ ବଢ଼ାଇ ଦେଲା ଓ କହିଲା, "ଏଥିରେ ମୋ ସ୍ତ୍ରୀଙ୍କର ଠିକଣା ଅଛି। ଦୟାକରି ମୋ ମୃତ୍ୟୁ ପରେ ତାଙ୍କୁ ଖବର ଦେବେ ଯେ ମୁଁ ଓ ଆଉ କେତେଜଣ ଆପଣଙ୍କ ଛାଉଣୀରୁ ଖସିଗଲୁ ଓ ରାତାରାତି ନୌକାରେ ଥାଇଲାଣ୍ଡ ଆଡ଼କୁ ଚାଲିଗଲୁ।"

ତା ଆଡ଼କୁ ବଲ୍‌ବଲ୍ ହୋଇ ଚାହିଁବା ଛଡ଼ା ଶ୍ରୀଯୁକ୍ତ ଏଲ୍‌ଟନ୍‌ଙ୍କୁ ଆଉ କିଛି ବୁଦ୍ଧି ଦିଶିଲା ନାହିଁ। ଏପରି ଖବରରେ ତା'ର ବା ତା ସ୍ତ୍ରୀର କ'ଣ ଲାଭ ହେବ ସେ ବୁଝିପାରୁନଥିଲେ, ବରଂ ତା ମୃତ୍ୟୁର ନିର୍ଦ୍ଦିଷ୍ଟ ଖବର ପାଇଲେ ସେ ବିଚାରୀ ନିଜର ଭବିଷ୍ୟତ ପାଇଁ କିଛି ବ୍ୟବସ୍ଥା କରନ୍ତା। ତାଙ୍କ ମନର ଆନ୍ଦୋଳନ ଭିଏତ୍‌ନାମୀ ସୈନିକ ଜଣକ ବୁଝିପାରିଲା ବୋଧହୁଏ। ଶ୍ରୀଯୁକ୍ତ ଏଲ୍‌ଟନ୍‌ଙ୍କଠାରୁ ଖଣ୍ଡେ ସିଗ୍ରେଟ୍ ମାଗି ପିଇଲା ଓ କହିଲା,

"ମୁଁ ଯାହା କହିବାକୁ ଯାଉଛି ତାହା ସାଧାରଣତଃ କେହି ତାର ଶତ୍ରୁକୁ କହେନାହିଁ। ତେବେ ଅଳ୍ପକିଛି ସମୟ ପରେ ମୁଁ ଆଉ ନଥିବି, ଆମର ଶତ୍ରୁତା ମଧ୍ୟ ନଥିବ। ମୋର ଅନୁରୋଧ କାର୍ଯ୍ୟକାରୀ କଲାବେଳକୁ ତମେ ଆଉ ମୋର ଶତ୍ରୁ ହୋଇନଥିବ, ସେତେବେଳକୁ ତମକୁ ଜଣେ ମିତ୍ରର ସ୍ୱର ଶୁଣୁଥିଲା ପରି ଲାଗୁଥିବ।"

"ମୋର ସ୍ତ୍ରୀଙ୍କ ସହିତ ମୋର ଆଦୌ ଭଲ ପଡ଼େ ନାହିଁ। ସେ ଦେଖିବାକୁ ଖୁବ୍ ସୁନ୍ଦର, କିନ୍ତୁ ଖୁବ୍ ଉଗ୍ର ପ୍ରକୃତିର। ତାଙ୍କର ବଦ୍ଧମୂଳ ଧାରଣା ଯେ ମୁଁ ତାଙ୍କୁ ସବୁବେଳେ ଅବହେଳା କରିଆସିଛି। ଏହା ଅବଶ୍ୟ ତାଙ୍କର ଉଦ୍ଭଟ କଳ୍ପନା, କିନ୍ତୁ ସ୍ତ୍ରୀଲୋକମାନଙ୍କ କଥା ତ ତମେ ଜାଣ, ସେମାନେ ଯାହା ବିଶ୍ୱାସ କରିବାକୁ ଚାହାନ୍ତି ତାହାହିଁ ତାଙ୍କ ପାଇଁ ଅପରିବର୍ତ୍ତନୀୟ ସତ୍ୟ ହୋଇପଡ଼େ। ତାଙ୍କୁ ମୋର ଭଲପାଇବା

ବୁଝାଇବାକୁ ଯାଇ ମୁଁ ପ୍ରତ୍ୟେକ ଥର ବିଫଳ ହୋଇଛି। ତାଙ୍କଠାରୁ କଟୁବଚନ ଓ ଅଭିଯୋଗ ଶୁଣିବା ମୋର ଦେହସୁହା ହୋଇ ଯାଇଛି, କିନ୍ତୁ ବିଶ୍ୱାସ କରନ୍ତୁ ମୁଁ ତାଙ୍କୁ ଖୁବ୍ ଭଲପାଏ।"

"ମୁଁ ତାଙ୍କୁ ଯାହା ବୁଝିଛି, ମତେ ଦୋଷ ଦେଲେହିଁ ସେ ସୁଖୀ ହୁଅନ୍ତି। ଯଦି କେତେବେଳେ ତାଙ୍କର ଅଭିଯୋଗ ଅସତ୍ୟ ପ୍ରମାଣିତ ହୋଇଯାଏ ତାଙ୍କର ସୁନ୍ଦର ମୁହଁଟି ଶୁଖିଯାଏ ଏବଂ ନିଜେ ଦୋଷୀ ହେବାର ଗ୍ଲାନିରେ ସେ ନିସ୍ତେଜ ଓ ବିମର୍ଷ ହୋଇପଡ଼ନ୍ତି। ସେ ଦୃଶ୍ୟ ମୁଁ ବରଦାସ୍ତ କରିପାରେ ନାହିଁ ଏବଂ ତାଙ୍କ ଅଭିଯୋଗ ବିରୁଦ୍ଧରେ ମୋର ଯାହାଯାହା ଯୁକ୍ତି ଥାଏ ସେ ସବୁ ଉପସ୍ଥାପନ କରେ ନାହିଁ ବା ଏତେ ଦୁର୍ବଳଭାବେ ଉପସ୍ଥାପନ କରେ ସେ ଅନାୟାସରେ ବିଜୟିନୀ ହୋଇଯାଆନ୍ତି।

"ମୁଁ ମରିଯାଇଛି ବୋଲି ଜାଣିଲେ କାହା ଉପରେ ସେ ରାଗିବେ, କାହାକୁ ଅଭିଯୁକ୍ତ କରିବେ? ସେପରି କରିନପାରିଲେ ସେ ଆଜୀବନ ଦୁଃଖିନୀ ହୋଇ ରହିଯିବେ। କିନ୍ତୁ ମୁଁ ଥାଇଲାଣ୍ଡ୍ ବା ଅନ୍ୟ କେଉଁଠି ଜୀବିତ ଅଛି ବୋଲି ତାଙ୍କର ବିଶ୍ୱାସ ଥିବା ଯାଏଁ ମୁଁ ତାଙ୍କର ଅଭିଯୋଗର ପାତ୍ର ହୋଇ ରହିଥିବି ଏବଂ ସେ ମତେ ଭର୍ତ୍ସନା କରି ଖୁସି ହୋଇଚାଲିଥିବେ। ପ୍ରିୟାକୁ ଖୁସି ରଖିବା ଓ ନିଜ ଦେଶରୁ ତମମାନଙ୍କ ପରି ସାମ୍ରାଜ୍ୟବାଦୀଙ୍କୁ ବିତାଡ଼ିତ କରିବାଠାରୁ ଜଣେ ଲୋକର ଆଉ କଣ ବୃହତ୍ତର ଉଦ୍ଦେଶ୍ୟ ଥାଇପାରେ?"

ସକାଳ ହେବା ପୂର୍ବରୁ ଅବଶ୍ୟ ସେସବୁ ଭିଏତ୍‌ନାମୀ ଯୁଦ୍ଧବନ୍ଦୀଙ୍କୁ ଗୁଳିକରି ମାରି ଦିଆଯାଇଥିଲା, କିନ୍ତୁ ଶ୍ରୀଯୁକ୍ତ ଏଲ୍‌ଟନ୍ ସେ ସୈନିକକୁ କି ତା'ର ପ୍ରେମର ପରାକାଷ୍ଠାକୁ ଭୁଲି ପାରିନଥିଲେ। ଏ ଘଟଣାଟି କହିସାରି ସେ ଶ୍ରୀମତୀ ଏଲ୍‌ଟନ୍‌ଙ୍କୁ ଅନୁନୟପୂର୍ଣ୍ଣ ଦୃଷ୍ଟିରେ ଚାହିଁଲେ ସତେ ଯେପରି ସେ ମୃତ ଭିଏତ୍‌ନାମୀ ସୈନିକର ପାଖାପାଖି ହେବାପାଇଁ ସେ ତାଙ୍କର ସାହାଯ୍ୟ ଭିକ୍ଷା କରୁଥିଲେ।

ଏହାପରେ ସେମାନଙ୍କର ଦାମ୍ପତ୍ୟ ଜୀବନ ନିର୍ବିଘ୍ନରେ କଟିଲା। ଶ୍ରୀଯୁକ୍ତ ଏଲ୍‌ଟନ୍ ଯୁଦ୍ଧରୁ ଫେରି ଗୋଟିଏ କମ୍ପାନୀରେ ଚାକିରି କଲେ ଏବଂ ଚାକିରିରେ ବେଶ୍ କିଛି ପ୍ରତିଷ୍ଠା ଅର୍ଜନ କଲେ। ଶ୍ରୀମତୀ ଏଲ୍‌ଟନ୍ ଦୁଇଟି ମଧ୍ୟମଶ୍ରେଣୀରେ ସମ୍ବାଦପତ୍ରରେ ଚାକିରି କଲାପରେ ଗତ ତିନିବର୍ଷ ଧରି ଏହି ମର୍ଯ୍ୟାଦାବନ୍ତ ସମ୍ବାଦପତ୍ରରେ ସହଯୋଗୀ ସମ୍ପାଦକ ଭାବେ କାମ କରୁଛନ୍ତି।

ମୁଁ ସଙ୍କୋଚ ସହିତ ପଚାରିଲି, "ଆପଣ ଯଦି କିଛି ମନେ ନକରନ୍ତି, ଆପଣଙ୍କ ଗର୍ଭସ୍ଥ ସନ୍ତାନର ଭାଗ୍ୟ କ'ଣ ହେଲା କହିବେ କି?"

ଶ୍ରୀମତୀ ଏଲ୍‌ଟନ୍ କହିଲେ, "ଆପଣଙ୍କୁ ଏତେ କଥା କହିଲିଣି ଯେତେବେଳେ, ଏ ପ୍ରଶ୍ନର ଉତ୍ତର ଦେଲେ ହିଁ ମୋର ବକ୍ତବ୍ୟ ପୂର୍ଣ୍ଣାଙ୍ଗ ହେବ। ମୋର ଝିଅଟିଏ ହେଲା। ମାର୍ଟିନ୍ ତାକୁ ନିଜ ଝିଅ କରିନେଲେ। ବର୍ତ୍ତମାନ ସୁଦ୍ଧା ସେ ଜାଣେ ଯେ ମାର୍ଟିନ୍ ତା'ର ପିତା। ସେହି ମାର୍ଟିନ୍‌ଙ୍କର ସମସ୍ତ ସଞ୍ଚୟର ଉତ୍ତରାଧିକାରିଣୀ।"

ଭୋର୍ ହେବା ଯାଏଁ ଆମ ଭିତରେ ପ୍ରାୟ ଆଉ କିଛି କଥାବାର୍ତ୍ତା ହୋଇନଥିଲା। ଶ୍ରୀଯୁକ୍ତ ଏଲ୍‌ଟନ୍‌ଙ୍କ ଶବକୁ ଚାହିଁଲେ ସେ ଜୀବିତ ନୁହନ୍ତି ବୋଲି ମନେ ହେଉନଥିଲେ। ବିଚାରୀ ଶ୍ରୀମତୀ ଏଲ୍‌ଟନ୍! ଶ୍ରୀଯୁକ୍ତ ଏଲ୍‌ଟନ୍‌ଙ୍କର ତିରୋଧାନ ଫଳରେ ତାଙ୍କ ଜୀବନରେ ଯେଉଁ ଶୂନ୍ୟସ୍ଥାନଟିର ସୃଷ୍ଟି ହେଲା, ବଞ୍ଚିଥିବା ଯାଏଁ ତାକୁ ପୂରଣ କରିବାର ସାମର୍ଥ୍ୟ କି ସ୍ପୃହା ତାଙ୍କର ଆସିବ ନାହିଁ।

■

କର୍ମବନ୍ଧନ

ସନ୍ନ୍ୟାସୀମାନେ ସୁଖୀ ବୋଲି ଆମର ଯେଉଁ ଧାରଣା ଅଛି ତାହା ସବୁବେଳେ ଠିକ୍ ନୁହେଁ। ବେଳେବେଳେ ସେମାନେ ଘୋର ଅଶାନ୍ତି ଭୋଗନ୍ତି ଏବଂ ସେତେବେଳେ ପରିସ୍ଥିତିର ମୁକାବିଲା କରିବାରେ ସେମାନଙ୍କର ସନ୍ନ୍ୟାସ ଅନ୍ତରାୟ ହୋଇପଡ଼େ।

ଥରେ ଏପରି ଜଣେ ସନ୍ୟାସୀଙ୍କୁ ମୁଁ ଭେଟିଥିଲି। ତାହା ମୋର ଇଚ୍ଛାକୃତ ନଥିଲା। ଅନ୍ୟାନ୍ୟ କେତେକଙ୍କ ପରି ମୁଁ ସାଧୁବାବାଜୀଙ୍କ ପଛରେ ଧାଏଁ ନାହିଁ କି ଆଉ କେତେକଙ୍କ ପରି ସେମାନଙ୍କୁ ଭର୍ତ୍ସନା କରେ ନାହିଁ; ଆମ ସମସ୍ତଙ୍କ ପରି ବାବାଜୀମାନେ ବି ନିଜ ନିଜ ଜୀବନ ନିଜ ନିଜ ବାଟରେ ବଞ୍ଚନ୍ତି। ଏକଥା ଅବଶ୍ୟ ସତ ଯେ ସେମାନଙ୍କ ଭିତରୁ କେତେଜଣ ଖୁବ୍ ବଡ଼ ପ୍ରବଞ୍ଚକ ଏବଂ ପରକାଳ ଅପେକ୍ଷା ଇହକାଳରୁ କ'ଣ ପାଇବେ ସେଥିରେ ବେଶି ଆଗ୍ରହୀ, ତେବେ ପ୍ରତ୍ୟେକ ବୃତ୍ତିରେ ତ ବୃତ୍ତିଗତ ଆଦର୍ଶର ବିରୁଦ୍ଧାଚରଣ କରୁଥିବା ଅସଂଖ୍ୟ ପ୍ରବଞ୍ଚକ ଅଛନ୍ତି। ସମାଜର ନାନାଦି କ୍ଷେତ୍ରରେ ବହୁ ପ୍ରତିଷ୍ଠିତ ବ୍ୟକ୍ତିଙ୍କର ଦୈନନ୍ଦିନ ସଇତାନି ଆମେ ଚୁପ୍‌ଚାପ୍ ସହିଯାଉ, କିନ୍ତୁ ଦରିଦ୍ର ସନ୍ନ୍ୟାସୀ ଜଣେ ଅଳ୍ପକିଛି ଉପାର୍ଜନ ପାଇଁ ଟିକିଏ ଚେଷ୍ଟା କଲା ମାତ୍ରେ ଅଜସ୍ର ଧିକ୍କାରର ପାତ୍ର ହୋଇପଡ଼େ।

ଯେଉଁ ସନ୍ନ୍ୟାସୀଙ୍କ କଥା କହିବାକୁ ଯାଉଛି, ସେ ମୁଁ ରହୁଥିବା ଡାକବଙ୍ଗଳାର ବାରଣ୍ଡାକୁ ଉଠିଲା ବେଳେ ମୋର କୌଣସି ପ୍ରତିକ୍ରିୟା ହେଲା ନାହିଁ। ଡାକବଙ୍ଗଳା ପକ୍କା ସଡ଼କଠାରୁ ବେଶ୍ ଦୂରରେ। ଖୁବ୍ ନିକଟବର୍ତ୍ତୀ ଗାଆଁ ପ୍ରାୟ ଅଧ କିଲୋମିଟର ଦୂର। ଜଙ୍ଗଲ ସଫା କରାଯାଇ ନିଶ୍ଚୟ ଡାକବଙ୍ଗଳା ତିଆରି କରାଯାଇଥିଲା କାରଣ ହତାର ବାଡ଼କୁ ଲାଗି ଖୁବ୍ ବଡ଼ ବଡ଼ ଗଛ ଥିବା

ଜଙ୍ଗଲ ଆରମ୍ଭ ହୋଇଯାଇଥିଲା। ସୂର୍ଯ୍ୟାସ୍ତ ହୋଇସାରିଥିଲା। ଟିକିଏ ତଳେ ଯାହା ଦିଶୁଥିଲା ତାହା ନିଜର ଆକୃତି ଓ ରଙ୍ଗ ସମେତ ଅନ୍ଧାରରେ ନିଶ୍ଚିହ୍ନ ହୋଇଯାଉଥିଲା। ରାତିକ ବାରଣ୍ଡାରେ ରହିବାକୁ ସେ ମୋର ଅନୁମତି ମାଗିଲେ। ତାଙ୍କୁ ଦେଖି ମୋର କାହିଁକି କେଜାଣି ମନେହେଲା ଯେ ସେ ଖୁବ୍ ଦୁଃଖୀ ଲୋକଟିଏ ଏବଂ ସାଧୁମହାତ୍ମାମାନେ ଅନ୍ତରରେ ଯେଉଁ ଉଲ୍ଲାସ ଅନୁଭବ କରନ୍ତି ବୋଲି କୁହାଯାଏ ସେ ତା'ର ବିନ୍ଦୁବିସର୍ଗ ପାଉନଥିଲେ। ଯଦି ଏହି ଉଲ୍ଲାସର ଅନୁଭୂତି ହିଁ ସାଧୁମାନଙ୍କର ସର୍ବପ୍ରଧାନ ଲକ୍ଷଣ, ତାହେଲେ ସେ ସାଧୁ ନଥିଲେ, ଥିଲେ ଆମପରି ଯେଉଁମାନେ ଶେଷନିଃଶ୍ୱାସ ଯାଏଁ ଆନନ୍ଦ ଖୋଜୁଥାଉ ଏବଂ ତାକୁ ନପାଇ ଶେଷନିଃଶ୍ୱାସ ତ୍ୟାଗ କରୁ। ସେ କ'ଣ ଚୋର ତସ୍କର, ଯାହା ପାଇଲେ ତାହା ନେଇଯାଇ ରାତିର ଅନ୍ଧାରରେ ଗାଏବ୍ ହୋଇଯିବେ? ମୋର ସେ ବିଷୟରେ ଚିନ୍ତିତ ହେବାର କିଛି ନଥିଲା, କାରଣ ମୁଁ ଘର ଭିତରେ ଶୋଇବି ଓ ସେ ବାରଣ୍ଡାରେ ଶୋଇବେ ଓ ବାରଣ୍ଡାର ଓଜନ ଚଉକୀ ଓ ଫୁଲକୁଣ୍ଡ ସେ ଉଠାଇ ନେଇ ଚାଲିଯିବେ ବୋଲି ଅସମ୍ଭବ ମନେ ହେଉଥିଲା। ସେ ଶୋଇଲେ ଶୁଅନ୍ତୁ ବୋଲି ମୁଁ କହିବାରୁ ସେ ଈଶ୍ୱର ଆପଣଙ୍କର ସହାୟ ହୁଅନ୍ତୁ କହି ବଙ୍ଗଳା ହତାରେ ଥିବା କୂଅ ଆଡ଼କୁ ଗଲେ। କୂଅରୁ ବାଲ୍‌ଟିଏ ପାଣିକାଢ଼ି ଗୋଡ଼ହାତ ଓ ମୁହଁ ଧୋଇଲେ ଓ କିଛି ପାଣିପିଇ ଆକାଶକୁ ଚାହିଁ ହାତଯୋଡ଼ି ନମସ୍କାର କଲେ। ତାପରେ ସେ ବାରଣ୍ଡାକୁ ଉଠି ଗୋଟିଏ କୋଣରେ ତାଙ୍କ ଗଣ୍ଠିଲିରୁ କମ୍ବଳ ବାହାର କରି ବିଛାଇ ଦେଲେ ଓ ସେଥିରେ ଶୋଇପଡ଼ିଲେ।

ପ୍ରାୟ ତିନିଚାରି ଘଣ୍ଟା ବିତିଗଲା ତା ଭିତରେ ମୁଁ ମୋର ଦିନଯାକର କାମର ବିବରଣୀ ଲେଖିଲି ଓ ଫେରିବା ପରେ କ'ଣ କ'ଣ କରିବାକୁ ହେବ ଟିପିଲି। ମୁଁ ସାଙ୍ଗରେ ଆଣିଥିବା ଖାଦ୍ୟରୁ କିଛି ଖାଇ ଶୋଇବାକୁ ଚେଷ୍ଟା କଲି। କିଛି ନିର୍ଦ୍ଦିଷ୍ଟ କାରଣ ନଥିଲା, କିନ୍ତୁ ମତେ ଖୁବ୍ ବିମର୍ଷ, ଖୁବ୍ ଏକୁଟିଆ ଲାଗୁଥିଲା। ଆହୁରି ଲାଗିଲା, କ'ଣ କହିବି ଜାଣିନଥିଲେ ବି ମୋର ବହୁତ କିଛି କହିବାର ଅଛି। ଦୁଆର ଖୋଲି ବାହାରକୁ ଆସିଲି ଓ ବଙ୍ଗଳା ସାମ୍ନା ପାହାଡ଼କୁ ଗର୍ଭସ୍ଥ କରିଥିବା ଅନ୍ଧାରକୁ ଚାହିଁଲି। ତାପରେ ବାରଣ୍ଡାର ସନ୍ନ୍ୟାସୀ ଜଣକ ଶୋଇଥିବା ଜାଗାକୁ ଚାହିଁଲି। ସେ କମ୍ବଳ ଉପରେ ବସିଥିଲେ ଓ ଅନ୍ଧାରକୁ ଚାହିଁ ରହିଥିଲେ। ମୋ କୋଠରୀ ଭିତରୁ ପଡୁଥିବା ଲଣ୍ଠନ ଆଲୁଅରେ ମୁଁ ଦେଖିଲି ଯେ ସେ ଖୁବ୍ ଉଦାସ ଦିଶୁଥିଲେ।

ମୁଁ ହଠାତ୍ ତାଙ୍କ ପ୍ରତି ଏକ ଗଭୀର ଆତ୍ମୀୟତା ଅନୁଭବ କଲି ଓ ତାଙ୍କ ପାଖକୁ ଯାଇ ପଚାରିଲି, "ଆପଣ ଏ ଯାଏଁ ଶୋଇନାହାନ୍ତି ଯେ?"

ସେ କହିଲେ ଯେ ଡେରିରେ ଶୋଇବା ତାଙ୍କର ଅଭ୍ୟାସ ଏବଂ ଆଉ ଟିକିଏ ପରେ ସେ ଶୋଇ ପଡ଼ିବେ।

ତାପରେ କେଉଁ ପରିସ୍ଥିତିରେ ଏବଂ କେତେବେଳେ ସେ କହିବା ଆରମ୍ଭ କଲେ ମୋର ଆଉ ମନେ ପଡୁନି। ଯେଉଁ କାରଣବଶତଃ ସେ ନିମ୍ନୋକ୍ତ କଥା ସବୁ କହିଲେ ସେ କାରଣ ତା'ର ଉଦ୍ଦେଶ୍ୟ ସାଧନ କରିସାରି ଚିରକାଳ ପାଇଁ ଅନ୍ତର୍ହିତ ହୋଇଗଲା- ଯେପରି ଖରାଦିନରେ ସଂକ୍ଷିପ୍ତ ଅସରାଏ ବର୍ଷା ଯାହା ଉତ୍ତାପ ଲାଘବ କରିସାରି ମୁହୂର୍ତ୍ତକ ଆଗରୁ ଯେଉଁଠାରେ ଥିଲା ସେଠାରେ ହିଁ ନିଶ୍ଚିହ୍ନ ହୋଇଯାଏ। ମୋ ନିଜ ଅଭିଜ୍ଞତାରୁ ମୁଁ ଜାଣିଛି ଯେ ଘଟଣାଟିଏ ଘଟିଯିବା ପରେ ସେ ଘଟଣାର କାରଣର ଆଉ କୌଣସି ଗୁରୁତ୍ୱ ରହେ ନାହିଁ। ଉଦାହରଣ ସ୍ୱରୂପ, ଭଲପାଇବା ଆରମ୍ଭ ହୋଇଗଲେ ଯେଉଁ ପ୍ରଥମ ସାକ୍ଷାତରୁ ବା ରିକ୍ସାରେ ଏକାଠି ଯିବାରୁ ଭଲପାଇବାର ସୂତ୍ରପାତ ହୋଇଥିଲା ତାହା ଅପ୍ରାସଙ୍ଗିକ ହୋଇପଡ଼େ। ସେ ସବୁ ନଘଟି ଅନ୍ୟ କିଛି ଘଟିଥିଲେ ବି ଭଲପାଇବା ଆସିଥା'ନ୍ତା ବୋଲି ଲାଗେ। ସେମିତି ଭଲପାଇବା ବନ୍ଦ ହୋଇଗଲେ ଯେଉଁ ମତଦ୍ୱୈଧରୁ ତାହା ବନ୍ଦ ହୋଇଗଲା ତା'ର କୌଣସି ପ୍ରାଧାନ୍ୟ ରହେ ନାହିଁ, କେବଳ ରହେ ଏକ ଗତାୟୁ ଭଲପାଇବାର ବିଷାଦ।

"ମୁଁ ଉଣେଇଶ ବର୍ଷ ବୟସରେ ଘରଛାଡ଼ି ସନ୍ନ୍ୟାସୀ ହୋଇଗଲି। ସନ୍ନ୍ୟାସୀ ହୋଇ ଯେଉଁ ସମ୍ପ୍ରଦାୟରେ ମିଶିଲି ତା'ର ମୁଖ୍ୟ ଲେଖିଥିବା ବହି କେତେଖଣ୍ଡ ମୁଁ ଆଗରୁ ପଢ଼ିଥିଲି, ତଦ୍ୱାରା ଅନୁପ୍ରାଣିତ ହୋଇଥିଲି। ମତେ ଲାଗୁଥିଲା ସନ୍ନ୍ୟାସୀ ହେଲେ ହିଁ ମୋର ସେହି ଅନୁଭବ ହେବ ଯାହା ବ୍ୟତିରେକେ ମୋର ଜନ୍ମଗ୍ରହଣ କରିବା ନିରର୍ଥକ ହୋଇଯିବ। ମୁଁ ସେ ସମ୍ପ୍ରଦାୟରେ ଯୋଗଦେଲା ପରେ ତାର ମୁଖ୍ୟଙ୍କର ସ୍ନେହଶ୍ରଦ୍ଧା ଲାଭ କରିବାର ସୌଭାଗ୍ୟ ମୋର ହେଲା। ଧ୍ୟାନର ବିଭିନ୍ନ ପର୍ଯ୍ୟାୟ ଭିତରେ ସେ ହିଁ ମତେ ବାଟ କଢ଼ାଇ ନେଉଥିଲେ, ଫଳତଃ ଅଳ୍ପଦିନ ଭିତରେ ମୁଁ ଯୋଗରେ ପାରଦର୍ଶିତା ହାସଲ କରିଗଲି। ସେ ମହାତ୍ମାଙ୍କ ବିଷୟରେ ବହୁତ ଅଲୌକିକ କଥା କୁହାଯାଉଥିଲା, କିନ୍ତୁ ସେ ସେଥିରେ କୌଣସି ଗୌରବ ଅନୁଭବ କରିବା ତ ଦୂରର କଥା, ଟିକିଏ ବି ଆଗ୍ରହ ଦେଖାଇ ନଥିଲେ। ତାଙ୍କୁ ମୁଁ ଥରେ ତାଙ୍କଠାରେ ଆରୋପିତ ଅଲୌକିକତା ବିଷୟରେ ସିଧାସଳଖ ପଚାରିଲି। ସେ ଉତ୍ତର ଦେଲେ ଯେ ଯାହା କିଛି ଘଟେ ସବୁ ପ୍ରାକୃତିକ କାରଣ ପ୍ରକୃତି ହିଁ ସୃଷ୍ଟିର ଏକମାତ୍ର କାରଣ; ଘଟଣାଟିଏ ଖୁବ୍ ବିରଳ ହୋଇପାରେ, କିନ୍ତୁ ତାହା ବୋଲି ତାହା ଅଲୌକିକ ହୋଇଯାଏ ନାହିଁ। ତାଙ୍କ ମତରେ ସବୁ ଘଟଣା ପ୍ରକୃତିଗତ,

ଏବଂ ପ୍ରକୃତି ବାହାରେ ଯାହା ଅଛି ସେଥିରେ କୌଣସି ଘଟଣା ନଥାଏ, ଥାଏ ଏକ ଅପରିବର୍ତ୍ତନୀୟ ଅନୁଭବ। ମୋର ମନେ ହେଉଥିଲା ଯେ ପ୍ରକୃତିକୁ କ୍ରମେକ୍ରମେ ବୁଝିପାରିବାର ଆନନ୍ଦରେ ତାଙ୍କର ହୃଦୟ ଆପ୍ଲୁତ ହୋଇଯାଇଥିଲା ଏବଂ କୌଣସି ଶାଶ୍ୱତ ସତ୍ୟର ସନ୍ଧାନ ତାଙ୍କ ନିକଟରେ ଅର୍ଥହୀନ ହୋଇପଡୁଥିଲେ।

"ସେ ମହାଶୟଙ୍କ ଶିଷ୍ୟ ଭାବେ ମୁଁ ପ୍ରାୟ ବାରବର୍ଷ କଟାଇଲି। ଏତେ ସମୟ କିପରି କଟିଗଲା ମୁଁ ଜାଣିପାରିଲି ନାହିଁ। ସାଧନାର ଗୋଟିଏ ପର୍ଯ୍ୟାୟକୁ ଅନ୍ୟ ପର୍ଯ୍ୟାୟକୁ ଯିବାର ଉନ୍ମାଦନାରେ ମୁଁ ଏତେ ବିଭୋର ହୋଇପଡ଼ିଥିଲି ଯେ ମୋ ଚାରିପାଖେ ଥିବା ଜଗତ ପ୍ରତି ମୋର ଦୃଷ୍ଟି ନଥିଲା। ମୋର ସେତେବେଳେ ଅନୁଭବ ହୋଇଥିଲା ଯେ ନିଜ ଆତ୍ମା ଭିତରେ ଯିବା ବାଟ ଖୁବ୍ ଲମ୍ବା, ପୁଣି ମନୋହର।

"ମହାତ୍ମା ଦେହତ୍ୟାଗ କରିବା ପରେ ମତେ ଚାରିଆଡ଼ ଅନ୍ଧାର ଦିଶିଲା, କିନ୍ତୁ ତାଙ୍କର ଇଚ୍ଛାନୁସାରେ ମୁଁ ଆଶ୍ରମର ମୁଖ୍ୟଭାବେ ଦାୟିତ୍ୱ ଗ୍ରହଣ କଲି। ଅଳ୍ପ କେତେଦିନ ପରେ ମୋର ବିଶ୍ୱାସ ହେଲା ଯେ ମହାତ୍ମା ସବୁବେଳେ ମୋ ପାଖରେ ଅଛନ୍ତି, ମୋର ମାର୍ଗ ନିର୍ଦ୍ଦେଶ କରୁଛନ୍ତି। ଆଶ୍ରମରେ ଥିବା ପ୍ରାୟ ପଚାଶଜଣ ଅନ୍ତେବାସୀଙ୍କର ସାଧନା ପରିଚାଳନା କରିବାରେ ଓ ପ୍ରତ୍ୟେକ ଦିନ ବାହାରୁ ଆସିଥିବା ବହୁସଂଖ୍ୟକ ଭକ୍ତଙ୍କୁ ପ୍ରବଚନ ଦେବାରେ ମୋର ଅଧିକାଂଶ ସମୟ କଟୁଥିଲା। ମଝିରେ ମଝିରେ ମୁଁ ଅନୁଭବ କରୁଥିଲି ଯେ ଏ ସବୁ ଜଞ୍ଜାଳ ଫଳରେ ମୋର ଚେତନା ଯେତେ ଅନ୍ତର୍ମୁଖୀ ହେବା କଥା ହୋଇପାରୁନାହିଁ ଏବଂ ଜାଗତିକ ବାସ୍ତବତାର ମୁକାବିଲା କରିବା ଯୋଗୁଁ ମୋର ଆଧ୍ୟାତ୍ମିକ ଅଗ୍ରଗତି ବ୍ୟାହତ ହୋଇପଡୁଛି। କିନ୍ତୁ ଗୁରୁଙ୍କ ଆଜ୍ଞା ଶିରୋଧାର୍ଯ୍ୟ କରି ମୁଁ ସବୁ ଦାୟିତ୍ୱ ତୁଲାଇ ଚାଲୁଥିଲି।

"ଦିନେ ମୁଁ ଭକ୍ତମାନଙ୍କ ପ୍ରଶ୍ନର ଉତ୍ତର ଦେଉଥିବା ବେଳେ ସବା ପଛଧାଡ଼ିରେ ବସିଥିବା ଜଣେ ସ୍ତ୍ରୀଲୋକ ଉପରେ ଆଖି ପଡ଼ିଗଲା। ତାକୁ ଦେଖିବାମାତ୍ରେ ମୋର ଅନ୍ତରାତ୍ମା ଆନ୍ଦୋଳିତ ହୋଇପଡ଼ିଲା ଏବଂ ସର୍ବାଙ୍ଗରେ ଏକ ଉତ୍ତପ୍ତ ଅସ୍ଥିରତା ଅନୁଭୂତ ହେଲା। ତା ମୁହଁରେ କିନ୍ତୁ କୌଣସି ଚଞ୍ଚଳଭାବ ଦେଖାଯାଉନଥିଲା। ସେ ଆଖି ବୁଜି ବସିଥିଲା, ମୁଁ ଉଠିଯିବା ପରେ ବି ବସିରହିଥିଲା। ତା'ର ବୟସ ତିରିଶ ପାଖାପାଖି ହେବ। ମୋର କାହିଁକି ମନେ ହେଲା ଯେ ତା'ର ମୋର ସମ୍ପର୍କ ବହୁତ ଦିନର, କିନ୍ତୁ ଏ ଜନ୍ମରେ ପରସ୍ପରକୁ ଦେଖିବାରେ ହିଁ ଏ ସମ୍ପର୍କ ପର୍ଯ୍ୟବସିତ ରହିବ। ଭକ୍ତମାନେ ନଈକୂଳରେ ବସିଥିଲେ। ପଛଧାଡ଼ିରେ ବସିଥିବାରୁ ସେ ହିଁ ନଈର ନିକଟତମ ଥିଲା। ସେ ନଈ ସେପାଖର ବିସ୍ତୀର୍ଣ୍ଣ ରହସ୍ୟରୁ ଆସିଛି ଓ ମତେ ନଈ ପାର କରି ନେଇଯିବା ହିଁ ତା'ର ଉଦ୍ଦେଶ୍ୟ ବୋଲି ମତେ ଲାଗିଲା।

"ତାପରେ ଏ ଦୁର୍ବଳତା ପାଇଁ ମୁଁ ନିଜକୁ ବହୁତ ଧିକ୍କାର କଲି। ମୋର ଏତେ ବର୍ଷର ସାଧନା ହଠାତ୍ ପଣ୍ଡ ହୋଇଯିବାର ଆତଙ୍କ ମତେ ଆଚ୍ଛନ୍ନ କରି ରଖିଲା। ତାଛଡ଼ା ମହାତ୍ମାଙ୍କୁ ପ୍ରତାରିତ କରିବାର ଶୋଚନାରେ ମୁଁ ମର୍ମନ୍ତୁଦ ଅନ୍ତର୍ଦାହ ଅନୁଭବ କରୁଥିଲି। ଏହା ତା ସହିତ ସର୍ବଶେଷ ଦେଖା ବୋଲି ମୁଁ ନିଜକୁ ଆଶ୍ୱସ୍ତ କରି ତା ଆରଦିନ ପ୍ରାର୍ଥନାସଭାକୁ ଗଲି, କିନ୍ତୁ ସେଦିନ ବି ସେ ଆସିଥିଲା ଓ ସବା ପଛଧାଡ଼ିରେ ଧ୍ୟାନମଗ୍ନ ହୋଇ ବସିଥିଲା। ତାପରେ ପ୍ରତ୍ୟେକ ଦିନ ମୁଁ ତାକୁ ଦେଖିଲି, ପ୍ରତ୍ୟେକ ଦିନ ଆନ୍ଦୋଳିତ ହେଲି, ପ୍ରତ୍ୟେକ ଦିନ ଆଗ୍ରହ ଓ ଅନୁଶୋଚନା ମିଶାମିଶି ଅନୁଭୂତି ଅନୁଭବ କଲି।

"ଦିନେ ସେ କେତେଜଣ ଭକ୍ତଙ୍କ ସହିତ ଆଶ୍ରମରେ ମୁଁ ରହୁଥିବା କୋଠରୀକୁ ଆସିଲା। ସେମାନଙ୍କ ସହିତ କଥାବାର୍ତ୍ତା ସାରି ମୁଁ ଦେଖିଲା ବେଳକୁ ସେ ଆଖିବୁଜି ଠିଆ ହୋଇଛି। ତା'ର ମୁହଁ ଖୁବ୍ ଉଜ୍ଜ୍ୱଳ ଦିଶୁଥିଲା ଓ ସେ ପଥରର ମୂର୍ତ୍ତିଟିଏ ପରି ନିଶ୍ଚଳ ହୋଇ ଠିଆ ହୋଇଥିଲା। କିଛି ସମୟ ପରେ ଅନ୍ୟାନ୍ୟ ଭକ୍ତମାନେ ଚାଲିଗଲେ। ମୁଁ ତା ପାଖକୁ ଯାଇ ତା ନାକ ପାଖରେ ହାତରଖି ଜାଣିଲି ଯେ ତା'ର ନିଃଶ୍ୱାସପ୍ରଶ୍ୱାସ ପ୍ରାୟ ବନ୍ଦ ହୋଇଯାଇଛି। ସମାଧିରେ ଏମିତି ହୁଏ ବୋଲି ମୁଁ ଜାଣିଥିଲି। ଭାବିଲି, ମୁଁ ବି କୋଠରୀ ଛାଡ଼ି ବାହାରିଯିବି, କିନ୍ତୁ ଯିବାକୁ ବାହାରିଲା ବେଳେ ମୋର ସ୍ଖଳନ ସମ୍ପୂର୍ଣ୍ଣ ହୋଇଗଲା। ମୁଁ ତାକୁ ଆଲିଙ୍ଗନ କରି ତା ଓଠରେ ଓ ବନ୍ଦ ଆଖିରେ ଚୁମ୍ବନ ପରେ ଚୁମ୍ବନ ଦେଲି।

"ତାକୁ ଛୁଇଁଲାମାତ୍ରେ ଅନୁଭବ କଲି ଯେ ତା'ର ଶରୀର ଖୁବ୍ ଉତ୍ତପ୍ତ, ବେଶି ଜର ହେଲେ ଦେହରେ ଯେତେ ଉତ୍ତାପ ରହେ ତାଠାରୁ ଖୁବ୍ ବେଶି। ସେ ଆଖି ଖୋଲିଲା ନାହିଁ, ତା'ର ମୁହଁରେ କୌଣସି ପରିବର୍ତ୍ତନ ଦେଖାଗଲା ନାହିଁ, ସେ ଯେଉଁ ଇଲାକାରେ ରହିଥିଲା ସେଠାରେ ହିଁ ରହିଥିଲା। ମୁଁ ବାହାରକୁ ଚାଲି ଆସିଲି ସତ, କିନ୍ତୁ ନିଜକୁ ଆଉ କ୍ଷମା ଦେଇ ପାରିଲି ନାହିଁ। ଆଶ୍ରମରେ ରହିବାର ଅଧିକାର ମୋର ଆଉ ନାହିଁ ବୋଲି ମୋର ଧାରଣା ହେଲା। ତା ଆରଦିନ ସକାଳ ହେବା ପୂର୍ବରୁ ମୁଁ ଆଶ୍ରମ ଛାଡ଼ିଦେଲି। ସେ ଦିନଠୁଁ ଏମିତି ବୁଲୁଛି। କାହିଁକି କେଜାଣି ଆଶା ହେଉଛି ଯେ ଏମିତି ବୁଲୁବୁଲୁ ଦିନେ ମହାତ୍ମାଙ୍କୁ ଭେଟିବି ଏବଂ ତାଙ୍କର ପାଦ ଧରି ମୋର ପାପ ସ୍ୱୀକାର କରିଯିବି, ତାଙ୍କୁ ମୋର ଉଚିତ ମାର୍ଗରେ ମତେ ଆଉଥରେ ଠିଆ କରାଇ ଦେବାର କୃପାଭିକ୍ଷା କରିବି। ମୋର ସେ ଆଶା ବି କ'ଣ ଅନାବିଳ? ମୋର ଅନିଚ୍ଛାସତ୍ତ୍ୱେ ସେ ସ୍ତ୍ରୀଲୋକକୁ ପୁଣି ଥରେ ଭେଟିବି ଓ କେଉଁକାଳରୁ ଅପୂର୍ଣ୍ଣ ହୋଇ ରହିଥିବା ସମ୍ପର୍କକୁ ସମ୍ପୂର୍ଣ୍ଣ କରିବି ବୋଲି ଆଶା ମନକୁ ଆସିଯାଉଛି। ମୁଁ ଜାଣେ ଯେ

ମୁଁ ତା ପାଖରେ ଅପରାଧୀ, କିନ୍ତୁ ତା ସହିତ ଦେଖା ନହେଲେ ମୋର ଅପରାଧର କ୍ଷମା ସମ୍ଭବ ନୁହେଁ। କେବଳ ସେ ହିଁ କ୍ଷମା କରିପାରନ୍ତା।"

ତାପରେ ସନ୍ନ୍ୟାସୀ ଆଉ କିଛି କହିଲେ ନାହିଁ, ଖାଲି ବାହାରର ଅନ୍ଧାରକୁ ଚାହିଁ ରହିଥିଲେ। ଆଉ କିଛି କଥାବାର୍ତ୍ତା ଅସମୀଚୀନ ହେବ ଭାବି ମୁଁ ମୋ କୋଠରୀକୁ ଫେରି ଆସିଲି ଓ କିଛି ସମୟ ପରେ ଶୋଇପଡ଼ିଲି। ଭୋର୍ ହେଲାରୁ ବାହାରକୁ ଆସି ଦେଖିଲି ଯେ ସନ୍ନ୍ୟାସୀ ଆଉ ନାହାନ୍ତି। ସେ ଶୋଇଥିବା ଜାଗାକୁ ଚାହିଁଲା ବେଳେ ହଠାତ୍ କାହିଁକି ମନେ ହେଲା ଯେ ପୂର୍ବସନ୍ଧ୍ୟାରେ କୌଣସି ସନ୍ନ୍ୟାସୀ ବଙ୍ଗଳାକୁ ଆସିନଥିଲେ। ମୁଁ ତାଙ୍କୁ ଭେଟିନଥିଲି, ସେ ଯାହା ଯାହା କହିଥିଲେ ମୁଁ ପ୍ରକୃତରେ ତାହା ଶୁଣିନଥିଲି। ମୋର ସେ ଅଭିଜ୍ଞତା କିନ୍ତୁ ଏତେ ପ୍ରତ୍ୟକ୍ଷ ଯେ ତାକୁ ମୁଁ ନିଜେ ଗଢ଼ି ନିଜ ଆଗରେ ଥୋଇବା ବି ପୂରାପୂରି ଅସମ୍ଭବ ବ୍ୟାପାର।

■

ଉତ୍ସର୍ଗପତ୍ର

ଦୁଇମାସ ତଳେ ଅନଙ୍ଗ ଡାକ୍ତରଖାନାରେ ଭର୍ତ୍ତି ହେଲା । ଯେହେତୁ ତା'ର ଆଉ ଥରେ ଡାକ୍ତରଖାନା ଆସିବାର ସମ୍ଭାବନା ନାହିଁ ବୋଲି ଡାକ୍ତରମାନଙ୍କର ଦୃଢ଼ ଧାରଣା ହେଲା, ସେମାନେ ଦୟାପରବଶ ହୋଇ ତାକୁ ସବାଉପର ମହଲାର ଶେଷ କୋଠରୀରେ ରଖିଲେ । କୋଠରୀର ଝରକାରୁ ନଈ, ନଈ ସେପାଖରେ ବିସ୍ତୀର୍ଣ୍ଣ ପଡ଼ିଆ ଓ ପଡ଼ିଆ ସୀମାନ୍ତର ଟାଙ୍ଗରା ପାହାଡ଼ ଦିଶୁଥିଲା । ଠାଏ ଠାଏ କେତୋଟି ବୁଦା ଛାଡ଼ିଦେଲେ ପଡ଼ିଆରେ କୌଣସି ଗଛ ନଥିଲା । ସେ ଖୁବ୍ ଶୀଘ୍ର ଆରୋଗ୍ୟ ହୋଇ ଘରକୁ ଫେରିଯିବ ବୋଲି ଡାକ୍ତରମାନେ କହୁଥିବା କଥାକୁ ତା'ର ଅବିଶ୍ୱାସ କରିବାର କିଛି କାରଣ ନଥିଲା, କିନ୍ତୁ ସେ ବୁଝିପାରୁନଥିଲା ବସୁମତୀ (ତା'ର ସ୍ତ୍ରୀ) କାହିଁକି ଅନେକ ସମୟରେ ପଡ଼ିଆରେ ପଡ଼ିଥିବା ସକାଳର କ୍ରମଶଃ ବହଳ ହୋଇଆସୁଥିବା ଖରା ଓ ଓପରଓଳିର କ୍ରମଶଃ ଲିଭିଆସୁଥିବା ଖରା ଆଡ଼କୁ ଏତେ ଉଦାସ ଦୃଷ୍ଟିରେ ଚାହିଁ ରହୁଥିଲା । ସେ ଘରକୁ ଫେରିବା ପରେ କ'ଣ କ'ଣ କରିବ ସେ ସବୁ ଯୋଜନାରୁ ବସୁମତୀ ଚେଷ୍ଟାକରି ନିଜକୁ ଦୂରେଇ ରଖୁଛି ବୋଲି ତା'ର ମନେ ହେଉଥିଲା ।

ସେ କରିବାକୁ ଚାହୁଁଥିବା କାମର ତାଲିକାରେ ଉପନ୍ୟାସଟିଏ ଲେଖିବାର ସ୍ଥାନ ଥିଲା ପ୍ରଥମ । ସେ ଆଗରୁ ତିନିଟି ଉପନ୍ୟାସ ଲେଖିସାରିଛି, କିନ୍ତୁ କୌଣସିଟି ଜନପ୍ରିୟ ହୋଇପାରିଲା ନାହିଁ । ଉତ୍ତୀର୍ଣ୍ଣ ସାହିତ୍ୟ ଅନେକ ସମୟରେ ଜନପ୍ରିୟ ସାହିତ୍ୟ ନୁହେଁ ବୋଲି ସେ ଜାଣେ, କିନ୍ତୁ ଜଣେ ବି ସମୀକ୍ଷକଙ୍କର ପ୍ରଶଂସା ଅର୍ଜନ ନକରି ପାରିବା ନିଶ୍ଚୟ ଅସାଧାରଣ କଥା । ଅବଶ୍ୟ ଅନେକ ଲେଖକ ପ୍ରଶଂସାସୂଚକ ସମୀକ୍ଷା ଯୋଗାଡ଼ କରିଥା'ନ୍ତି, ଏପରିକି ନିଜର ସୃଷ୍ଟିସମ୍ଭାର ଉପରେ ବହି ଲେଖାଇଥା'ନ୍ତି, କିନ୍ତୁ ଯେଉଁ କେତେଜଣ ଲେଖକ ଏପରି କୌଣସି ଆୟାସ ନକରି ମଧ୍ୟ ପ୍ରଶଂସିତ ହୋଇଥା'ନ୍ତି ସେମାନଙ୍କ ଭିତରେ ଜଣେ ହୋଇନପାରିବା ଅନଙ୍ଗକୁ ବିସ୍ମିତ ତଥା

ବିମର୍ଷ କରିଥିଲା। ତା'ର ବନ୍ଧୁ ଚନ୍ଦ୍ରମୌଳି ଏବେ ଜଣେ ବିଖ୍ୟାତ ଔପନାସିକ। ତା'ର ପାଞ୍ଚଟିଯାକ ଉପନ୍ୟାସ ଅନଙ୍ଗ ପଢ଼ିଛି, କିନ୍ତୁ କୌଣସି ଗୋଟିଏ ଏକ ମହାନ୍ ସୃଷ୍ଟି ବୋଲି ତା'ର ମନେ ହୋଇନାହିଁ। ନିଜ ଭିତରେ ଏକ ପ୍ରଚ୍ଛନ୍ନ ଈର୍ଷାପରାୟଣତା ଯୋଗୁଁ କ'ଣ ସେ ଚନ୍ଦ୍ରମୌଳିକୁ ତାରିଫ୍ କରି ପାରୁନାହିଁ? ଏକଥା ଅନଙ୍ଗ ଯେତେବେଶି ଭାବିଲା ସେତେବେଶି ତା'ର ମନେ ହେଲା ଯେ ମୂଲ୍ୟାୟନ କଲାବେଳେ ସେ କୌଣସି ବ୍ୟକ୍ତିଗତ ଭାବାବେଶର ବଶବର୍ତ୍ତୀ ହୋଇନାହିଁ। କାହିଁକି ଚନ୍ଦ୍ରମୌଳିର ପ୍ରତ୍ୟେକ ନାୟିକା ବିବାହ ପୂର୍ବରୁ ପ୍ରେମରେ ପଡ଼ିଥାଏ ବା ବିବାହ ପରେ ପରପୁରୁଷର ପ୍ରେମରେ ପଡ଼େ? ଚନ୍ଦ୍ରମୌଳି କ'ଣ ଭାବିଛି ଯେ ଦୁଃଖ କେବଳ ଦୁଇପ୍ରକାରର- ବ୍ୟର୍ଥ ପ୍ରେମର, ବା ବ୍ୟର୍ଥ ବିବାହର? ସେ ବୋଧହୁଏ ଆହୁରି ମଧ୍ୟ ଭାବିଛି ଯେ ଆନନ୍ଦ ବି କେବଳ ଦୁଇପ୍ରକାରର- ବ୍ୟର୍ଥ ପ୍ରେମକୁ ମନେ ପକାଇ ବଞ୍ଚିବାର ଆନନ୍ଦ ଓ ବ୍ୟର୍ଥ ବିବାହ ବାହାରେ ପ୍ରେମ ଖୋଜିବାର ଆନନ୍ଦ। ଯେଉଁମାନଙ୍କର ପ୍ରାକ୍-ବୈବାହିକ ପ୍ରେମ ବିବାହରେ ପରିଣତ ହୋଇଯାଇଛି, ବା ଯେଉଁମାନେ ନିଜ ବିବାହରେ ସନ୍ତୁଷ୍ଟ, ସେମାନଙ୍କର କ'ଣ କିଛି ଦୁଃଖ ନାହିଁ? ସେ ଦୁଃଖ ହୁଏତ ଏତେ ବିଶାଳ ଯେ ତା ଆଗରେ ସାର୍ଥକ ପ୍ରେମରୁ ବା ସାର୍ଥକ ବିବାହରୁ ମିଳୁଥିବା ଆନନ୍ଦର କୌଣସି ଗୁରୁତ୍ୱ ନଥାଏ, କିନ୍ତୁ ସେ ଦୁଃଖ ଚନ୍ଦ୍ରମୌଳି ପରି ଔପନ୍ୟାସିକମାନଙ୍କର କଳ୍ପନାତୀତ।

ଅନଙ୍ଗ ସ୍ଥିର କଲା ସେ ଉପନ୍ୟାସଟିଏ ଲେଖିବ ଯାହାର କଥାବସ୍ତୁ ଏପରି ଦୁଃଖ ଉପରେ ଆଧାରିତ ହୋଇଥବ। ତା'ର ହଠାତ୍ ମନେ ହେଲା ଯେ, ଏ କାମ ସେ ଅନାୟାସରେ କରିପାରିବ। କାହାଣୀ କ'ଣ ହେବ ସେ ବିଷୟ ଅବଶ୍ୟ ସେ ଭାବିନଥିଲା, କିନ୍ତୁ କାହାଣୀଟିଏ ଗଢ଼ିବା ଖୁବ୍ ସହଜସାଧ୍ୟ ବୋଲି ତାକୁ ଲାଗିଲା। ପ୍ରତ୍ୟେକ କାହାଣୀ ଏକ ବା ଏକାଧିକ ଅନୁଭୂତିର ପ୍ରତୀକ ନୁହେଁ ତ ଆଉ କ'ଣ? ସେ ତ ଚନ୍ଦ୍ରମୌଳି ପରି ଔପନ୍ୟାସିକ ନୁହେଁ ଯେ ଆଗ କାହାଣୀଟିଏ ଗଢ଼ିସାରି ମଝିରେ ମଝିରେ ଚରିତ୍ରମାନଙ୍କ ମୁହଁରେ ଅନୁଭୂତିସମ୍ପନ୍ନ ପରି ମନେ ହେଉଥିବା ପଦେ ଦିପଦ କଥା କୁହାଇବ; ତାର ଚରିତ୍ରମାନେ ହେବେ ଏକ ବିଶାଳ ଓ ବାସ୍ତବ ଅନୁଭୂତିର ପ୍ରତିନିଧି, ସେମାନେ ଆବିର୍ଭୂତ ହେବା ମାତ୍ରେ ପାଠକ ସାମ୍ନାରେ ଏକ ପରିଚିତ ଅଥଚ ବୈଚିତ୍ର୍ୟମୟ ଦୃଶ୍ୟ ଉଦ୍‌ଭାସିତ ହେବ ଏବଂ ସେମାନେ ସେ ଦୃଶ୍ୟର ପାଣିପବନରେ ମିଶିଯିବେ, କିଛି ସମୟ ପରେ ପାଠକ ବି ସେ ଦୃଶ୍ୟରେ ମିଶିଯିବ, ଏକାଧାରେ ସେ ଦୃଶ୍ୟର ଅନୁଭବକାରୀ ଓ ଅଂଶବିଶେଷ ହୋଇଯିବ।

ବହିଟି କାହାକୁ ଉତ୍ସର୍ଗ କରିବ ତାହା କିନ୍ତୁ ଅନଙ୍ଗର ସର୍ବପ୍ରଧାନ ସମସ୍ୟା ହୋଇ ପଡ଼ିଲା। ତା ମତରେ ଯେଉଁ ଲେଖକମାନେ ବହିର ପ୍ରଥମ ପୃଷ୍ଠା ଅର୍ଥାତ୍ ଉତ୍ସର୍ଗପତ୍ର ପ୍ରତି ଧ୍ୟାନ ଦିଅନ୍ତି ନାହିଁ, ସେମାନେ ବହିର ଅନ୍ୟାନ୍ୟ ପୃଷ୍ଠା ପ୍ରତି ଯତ୍ନବାନ୍ ହୋଇଥିବେ ବୋଲି ଆଶା କରାଯାଇ ନପାରେ। କେତେଜଣ ସ୍ୱର୍ଗତ ପିତାମାତାଙ୍କୁ ନିଜର ବହିଖଣ୍ଡେ ଉତ୍ସର୍ଗ କରନ୍ତି; କିନ୍ତୁ ସେହି ସ୍ୱର୍ଗତ ବ୍ୟକ୍ତିମାନଙ୍କ ବିଷୟରେ କହନ୍ତି କ'ଣ? ସେପରି ଉତ୍ସର୍ଗପତ୍ର ପଢ଼ିଲେ ମନେ ହୁଏ ଯେ ଲେଖକର ପିତୃତ୍ୱ ବା ମାତୃତ୍ୱ ସେମାନଙ୍କର ପରମ ସୌଭାଗ୍ୟ ଏବଂ ସେତିକିରେ ସେମାନଙ୍କର ଆତ୍ମା ସନ୍ତୁଷ୍ଟ ରହିବା ଉଚିତ। ପତ୍ନୀମାନଙ୍କୁ ଉତ୍ସର୍ଗିତ ବହିଙ୍କ ସଂଖ୍ୟା କମ୍ ନୁହେଁ, କିନ୍ତୁ ସେମାନଙ୍କ ପ୍ରେରଣା ଯୋଗୁଁ ବା ସେମାନେ ସୃଷ୍ଟି କରିଥିବା ସମସ୍ତ ପ୍ରତିବନ୍ଧକ ସତ୍ତ୍ୱେ ବହିଟି ଲେଖାଯାଇ ପାରିଲା, ତାହା ଉତ୍ସର୍ଗପତ୍ରରୁ ଜଣାପଡ଼େ ନାହିଁ। କେତେକ ବହି ବନ୍ଧୁମାନଙ୍କୁ ବା କ୍ଷମତାସୀନ ନେତାଙ୍କୁ ଉତ୍ସର୍ଗ କରାଯାଇଥାଏ, କିନ୍ତୁ ସେଥିରେ ଆନ୍ତରିକତା ଆଦୌ ନଥାଏ। ନିଜର ଖୁବ୍ ଅନ୍ତରଙ୍ଗ ଲୋକଙ୍କୁ ବହିଟିଏ ଉତ୍ସର୍ଗ କରିବାର ସାହସ କେତେଜଣ ଲେଖକ ଓ ଲେଖିକାଙ୍କର ଅଛି ଯଦି ସେ ସମ୍ପର୍କ ଲୋକାଚାରସମ୍ମତ ହୋଇନଥାଏ? ଚନ୍ଦ୍ରମୌଳି କ'ଣ ବସୁମତୀକୁ ବହିଟିଏ ଉତ୍ସର୍ଗ କରି ପାରିଲା, ଯଦିଓ ସେ ବସୁମତୀକୁ ଯେଉଁ ଦୃଷ୍ଟିରେ ଚାହେଁ ଓ ବସୁମତୀ ତାକୁ ଯେଉଁ ଦୃଷ୍ଟିରେ ଚାହେଁ ସେଥିରୁ ଜଣାପଡ଼େ ଯେ ସେମାନେ ଅନ୍ତରଙ୍ଗତାରେ ପାଦଟିଏ ରଖିବା ପରେ ଆଉ ପାଦ ରଖିପାରୁନାହାନ୍ତି କାରଣ ସେମାନଙ୍କ ଭିତରେ ଅନଙ୍ଗ ନାମଧେୟ ବ୍ୟକ୍ତିଟିଏ ଠିଆ ହୋଇଛି।

ବସୁମତୀକୁ ବହିଟି ଉତ୍ସର୍ଗ କଲେ କିପରି ହୁଅନ୍ତା? କିନ୍ତୁ ଉତ୍ସର୍ଗ ଅନ୍ତରଙ୍ଗତା ଉପରେ ପ୍ରତିଷ୍ଠିତ ହେବା ଆବଶ୍ୟକ ଏବଂ ସେ ଓ ବସୁମତୀ ପରସ୍ପରର ଅନ୍ତରଙ୍ଗ ନୁହନ୍ତି ବୋଲି ଉଭୟେ ବୁଝିସାରିଛନ୍ତି। ଯଦି ତାକୁ ବିବାହ କରିବା ପୂର୍ବରୁ ବସୁମତୀ ଚନ୍ଦ୍ରମୌଳିକୁ ଚିହ୍ନିଥା'ନ୍ତା ତାକୁ ହିଁ ବିବାହ କରିଥାନ୍ତା, ନକରି ବି ପାରିଥା'ନ୍ତା, କାରଣ ସେତେବେଳେ ଚନ୍ଦ୍ରମୌଳିର କୌଣସି ଖ୍ୟାତି ନଥିଲା। କିନ୍ତୁ ବର୍ତ୍ତମାନ ତ ବସୁମତୀ ଚାହୁଁଛି ଯେ ସେ ପୁରୁଣା ଦିନଗୁଡ଼ିକ ଆଉଥରେ ଫେରି ଆସନ୍ତେ, ଆଉଥରେ ତାକୁ ତା'ର ସ୍ୱାମୀ ବାଛିବାର ସ୍ୱାଧୀନତା ମିଳନ୍ତା। ତା'ର ଯଦି ଅନଙ୍ଗ ପ୍ରତି ପ୍ରକୃତରେ ଅନ୍ତରଙ୍ଗତା ଥାଆନ୍ତା, ସେ ଏପରି ଇଚ୍ଛା କରୁଥା'ନ୍ତା କାହିଁକି?

ବସୁମତୀ କଥା ଭାବିଲେ ହିଁ ଅନଙ୍ଗର ଦିନକର କଥା ମନେ ପଡ଼େ। ତା'ର ଅଧାଲେଖା ଉପନ୍ୟାସର ପାଣ୍ଡୁଲିପି ଟେବୁଲ୍ ଉପରେ ମେଲା ହୋଇ ରହିଥିଲା। ବସୁମତୀ ଗାଧୋଇବାକୁ ଗଲାବେଳେ ଟେବୁଲ୍ ପାଖରେ କିଛି ସମୟ ଅଟକି ରହିଲା, ମୁଣ୍ଡବନ୍ଧା କଣ୍ଟାସବୁ ଗୋଟି ଗୋଟି କରି ବାହାର କରି ପାଣ୍ଡୁଲିପି ଉପରେ ରଖିଲା, ତାପରେ

ଜୁଡ଼ା ଖୋଲି ଗାଧୋଇବା ଘରକୁ ଗଲା। ଇଚ୍ଛା କରିଥିଲେ ମୁଣ୍ଡ କଣ୍ଟା କ'ଣ ଟେବୁଲ୍‌ର ଆଉଠାଏ ରଖିପାରିନଥା'ନ୍ତା ? ପାଣ୍ଡୁଲିପି ଉପରେ ରଖିଲା ବେଳେ ସେ ଯେମିତି କହୁଥିଲା ଯେ ତା ପାଖରେ ପାଣ୍ଡୁଲିପିର କାଗଜ ଓ ଟେବୁଲ୍‌ର ପଟା ସମାନ ମୂଲ୍ୟର। ସେହିଦିନ ହିଁ ତା'ର ମୁଣ୍ଡକଣ୍ଟା ଦ୍ୱାରା ଉପନ୍ୟାସଟି ବିଦ୍ଧ ହୋଇ ପଡ଼ିଲା, ତା'ର ଅଲିଖିତ ଅଂଶ ମଉଳିଗଲା, ଅନଙ୍ଗ ପାଖରେ ପଡ଼ିରହିଲା ତାର ମୁମୂର୍ଷୁ କିୟଦଂଶ। ଏବେବି ବେଳେବେଳେ ତାକୁ ସେ କିୟଦଂଶର ଆର୍ତ୍ତନାଦ ଶୁଭେ, କିନ୍ତୁ ତାକୁ ଉଦ୍ଧାର କରିବାର ବାଟ ନପାଇ ସେ ତାକୁ କହେ, "ମୁଁ ବି ତ ବସୁମତୀର ମୁଣ୍ଡକଣ୍ଟା ଦ୍ୱାରା ଫୋଡ଼ି ହୋଇ ଏଠି ପଡ଼ି ରହିଛି, କିନ୍ତୁ ମୁଁ କ'ଣ ତୋ ପରି କାନ୍ଦୁଛି ? ଭାଗ୍ୟରେ ଯାହା ଅଛି ତାହା ସହିଯିବା ଶିଖ୍।"

ସୁତରାଂ ବସୁମତୀକୁ ବହି ଉତ୍ସର୍ଗ କରିବାର ପ୍ରଶ୍ନ ଉଠୁନାହିଁ। ଅନଙ୍ଗ ତା ବାପାମାଆଙ୍କ କଥା ଭାବିଲା, କିନ୍ତୁ ଜୀବଦ୍ଦଶାରେ ଉଭୟଙ୍କ ଭିତରେ ଭଲ ପଡୁନଥିଲା ଏବଂ ଉତ୍ସର୍ଗପତ୍ରରେ ସେମାନଙ୍କୁ ଏକତ୍ର କଲେ ଉଭୟେ ବର୍ତ୍ତମାନ ଯେଉଁ ମରଣୋତ୍ତର ଶାନ୍ତି ଅନୁଭବ କରୁଛନ୍ତି ତାହା ବ୍ୟାହତ ହେବ। ସେମାନଙ୍କ ଭିତରୁ ଜଣକୁ ବଛାଯାଇପାରେ। ଅନଙ୍ଗର ତା ମାଆଙ୍କ ସହିତ ବିଶେଷ ଘନିଷ୍ଠତା ନଥିଲା। ଦୁଇଜଣ ଝିଅ ଓ ଜଣେ ପୁଅଙ୍କ ବୟସରେ ବେଶି ପାର୍ଥକ୍ୟ ନଥିବାରୁ ହୁଏତ ମାଆ କାହାରିକୁ ଟିକିଏ ଅଧିକ ସ୍ନେହ ଦେଖାଇବାର ଅବକାଶ ପାଇପାରି ନଥିଲା। ତା ଛଡ଼ା, ଛାତ୍ରଜୀବନର ଗୁଡ଼ାଏ ବର୍ଷ ଛାତ୍ରାବାସରେ କଟିଗଲା, ସୁତରାଂ ସେ ମାଆଙ୍କ ସାନ୍ନିଧ୍ୟ ବେଶି ପାଇପାରିନାହିଁ। ତା'ର ପଢ଼ା ସରିଲାବେଳକୁ ମାଆଙ୍କର ଦେହାନ୍ତ ହୋଇଗଲା। ପ୍ରକୃତପକ୍ଷେ, ସେ ତା ମାଆଙ୍କୁ ଭଲଭାବେ ଜାଣି ପାରିନାହିଁ, ଏବଂ ତାଙ୍କୁ ବହି ଉତ୍ସର୍ଗ କରି ଏକ କପଟ ଭାବାବେଶ ଉପସ୍ଥାପିତ କରିବା ସେ ଉଚିତ ମନେ କଲା ନାହିଁ।

ବାପାଙ୍କ କଥା ସ୍ୱତନ୍ତ୍ର। ସେ ଗୌରବର୍ଣ୍ଣ, ଦୀର୍ଘକାୟ, ବଳିଷ୍ଠ ବ୍ୟକ୍ତିତ୍ୱସମ୍ପନ୍ନ ଥିଲେ। ତାଙ୍କର ବ୍ୟବହାର ରୁକ୍ଷ ନଥିଲା, କିନ୍ତୁ କାହିଁକି କେଜାଣି ତାଙ୍କର ପିଲାମାନେ, ଏପରିକି ତାଙ୍କର ସ୍ତ୍ରୀ ତାଙ୍କଠାରୁ ବେଶ୍ ଦୂରତ୍ୱ ରଖି ଚଳୁଥିଲେ। ଭାତ, ଡାଲି ସାଙ୍ଗରେ ଗୋଟିଏ ତରକାରୀରୁ ଅଧିକ ହେଲେ ସେ ବିରକ୍ତ ହେଉଥିଲେ, ଖର୍ଚ୍ଚ ପାଇଁ ନୁହେଁ, ଏକ ଅନାବଶ୍ୟକ ଆଗ୍ରହର ସଂକ୍ରମଣ ପାଇଁ। ତିନି ଚାରିଖଣ୍ଡ ଧୋତି ଓ ତିନି ଚାରିଖଣ୍ଡ କୁର୍ତ୍ତା ତାଙ୍କ ପାଇଁ ଯଥେଷ୍ଟ ଥିଲା। ସେ ଗୋଟିଏ ଦେଶୀୟ ରାଜ୍ୟରେ ଚାକିରୀ କରୁଥିଲା ବେଳେ ରାଜକୁମାରଙ୍କୁ ପଢ଼ାଇବାର ଦାୟିତ୍ୱ ବହନ କରିଥିଲେ। ପଢ଼ାପଢ଼ିରେ ରାଜକୁମାରଙ୍କ ବ୍ୟୁତ୍ପତ୍ତି ଏତେ ନିମ୍ନମାନର ଥିଲା ଯେ ସେ କାଳର ଶିକ୍ଷକସୁଲଭ କର୍ତ୍ତବ୍ୟପରାୟଣତାବଶତଃ ରାଜକୁମାରଙ୍କୁ ତାଙ୍କର ପ୍ରାପ୍ୟ ବେତ୍ରାଘାତ ଓ ଚପେଟାଘାତ

ଦେବାରେ କାର୍ପଣ୍ୟ କରିନଥିଲେ। କେହି ଜଣେ କାନକୁହା ମହାରାଜାଙ୍କୁ ଖବର ଦେଲା ଯେ ମାଷ୍ଟ୍ରେ ରାଜକୁମାରଙ୍କ ଶ୍ରୀଅଙ୍ଗକୁ ପୀଡ଼ା ଦେଇଛନ୍ତି। ମହାରାଜ ତାଙ୍କୁ ଏ ବିଷୟରେ ପଚାରିବାରୁ ସେ ଉତ୍ତର ଦେଲେ ଯେ ଅଧ୍ୟୟନ ସମୟରେ ରାଜକୁମାର ଜଣେ ଛାତ୍ର ମାତ୍ର ଓ ଛାତ୍ରର ମଙ୍ଗଳ ପାଇଁ ଶିକ୍ଷକ ଯାହା କରିବା କଥା ସେ ତାହା କରିଛନ୍ତି ଓ କରିବେ। ତାପରେ ତାଙ୍କର ଅନ୍ୟଜାଗାକୁ ବଦଳି ହୋଇଗଲା ଓ ରାଜକୁମାର ପରବର୍ତ୍ତୀ ଶିକ୍ଷକଙ୍କଠାରୁ ଛାମୁ ଛାମୁ ଶୁଣିବା ଫଳରେ ମାଟ୍ରିକ୍ ପାସ୍ କରିବାର ଶକ୍ତି ହରାଇବସିଲେ। ତାଙ୍କ ପରି ନିର୍ଭୀକ ଓ ବିଳାସ ପ୍ରତି ବିମୁଖ ବ୍ୟକ୍ତିଙ୍କୁ ବହିଟି ଉତ୍ସର୍ଗ କରି ତାଙ୍କୁ ନିଜର ସମ୍ମାନ ଜ୍ଞାପନ କରିବ ବୋଲି ଅନଙ୍ଗ ସ୍ଥିର କଲା।

କିନ୍ତୁ ଅଳ୍ପ ସମୟପରେ ତାକୁ ତା'ର ନିଷ୍ପତ୍ତି ବଦଳାଇବାକୁ ପଡ଼ିଲା। ବଦଳାଇବାର ନାନାଦି କାରଣ ଥିଲା। ପ୍ରଥମତଃ, ସେ ତା'ର ପ୍ରଥମ ପ୍ରକାଶିତ ଗଳ୍ପଟି ତାଙ୍କର ନଜର୍ ପଡ଼ିବା ଭଳି ଜାଗାରେ ରଖିଦେଇ ଭାବିଥିଲା ଯେ ଅଳ୍ପସମୟ ପରେ ଏକ ଗୌରବଦୀପ୍ତ ପିତୃତ୍ୱର ସସ୍ନେହ ଆଶୀର୍ବାଦ ସରୁନଥିବା ବର୍ଷା ପରି ତା' ଉପରେ ଝରି ପଡ଼ିବ। ଗଳ୍ପଟି ତାଙ୍କ ନଜରରେ ପଡ଼ିଲା, ସେ ତାକୁ ପଢ଼ିଲେ ଓ ରଖିଦେଇ ସାରି ଦୀର୍ଘନିଃଶ୍ୱାସଟିଏ ଛାଡ଼ିଲେ। ଅନଙ୍ଗର ମନେ ହେଲା ଯେ ତାଙ୍କର ସବୁ ଆଶା ଧୂଳିସାତ୍ ହୋଇଯିବା ମୁହୂର୍ତ୍ତରେ ସେ ଅବିଚଳିତ ରହିବାକୁ ଚେଷ୍ଟା କରୁଥିଲେ। ଦ୍ୱିତୀୟ କାରଣ ହେଲା, ମରିବାର କେତେଦିନ ପୂର୍ବରୁ ସେ ଅନଙ୍ଗ ସହିତ ବହୁତ କଥାବାର୍ତ୍ତା କରିବାକୁ ଚାହୁଁଥିଲେ, କିନ୍ତୁ କୌଣସି ନା କୌଣସି ଆଳ ଦେଖାଇ ଅନଙ୍ଗ ବାଟଭାଙ୍ଗି ଚାଲିଯାଉଥିଲା। ପ୍ରକୃତ ପକ୍ଷେ ତାଙ୍କୁ ସାମ୍ନା କରିବାର ବା ତାଙ୍କର ବକ୍ତବ୍ୟ ଶୁଣିବାର ସାହସ ଅନଙ୍ଗର ନଥିଲା। ଯଦି ତାଙ୍କର ଜୀବନକାଳ ଭିତରେ ସେ ତାଙ୍କର ସମୀପବର୍ତ୍ତୀ ହୋଇପାରିଲାନି, ତାଙ୍କର ଦେହାନ୍ତପରେ ସାମୀପ୍ୟର ପ୍ରହେଳିକାଟିଏ ସେ ସୃଷ୍ଟି କରିବ କାହିଁକି ? ବର୍ତ୍ତମାନ ତାଙ୍କୁ ପାଖକୁ ଟାଣି ଆଣିବା ତାଙ୍କୁ ତାଙ୍କର ଉଚ୍ଚ ଆସନରୁ ଓହ୍ଲାଇ ପକାଇବା ଉଚିତ ହେବ ନାହିଁ।

କାହାକୁ ବହିଟି ଉତ୍ସର୍ଗ କରିବ ସ୍ଥିର କରି ନପାରି ଆନ୍ଦୋଳିତ ହେଉଥିବା ବେଳେ ଅନଙ୍ଗ ଝରକା ବାହାରକୁ ଚାହିଁଲା। ରାତି ହୋଇଗଲାଣି। ପଡ଼ିଆ ଓ ପାହାଡ଼ ଉପରେ ଉଜ୍ଜ୍ୱଳ ଚନ୍ଦ୍ରକିରଣ ବିଛାଡ଼ି ହୋଇ ପଡ଼ିଛି। କ୍ରମେ କ୍ରମେ ସେ ଅନୁଭବ କଲା ଯେ ତା'ର କୋଠରି ଓ ପଡ଼ିଆ ଭିତରେ କିଛି ବ୍ୟବଧାନ ନାହିଁ, ସେ ପଡ଼ିଆରେ ଶୋଇଛି, ମେଘ ନଥିବା ଆକାଶକୁ ଚାହିଁଛି, ସୁଲୁସୁଲୁ ପବନରେ ସେ ଘୋଡ଼େଇ ହୋଇଥିବା ଚାଦର ଉଡ଼ିଯିବ ଉଡ଼ିଯିବ ହେଉଛି। ସେ ନିଃଶ୍ୱାସ ନେଲା ବେଳେ କିଛି ଚନ୍ଦ୍ରକିରଣ ତା ଭିତରକୁ ଚାଲିଯାଉଛି। ଠିକ୍ ଏହି ଅବସ୍ଥାରେ ହିଁ ତା'ର ପହଞ୍ଚିବାର

ଥିଲା ଏବଂ ଏପର୍ଯ୍ୟନ୍ତ ବିତାଇଥିବା ଜୀବନର ପ୍ରତ୍ୟେକ ମୁହୂର୍ତ୍ତ ଅସତ୍ୟ ବୋଲି ତା'ର ମନେ ହେଲା।

ଡାକ୍ତରଖାନାକୁ ବାହାରିବା ବେଳର ଦୃଶ୍ୟ ତା'ର ମନେ ପଡ଼ିଲା। ଘର ଆଗରେ ଆମ୍ବୁଲାନ୍ସ ଠିଆ ହୋଇଛି। ସେ ବସୁମତୀ କାନ୍ଧରେ ଭାରା ଦେଇ ଗାଡ଼ିଆଡ଼କୁ ଗଲା ବେଳେ ଘର ଆଡ଼କୁ ଲେଉଟି ଚାହିଁଲା। ବାରଣ୍ଡାରେ ଚନ୍ଦ୍ରମୌଳି ଠିଆ ହୋଇଛି। ତା'ର ମୁହଁ ଖୁବ୍ ଶୁଖିଯାଇଛି। ଅନଙ୍ଗକୁ ଲାଗିଲା ତା ଆଖିରେ ଲୁହ ଭର୍ତ୍ତି ହୋଇଛି କିନ୍ତୁ କାଳେ କାନ୍ଦି ପକାଇବ ବୋଲି ତଳ ଓଠକୁ ଦାନ୍ତରେ ଚାପି ରଖିଛି। ଏ ଦୃଶ୍ୟ ମନେ ପଡ଼ିବା ମାତ୍ରେ ଅନଙ୍ଗର ଆଖି ଛଳଛଳ ହୋଇଗଲା। ଦିନେ ସେ ଚାଲିଯିବ, ଚନ୍ଦ୍ରମୌଳି ଚାଲିଯିବ, ଅନ୍ତର୍ହିତ ଓ ବିସ୍ମୃତ ହେବାର ସମାନ ଭାଗ୍ୟ ନେଇ ଉଭୟେ ଆସିଛନ୍ତି। ବାରଣ୍ଡାରେ ଠିଆ ହୋଇଥିବା ଚନ୍ଦ୍ରମୌଳି ନିଶ୍ଚୟ କହୁଥିଲା ଯେ ସେ ବି ଅନଙ୍ଗ ପରି ବିଫଳ କିନ୍ତୁ ଏଣିକି ନିଜର ବିଫଳତା ତାକୁ ଏକାଏକା ଭୋଗିବାକୁ ପଡ଼ିବ। ହୁଏତ ତାକୁ ଡାକ୍ତରଖାନାରେ ଛାଡ଼ିସାରି ବସୁମତୀ ଘରକୁ ଫେରିବା ପରେ ଉଭୟେ ପରସ୍ପରର ଆଲିଙ୍ଗନରେ ହଜିଯିବେ (ସେ ବିଷୟରେ ସେ ନିଶ୍ଚିତ ନୁହେଁ), କିନ୍ତୁ ତାପରେ, ଯେତେବେଳେ ଚନ୍ଦ୍ରମୌଳି ପାଖରେ କେହି ନଥିବେ, ସେ ଫାଙ୍କା ଭାବରେ ବାହାରକୁ ଚାହିଁଥିବ, ତା'ର ପ୍ରତ୍ୟେକ ଉପନ୍ୟାସ ସହିତ ତା'ର ସବୁ ସମ୍ପର୍କ ଛିଣ୍ଡି ଯାଇଥିବ, ତାକୁ ଲାଗୁଥିବ ଯେ କେବଳ ଅନଙ୍ଗ ହିଁ ତାର ବିଫଳତା ବୁଝିପାରିଛି। ଅନଙ୍ଗର ହଠାତ୍ ଧାରଣା ହେଲା ଯେ ଏତେବଡ଼ ସଂସାରରେ କେବଳ ଚନ୍ଦ୍ରମୌଳି ହିଁ ତାକୁ ବୁଝିଛି, କେବଳ ଚନ୍ଦ୍ରମୌଳି ହିଁ ତା'ର ବନ୍ଧୁ। ବହିଟି ସେ ଚନ୍ଦ୍ରମୌଳିକୁ ଉତ୍ସର୍ଗ କରିବ ବୋଲି ସ୍ଥିର କରି ଶୋଇପଡ଼ିଲା।

ତା ଆରଦିନ ଭୋର୍‌ରୁ ଦେଖାଗଲା ଯେ ରାତିରେ କେତେବେଳେ ଅନଙ୍ଗର ପ୍ରାଣବାୟୁ ଉଡ଼ିଯାଇଛି।

■

ଝିଅ

ଗୌତମ ଅଫିସ୍‌ରେ ଶୁଣିଲା ଯେ ସେଦିନ ସକାଳେ ଗୋଟିଏ ମଟର ଦୁର୍ଘଟଣାରେ ଗୁରୁତର ଆହତ ହୋଇ ନିର୍ଝରିଣୀ ହାସ୍ପାତାଳରେ ଭର୍ତ୍ତି ହୋଇଛି। ଟେଲିଫୋନ୍‌ରେ ଶର୍ମିଷ୍ଠାର କାନ୍ଦ ଭିତରୁ ଏ ଖବରଟି ଉଦ୍ଧାର କଲାପରେ ଗୌତମ ଦୁର୍ଘଟଣା ବିଷୟରେ ଆଉ କିଛି ଜାଣିବାକୁ ଚାହୁଁଥିଲା କିନ୍ତୁ ତା'ର କଥା ନସରୁଣୁ ଶର୍ମିଷ୍ଠା କହିଲା ଯେ ସେ ସବୁ ଆଲୋଚନା ପାଇଁ ସମୟ ନାହିଁ ଏବଂ ସେ ସାଙ୍ଗେ ସାଙ୍ଗେ ଘରକୁ ଆସୁ ଓ ଆଉ ଦେଢ଼ ଘଣ୍ଟା ବା ଦୁଇ ଘଣ୍ଟା ପରେ ଯେଉଁ ଟ୍ରେନ୍ ଆସିବ ସେଥିରେ ନିର୍ଝରିଣୀର ଘରକୁ ଯାଉ। ଶର୍ମିଷ୍ଠାର ଉଦ୍‌ବେଗ ଓ ବ୍ୟାକୁଳତା ଗୌତମ ବୁଝିପାରୁଥିଲା ଏବଂ କିଛିଟା ଅନୁଭବ ମଧ୍ୟ କରୁଥିଲା, କିନ୍ତୁ ସେ ଅନୁଭବରେ ସାରା ସଂସାରଟା ଓଲଟପାଲଟ ହୋଇଯାଉ ନଥିଲା କି ତା ବାହାରେ ଆଉ କିଛି ନାହିଁ ବୋଲି ଲାଗୁ ନଥିଲା।

ଅଫିସ୍‌ରୁ ଛୁଟି ପାଇବାରେ କିଛି ଅସୁବିଧା ହେଲା ନାହିଁ, ବରଂ ତା'ର ଉପରିସ୍ଥ ଅଧିକାରୀ ତାକୁ କହିଲେ ଯେ ଝିଅର ଅବସ୍ଥା ଦୃଷ୍ଟିରୁ ଯଦି ତାକୁ ଆଉ କେତେଦିନ ସେଠାରେ ରହିବାକୁ ପଡ଼େ, ଖାଲି ଛୁଟି ସରିଯାଉଛି ବୋଲି ତାର ତରବର ହୋଇ ଫେରିବା ଅନାବଶ୍ୟକ ଏବଂ ପରେ ତା'ର ଅଧିକା ରହଣିକୁ ଅନୁମୋଦନ କରିଦିଆଯିବ। ତାଙ୍କୁ କୃତଜ୍ଞତା ଜଣାଇ ଗୌତମ ଘରକୁ ଫେରିଆସି ଦେଖିଲା ଯେ ଶର୍ମିଷ୍ଠା ତାର ଲୁଗାପଟା ସଜାଡ଼ି ସାରିଛି। କାନ୍ଦି କାନ୍ଦି ତା'ର ମୁହଁ ଫୁଲିଯାଇଥିଲା, ସ୍ୱର ଖୁବ୍ ନିସ୍ତେଜ ଶୁଭୁଥିଲା, ଏବଂ ଖୁବ୍ ସାଙ୍ଘାତିକ କିଛି ଗୋଟାଏ ଘଟିବାର ଆଶଙ୍କାରେ ସେ ନିଜ ଅଜାଣତରେ ସଙ୍କୁଚିତ ହୋଇ ପଡୁଥିଲା। ଦୁର୍ଘଟଣା ବିଷୟରେ ବଂଶୀଧର (ନିର୍ଝରିଣୀର ସ୍ୱାମୀ) ତାକୁ ଟେଲିଫୋନ୍‌ରେ ଯାହା କହିଥିଲା ଶର୍ମିଷ୍ଠା ତାହା କହିଲା ବେଳେ ଗୌତମକୁ ଲାଗୁଥିଲା ଯେ ସେ ଯାହା କହୁଛି

ସେଥିରେ ତା'ର ପୂରା ବିଶ୍ୱାସ ନାହିଁ ଏବଂ ସେ ଭାବୁଛି ଆହୁରି କିଛି ଘଟିଯାଇଛି ଯାହା ସେ ଜାଣେ ନାହିଁ।

ଗୌତମ ଷ୍ଟେସନ୍ ଆସିଲା, ଟିକେଟ୍ କିଣିଲା ଓ ଗାଡ଼ି ଆସିବାକୁ ଅପେକ୍ଷା କରି ପ୍ଲାଟ୍‌ଫର୍ମରେ ବୁଲିଲା ବେଳେ ପ୍ରଥମ ଥର ପାଇଁ ଏକପ୍ରକାର ଅସ୍ଥିରତା ଅନୁଭବ କଲା। ତା'ର ମନେ ହେଲା ଯେ ଗାଡ଼ି ଆସିବାରେ ଖୁବ୍ ବିଳମ୍ବ ହେଉଛି। ସେ ପହଞ୍ଚିଲା ବେଳକୁ ନିର୍ଝରିଣୀ କ'ଣ ଜୀବନରେ ଥିବ? ଗାଡ଼ି ଚାଲିଲା ପରେ ବି ତା'ର ଅଧୈର୍ଯ୍ୟପଣ କଟିଲାନି, ତାକୁ ଲାଗୁଥିଲା ଯେ ପ୍ରତି ଷ୍ଟେସନ୍‌ରେ ଗାଡ଼ି ଯେତିକି ସମୟ ରହିବା କଥା ତାଠାରୁ ବହୁତ ବେଶି ସମୟ ରହୁଛି। ନିଜର ଅଧୈର୍ଯ୍ୟତାରୁ ମନ ଫେରାଇ ଆଣିବା ପାଇଁ ସେ ଝରକା ବାହାରକୁ ଚାହିଁଲା। ରେଳଲାଇନ୍‌ର ପାଖରେ ଥିବା ଖାଲଜାଗାମାନଙ୍କରେ ଜମିଥିବା ଗୋଳିଆ ପାଣି ଉପରେ ବର୍ଷା ପଡୁଥିଲା। ପାଖର ଧାନକ୍ଷେତରେ ବେଳେବେଳେ ଦିଶୁଥିବା ହିଡ଼ ଦୂରର କ୍ଷେତରେ ଦିଶୁନଥିଲା, ସେଠାରେ ଆଖି ପାଇବାଯାଏଁ ଖାଲି କଅଁଳ ସବୁଜ ରଙ୍ଗ। ସବାଶେଷ କ୍ଷେତର ସେ ପାଖେ କ'ଣ ଥିବ? ସମୁଦ୍ର? ପର୍ବତ ଶ୍ରେଣୀ? ନା ଆଉ ଗୋଟିଏ ରେଳପଥ ଯାହା ଉପରେ ଯାଉଥିବା ରେଳଗାଡ଼ି ଭିତରୁ କିଏ ଜଣେ ଚାହିଁଥିବ, ଏପଟେ ପାଖରେ ଥିବା କ୍ଷେତ ଉପରେ କ'ଣ ଅଛି ବୋଲି ଭାବୁଥିବ? ଏ ପଟେ ଯାହା ଅଛି ବୋଲି ଗୌତମ ଜାଣିଛି ସେ ତାହା ଜାଣିନଥିବ, ଯେମିତି ସେ ପଟେ ଯାହା ଅଛି ବୋଲି ସେ ଜାଣେ ଗୌତମ ତାହା ଜାଣେ ନାହିଁ। କିନ୍ତୁ ଯଦି ସେପଟେ ରେଳପଥ ନଥାଏ, ତେବେ କେହି ନଥିବ, ଦିଗନ୍ତ ପର୍ଯ୍ୟନ୍ତ କାହାରି ସହିତ କିଛି ସମ୍ପର୍କ ନଥିବା ଗୌତମ ଏକା ହୋଇ ରହିଥିବ।

ଗୌତମକୁ ଖୁବ୍ ଏକୁଟିଆ ଏକୁଟିଆ ଲାଗିଲା, ନିର୍ଝରିଣୀ ପ୍ରତି ଉତ୍କଣ୍ଠା ନିଶ୍ଚୟ ଥିଲା, କିନ୍ତୁ ତା ମନର ଅଉ ଏକ ଅଂଶରେ କେହି ନଥିଲେ- ନା ଶର୍ମିଷ୍ଠା, ନ ନିର୍ଝରିଣୀ, ନା ତା ଅଫିସ୍‌ର କର୍ମଚାରୀମାନେ, ନା ତା ସାଙ୍ଗସାଥୀମାନଙ୍କ ଭିତରୁ କେହି। ସେ ଅଂଶ ଭିତରୁ ଅନ୍ୟମାନେ ଖୁବ୍ ଦୂରରେ ଦିଶୁଥିଲେ। କେହି କେହି ତ ଏତେ ଦୂରରେ ଦିଶୁଥିଲେ ଯେ ସେମାନେ କିଏ ବୋଲି ଅନୁମାନ କରିବା ଛଡ଼ା ଅନ୍ୟ ଉପାୟ ନଥିଲା। ସବୁ ସମ୍ପର୍କରୁ ଓହରି ଆସିଲା ପରି ଲାଗୁଥିବା ବେଳେ ତାକୁ କାନ୍ଦ ମାଡୁନଥିଲା କି ମନରେ ଦୁଃଖ ନଥିଲା। ଉଲ୍ଲାସ ବି ନଥିଲା। ସେ ଖାଲି ବଞ୍ଚିରହିଥିଲା, ସମସ୍ତଙ୍କ ହାତପାଆନ୍ତାଠୁଁ ଦୂରରେ, ସମସ୍ତେ ତା ହାତପାଆନ୍ତାଠୁଁ ଦୂରରେ।

କିଛି ସମୟ ପରେ ସେ ସଂସାରକୁ ଫେରିଆସିଲା ଓ ନିର୍ଝରିଣୀ ପାଇଁ ବିଚଳିତ ହେବାକୁ ଚେଷ୍ଟା କଲା। ହାସ୍ପାତାଳ ଖଟିଆରେ ଶୋଇଥିବା ଦୁର୍ଘଟଣାଗ୍ରସ୍ତ ନିର୍ଝରିଣୀର

ମୁହଁ ତାକୁ ଦିଶିଲା। ସେତିକି ତ କାନ୍ଦକାନ୍ଦ ହୋଇଯିବା ପାଇଁ ଯଥେଷ୍ଟ। ତା ମୁହଁରେ ଯନ୍ତ୍ରଣା ଥିଲା, ଆଶା ବି ଥିଲା; ମୃତ୍ୟୁର ଛାଇ ପଡ଼ିଥିଲା, ଆହୁରି ବହୁତ ବାକି ଥିବା ପରମାୟୁର ଆଲୁଅ ବି ଝଲସୁ ଥିଲା। ମନେ ମନେ ଗୌତମ ତା ମୁହଁକୁ ଆଉଁଶି ଦେବା ପାଇଁ ଗଲାବେଳେ ତା ହାତ ହଠାତ୍ ରହିଗଲା। ଏ ମୁହଁ ଯାହାର, ସେ କ'ଣ ସତରେ ତା ଝିଅ ? ବର୍ଷବର୍ଷ ଧରି ଗୌତମ ନିଜକୁ ଏ ପ୍ରଶ୍ନ ପଚାରିଛି, କୌଣସି ନିର୍ଭରଯୋଗ୍ୟ ଉତ୍ତର ପାଇଁନାହିଁ। ଶର୍ମିଷ୍ଠା ଉତ୍ତର ଦେଇ ପାରିଥା'ନ୍ତା, କିନ୍ତୁ ପ୍ରତିଥର ପଚାରିବାକୁ ଗଲାବେଳେ ଶର୍ମିଷ୍ଠାର ନାକପୁଡ଼ା ଫୁଲିବାକୁ ଉଦ୍ୟତ ହେବା ସେ ଲକ୍ଷ୍ୟ କରିଛି, ଯେପରିକି ପ୍ରଶ୍ନ ପଚରାଯିବା ମାତ୍ରେ ବିସ୍ତାରିତ ନାକପୁଡ଼ା ବାଟେ ଅଗ୍ନେୟ ବତାସ ତା ଆଡ଼କୁ ପ୍ରବଳ ବେଗରେ ବୋହି ଆସିବ। ତା ଛଡ଼ା, ଶର୍ମିଷ୍ଠା ସତ କହିବ ବୋଲି ଭରସା କ'ଣ ? ପ୍ରତ୍ୟେକ ଥର ଗୌତମ ତା ପ୍ରଶ୍ନକୁ ଧରି କ'ଣ କରିବ ବୁଝି ନପାରି ପ୍ରଶ୍ନଠାରୁ ବାଟଭାଙ୍ଗି ଚାଲିଯାଏ।

ତା'ର ଏପରି ସନ୍ଦେହ କରିବାର ଏକାଧିକ କାରଣ ଭିତରୁ କୌଣସିଟିକୁ ପୂରାପୂରି ନିର୍ଭରଯୋଗ୍ୟ ବୋଲି ଗୌତମ ଭାବିପାରୁନଥିଲା ଯଦିଓ କୌଣସିଟିକୁ ପୂରାପୂରି ଭିତ୍ତିହୀନ ବୋଲି ଉପେକ୍ଷା କରି ଚାଲିଯିବା ଅବସ୍ଥାରେ ସେ ବି ନଥିଲା। ଶର୍ମିଷ୍ଠା ସହିତ ବିବାହ ପରେ ପରେ ଶର୍ମିଷ୍ଠା କଲେଜରେ ପଢୁଥିବା ବେଳେ ପୁରନ୍ଦର ନାମକ ଜଣେ ସହପାଠୀ ସହିତ ଅନ୍ତରଙ୍ଗ ହୋଇ ପଡ଼ିଥିଲା ବୋଲି ଉଡ଼ାଖବର ସେ ଶୁଣିଥିଲା। ସେ ଖବର ଆସିଥିଲା କେତୋଟି ବେନାମି ଚିଠି ଜରିଆରେ। ଚିଠି ଆସିବା କେତେଦିନ ପରେ ବନ୍ଦ ହୋଇଗଲା, କିନ୍ତୁ ଆସୁଥିବା ବେଳେ ଗୌତମ ଖୁବ୍ ବିଚଳିତ ଓ ବିମର୍ଷ ହୋଇ ପଡ଼ିଥିଲା। ସେତେବେଳେ ସେ ନିଜକୁ ଅନେକଥର ବୁଝାଇଛି ଯେ ଏହି ବେନାମି ଚିଠି ଗୁଡ଼ିକ ଭିତ୍ତିରେ ଶର୍ମିଷ୍ଠାର ପ୍ରାକ୍-ବୈବାହିକ ଆସକ୍ତି ସାବ୍ୟସ୍ତ କରି ହେବ ନାହିଁ। ହୁଏତ ପୁରନ୍ଦର ନାମଧାରୀ ସେହି ବ୍ୟକ୍ତି ଶର୍ମିଷ୍ଠାକୁ ବିବାହ କରିବାକୁ ଚାହୁଁଥିଲା ଏବଂ ତା'ର ସେ ଉଦ୍ଦେଶ୍ୟ ଚରିତାର୍ଥ ନହେବାରୁ ସେ ପ୍ରତିହିଂସାପରାୟଣ ହୋଇଉଠିଛି। ସମ୍ଭବତଃ ଶର୍ମିଷ୍ଠା ଦ୍ୱାରା ସେ ପ୍ରତ୍ୟାଖ୍ୟାତ ହେବା ଫଳରେ ପ୍ରତିଶୋଧ ନେବାକୁ ଆଗଭର ହୋଇଛି, କିନ୍ତୁ ତାହାତ ଶର୍ମିଷ୍ଠାର ଚରିତ୍ରବତ୍ତା, ବିଶ୍ୱସ୍ତତା ସପକ୍ଷରେ ଯୁକ୍ତି। ଏ ଯୁକ୍ତିରେ ତା'ର ଆସ୍ଥା ପୂର୍ଣ୍ଣାଙ୍ଗ ହେବା ଉପରେ ଗୋଟିଏ ଦୁଇଟି ଅନ୍ତରାୟ ପହଞ୍ଚିଯାଉଥିଲେ। ଯଦି ନିର୍ଝରିଣୀ ପ୍ରକୃତରେ ତା'ର ଝିଅ, ତା'ର ଚେହେରା ଓ ଦେହର ବର୍ଣ୍ଣ ଗୌତମର ଚେହେରା ଓ ଦେହର ବର୍ଣ୍ଣଠାରୁ ଏତେ ଅଲଗା କାହିଁକି ? ଗୌତମ ନିଜେ ଜାଣେ ଯେ ଅନେକ ପରିବାରରେ ବାପ ମାଆଙ୍କର ଚେହେରା ସହିତ ସନ୍ତାନମାନଙ୍କର ଚେହେରାର କିଛି ସାଦୃଶ୍ୟ ନାହିଁ, ସୁତରାଂ ନିର୍ଝରିଣୀର

ଚେହେରା ତା ଚେହେରାଠାରୁ ଅଲଗା ବୋଲି ଶର୍ମିଷ୍ଠାକୁ ସନ୍ଦେହ କରାଯିବ କାହିଁକି ? ଆଉ ଗୋଟିଏ କଥା ଗୌତମ ପାଇଁ ବେଶ୍ କିଛି ଅସ୍ୱସ୍ତିର କାରଣ ହୋଇଥିଲା। ବିବାହର ଆଠମାସ ନପୂରୁଣୁ ନିର୍ଝରିଣୀ ଜନ୍ମ ହେଲା। ଏପରି ଘଟିବା ଆଦୌ ବିରଳ ନୁହେଁ ବୋଲି ସେ ଜାଣିଥିଲା। ପ୍ରତ୍ୟେକଟି କାରଣ ଅମୂଳକ ବୋଲି ଗୌତମର ହୃଦ୍‌ବୋଧ ହେବା ସତ୍ତ୍ୱେ ସେ କୌଣସିଟିକୁ ସମ୍ପୂର୍ଣ୍ଣ ଭାବେ ନିର୍ମୂଳ କରିବାକୁ ସମର୍ଥ ହୋଇପାରୁ ନଥିଲା ଯେହେତୁ ଗୋଟିଏ କାରଣର ମୁକାବିଲା କରିବାକୁ ଗଲାବେଳେ ସେ ଦେଖୁଥିଲା ଯେ କାରଣଟି ଏକା ନୁହେଁ, ଅନ୍ୟାନ୍ୟ କାରଣମାନଙ୍କ ଗହଣରେ ଅଛି।

ଶର୍ମିଷ୍ଠାର ବର୍ଷ ବର୍ଷର ଆଚରଣ ଉପରୋକ୍ତ ପ୍ରତ୍ୟେକ କାରଣକୁ କେବଳ ବଳବତ୍ତର କରୁନଥିଲା, ଆଉ ଗୋଟିଏ ଶକ୍ତିଶାଳୀ କାରଣ ହୋଇ ତା'ର ବିଚାରବନ୍ତ ମନର ଆତ୍ମପ୍ରତ୍ୟୟକୁ ଦୁର୍ବଳ କରିପକାଉଥିଲା। ପ୍ରାଣସଙ୍ଗିନୀଠାରୁ ଯେତିକି ବୁଝାମଣା, ଯେତିକି ଉଷ୍ମତା ଆଶା କରାଯାଏ, ଶର୍ମିଷ୍ଠା ତା ବଦଳରେ ତାକୁ ଦେଉଥିଲା ତିରସ୍କାର, ତା'ର ଅଯୋଗ୍ୟତାର ବିଶଦ ବ୍ୟାଖ୍ୟା, ବା (ଖୁବ୍ ଅନୁକମ୍ପାଶୀଳା ହେଲେ) ତା ପ୍ରତି ଉଦାସୀନତା। ଏବେ ଦିନେ ତ ସେ ମୁହେଁ ମୁହେଁ ଶୁଣାଇ ଦେଲା ଯେ ଗୌତମର ହାତଧରି ତା ଜୀବନ ନଷ୍ଟ ହୋଇଗଲା। ଦୀର୍ଘକାଳ ଧରି ଏହା ଭୋଗୁଥିବା, ବେଳେବେଳେ ଲୁହ ପୋଛି ଭୋଗୁଥିବା ଗୌତମ ମଝିରେ ମଝିରେ ନିଜକୁ ପଚାରୁଥିଲା, ଯଦି ଉପରୋକ୍ତ ପ୍ରତ୍ୟେକ କାରଣରେ କିଛି ସତ୍ୟତା ନାହିଁ, ତା ପ୍ରତି ଶର୍ମିଷ୍ଠାର ଏତେ ବିରାଗ କାହିଁକି ? ଠିକ୍ ପରେ ପରେ ଅବଶ୍ୟ ସେ ନିଜ ପାଖରେ ଯୁକ୍ତି କରୁଥିଲା ଯେ କାରଣଗୁଡ଼ିକ ସହିତ ଶର୍ମିଷ୍ଠାର ବିରାଗ କୌଣସିମତେ ସଂଶ୍ଳିଷ୍ଟ ନୁହେଁ, ହୁଏତ ଶର୍ମିଷ୍ଠା ଯେଉଁ ପାରିବାର ହୁଅନ୍ତୁ ବୋଲି ଚାହୁଥିଲା ସେ ତା ନହୋଇ ପାରି ତା'ର ବିରାଗ ଅର୍ଜନ କରିଛି।

ଶେଷରେ ଟ୍ରେନ୍ ନିର୍ଝରିଣୀ ରହୁଥିବା ସହରର ଷ୍ଟେସନ୍‌ରେ ପହଞ୍ଚିଲା। ଗୌତମ ନିର୍ଝରିଣୀର ଘରେ ପହଞ୍ଚିଲା ବେଳକୁ ରାତି ଆରମ୍ଭ ହୋଇ ଆସୁଥିଲା। ବଂଶୀଧର ଘରେ ନଥିଲା, ଡାକ୍ତରଖାନାରେ ଥିଲା। ବାକ୍ସ ଖଣ୍ଡକ ରଖିଦେଇ ଗୌତମ ଡାକ୍ତରଖାନାକୁ ଗଲା ଓ ଟିକିଏ ଖୋଜାଖୋଜି ପରେ ନିର୍ଝରିଣୀ ରହୁଥିବା ପ୍ରକୋଷ୍ଠର ଦୁଆର ମୁହଁରେ ପହଞ୍ଚିଲା। ଦୁଆର ମୁହଁରେ ଖଣ୍ଡିଏ ଚୌକିରେ ବଂଶୀଧର ବସିଥିଲା, ଗୌତମକୁ ଦେଖି ଠିଆ ହେଲା ଓ ନମସ୍କାର କଲା। ତାଠାରୁ ଗୌତମ ଜାଣିଲା ଯେ ଦୁର୍ଘଟଣାରେ ନିର୍ଝରିଣୀର ଖୁବ୍ ରକ୍ତକ୍ଷୟ ହୋଇଛି ଏବଂ ଖୁବ୍ ଶୀଘ୍ର ରକ୍ତ ଦିଆନଗଲେ ତା'ର ବଞ୍ଚିବା ଅନିଶ୍ଚିତ ହୋଇ ପଡ଼ିଛି। ନିର୍ଝରିଣୀର ବ୍ଲଡ୍‌ଗ୍ରୁପ୍‌ର ଜଣେ ସମ୍ଭାବ୍ୟ ରକ୍ତଦାତାଙ୍କୁ

ଖୋଜା ଚାଲିଛି, କିନ୍ତୁ ତା'ର ବ୍ଲଡ୍‌ଗ୍ରୁପ୍ ଅସାଧାରଣ ହୋଇଥିବାରୁ ରକ୍ତଦାତା ପାଇବା କଷ୍ଟକର ହେଉଛି।

ଗୌତମ କହିଲା, "ମୁଁ ରକ୍ତ ଦେବି। ମୋ ରକ୍ତ ଓ-ପଜିଟିଭ୍ ଗ୍ରୁପ୍‌ର। ଓ-ପଜିଟିଭ୍‌ବାଲା ତ ସମସ୍ତଙ୍କୁ ରକ୍ତ ଦେଇପାରିବେ"। ଗୌତମ ବଂଶୀଧରର ମୁହଁରେ ସଂକୋଚର ଓ ଉଲ୍ଲାସର ସମ୍ମିଶ୍ରଣ ଦେଖିଲା, ଆହୁରି ଦେଖିଲା ସଂକୋଚ ଅପସରି ଯାଉଛି ଓ ତା ଜାଗାରେ ଉଲ୍ଲାସ ଅଧିଷ୍ଠିତ ହେଉଛି।

ପ୍ରକୋଷ୍ଠ ଭିତରକୁ ଯାଇ ସେ ନିର୍ଝରିଣୀର ଖଟ ପାଖରେ ବସିଲା ଓ ତା'ର ଗୋଡ଼ ଆଉଁଶିଲା। ସେତେବେଳେ ନିର୍ଝରିଣୀ ତା'ର ଖୁବ୍ ନିଜର ମନେ ହେଲା। ତା'ର ପିଲାବେଳର ଅନେକ ଘଟଣା ଏବେ ଆଖି ଆଗରେ ଘଟୁଥିବା ପରି ବା ଅଳ୍ପସମୟ ତଳେ ଘଟିଥିବା ପରି ମନେ ହେଲା। ବେଳେବେଳେ ତାକୁ ଲାଗୁଥିଲା ଯେ ନିର୍ଝରିଣୀ ତା କୋଳକୁ ଡେଇଁ ପଡୁଛି, ତା'ର ବେକ ଚାରିପଟେ ବାହୁ ଛନ୍ଦିଦେଇ ପଚାରୁଛି, "ମତେ ପର ବୋଲି କାହିଁକି ଭାବୁଥିଲ କହ।" ଆକାଶପାତାଳ କମ୍ପାଇ ଓ ତାଛଡ଼ା କାହାକୁ ଶୁଭୁନଥିବା "ନା, ତୁ ପର ନୁହଁ" ଉଚ୍ଚାରଣରେ ତା'ର ପ୍ରତ୍ୟେକ ପିଞ୍ଜରାହାଡ଼ ଦୋହଲିଗଲା। ଏମିତି ପ୍ରଶ୍ନୋତ୍ତରରେ ରାତିର ଅନେକ ବେଳଯାଏଁ ଚାଲିଲା। ତା ଭିତରେ ସେ ରକ୍ତ ଦେଇ ସାରିଥିଲା। ଯେତେବେଳେ ବଂଶୀଧର ତାକୁ ଯାଇ ଘରେ ବିଶ୍ରାମ କରିବାକୁ କହିଲା, ସେ ମନା କରିଦେଲା ଓ କହିଲା ଯେ ନିର୍ଝରିଣୀକୁ ଛାଡ଼ି ଚାଲିଗଲେ ସେ ବିଶ୍ରାମ ପାଇବ ନାହିଁ, ରାତିସାରା ଅନିଦ୍ରାରେ ଛଟପଟ ହେବ। ସେ ବରଂ ଏଇଠି ରହିବ, ନିଦଲାଗିଲେ ଚୌକୀ ଉପରେ ବା କୋଠରିରେ ଥିବା ଅନ୍ୟ ବିଛଣାଟିରେ ଢୁଳାଇ ପଡ଼ିବ।

ତାହାହିଁ ହେଲା, ଗୌତମ ରାତିସାରା ଡାକ୍ତରଖାନାରେ ରହିଲା, ବଂଶୀଧର ଘରକୁ ଗଲା। ରାତିସାରା ଗୌତମକୁ ଲାଗୁଥିଲା ଯେ ସେ ଓ ନିର୍ଝରିଣୀ ମହାକାଶରେ ପରସ୍ପରଠାରୁ ଅନେକ ଆଲୋକବର୍ଷ ବ୍ୟବଧାନରେ ଅବସ୍ଥିତ ଦୁଇଟି ତାରକା ଖୁବ୍ ଦ୍ରୁତଗତିରେ ପରସ୍ପରର ନିକଟବର୍ତ୍ତୀ ହେଉଛନ୍ତି। ରାତି ପାହିଲା ବେଳକୁ ସେମାନେ ପରସ୍ପରକୁ ଛୁଇଁ ପାରିବା ଭଳି ପାଖାପାଖି ହୋଇସାରିଥିଲେ।

ସକାଳୁ ସକାଳୁ ବଂଶୀଧର ଥର୍ମୋସ୍‌ରେ ଚାହା ଧରି ପହଞ୍ଚିଲା। ଚାହା ପିଇସାରି ଗୌତମ ନିର୍ଝରିଣୀର ଘରକୁ ଗଲା। ଯିବା ପୂର୍ବରୁ ସେ ନିର୍ଝରିଣୀର ମୁହଁକୁ ଚାହିଁଲା। ମୁଣ୍ଡର ବ୍ୟାଣ୍ଡେଜ୍ ଭିତରୁ ତା'ର ଜୁଳୁଜୁଳୁ ଦିଶୁଥିବା ଆଖିଦୁଇଟିକୁ ଦେଖି ସେ ନିଶ୍ଚିତ ହେଲା ଯେ ସେ ସବୁ ବୁଝିଛି, ଖୁବ୍ ଖୁସି ଅଛି। ଗାଧୁଆପାଧୁଆ ସାରି ଡାକ୍ତରଖାନାକୁ ଫେରିଆସିଲା ଏବଂ ତା ପରଦିନ ସକାଳ ଯାଏଁ ରହିଲା।

ଗୌତମ ଷୋହଳ ଦିନ ସେଠାରେ ରହିଲା । ଯେତେଦିନ ରହିଲା ତା'ର ପ୍ରାୟ ସବୁ ସମୟ ନିର୍ଝରିଣୀର ଖଟ ପାଖରେ କଟୁଥିଲା । ବାର ଦିନ ପରେ ନିର୍ଝରିଣୀକୁ ଘରକୁ ଅଣାଗଲା । ପ୍ରତ୍ୟେକ ଦିନ ସେ ହିଁ ନିର୍ଝରିଣୀ ଖାଇବା ପିଇବା ବୁଝୁଥିଲା । ସମ୍ପୂର୍ଣ୍ଣ ବିପଦମୁକ୍ତ ନିର୍ଝରିଣୀକୁ ବଂଶୀଧରର ଜିମା ଦେଇ ଫେରିଲା ବେଳେ ସେ ଭାବୁଥିଲା ଯେ ସେ ନିର୍ଝରିଣୀର ନୁହେଁ, ନିର୍ଝରିଣୀ ତା'ର ସହାୟ ହୋଇଛି । ତା'ର ଜୀବନର ବାକିଥିବା ବର୍ଷତକ ସେ ବଞ୍ଚିଥା'ନ୍ତା କିପରି ? ତା'ର ଓ ଶର୍ମିଷ୍ଠାର ପରସ୍ପରର ପ୍ରତିପକ୍ଷ ହୋଇ ବଞ୍ଚିବାର ସ୍ଥିତି ବଦଳି ଯାଇଛି, ସେମାନଙ୍କର ଜୀବନ ଆଉ କେବଳ ନିଜ ନିଜର ଜୀବନ ନୁହେଁ, ପ୍ରତ୍ୟେକର ଜୀବନରେ ଉଭୟଙ୍କର ରକ୍ତ ଧାରଣ କରିଥିବା ନିର୍ଝରିଣୀ ସର୍ବଶ୍ରେଷ୍ଠ ଆଗ୍ରହ, ସର୍ବଶ୍ରେଷ୍ଠ ସତ୍ୟ ।

ଘରକୁ ଫେରୁଥିବା ବେଳେ ଗୌତମ ହଠାତ୍ ଆବିଷ୍କାର କଲା ଯେ ତା'ର ଅଜାଣତରେ ସେ ମନକୁ ମନ ଏପରି ଧାଡ଼ିଏ ଦିଧାଡ଼ି କହୁଛି ଯାହାକୁ କବିତାର ଧାଡ଼ି କୁହାଯାଇପାରେ । ଟ୍ରେନ୍‌ରେ ଚଢ଼ିବାର ଅବ୍ୟବହିତ ପୂର୍ବରୁ ସେ ନିଜକୁ ନିଜେ କହୁଥିଲା ।

ଆମେ କ'ଣ ? ଅତୀତକୁ ଝୁରୁଥିବା ଓ ଭବିଷ୍ୟତକୁ
ପ୍ରତିଦିନ ଡରୁଥିବା ଲୋକ...

ତା'ପରେ କ'ଣ ? ଗୌତମ ବୁଝୁଥିଲା ଯେ ସେ ଆଉ ଆଗକୁ ଯାଇ ପାରିବ ନାହିଁ, କିନ୍ତୁ ଆଗକୁ ଯିବା କ'ଣ ନିହାତି ଜରୁରୀ ? ଅତୀତକୁ ଝୁରୁଥିବା ଓ ଭବିଷ୍ୟତକୁ ଡରୁଥିବା ଲୋକର ଝୁରିବା ଓ ଡରିବା ବାହାରେ ଆଉ କ'ଣ ତାତ୍ପର୍ଯ୍ୟପୂର୍ଣ୍ଣ କଥା ଅଛି ଯେ ତା ପାଇଁ ସେ ଆଉ କେତେ ଧାଡ଼ି ଖୋଜିବ ? ଏଇ ଦେଢ଼ ଧାଡ଼ିରେ ତ ତା'ର ସ୍ଥିତି ସମ୍ପୂର୍ଣ୍ଣ ଭାବେ ସୂଚିତ । ନିର୍ଝରିଣୀର ଦରକାରବେଳେ ସେ କିଛି ସାହାଯ୍ୟ କରିପାରିଥିଲା ବୋଲି ଟିକିଏ ସନ୍ତୋଷ ପାଇବାକୁ ଗଲା ବେଳେ ନିଜକୁ ନିଜେ କହିବାର ଶୁଣିଲା,

ତମେ କଣ କଲ କଣ ନକଲ କାହାରି
କିଛି ଅର୍ଥ ନାହିଁ...

ନିଜର ଅପ୍ରାସଙ୍ଗିକତା ସୂଚାଇବା ପାଇଁ ଆଉ କେତେ ଶବ୍ଦ ଦରକାର ? ନିଜର ଭଲପାଇବା ସୂଚାଇବା ପାଇଁ ତ କିଛି ଶବ୍ଦ ଲୋଡ଼ା ପଡ଼ିନଥିଲା ।

ଘରକୁ ଫେରି ଗୌତମ ଜିନିଷପତ୍ର ରଖି ଜୋତା ଖୋଲିଲା, ଖଟ ଉପରେ ଲେଉଟି ପଡ଼ିଲା, ଶର୍ମିଷ୍ଠାକୁ ଚାହିଁଲା । ଶର୍ମିଷ୍ଠା ତା ଝିଅର ମାଆ ପରି ଅବିକଳ ଦିଶୁଥିଲା ।

■

ସୁନାହାର

ଏ ସୁନାହାରଟି ମୋ ପାଖରେ ବହୁତ ଦିନରୁ ରହିଲାଣି। ତାକୁ ରଖିବା ଉଚିତ ନୁହେଁ ବୋଲି ମୁଁ ଜାଣେ, କିନ୍ତୁ ତାକୁ ଛାଡ଼ିବାର ଉପାୟ ବି ପାଉନାହିଁ।

ଆମ ସାହିର ପାଖ ସାହିରେ ଠାକୁରାଣୀ ମନ୍ଦିରଟିଏ ଅଛି, ବୈଷ୍ଣବୀ ଠାକୁରାଣୀଙ୍କର। ମୋ ଜାଣିବାରେ ଅନ୍ୟ କେଉଁଠି ବୈଷ୍ଣବୀଙ୍କ ପାଇଁ ଅଲଗା ମନ୍ଦିର ନାହିଁ। ଠାକୁରାଣୀ ତ ଠାକୁରାଣୀ, ତାଙ୍କର ଶହଶହ ନାଆଁ ଭିତରୁ ତାଙ୍କୁ ଯେଉଁ ନାଆଁରେ ଉପାସନା କରାଯାଉନା କାହିଁକି। ମୁଁ ପ୍ରତ୍ୟେକ ଦିନ ସେ ମନ୍ଦିରକୁ ଯାଉଥିଲି, ମନେ ମନେ ସ୍ତୋତ୍ର ପଢ଼ି ମୁଣ୍ଡିଆଟିଏ ମାରି ଘରକୁ ଫେରି ଆସୁଥିଲି। ରବିବାର ବା ଅନ୍ୟ ଛୁଟି ଦିନରେ ଦିପହର ବେଳେ ଅଧଘଣ୍ଟାଏ ଘଣ୍ଟାଏ ମନ୍ଦିର ଭିତରେ ବସୁଥିଲି।

ମନ୍ଦିରକୁ ଲାଗି ଦୁଇ ବଖରା ଘର। ସେଥିରେ ପୂଜକ ମକରଧ୍ୱଜ ଶତପଥୀ ଓ ତା'ର ସ୍ତ୍ରୀ (ସେମାନେ ବିଧିବଦ୍ଧ ଭାବେ ବିବାହ କରିନାହାନ୍ତି ବୋଲି ମୁଁ ପରେ ଜାଣିଲି) ରହୁଥିଲେ। ମକରଧ୍ୱଜ ଡେଙ୍ଗା, ଲହଲହକା, ସାବ୍‌ନା ଚାଳିଶ ପଇଁଚାଳିଶ ବର୍ଷ ବୟସର ମଣିଷଟିଏ। ତା'ର ସ୍ତ୍ରୀ ସୁନ୍ଦରୀ, ବୟସ ପଇଁତିରିଶ ପାଖାପାଖି। ତାର ଆଖିଯୋଡ଼ିକ ଖୁବ୍ ସୁନ୍ଦର, ଠାକୁରାଣୀଙ୍କ ଆଖିପରି, ଠିକ୍ ସେହିପରି ନିର୍ଦ୍ଦୋଷତାର, ସେହିପରି ସନ୍ତୋଷର ମନଲୋଭା ଆୟତନ। ମକରଧ୍ୱଜ ପୂଜାର୍ଚ୍ଚନା କଲାବେଳେ ସେ ତାକୁ ସାହାଯ୍ୟ କରୁଥିଲା। ଠାକୁରାଣୀ ବେଶ ହେଲାବେଳେ ସେ ଚନ୍ଦନ, ସିନ୍ଦୂର ଓ ଫୁଲ ମକରଧ୍ୱଜ ହାତକୁ ବଢ଼ାଇ ଦେଉଥିଲା। ଭୋଗ ସରିଲା ପରେ ଭୋଗଜାଗା ସଫା କରି ସେ ପ୍ରସାଦ ବାର୍ଟୁଥିଲା। ମକରଧ୍ୱଜ ନଥିଲା ବେଳେ ସେ ଠାକୁରାଣୀଙ୍କୁ ବେଶ କରୁଥିଲା, ଆଳତି ବି କରୁଥିଲା। ତା'ର ଆଳତି କରିବା ମୁଁ କେତେଥର ଦେଖିଛି, ପ୍ରତିଥର ମୋର ମନେ ହୋଇଛି ଯେ
ତା'ର ଆଳତି କରିବା ମୁଁ କେତେଥର ଦେଖିଛି, ପ୍ରତିଥର ମୋର ମନେ ହୋଇଛି ଯେ
ତା'ର ଆଳତି ବେଶି ସୁନ୍ଦର, ସେଥିରେ ନିଷ୍ଠା ଅଧିକ।

ଥରେ ମନ୍ଦିରରେ ଯାହା ଦେଖିଲି, ସେଥିରେ ବିସ୍ମିତ ହେଲି, ଦୁଃଖୀ ହେଲି। ଦିନେ ରବିବାର ଦିପହରରେ ମନ୍ଦିରକୁ ଯାଇଥିଲି, ଭାବିଥିଲି ସେଠାରେ ଠାକୁରାଣୀଙ୍କ ମୁହଁ ଚାହିଁ ଘଣ୍ଟାଏ ଦୁଇଘଣ୍ଟା ବିତାଇ ଦେବି। ମୁଁ ଠାକୁରାଣୀଙ୍କ ସାମ୍ନା ଚଉତରାର ଗୋଟିଏ ଖୁମ୍ବ ପଛଆଡ଼େ କାନ୍ଥକୁ ଆଉଜି ବସିଥିଲି। ସେତେବେଳେ ମନ୍ଦିରରେ ଆଉ କେହି ନଥିଲେ। କିଛି ସମୟ ପରେ ମକରଧ୍ୱଜ ଘରୁ ବାହାରିଲା ଓ ଗମ୍ଭୀରିକୁ ପଶିବା ପୂର୍ବରୁ ଯେଉଁ ବାକ୍ସ ଥାଏ ତା ପାଖରେ ବସିଲା। ବାକ୍ସରେ ତାଲା ପଡ଼ିଥାଏ ଓ ତାଲା ଉପରେ ଜଉମୁଦ ହୋଇଥାଏ। ଦର୍ଶନ ପାଇଁ ଆସୁଥିବା ଅନେକ ଭକ୍ତ ବାକ୍ସ ଉପରେ ହୋଇଥିବା ଛିଦ୍ର ବାଟେ ଠାକୁରାଣୀଙ୍କ କାମରେ ଲାଗିବ ବୋଲି ଟଙ୍କା ପଇସା ପକାଇ ଦେଇଯାଆନ୍ତି। ମକରଧ୍ୱଜ ଅଣ୍ଟାରୁ ଛୁରୀଟିଏ ବାହାର କରି ଜଉମୁଦ ଭାଙ୍ଗିଲା, ତାପରେ ପଇତାରେ ଲାଗିଥିବା ଚାବିରେ ତାଲା ଖୋଲିଲା। ବାକ୍ସ ଭିତରେ ହାତ ପୂରାଇ ନୋଟ୍‌ତକ ଆଣିଲା, ଗଣିଲା ଓ ଖଣ୍ଡେ ଦୁଇଖଣ୍ଡ ନୋଟ୍ ବାକ୍ସ ଭିତରେ ପୁଣି ରଖିଦେଇ ବାକିତକ ଅଣ୍ଟାରେ ଖୋସିଲା। ତାପରେ ତାଲା ବନ୍ଦ କଲା, ତାଲା ଉପରେ କାଗଜ ଗୁଡ଼ାଇ ସୂତା ବାନ୍ଧିଲା ଓ ଅଣ୍ଟାରୁ ଲାଖକୋଠି ଖଣ୍ଡେ ବାହାର କଲା। ଗମ୍ଭୀରି ଭିତରେ ଜଳୁଥିବା ଦୀପରେ ଲାଖ ତରଳାଇ ତାଲାକୁ ଜଉମୁଦ କଲା ଓ ତା ଘରକୁ ଗଲା।

ସେ ଘରକୁ ଫେରିଯିବାର ବେଶ୍ କେତେକାଳ ପରେ ମୁଁ ପ୍ରକୃତିସ୍ଥ ହେଲି। ମୁଁ ପ୍ରାୟ ପ୍ରତିଦିନ ମନ୍ଦିରକୁ ଆସୁଥିବାରୁ ମକରଧ୍ୱଜ ସହିତ ସମ୍ବନ୍ଧଟିଏ ଗଢ଼ି ହୋଇଯାଇଥିଲା। ଆମର ଭେଟାଭେଟି ହେଲେ ସେ ମତେ ହସିହସି ନମସ୍କାର କରୁଥିଲା, ଆମ ଭିତରେ ପଦେ ଦିପଦ କଥାବାର୍ତ୍ତା ହେଉଥିଲା। ସେ ସମୟ ହଠାତ୍ ସବୁଦିନ ପାଇଁ ଚାଲିଗଲା। ମତେ ଲାଗିଲା ଯେ ଏପରି ଜଣେ ପୂଜକର ପୂଜାର୍ଚ୍ଚନା ବରଦାସ୍ତ କରିବାକୁ ପଡୁଥିବାରୁ ଠାକୁରାଣୀ ଖୁବ୍ ଦୁଃଖୀ ହେଉଥିବେ। ଘରକୁ ଫେରିବା ପରେ ମୋର ବିମର୍ଷଭାବ କଟିଲା ନାହିଁ, ବରଂ କେତେଥର ସ୍ୱପ୍ନରେ ଦେଖିଲି ଯେ ମକରଧ୍ୱଜ ହୁଣ୍ଡି ବାକ୍ସ ଭାଙ୍ଗି ଟଙ୍କା ନେଇଯାଉଛି, ଠାକୁରାଣୀଙ୍କ ସୁନା ଅଳଙ୍କାର ନେଇଯାଇ ତାଙ୍କୁ ନକଲି ଅଳଙ୍କାର ପିନ୍ଧେଇ ଦେଉଛି, ଠାକୁରାଣୀ ବିଜେସ୍ଥଳୀରୁ କାନ୍ଦି କାନ୍ଦି ଚାଲିଯାଉଛନ୍ତି, ତା'ର ସ୍ତ୍ରୀ ତାଠାରୁ ମାଡ଼ଖାଇ କାନ୍ଦି କାନ୍ଦି ଚାଲିଯାଉଛି। ମୋର ମନ୍ଦିର ଯିବା ପୂରା ବନ୍ଦ ହେଲା ନାହିଁ, କିନ୍ତୁ ଆଗପରି ଏତେଥର ଗଲି ନାହିଁ, ଯେତେବେଳେ ବି ଗଲି ମନରେ ପୂର୍ବର ଏକାଗ୍ରତା ନଥିଲା, ପୂର୍ବର ପ୍ରଶାନ୍ତି ନଥିଲା।

ଦିନେ ସନ୍ଧ୍ୟାବେଳେ ଦେଖିଲି ଯେ ମକରଧ୍ୱଜର ସ୍ତ୍ରୀ ଆଳତି କରୁଛି। ଆଳତି ସାରି ସେ ଆଳତିଦାନି ଧରି ଭକ୍ତମାନଙ୍କ ଧାଡ଼ି ଆଗରେ ଗଲା। ସମସ୍ତେ ଆଳତି ପାଖକୁ ହାତନେଇ ହାତ ମୁଣ୍ଡରେ ଲଗାଉଥା'ନ୍ତି। ମୋ ସାମ୍ନାରେ ପହଞ୍ଚି ସେ ରହିଗଲା,

କହିଲା, "ଟିକିଏ ରହିବେ, ଆପଣଙ୍କ ସହିତ କଥା ଅଛି।" ତାପରେ ଅନ୍ୟମାନଙ୍କୁ ଆଳତି ଦେଖାଇ ସାରି ଚାଲିଗଲା।

ସମସ୍ତେ ଚାଲିଯିବା ପରେ ସେ ମତେ ଘର ଭିତରକୁ ଡାକିଲା, ଖଟ ଉପରେ ବସିବାକୁ କହି ମୋ ଆଗରେ ଠିଆ ହୋଇ ରହିଲା। ମୁଁ ତା ମୁହଁକୁ ଚାହିଁଲା ବେଳେ ଦେଖିଲି ତା ଆଖିରୁ ଧାରଧାର ଲୁହ ବୋହିଯାଉଥିଲା। କ୍ରମଶଃ ସେ କଇଁକଇଁ ହୋଇ କାନ୍ଦିବାକୁ ଆରମ୍ଭ କଲା। ମୁଁ ଅନୁମାନ କଲି ପାଷଣ୍ଡ ମକରଧ୍ୱଜ ତା ପ୍ରତି କିଛି ଦୁର୍ବ୍ୟବହାର କରିଛି, ହୁଏତ ତାକୁ ମାରିଛି। କ'ଣ ହୋଇଛି ବୋଲି ମୁଁ ବାରମ୍ବାର ପଚାରିବା ପରେ ସେ କହିଲା ଯେ ମକରଧ୍ୱଜ ଦେହ ଖୁବ୍ ଖରାପ, ସେ ଡାକ୍ତରଖାନାରେ ଭର୍ତ୍ତି ହୋଇଛି।

ମୁଁ ତାକୁ ସାନ୍ତ୍ୱନା ଦେଲି ଯେ ତା'ର ବ୍ୟସ୍ତ ହେବାର କାରଣ ନାହିଁ, ମକରଧ୍ୱଜ ଭଲ ହୋଇ ଶୀଘ୍ର ଫେରି ଆସିବ। ସେ କହିଲା, "ତାଙ୍କ ପାଖରେ ଟଙ୍କାପଇସା କିଛି ନାହିଁ, ବହୁତ ଟଙ୍କାର ଔଷଧ କିଣିବାକୁ ପଡ଼ିବ ବୋଲି ଡାକ୍ତରବାବୁ କହୁଥିଲେ"। ମୋର ଧାରଣା ହେଲା ଯେ ମକରଧ୍ୱଜର ପଦ୍ଧତିରେ ସେ ବି ଓସ୍ତାଦ୍ ହୋଇଗଲାଣି, ମୋ ଠାରୁ କିଛି ଟଙ୍କା ଆଦାୟ କରିବା ତା'ର ଅସଲ ଉଦ୍ଦେଶ୍ୟ। କେମିତି ତାଠାରୁ ଖସିବି ଭାବୁ ଭାବୁ ସେ ତା ବେକରୁ ସୁନାହାର କାଢ଼ି ମୋ ହାତରେ ଗୁଞ୍ଜି ଦେଲା ଓ ହାରକୁ ବିକି ମକରଧ୍ୱଜ ପାଇଁ ଔଷଧପତ୍ର କିଣି ଦେବାକୁ କହିଲା।

ତା'ର କାନ୍ଦ ବନ୍ଦ ହେଉ ନଥାଏ। ମୁଁ କ'ଣ କରିବି ବୁଝି ପାରିଲି ନାହିଁ। ମୁଁ ତ ମକରଧ୍ୱଜର ଡକାୟତିର ପ୍ରତ୍ୟକ୍ଷଦର୍ଶୀ, ଔଷଧ କିଣିବା ପାଇଁ ତା'ର ପଇସା ନଥିବା କଥା ବିଶ୍ୱାସଯୋଗ୍ୟ ନୁହେଁ। କିନ୍ତୁ ଯଦି ଅର୍ଥାଭାବ ନାହିଁ, ତା'ର ସ୍ତ୍ରୀ ମତେ ହାର ବିକିବାକୁ ଦେଉଛି କାହିଁକି ?

ତା'ର ସ୍ତ୍ରୀ ମୋ ସାମ୍ନାରେ ଚଟାଣ ଉପରେ ବସିପଡ଼ିଥିଲା, କହୁଥିଲା, "ଡେରି କରନ୍ତୁ ନାହିଁ, ତାଙ୍କୁ ଟିକିଏ ଦେଖି ଆସନ୍ତୁ, ତାଙ୍କ ବିଷୟରେ ଡାକ୍ତରଙ୍କୁ ପଚାରନ୍ତୁ।"

କାହିଁକି କେଜାଣି, ତା'ର କଥା ଅମାନ୍ୟ କରିବାର ଜୋର୍ ମୋର ନଥିଲା। ମୁଁ ତା' ଘରୁ ଆସି ଡାକ୍ତରଖାନା ଗଲି ଓ ଟିକିଏ ଖୋଜାଖୋଜି ପରେ ମକରଧ୍ୱଜ ବିଛଣା ପାଖରେ ପହଞ୍ଚିଲି। ମକରଧ୍ୱଜ ଖୁବ୍ ଦୁର୍ବଳ ଦିଶୁଥିଲା, ଆଖି ବୁଜି ପଡ଼ିଥିଲା ଓ ବେଳେବେଳେ ବାଆଁ ହାତ ହଲାଇ ତା ମୁହଁରେ ବସୁଥିବା ମାଛିଙ୍କୁ ଘଉଡ଼ାଉ ଥିଲା। ଡାହାଣ ହାତରେ ସାଲାଇନ୍ ଲାଗିଥିଲା। ମଝିରେ ମଝିରେ ନର୍ସ ଜଣେ ଆସି ସାଲାଇନ୍ ଯାଉଛି କି ନାହିଁ ଦେଖି ଯାଉଥିଲା। ବାହାର ବାରଣ୍ଡାରେ ଶୋଇଥିବା କୁକୁରକୁ ଗୋଇଠାଏ ମାରି ଠେଲାଗାଡ଼ିକୁ ଠେଲି ଠେଲି ଜଣେ କର୍ମଚାରୀ ଆସିଲା ଓ ପ୍ରତି ବିଛଣା ପାଖରେ ଅଧେ ପାଉଁରୁଟି ଓ କ୍ଷୀର ପ୍ୟାକେଟ୍‌ଟିଏ ରଖିଦେଇ ଚାଲିଗଲା।

ଅନେକବେଳ ପରେ ଡାକ୍ତରବାବୁ ଆସିଲେ, ମକରଧ୍ୱଜର ମୁଣ୍ଡ ପାଖରେ ବିଛଣାରେ ଲଟକାଯାଇଥିବା କାଗଜ ପଢ଼ିଲେ, ତା'ର ପେଟ ଚିପିଲେ, ଷ୍ଟେଥିସ୍‌କୋପ୍ ଛାତିରେ ଦେଲେ, ନର୍ସ୍ ସହିତ ଆଲୋଚନା କଲେ, ତାପରେ ଅନ୍ୟ ରୋଗୀ ପାଖକୁ ଗଲେ। ସେ ସବୁ ରୋଗୀଙ୍କୁ ଦେଖିସାରି ଫେରୁଥିବାବେଳେ ମୁଁ ତାଙ୍କୁ ସାକ୍ଷାତ୍ କଲି ଓ ମକରଧ୍ୱଜର ଅବସ୍ଥା କିପରି ବୋଲି ପଚାରିଲି। ଯାହା ଜାଣିଲି, ତା'ର ବେମାରି ବହୁତ ଦିନରୁ ହେଲାଣି, ଏତେ ଡେରିରେ ଚିକିତ୍ସା କଲେ ସୁଫଳ ମିଳିବାର ଆଶା ଖୁବ୍ କମ୍, ଏଣିକି ସେ ତା'ର ଶେଷ ସମୟରେ ଯେପରି ବେଶି କଷ୍ଟ ନପାଏ ସେତିକି ହିଁ ଦେଖିବା କଥା। ତାପାଇଁ କିଛି ଔଷଧ ଓ ଫଳ କିଣି ମୁଁ ତା ଘରକୁ ଗଲି ଓ ତା'ର ସ୍ତ୍ରୀକୁ କହିଲି ଯେ ମକରଧ୍ୱଜ ଅବସ୍ଥା ସେତେ ଭଲ ନୁହେଁ, ତେବେ ସେ ଭଲ ହୋଇଯିବ ବୋଲି ଡାକ୍ତରବାବୁ କହିଲେ।

ଦିନେ ଡାକ୍ତରଖାନାରୁ ଫେରି ତା ଘରକୁ ଗଲି। ମତେ ଖଟ ଉପରେ ବସାଇ ତା ସ୍ତ୍ରୀ ମୋ ଆଗରେ ତଳେ ବସିଲା। କ'ଣ ଭାବିଲା କେଜାଣି, ମତେ କହିଲା ଯେ ମକରଧ୍ୱଜ ପରି ଭଲ ମଣିଷ ଆଜିର ଦୁନିଆଁରେ ମିଳିବା ମୁସ୍କିଲ୍। ମୁଁ ମନେ ମନେ ହସୁଥାଏ, କିନ୍ତୁ ସେ ତା କଥା କହିସାରି ଯେତେବେଳେ ଉଠିଲା, ଯାହା ଦେଖିଲି ତାହା ଦେଖୁଥିବା ସତ୍ତ୍ୱେ ମୁଁ ବି ବିଶ୍ୱାସ କଲି ଯେ ମକରଧ୍ୱଜ ପରି ଭଲ ମଣିଷ ଖୁବ୍ କମ୍ ଅଛନ୍ତି। ତା କଥା ମୋଟାମୋଟି ଏପରି।

"ସେ (ମକରଧ୍ୱଜ) ଆମ ଗାଆଁର। ଅନେକ ଦିନରୁ ସେ ଗାଆଁରୁ ଆସି ମନ୍ଦିରମାନଙ୍କରେ ପୂଜା କରି ଚଳୁଥିଲେ। ମଝିରେ ମଝିରେ ଗାଆଁକୁ ଦୁଇତିନିଦିନ ପାଇଁ ଯାଇ ଫେରି ଆସୁଥିଲେ। ପାଞ୍ଚବର୍ଷ ହେଲା ସେ ଏହି ମନ୍ଦିରରେ ଅଛନ୍ତି।

"ଆମ ଘର ଖୁବ୍ ଗରୀବ। ମୋ ଉପରେ ଦୁଇ ଭଉଣୀଙ୍କୁ କୌଣସିମତେ ବିଭା ଦେଲା ପରେ ବାପା ସର୍ବସ୍ୱାନ୍ତ ହୋଇଗଲେ। ଦିନେ ଦିନେ ଆମ ଘରେ ଚୁଲୀ ଜଳୁନଥିଲା। ଗୋଟିଏ ଭାଇ ଥିଲା ଯେ ବିଭାଘର ପରେ ସେ ଶଶୁର ଘରେ ରହିଲା, ଆମ କଥା ବୁଝିଲା ନାହିଁ। ଯୌତୁକ ଦେବାର କ୍ଷମତା ନଥିବାରୁ ମୋର ବିଭାଘର ଠିକ୍ ହୋଇପାରୁନଥିଲା। ଚାହୁଁ ଚାହୁଁ ମତେ ତିରିଶ ବର୍ଷ ହୋଇଗଲା, ଯୌତୁକ ଦେଇ ନପାରିବା ସହିତ ଅଧିକ ବୟସ ଆଉ ଗୋଟିଏ ଅଯୋଗ୍ୟତା ହୋଇଗଲା। ପୋଖରୀକୁ ଡେଇଁ ବୁଡ଼ି ମରିବି ବୋଲି କେତେଥର ଭାବିଛି, କିନ୍ତୁ ଡେଇଁଲା ବେଳକୁ ଦମ୍ଭ ଭାଙ୍ଗିଯାଏ, ମୁଁ ଘରକୁ ଫେରି ଆସେ। ମାଆ ଆଗରୁ ଚାଲି ଯାଇଥିଲା, ବାପା ବି କତରାଲଗା ହୋଇଗଲେ। ଦିନେ ସେ ବି ମାଆ ପାଖକୁ ଚାଲିଗଲେ। ତାପରେ କେତେଦିନ ମୁଁ ଓଳିଏ ଖାଇଲେ ଦୁଇଓଳି ଉପାସ ରହୁଥିଲି।

"ଥରେ ସେ ଗାଆଁକୁ ଆସିଥିଲେ। ଆମ ଘର ଅବସ୍ଥା ସେ ଜାଣିଥିଲେ। ଦିନେ ସନ୍ଧ୍ୟା ପରେ ମୁଁ ଗାଧୋଇ ସାରି ଘରକୁ ଆସୁଥିବାବେଳେ ସେ ମୋ ପାଖକୁ ଆସି କାହାକୁ ନ କହି ତାଙ୍କ ସାଙ୍ଗେ ସହରକୁ ଚାଲିଯିବା ପାଇଁ କହିଲେ। ଅପବାଦ ହେବ ବୋଲି ମୁଁ ପ୍ରଥମେ ନାହିଁ କଲି, ତାପରେ ଭାବିଲି ମୋର ଆଉ କିଏ ରହିଲା ଯେ ତା ମୁହଁକୁ ଚାହିଁ ଅପବାଦ ହେଲା ଭଳି କାମ କରିବି ନାହିଁ। ତାଙ୍କ କଥାରେ ମୁଁ ତାଙ୍କ ସାଙ୍ଗରେ ଘର ଛାଡ଼ି ଚାଲି ଆସିଲି। ସେବେଠାରୁ ଆମେ ଏଠାରେ ଅଛୁ। ଆମେ ସ୍ୱାମୀ ସ୍ତ୍ରୀ ହୋଇ ଚଳୁଛୁ ସିନା, ଆମର ବିଭାଘର ହୋଇନାହିଁ। କିଏ ମତେ କନ୍ୟାଦାନ କରିଥା'ନ୍ତା ? ତାଙ୍କର ବନ୍ଧୁବାନ୍ଧବ ବି ଘରୁ ପଳାଇଆସିଥିବା ଝିଅକୁ କ'ଣ ଶଙ୍ଖାସିନ୍ଦୂର ପିନ୍ଧାଇ ଘରକୁ ବୋହୂ କରି ନେଇଥା'ନ୍ତେ ? ସେ କିନ୍ତୁ ମତେ କୌଣସିଥିରେ ଊଣା କରିନାହାନ୍ତି। ଖାଇବା ପିଇବା, ଦେହର ଭଲମନ୍ଦ ସବୁ ବୁଝନ୍ତି। ଯେଉଁ ସୁନାହାର ସେଦିନ ଆପଣଙ୍କୁ ଦେଇଥିଲି ତାକୁ ଅଳ୍ପଦିନ ତଳେ ସେ ମତେ ଆଣି ଦେଇଥିଲେ। ମୁଁ ମନା କଲେ ଶୁଣନ୍ତିନି, କହନ୍ତି, 'ସୁହାସିନୀ (ତା ନାଆଁ ସୁହାସିନୀ ବୋଲି ମୁଁ ସେତେବେଳେ ଜାଣିଲି) ତୁ ବହୁତ ଦୁଃଖ ପାଇଛୁ, ଏଣିକି ତୁ ସୁଖରେ ରହିଲେ ମୁଁ ସୁଖରେ ରହିବି।' ତାଙ୍କର ଦେହ କେତେଦିନରୁ ଖରାପ ହେଲାଣି। ଅନେକ ଥର ରାତିରେ ପେଟକଷ୍ଟ ହୁଏ, ଛାଟିପିଟି ହୁଅନ୍ତି। କେତେଦିନ ହେଲାଣି ଥରକୁ ଥର ବାନ୍ତି କରୁଥିଲେ। ଔଷଧ ଖାଅ ବୋଲି କହିଲେ ଯେ ଗରୀବ ପୂଜକଟିଏ ପଇସା ପାଇବ କେଉଁଠୁ ? ପଇସା ନାହିଁ ଯଦି ମୋ ପାଇଁ ଏତେ ଜିନିଷ ଆଣୁଥିଲେ କାହିଁକି ?"

ତାପରେ ମୁଁ ଡାକ୍ତରଖାନାରେ ମକରଧ୍ୱଜକୁ ଦେଖିବାକୁ ଯେତେଥର ଯାଇଛି, ତା ପ୍ରତି କୌଣସି ବିରାଗ ଅନୁଭବ କରିନାହିଁ। ସେ ବଞ୍ଚିବ ନାହିଁ ବୋଲି ମୁଁ ଜାଣିଥିଲି, ଶେଷରେ ତାହାହିଁ ହେଲା। ମତେ ହିଁ ସେ ଖବର ସୁହାସିନୀକୁ ଦେବାକୁ ଥିଲା। ଶୁଣିଲା ପରେ କିଛି ସମୟ ସେ ଥକ୍କା ମାରି ବସିଗଲା, ତାପରେ ମତେ ବଲ ବଲ କରି ଚାହିଁଲା ସତେ ଯେପରି ମୁଁ କ'ଣ କହୁଛି ସେ ବୁଝି ପାରୁନଥିଲା।

ମକରଧ୍ୱଜର ଶବସଂସ୍କାର ସରିଲା ବେଳକୁ ବେଶ୍ ରାତି ହୋଇଯାଇଥିଲା, ତେଣୁ ତା ଆରଦିନ ସକାଳୁ ତା ଘରକୁ ଯିବି ଓ ସୁହାସିନୀକୁ ତା ହାର ଫେରାଇଦେବି ବୋଲି ଭାବିଲି। ତା ଆରଦିନ ସକାଳୁ ସକାଳୁ ଖବର ଆସିଲା ଯେ ମୋ ଭାଇନା ପୂର୍ବଦିନ ରାତିରେ ସ୍ୱର୍ଗାରୋହଣ କରିଛନ୍ତି। ଘରର ସମସ୍ତଙ୍କୁ ନେଇ ଆଉ ଗୋଟିଏ ସହରରେ ରହୁଥିବା ଭାଉଜଙ୍କ ଘରକୁ ଗଲି। ତାଙ୍କର ଶୁଦ୍ଧଘର ସାରି ଫେରିଲାବେଳକୁ ପନ୍ଦରଦିନ ବିତିଗଲାଣି। ଫେରିବା ପରଦିନ ମୁଁ ମନ୍ଦିରକୁ ଗଲି, ସୁହାସିନୀକୁ ଖୋଜିଲି। ସେ ମତେ ଦେଇଥିବା ସୁନାହାର ତାକୁ ଫେରାଇଦେବି ବୋଲି ସାଙ୍ଗରେ ନେଇଥିଲି।

ମନ୍ଦିରର ଲାଗୁଆ ମାଳୀ କହିଲା ଯେ ପୂଜକଙ୍କର ମରିବାର ଦିନକ ପରେ ତାଙ୍କର ସ୍ତ୍ରୀ କୁଆଡ଼େ ଚାଲିଯାଇଛନ୍ତି। ତାଙ୍କର ଚାଲିଚଳଣରୁ ଯାହା ଜଣା ପଡୁଥିଲା, ତାଙ୍କର ମୁଣ୍ଡ ଗୋଳମାଳ ହୋଇଯାଇଥିଲା। ଗଲାବେଳେ ଘର ମେଲା କରି ଚାଲିଯାଇଥିଲେ, ସାଙ୍ଗରେ କିଛି ନେଇନଥିଲେ।

ସୁହାସିନୀ ଆଉ ଫେରିବ ନାହିଁ ବୋଲି ମୁଁ ଜାଣେ। ମୋ ଜୀବଦ୍ଦଶାରେ ତାକୁ ତା ହାରଖଣ୍ଡିକ ଫେରାଇ ଦେଇ ପାରିବି ନାହିଁ ବୋଲି ମଧ୍ୟ ଜାଣେ। ଠାକୁରାଣୀଙ୍କ ହୁଣ୍ଡିବାକ୍ସରୁ ଟଙ୍କା ଗାଏବ୍ କରୁଥିବା ମକରଧ୍ୱଜ ପରି ମୁଁ ବି ଅପରାଧୀ। ମୁଁ ଅବଶ୍ୟ ଇଚ୍ଛାକରି ସୁନାହାର ନେଇନାହିଁ, କିନ୍ତୁ ହାର ଯାହାର ତାକୁ ତ ତା'ର ହାର ଦେଇପାରିଲି ନାହିଁ। ବେଳେବେଳେ ଭାବିଛି, ଠାକୁରାଣୀଙ୍କୁ ହାରଖଣ୍ଡିକ ଅର୍ପଣ କରିଦେବି, କିନ୍ତୁ ସ୍ତ୍ରୀଙ୍କୁ ନକହି ଏପରି କଲେ ବହୁତ ଅସୁବିଧା ହେବ। ଏତେଦିନ ତାଙ୍କୁ ସବୁକଥା କହିନାହିଁ ଯେତେବେଳେ, ଏବେ କହିବି କିପରି ? ଯଦି ନଜାଣିଆ ହୋଇ ମନ୍ଦିରରେ ହାରଟିକୁ ରଖିଦେବି, ତାକୁ ଆଉ କେହି ନେଇଯିବା ଅସମ୍ଭବ ନୁହେଁ। କେଉଁ ଜନ୍ମରେ କି ପାପ କରିଥିଲି ଯେ ଏ ଜନ୍ମରେ ହାରଖଣ୍ଡିକ ଧରି କଲବଲ ହେଉଛି। ଠାକୁରାଣୀ କେବେ ଓ କିପରି ମତେ ଏ ପରାଭବରୁ ତ୍ରାହି କରିବେ ସେ ହିଁ ଜାଣନ୍ତି।

■

ସୁପ୍ରଭା

ସୁପ୍ରଭା ଦେବୀ ତିନିବର୍ଷ ତଳେ ଆମ ଅଫିସ୍‌କୁ ବଦଳି ହୋଇ ଆସିଥିଲେ। ତା ଆଗରୁ ସେ ମୁଖ୍ୟ କାର୍ଯ୍ୟାଳୟରେ ଥିଲେ, ପଦୋନ୍ନତି ପରେ ଆମ ଅଫିସ୍‌ରେ ଅବସ୍ଥାପିତ ହେଲେ। ଆସିବା ପରେ ଆମ ଅଫିସ୍‌ର ଯେଉଁମାନେ ତାଙ୍କଠାରୁ ଅଧିକକାଳ ଚାକିରି କରିଥିଲେ ସେମାନଙ୍କର ସେ ଚକ୍ଷୁଃଶୂଳ ହୋଇପଡ଼ିଲେ। ସବୁ କର୍ମଚାରୀ ତ ଭାବନ୍ତି ଯେ କାର୍ଯ୍ୟଦକ୍ଷତାରେ ତାଙ୍କର ସମକକ୍ଷ କେହି ନାହିଁ। ଅବସରପ୍ରାପ୍ତ କେତେକ ଏକଦା ପଦସ୍ଥ କର୍ମଚାରୀଙ୍କ ଆତ୍ମଜୀବନୀ ତା'ର ପ୍ରମାଣ। ବହିସାରା ସେମାନଙ୍କର ନିପୁଣତାର, ପ୍ରତ୍ୟୁତ୍ପନ୍ନମତିତାର, ନିର୍ଭୀକତାର ନାନାଦି ଦୃଷ୍ଟାନ୍ତ ଥାଏ, କିନ୍ତୁ ସେମାନଙ୍କ ସହିତ ପରିଚିତ ଅନେକ କର୍ମଚାରୀ ଜାଣନ୍ତି ଯେ ଚାକିରି କାଳରେ ଏ ମହାଶୟ ନିଜଠାରେ ଆରୋପିତ ସଦ୍‌ଗୁଣ ଗୁଡ଼ିକର ଧାର୍ ଧାରିନଥିଲେ। କୌଣସି ଅଫିସ୍‌ରେ ବେଶିଦିନ ଚାକିରି କରିଥିବା କର୍ମଚାରୀମାନଙ୍କଠାରୁ ଅପେକ୍ଷାକୃତ ଅଳ୍ପଦିନ ଚାକିରି କରିଥିବା କେହି ଯଦି ସେମାନଙ୍କଠାରୁ ଉଚ୍ଚତର ପଦବିରେ ନିଯୁକ୍ତ ହୁଏ, ଦକ୍ଷତା ନୁହେଁ ଅନ୍ୟକିଛି କାରଣ ଯୋଗୁଁ ସେ ନିଯୁକ୍ତି ପାଇଛି ବୋଲି ପଦୋନ୍ନତିରୁ ବଞ୍ଚିତ କର୍ମଚାରୀମାନଙ୍କର ଧାରଣା ହୁଏ। ସୁପ୍ରଭା ଦେବୀଙ୍କ ବିଷୟରେ ଅନେକଙ୍କର ଏପରି ଧାରଣା ହେଲା।

ମୁଁ ସେ ଅଫିସ୍‌ର ସର୍ବୋଚ୍ଚ ପଦାଧିକାରୀ। ମୁଁ ବି ପ୍ରଥମେ ପ୍ରଥମେ ଭାବୁଥିଲି ଯେ ସୁପ୍ରଭାଦେବୀଙ୍କର ପଦୋନ୍ନତି ଯଥାର୍ଥ ହେଲା ନାହିଁ, କିନ୍ତୁ କେତେଦିନ ପରେ ମୋର ଧାରଣା ପୂରା ବଦଳିଗଲା। କେବଳ ଆମ ଅଫିସ୍‌ରେ କାହିଁକି, ତାଙ୍କ ପରି କର୍ତ୍ତବ୍ୟପରାୟଣ ଓ ନିର୍ଭୁଲ୍ କାମ କରୁଥିବା କର୍ମଚାରୀ ମୁଁ ମୋର ଚାକିରି କାଳରେ ଦେଖିନଥିଲି। ଅଫିସ୍ ଖୋଲିବାର ନିର୍ଦ୍ଧାରିତ ସମୟ ପୂର୍ବରୁ ସେ ତାଙ୍କ ଚଉକୀରେ ବସିସାରିଥିବେ। ଯଦି କାମ ସରିନଥାଏ, ଅଫିସ୍ ଛୁଟି ହେବା ପରେ ବି ସେ କାମ କରୁଥା'ନ୍ତି। ଅନ୍ୟାନ୍ୟ ଅନେକ କର୍ମଚାରୀଙ୍କ ପରି ମଧ୍ୟାହ୍ନ ଭୋଜନରେ ବା ବାରମ୍ବାର

ଚାହା ପିଇବାକୁ ଯିବା ବାହାନାରେ ସେ ନିଜେ ତ ସମୟ ନଷ୍ଟ କରୁନଥିଲେ, ଯେଉଁମାନେ କହୁଥିଲେ ସେମାନଙ୍କୁ ଥରେ ଦୁଇଥର ତାଗିଦ୍ କଲା ପରେ ଶୃଙ୍ଖଳାଗତ କାର୍ଯ୍ୟାନୁଷ୍ଠାନ ଆରମ୍ଭ କରି ଦେଉଥିଲେ। ଏହାଫଳରେ ତାଙ୍କ ପ୍ରତି କେତେକଙ୍କର ବିଦ୍ୱେଷ ଖୁବ୍ ବଢ଼ିଗଲା, କିନ୍ତୁ କାମ ଠକିବା ଉଚିତ ନୁହେଁ ବୋଲି ଭାବୁଥିବା କର୍ମଚାରୀମାନଙ୍କର ସମ୍ମାନ ବି ବଢ଼ିଗଲା।

ପ୍ରାୟ ଚାଳିଶବର୍ଷ ବୟସର ସୁପ୍ରଭା ଦେବୀ ଖୁବ୍ ସୁନ୍ଦରୀ। ତାଙ୍କ ଆଖିରେ ଝରଣାର ଚଞ୍ଚଳତା ନଥିଲା, ଥିଲା ଜହ୍ନରାତିରେ ଛାଇଛାଇ ସ୍ଥିର ଜଳାଶୟର ପ୍ରଶାନ୍ତି। ଅଙ୍ଗସୌଷ୍ଠବ ଖୁବ୍ ଆକର୍ଷଣୀୟ ଥିଲା, କିନ୍ତୁ ଦେବୀମାନଙ୍କ ପରି ସେ ନିଜର ସୁନ୍ଦରପଣ ପ୍ରତି ଉଦାସୀନ ଥିଲେ। ହୁଏତ ତାଙ୍କର ଅନୁଭୂତି ଅଲଗା ହୋଇଥଲେ ନିଜର ଲାବଣ୍ୟ ପ୍ରତି ତାଙ୍କର ଏତେଟା ବେଖାତିର୍ ଭାବ ନଥା'ନ୍ତା, କିନ୍ତୁ ସତେଇଶ ଅଠେଇଶ ବର୍ଷ ବୟସରେ ସୀମାନ୍ତ ଯୁଦ୍ଧରେ ସ୍ୱାମୀଙ୍କୁ ହରାଇଥିବା ନାରୀ ନିଜର ସୌନ୍ଦର୍ଯ୍ୟ ପ୍ରତି ଗୁରୁତ୍ୱ ନଦେବା ସ୍ୱାଭାବିକ। ସେ ଗୁରୁତ୍ୱ ଦେଇଥିଲେ ନିଜର କାମକୁ ଯାହା ତାଙ୍କୁ ସ୍ୱାମୀଙ୍କ କଥା ଓ ନିଜ କଥା ଦୀର୍ଘ ସମୟ ଧରି ନଭାବି ରହିଯିବାରେ ସହାୟକ ହେଉଥିଲା। ନିଜ ମନକୁ ସେ ହୁଏତ ଆୟତ୍ତ କରିପାରିଥିଲେ, କିନ୍ତୁ ପୋଛି ଦେଇ ପାରିନଥିଲେ ନିଜର ଚେହେରା ଉପରୁ ବିଷାଦର ଛାଇକୁ। ସେ ଛାଇ ପଡ଼ିବା ଫଳରେ ଚାରିଆଡ଼ ଅନ୍ଧାର ହୋଇ ଯାଉନଥିଲା, ଖାଲି ଯାହା ଉଜ୍ଜ୍ୱଳତା କମ୍ କର୍କଶ ଲାଗୁଥିଲା, ତାକୁ ସହିଯାଇ ହେବ ବୋଲି ଲାଗୁଥିଲା।

ପ୍ରତ୍ୟେକ ଦିନ ଦୁଇତିନିଥର ତାଙ୍କ ସହିତ ଦେଖା ହେଉଥିଲା। ଆଲୋଚନାର ମିଆଦ ଆଲୋଚ୍ୟ ବିଷୟ ଉପରେ ନିର୍ଭର କରୁଥିଲା। ବେଳେବେଳେ ତାହା ପାଞ୍ଚ ସାତ ମିନିଟ୍‌ରେ ସରି ଯାଉଥିଲା ତ ବେଳେ ବେଳେ ଅଧଘଣ୍ଟାକୁ ବେଶି ଲାଗିଯାଉଥିଲା। ପ୍ରତ୍ୟେକଥର ତାଙ୍କର ସବୁ ପ୍ରାସଙ୍ଗିକ ତଥ୍ୟ ଉପରେ ଦଖଲ୍, ଆଇନର ନିର୍ଭୁଲ୍ ବ୍ୟାଖ୍ୟାର ଓ ପ୍ରସ୍ତାବିତ କର୍ମପନ୍ଥାର ପରିଣାମ ବିଷୟରେ ନିର୍ଭରଯୋଗ୍ୟ ଅନୁମାନର ପ୍ରମାଣ ମୁଁ ପାଉଥିଲି। କେତେଥର ତ ମତେ ଲାଗୁଥିଲା ଯେ ନିର୍ଦ୍ଦେଶ ଦେବାର ଅଧିକାର କେବଳ ମୋର ବୋଲି ସେ ନିର୍ଦ୍ଦେଶ ପାଇଁ ମୋ ପାଖକୁ ଆସୁଥିଲେ, କିନ୍ତୁ ନିର୍ଦ୍ଦେଶ ଯେ ତାଙ୍କର ପ୍ରସ୍ତାବ ମୁତାବକ ହେବ ସେ ବିଷୟରେ ତାଙ୍କର ସନ୍ଦେହ ନଥିଲା। ଯେଉଁ ଅଳ୍ପ କେତେଥର ମୁଁ ଭିନ୍ନ ଆଦେଶ ଦେଇଥିଲି, କାହିଁକି ଦେଲି ତାଙ୍କୁ ବୁଝାଇବା ମୋର କର୍ତ୍ତବ୍ୟ ବୋଲି ମୁଁ ଭାବୁଥିଲି। ସାଧାରଣତଃ ଅଧସ୍ତନ କର୍ମଚାରୀଙ୍କୁ ନିଜ ଆଦେଶର ସାରବତ୍ତା ବୁଝାଇବା ଉପରିସ୍ଥ କର୍ମଚାରୀଙ୍କ ଦାୟିତ୍ୱ ନୁହେଁ, କିନ୍ତୁ ସୁପ୍ରଭା ଦେବୀଙ୍କ ପରି ପାରଙ୍ଗମ କର୍ମଚାରୀଙ୍କୁ କେବଳ ତାଙ୍କର ପଦବୀ ଭିତ୍ତିରେ ଦେଖିବା ସମ୍ଭବ ନଥିଲା।

ଏମିତି ପ୍ରାୟ ବର୍ଷକରୁ କିଛି ଅଧିକା ସମୟ ବିତିଗଲା। ତାପରେ ଯେଉଁ କର୍ମଚାରୀମାନଙ୍କର ସେ ବିରାଗଭାଜନ ହୋଇଥିଲେ ସେମାନେ ତାଙ୍କ ବିଷୟରେ ଚୁପ୍‌ଚାପ୍ କଥାବାର୍ତ୍ତା ଆରମ୍ଭ କରିଥିଲେ। ସେ ଗୁଞ୍ଜରଣର ମର୍ମ ଥିଲା ଯେ ମୁଖ୍ୟ ଦପ୍ତରର ଜଣେ ପଦସ୍ଥ କର୍ତ୍ତାଙ୍କୁ ଦେହଜ ତୃପ୍ତି ଦେଇଥିବାରୁ ସୁପ୍ରଭା ଦେବୀ ଅନେକ ବରିଷ୍ଠ କର୍ମଚାରୀଙ୍କୁ ଟପିଯାଇ ପଦୋନ୍ନତି ପାଇଲେ ଏବଂ ଏଠାରେ ମୋ ଉପରେ ତାଙ୍କର ମୋହିନୀ ଶକ୍ତି ସଫଳଭାବେ ପ୍ରୟୋଗ କରିସାରିଲେଣି। ଆମ ଦୁହିଁଙ୍କର କଳ୍ପିତ ଅନ୍ତରଙ୍ଗତାର ନାନାଦି ରୋମାଞ୍ଚକର ବିବରଣୀ ପ୍ରସ୍ତୁତ କରାଗଲା। ସେ କୁଆଡ଼େ ମୋ ପ୍ରକୋଷ୍ଠକୁ ଆସୁଥିଲାବେଳେ ଆଲୋଚନା କେବଳ ଉପଲକ୍ଷ୍ୟ ଥିଲା, ପ୍ରକୃତ ଲକ୍ଷ୍ୟ ଥିଲା ପ୍ରେମାଳାପ, ନିଷିଦ୍ଧ ସାମୀପ୍ୟର ପୁଲକ ଆହରଣ, ଅଫିସ୍ ଛୁଟି ପରେ ଭେଟାଭେଟି ହେବାର ଯୋଜନା ତିଆରି କରିବା। ସେହି ସମୟରେ ସୁପ୍ରଭାଦେବୀଙ୍କର ପେଟ ପୂର୍ବାପେକ୍ଷା ଟିକିଏ ବଡ଼ ଦିଶିଲା। ସ୍ତ୍ରୀଲୋକମାନଙ୍କର ପେଟ ବଡ଼ ଦିଶିବାର ଯେଉଁ ସାଧାରଣ କାରଣଟିଏ ଥାଏ ତାହା ସୁପ୍ରଭାଦେବୀଙ୍କ ପ୍ରତି ପ୍ରଯୁଜ୍ୟ ବୋଲି ସେମାନେ ପ୍ରଚାର ଆରମ୍ଭ କରିଦେଲେ। ଗୁଜବ୍‌କୁ ଅଧିକ ବିଶ୍ୱାସଯୋଗ୍ୟ କରିବା ପାଇଁ ତା ଭିତରେ ଇଙ୍ଗିତଟିଏ ଯୋଡ଼ି ଦିଆଗଲା ଯେ ମୋ ସହିତ ଏତେ ପାଖାପାଖି ହେବାର ପରିଣାମ ଅନ୍ୟଥା ହୋଇଥାନ୍ତା। ମୁଁ ଖୁବ୍ ମର୍ମାହତ ହେଲି, କିନ୍ତୁ ମୁଁ ବି ଲକ୍ଷ୍ୟକଲି ଯେ ତାଙ୍କର ଅଣ୍ଟା ଉପର ସନ୍ତାନସମ୍ଭବା ସ୍ତ୍ରୀଲୋକମାନଙ୍କର ଅଣ୍ଟା ଉପର ପରି ଦିଶୁଛି।

ମୁଁ ଖୁବ୍ ବିବ୍ରତ ହୋଇ ପଡ଼ିଲି। ସୁପ୍ରଭା ଦେବୀ ମୋ ସହିତ ଆଲୋଚନା ପାଇଁ ନିଃସଙ୍କୋଚରେ ଆସୁଥିଲେ। ସେ ଏ ଅପପ୍ରଚାରର ଖବର ପାଇଥିଲେ କି ନାହିଁ ମୁଁ ଜାଣିନଥିଲି, ଯଦିବା ଜାଣିଥିଲେ ତା ପ୍ରତି ତାଙ୍କର ଭ୍ରୂକ୍ଷେପ ନଥିଲା। ଦୁଇ ତିନିଥର ସେ ମତେ କହିଥିଲେ ଯେ ତାଙ୍କର ପେଟରେ ବେଳେବେଳେ ଯନ୍ତ୍ରଣା ହେଉଛି, ଚିକିତ୍ସା ପାଇଁ ଛୁଟିରେ ଯିବା କଥା ସେ ଭାବୁଛନ୍ତି। ମୁଁ ତାଙ୍କର ଛୁଟି ଦରଖାସ୍ତକୁ ଉଦ୍‌ବେଗ ସହିତ ଅପେକ୍ଷା କରୁଥିଲି, ସ୍ଥିର କରିଥିଲି ଯେ ଦରଖାସ୍ତ ମିଳିବା ମାତ୍ରେ ଛୁଟି ମଞ୍ଜୁର କରିଦେବି। ତାଙ୍କର ଛୁଟି ଦରଖାସ୍ତ ନ ମିଳିବାରୁ ମୁଁ ଏପରି କାମଟିଏ କରିବସିଲି ଯାହା ମୋର ଆଜୀବନ ପଶ୍ଚାତ୍ତାପର କାରଣ ହୋଇ ରହିବ।

ମୁଖ୍ୟ କାର୍ଯ୍ୟାଳୟର ସର୍ବୋଚ୍ଚ କର୍ତ୍ତାଙ୍କୁ ମୁଁ ଭେଟିଲି ଏବଂ ସୁପ୍ରଭାଙ୍କୁ ବଦଳି କରି ଆଣିବାକୁ ଅନୁରୋଧ କଲି। ମୋର ଯୁକ୍ତି ଥିଲା ଯେ ବଦଳି ହେଲେ ସେ ତାଙ୍କ ନାଆଁରେ ଚାଲିଥିବା କୁତ୍ସାରୁ ନିଷ୍କୃତି ପାଇଯିବେ। ଗୁଜବ୍‌ରେ ତାଙ୍କ ସହିତ କାହାକୁ ସଂପୃକ୍ତ କରାଯାଉଛି ବୋଲି କର୍ତ୍ତା ପଚାରିବାରୁ ମୁଁ ବାଧ୍ୟ ହୋଇ କହିଲି ଯେ ମତେ ସଂପୃକ୍ତ କରାଯାଉଛି ଯଦିଓ ତା'ର କିଛି ଭିତ୍ତି ନାହିଁ, ସୁପ୍ରଭାଙ୍କର ଦକ୍ଷତା ପ୍ରତି ମୋର

ତାରିଫ୍ ତାଙ୍କ ପ୍ରତି ଈର୍ଷାନ୍ୱିତ ସହକର୍ମୀମାନଙ୍କୁ ଏ ଅପପ୍ରଚାର ପାଇଁ ଉଦ୍‌ବୁଦ୍ଧ କରିଛି। କର୍ତ୍ତା ଯେତେବେଳେ ପରିହାସରେ କହିଲେ ଯେ ସୁପ୍ରଭାଙ୍କ ସହିତ ସେ ଧରଣର ସମ୍ବନ୍ଧ ନଥାଇ ଅପବାଦ ଶୁଣିବା ଅପେକ୍ଷା ସମ୍ବନ୍ଧ ରଖିଲେ ଲାଭ ଛଡ଼ା କ୍ଷତି ନାହିଁ, ମୁଁ ଉତ୍ତର ଦେଲି ନାହିଁ ସିନା ମତେ କିନ୍ତୁ ଲାଗିଲା ଯେ ଅନେକ ସଂଖ୍ୟକ ଗୁଜବ୍‌କାରୀ (ଯାହାଙ୍କ ଭିତରେ କର୍ତ୍ତା ବି ସାମିଲ୍) ଗୋଟିଏ ପଟେ ତ ମୁଁ ଓ ସୁପ୍ରଭା ଅନ୍ୟପଟେ, କିନ୍ତୁ ଆମେ ଦୁହେଁ ପରସ୍ପରର ସାହାଯ୍ୟ ନେବାକୁ ଅସମର୍ଥ। ଯାହାହେଉ, ବଦଳି ଆଦେଶ ।ସିଲା, ଆସିବାର କେତେଦିନ ପର୍ଯ୍ୟନ୍ତ ଅନ୍ୟାନ୍ୟ ଅନେକ କର୍ମଚାରୀଙ୍କ ବଦଳି ପରି ଏହା ଗତାନୁଗତିକ ବଦଳି ବୋଲି ମୋର ଆଚରଣ ଦ୍ୱାରା ମତେ ସାବ୍ୟସ୍ତ କରିବାକୁ ପଡ଼ିଲା।

ଆମ ଅଫିସ୍‌ର ସଚ୍ଚୋଟ ଓ କର୍ତ୍ତବ୍ୟନିଷ୍ଠ କର୍ମଚାରୀମାନେ ସୁପ୍ରଭାଙ୍କ ବଦଳିରେ ମର୍ମାହତ ହେଲେ, ଯେମିତି ଉଲ୍ଲସିତ ହେଲେ ତାଙ୍କୁ ସହିପାରୁନଥିବା ଅଳ୍ପସଂଖ୍ୟକ କେତେଜଣ। ସୁପ୍ରଭାଙ୍କୁ ବିଦାୟ ସମ୍ବର୍ଦ୍ଧନା ଦେବାର ଆୟୋଜନ କରାଗଲା, ଚାନ୍ଦା ସଂଗ୍ରହ କରାଗଲା, ତାଙ୍କୁ କ'ଣ ଉପହାର ଦିଆଯିବ ସେ ବିଷୟରେ ବିଚାର ବିମର୍ଶ କରାଗଲା। ସେ ସଭାରେ ସଭାପତିତ୍ୱ କରିବା ପାଇଁ ମତେ ଅନୁରୋଧ କରାଗଲା ଓ ମୁଁ ସମ୍ମତି ଦେଲି। ମତେ କିନ୍ତୁ ଖୁବ୍ ଅସ୍ୱସ୍ତି ଲାଗୁଥିଲା। ସଭାରେ କ'ଣ କହିବି ? ଏ ବଦଳି ମୋରି ଉଦ୍ୟମରେ ହୋଇଛି, କିନ୍ତୁ ମତେ ତ କହିବାକୁ ପଡ଼ିବ ଯେ ସୁପ୍ରଭାଙ୍କ ଯୋଗୁଁ ଆମ ଅଫିସ୍‌ର କାର୍ଯ୍ୟଦକ୍ଷତା ଖୁବ୍ ବଢ଼ିଯାଇଥିଲା ଏବଂ ତାଙ୍କର ଏ ଅସାମୟିକ ସ୍ଥାନାନ୍ତର ଯୋଗୁଁ ଯେଉଁ କ୍ଷତି ହେଲା ତାହା ସଠିକ୍ ଭାବେ ଆକଳନ କରିପାରିଥିଲେ ମୁଖ୍ୟ କାର୍ଯ୍ୟାଳୟର କର୍ତ୍ତାମାନେ ଏ ଆଦେଶ ଦେଇନଥା'ନ୍ତେ। ସୁପ୍ରଭା ନିଜେ ମୋର ସମସ୍ୟାର ସମାଧାନ କରିଦେଲେ। ସମ୍ବର୍ଦ୍ଧନା ସଭାର ଦିନକ ପୂର୍ବରୁ ସେ ତାଙ୍କ ଦାୟିତ୍ୱରୁ ଅବ୍ୟାହତି ନେଉଛନ୍ତି ବୋଲି ଜଣାଇ ଦେଇ ଆମ ସହର ଛାଡ଼ି ଚାଲିଗଲେ। ଯିବା ପୂର୍ବରୁ ମତେ ଅଳ୍ପସମୟ ପାଇଁ ସାକ୍ଷାତ୍ କରିଥିଲେ ଏବଂ ଚିକିତ୍ସା ପାଇଁ ଅଗତ୍ୟା ଯିବାକୁ ପଡୁଛି ବୋଲି କହିଲେ। ସେ କେଉଁ ଡାକ୍ତରଖାନାକୁ ଯିବେ ଓ କାହା ପାଖରେ ଚିକିତ୍ସିତ ହେବେ ସେ ସବୁ ତଥ୍ୟ ମତେ ଦେଲେ। ତାଙ୍କର ବଦଳି ମୋରି ଚକ୍ରାନ୍ତ ଯୋଗୁଁ ଘଟିଛି ବୋଲି ଯଦିବା ସେ ଭାବୁଥିଲେ, ତାଙ୍କର ଆଚରଣରୁ କି ଚାହାଣୀରୁ ତାହା ଜଣା ପଡୁନଥିଲା।

ସେ ଯେଉଁ ଡାକ୍ତରଖାନା କଥା କହିଲେ, ମୋର ଜଣେ ବନ୍ଧୁ ସେଠାରେ ଡାକ୍ତର ଥିଲେ। ସୁପ୍ରଭାଙ୍କୁ ମୁଁ ତାଙ୍କର ନାଆଁ ଓ ଟେଲିଫୋନ୍ ନମ୍ବର ଦେଇଥିଲି। ଦିନେ ସେ ମତେ ଟେଲିଫୋନ୍ କରି କହିଲେ ଯେ କିଛିଦିନ ତଳେ ମୋ ପାଖରେ

କାମ କରୁଥିବା ସୁପ୍ରଭା ନାଆଁର ଜଣେ ମହିଳା ଡାକ୍ତରଖାନାରେ ଅଛନ୍ତି। ତାଙ୍କର ଗର୍ଭାଶୟରେ ଖୁବ୍ ବଡ଼ ଗୁଳ୍ମ (ଟ୍ୟୁମର୍) ହୋଇଛି ଏବଂ ଆଉ କେତେଦିନ ପରେ ଅପରେସନ୍ କରି ଟ୍ୟୁମର୍‌କୁ ବାହାର କରିଦିଆଯିବ। ସେ କହିଲେ ଯେ ଏ ଅପରେସନ୍ ଖୁବ୍ ମାମୁଲି ଏବଂ ଆଶଙ୍କାର କୌଣସି କାରଣ ନାହିଁ।

ତାପରେ କେତେଦିନ ମୁଁ ଅଫିସ୍‌କୁ ଗଲାବେଳେ ବାଟରେ ଥିବା ଶିବ ମନ୍ଦିରରେ କେତେବେଳ ରହି ସୁପ୍ରଭାଙ୍କ ଆରୋଗ୍ୟ ପ୍ରାର୍ଥନା କରୁଥିଲି। ଦୀପ ବସାଇ ମନେ ମନେ କହୁଥଲି, ପ୍ରଭୁ, ତାଙ୍କୁ ଭଲ କରିଦିଅ। ବେଳେବେଳେ ଭାବୁଥିଲି ସୁପ୍ରଭା ମୋର କିଏ ଯେ ମୁଁ ତାଙ୍କ ପାଇଁ ଈଶ୍ୱରଙ୍କୁ ଡାକୁଛି। କିଛି ଉତ୍ତର ପାଉନଥିଲି, କିନ୍ତୁ ମନ୍ଦିର ପାଖରେ ମୋର ଗାଡ଼ି ଅଟକି ଯାଉଥିଲା, ମୋର କେହି ନା କେହି ହୋଇଥିବା ସମସ୍ତେ ମୋର କେହି ନା କେହି ହୋଇନଥିବା ଜଣକର ଖୁବ୍ ପଛରେ ଠିଆ ହେଲା ପରି ଲାଗୁଥିଲା।

ଡାକ୍ତରଙ୍କଠାରୁ ଟେଲିଫୋନ୍ ପାଇବାର କିଛିଦିନ ପରେ ଆମ ଘରେ ମୋର କେତେଜଣ ବନ୍ଧୁ ଓ ସେମାନଙ୍କର ପରିବାରଙ୍କ ପାଇଁ ଖିଆପିଆର ଆୟୋଜନ ହୋଇଥିଲା। ରାତି ପ୍ରାୟ ଦଶଟାବେଳକୁ ଖିଆପିଆ ସରିଲା। ସମସ୍ତଙ୍କୁ ବିଦାୟ ଦେଲାବେଳକୁ ଆହୁରି ଅଧଘଣ୍ଟାଏ ଲାଗିଗଲା। ଏହା ଭିତରେ ବର୍ଷା ଅସରାଏ ହୋଇ ଛାଡ଼ିଯାଇଥାଏ, ମେଘ ନଥିବା ଆକାଶରେ ଜହ୍ନ ପଡ଼ିଥାଏ। ଗଛର ପତ୍ରମାନଙ୍କ ଉପରେ ଜହ୍ନଆଲୁଅ ଚିକ୍‌ଚିକ୍ କରୁଥାଏ। ବିଦାୟ ପର୍ବ ସାରି ମୁଁ ଘରକୁ ପଶିଛି କି ନାହିଁ ଟେଲିଫୋନ୍ ବାଜିଲା।

ଡାକ୍ତରବାବୁ ଦୁଃଖପ୍ରକାଶ କରି କହୁଥିଲେ ଯେ ସୁପ୍ରଭା ଆଉ ନାହାନ୍ତି। ତାଙ୍କ ପେଟର ଟ୍ୟୁମର୍ ଓଲଟିଯିବା ଫଳରେ ରକ୍ତସଞ୍ଚାଳନ ବନ୍ଦ ହୋଇଗଲା। ସାଙ୍ଗେ ସାଙ୍ଗେ ଅପରେସନ୍ କରିଥିଲେ ସେ ବଞ୍ଚିଯାଇଥା'ନ୍ତେ, କିନ୍ତୁ ଦାୟିତ୍ୱରେ ଥିବା ଡାକ୍ତର ସପରିବାରରେ ମେଢ଼ ଦେଖିବାକୁ ଚାଲିଯାଇଥିଲେ। ଆଉ କୌଣସି ଡାକ୍ତର ହଠାତ୍ ମିଳିଲେ ନାହିଁ। ଖୁବ୍ ଯନ୍ତ୍ରଣା ଭୋଗି ସୁପ୍ରଭା ଆଖି ବୁଜି ଦେଲେ। ବାକି ସେ ଯାହା କହିଲେ, ସରକାରୀ ଡାକ୍ତରଖାନାମାନଙ୍କରେ ବ୍ୟାପକ ଦାୟିତ୍ୱହୀନତା ବିଷୟରେ ଯାହା ଯାହା ମନ୍ତବ୍ୟ ଦେଲେ, ମତେ ସାହାଯ୍ୟ କରିପାରିନଥିବାରୁ ନିଜ ପ୍ରତି ଯାହା ଯାହା ଧିକ୍କାର କଲେ ସେ ସବୁ ମୁଁ ଶୁଣିଲି ସିନା ତାଙ୍କ ସହିତ ଆଲୋଚନା କରିବା ଅବସ୍ଥାରେ ନଥିଲି।

ସମସ୍ତେ ଶୋଇସାରିବା ପରେ ମୁଁ ଦାଣ୍ଡ ବାରଣ୍ଡାକୁ ଆସିଲି। ତୋଫା ଜହ୍ନ ଆଲୁଅରେ ବଗିଚା ସାରା ଉଜ୍ଜ୍ୱଳ ଦିଶୁଥିଲା ବେଳେ ମନ୍ଦାର ଗଛଗୁଡ଼ିକ ଭିତରେ

ଜଣେ ଲୋକ ଠିଆ ହୋଇପାରିବା ଭଳି ଅନ୍ଧାର ଥିଲା । ମୁଁ ସେ ଅନ୍ଧାରକୁ କେତେବେଳେ ଚାହିଁ ରହିବା ପରେ ତା ଭିତରେ କିଏ ଜଣେ ଠିଆ ହୋଇଥିଲା ପରି ମତେ ଲାଗିଲା । ଟିକିଏ ପରେ ମୁଁ ଦେଖିଲି ସେ ମୂର୍ତ୍ତି ସୁପ୍ରଭାଙ୍କର । ଜହ୍ନ ଆଲୁଅରୁ ବାହାରି ସେ ମନ୍ଦାର ବୁଦାମାନଙ୍କର ଅନ୍ଧାରରେ ଠିଆହୋଇ ମୋ ଆଡ଼କୁ ଚାହିଁ ଅଳ୍ପ ଅଳ୍ପ ହସୁଥିଲେ । ସେ ହସରେ ତାଙ୍କ ଭିତରେ ପୂରାପୂରି ମିଶିଯିବା ପାଇଁ ନିମନ୍ତ୍ରଣ ଥିଲା ଏବଂ ମିଶିଗଲେ ମୋର ଅପରିକଳ୍ପିତ ସୁଖ ମତେ ମିଳିବାର ପ୍ରତିଶ୍ରୁତି ଥିଲା । ସେ ଏତେ ସୁନ୍ଦର ବୋଲି, ତାଙ୍କର ଅଙ୍ଗସୌଷ୍ଠବ ଏତେ ରହସ୍ୟମୟ ବୋଲି ମୁଁ ଆଗରୁ ଜାଣିନଥିଲି । ସେ ଦୁଇହାତ ମେଲାଇ ଏପରି ଜାଗାଟିଏ ତିଆରି କରିଥିଲେ ଯେଉଁଥିରେ ମୁଁ ଖାପ୍ ଖାଇଯିବି । ମତେ ଲାଗିଲା ମୁଁ ସେ ଜାଗାରେ ରହିସାରିଲିଣି, ସୁପ୍ରଭାଙ୍କର ବାହୁ ମତେ ଜାକି ଦେଉଛି, ତାଙ୍କର ସର୍ବାଙ୍ଗ ସହିତ ମୋର ସର୍ବାଙ୍ଗ ଏକାକାର ହୋଇଯାଉଛି । ପୂରାପୂରି ଏକାକାର ହେବା ପୂର୍ବରୁ ମୁଁ ତାଙ୍କୁ କହିବାକୁ ଚାହୁଁଥିଲି ଯେ ତାଙ୍କୁ ବଦଳି କରାଇଥିବା ଅପରାଧରେ ମୁଁ ଅପରାଧୀ, ସେ କିନ୍ତୁ ମୋ ଓଠ ଉପରେ ତାଙ୍କର ଓଠ ଦାବିଦେଇ ମତେ ଚୁପ୍ କରିଦେଲେ ସତେ ଯେମିତି ତାଙ୍କ ସହିତ ମିଶିଗଲା ପରେ ଅତୀତର ସବୁ ନଗଣ୍ୟ ଅପରାଧମାନଙ୍କୁ ମନେ ପକାଇବା ସବୁଠୁଁ ବଡ଼ ଅପରାଧ ହେବ ।

ଏମିତି କେତେ ସମୟ କଟିଯିବା ପରେ ଘର ଭିତରକୁ ଆସିଲି । କାଲି ସୁପ୍ରଭାଙ୍କ ପାଇଁ ଶୋକସଭା ଆୟୋଜନ କରିବାକୁ ହେବ ।

■

ଜୀବନଦାନ

ପୁଲିସ୍ ଚାକିରୀ କଲେ କ'ଣ କ'ଣ ଦେଖିବାକୁ ନପଡ଼େ !

୧୯୮୩ରୁ ୧୯୮୭ ପର୍ଯ୍ୟନ୍ତ ମୁଁ ଯେଉଁ ଥାନାର ଦାୟିତ୍ୱରେ ଥିଲି ତା'ର ଇଲାକା ଚୋରାମଦ ତିଆରି ଓ ରପ୍ତାନି ପାଇଁ କୁଖ୍ୟାତି ଅର୍ଜ୍ଜନ କରିଥିଲା। ମଦଭାଟି ବା ମଦ ଗୋଦାମ ଯେଉଁଠି ଅଛି ବୋଲି ଆମକୁ ଖବର ମିଳୁଥିଲା ଆମେ ଅନେକ ଥର ସେଠାରେ ଚଢ଼ାଉ କରୁଥିଲୁ, କେତେଜଣଙ୍କୁ ଗିରଫ କରୁଥିଲୁ, କିନ୍ତୁ ଏ ବେଆଇନ୍ ଧନ୍ଦା ଉପରେ ଆମର ଚଢ଼ାଉର ବିଶେଷ କିଛି ପ୍ରଭାବ ପଡୁନଥିଲା। ଅନେକ ସମୟରେ ଆମର ପ୍ରସ୍ତାବିତ ଚଢ଼ାଉର ଆଗତୁରା ଖବର ଅପରାଧୀମାନଙ୍କୁ ମିଳିଯାଉଥିଲା, ଫଳତଃ ଆମେ ପହଞ୍ଚି ଦେଖୁଥିଲୁ ଯେ ମଦତିଆରିର କୌଣସି ଉପକରଣ ମିଳୁନାହିଁ। ଗୋଦାମରେ ହୁଏତ କିଛି ବସ୍ତା ତିନ୍ତୁଳି ବା ରାଶି ଅଛି। ଯେଉଁମାନଙ୍କୁ ବିଚାରାଳୟକୁ ଚାଲାଣ କରୁଥିଲୁ ସେମାନଙ୍କର ବିଚାର ଆରମ୍ଭ ହେଲାବେଳକୁ ବେଶ୍ କିଛି ସମୟ ଗଡ଼ିଯାଉଥାଏ ଓ ସେମାନେ ଜାମିନ୍‌ରେ ଆସି ନିଜର ବ୍ୟବସାୟ ପୁଣି ଚାଲୁ କରି ଦିଅନ୍ତି। ବିଚାରବେଳେ ଯଥେଷ୍ଟ ପ୍ରମାଣ ନଥିବାରୁ ଅନେକେ ଖଲାସ ହୋଇଯାଆନ୍ତି। ଏ ପରିସ୍ଥିତିରେ ଦୁଇ ପ୍ରତିପକ୍ଷଙ୍କ ଭିତରେ ଆମେ ହିଁ ଦୁର୍ବଳ ପ୍ରତିପକ୍ଷ ଥିଲୁ। ଏ ବ୍ୟବସ୍ଥା ଭାଙ୍ଗିଦେବାକୁ ଆମ ଭିତରୁ ଅନେକେ ଇଚ୍ଛା କରୁଥିଲୁ, କିନ୍ତୁ ଏ ବ୍ୟବସ୍ଥା ଅନେକ କ୍ଷମତାପନ୍ନ ବ୍ୟକ୍ତିଙ୍କୁ ସୁହାଉଥିଲା। ସେମାନଙ୍କ ତୁଳନାରେ ଆମର ସାମର୍ଥ୍ୟ ଏତେ ନଗଣ୍ୟ ଯେ ବିମର୍ଷ କ୍ରୋଧରେ ଘାଣ୍ଟି ହେବା ଛଡ଼ା ଆମେ ଆଉ କିଛି କରିପାରୁ ନଥିଲୁ। ଅବଶ୍ୟ ଏକଥା ବି ସତ ଯେ ଆମ ଭିତରୁ କେତେଜଣ ଏହି ଥାନାରେ ମୁତୟନ ହେବାକୁ ଖୁବ୍ ଆଗ୍ରହୀ। ମୋଠାରୁ ବହୁତ ବେଶି କାଳ ଚାକିରି କରିଥିବା

ସହକର୍ମୀ ଜଣେ ଏହି ଥାନାକୁ ତିନିଥର ବଦଳି ହୋଇ ଆସିଛନ୍ତି। ତାଙ୍କଠାରୁ କନିଷ୍ଠ କର୍ମଚାରୀ ପଦୋନ୍ନତି ପାଇଲେ ଅଥଚ ସେ ପାଇଲେ ନାହିଁ ବୋଲି ତାଙ୍କର କୌଣସି କ୍ଷୋଭ ନଥିଲା।

ଗୋଟିଏ ଛୋଟ ସହରର ମଧ୍ୟଭାଗରେ ଆମର ଥାନା ଅବସ୍ଥିତ। ଥାନା ଦାୟିତ୍ୱରେ ରହିଲେ ବର୍ତ୍ତମାନ ମୋର ଆଜି ପାଇଁ କାମ ସରିଗଲା ବୋଲି କେତେବେଳେ କହି ହୁଏନାହିଁ। ତମେ ଘରକୁ ଫେରି ପିଲାଙ୍କ ପଢ଼ାପଢ଼ି ଦେଖୁଥିବ, ଖବର ଆସିବ ଯେ ମାରଣାସ୍ତ୍ରରେ ସୁସଜ୍ଜିତ ଦୁଇଦଳଙ୍କ ଭିତରେ ରକ୍ତାକ୍ତ ସଂଘର୍ଷ ଆରମ୍ଭ ହୋଇଯାଇଛି। ରାତି ଅଧରେ କନଷ୍ଟେବଲ୍ ଜଣେ ତମର ଦୁଆର ବାଡ଼େଇ ଡାକିବ, ତମେ ନିଦରୁ ଉଠି ଶୁଣିବ ଯେ ସନ୍ଧ୍ୟାବେଳକୁ କୁଆଡ଼େ ନିଖୋଜ ହୋଇଥିବା ତାଙ୍କ ଝିଅର ଖୋଜ୍‌ଖବର ନେବାକୁ ତା'ର ବାପମାଆ ଜିଦ୍ ଧରି ଥାନାରେ ବସିଛନ୍ତି। ବେଳେବେଳେ ମୁଁ ନିଜେ ରାତିରେ ସହରର ଗଳିକନ୍ଦିରେ କେତେଥର ଚକ୍କର ମାରିଛି, କନଷ୍ଟେବଲ୍‌ମାନେ ଡ୍ୟୁଟିରେ ଅଛନ୍ତି ନା ନାହିଁ ଦେଖିବାକୁ, ସନ୍ଦେହଜନକ ଭାବେ ବୁଲୁଥିବା କୌଣସି ଲୋକଙ୍କୁ ପଚରାଉଚରା କରିବାକୁ ଓ ଆବଶ୍ୟକ ସ୍ଥଳେ ତାଙ୍କୁ ଥାନା ହାଜତରେ ଅଟକ ରଖିବାକୁ।

ଦିନେ ରାତିରେ ବୁଲୁ ବୁଲୁ ମୁଁ ଦେଖିଲି ଯେ କୁବେର ପାତ୍ରଙ୍କ ଘରୁ ଯୁବକଟିଏ ବାହାରି ଆସୁଛି। କୁବେର ପାତ୍ର ଖୁବ୍ ଧନୀ ଲୋକ, ନାନାଦି ଜଙ୍ଗଲଜାତ ଦ୍ରବ୍ୟ କିଣାବିକା କରିବା ତାଙ୍କର ବ୍ୟବସାୟ। ଚୋରାମଦ କାରବାର ସହିତ ସେ ସଂପୃକ୍ତ ବୋଲି ଗୁଜବ୍ ଶୁଣାଯାଏ, କିନ୍ତୁ ସେ ଗୁଜବର କୌଣସି ପ୍ରମାଣ ଆମର ହସ୍ତଗତ ହୋଇନଥାଏ। କୁବେର ପାତ୍ର ଖୁବ୍ ମୋଟା, ଚନ୍ଦାମୁଣ୍ଡିଆ, କଳା ମଚ୍ ମଚ୍, ନିଃସନ୍ତାନ ଲୋକ। ତାଙ୍କର ପ୍ରଥମ ସ୍ତ୍ରୀଙ୍କ ଅସାମୟିକ ଦେହାନ୍ତ ପରେ ସେ ଦ୍ୱିତୀୟ ବିବାହ କରିଥା'ନ୍ତି। ତାଙ୍କ ଘରୁ ଯୁବକଜଣକ ବାହାରି ଆସିବା ପରେ କିଏ ଜଣେ ଭିତର ପଟୁ ଦୁଆର ବନ୍ଦ କରିଦେଲା। ମୁଁ ତା'ର ପିଛା କଲି, କିଛି ସମୟ ପରେ ତା ଆଗକୁ ଯାଇ ସେ କିଏ ଓ ଏତେ ରାତିରେ କୁବେର ପାତ୍ରଙ୍କ ଘରୁ କାହିଁକି ବାହାରୁଛି ବୋଲି ଜେରାକଲି। ସେ ଗୋଟାପଣେ ଥରୁଥାଏ। ମୁଁ ତା'ର ତଲାସି ନେଲି, ହେଲେ ତାଠାରୁ ଆପତ୍ତିଜନକ ଜିନିଷ ପାଇଲି ନାହିଁ।

ମୋ ଜେରାର ଜବାବ୍‌ରେ ସେ କହିଲା ଯେ ତା'ର ନାଆଁ ମନ୍ମଥ, ବଣିଆ କାମ ତାର ବ୍ୟବସାୟ, ବଣିଆ ସାହିରେ ତା'ର ଦୋକାନ ଓ ଘର, କୁବେର ପାତ୍ରଙ୍କ ସ୍ତ୍ରୀ ବରାଦ ଦେଇଥିବା ହାର ତାଙ୍କୁ ଦେବାକୁ ସେ ତାଙ୍କ ଘରକୁ ଯାଇଥିଲା। ଆମେ ପୁଲିସ୍‌ବାଲା ଏପରି ଲୋକଙ୍କ ସହିତ ଯେଉଁ ଭାଷାରେ କଥାବାର୍ତ୍ତା କରୁ ସେ

ଭାଷାରେ ମୁଁ ତାକୁ ଜଣାଇଦେଲି ଯେ ସେ ମିଛ କହୁଛି, ରାତି ଦୁଇଟାରେ ସେ ଅଳଙ୍କାର ଦେବାକୁ ଯାଇଥିବା କଥା ବିଶ୍ୱାସଯୋଗ୍ୟ ନୁହେଁ। ସେ ଆଉ କିଛି କହିଲା ନାହିଁ, ଖାଲି ମୁହଁ ପୋତି ଠିଆ ହୋଇ ରହିଲା। ପ୍ରଥମେ ଭାବିଲି ତାକୁ ନେଇ ଥାନା ହାଜତ୍‌ରେ ଭର୍ତ୍ତି କରିଦେବି କିନ୍ତୁ ପରେ ଭାବିଲି ଯେ ଘର ଭିତରୁ କେହି ଜଣେ ସେ ବାହାରିବା ବେଳକୁ ଦୁଆର ଫିଟାଇ ଥିବାରୁ ସେ ଚୋରି ବା ଡକାୟତି ପାଇଁ ଘରେ ପଶିଥିବା ଅଭିଯୋଗ ସହଜରେ ସାବ୍ୟସ୍ତ କରି ହେବ ନାହିଁ। ତାଛଡ଼ା, ତଲାସିରୁ ତାଠାରୁ କିଛି ଆପତ୍ତିଜନକ ଜିନିଷ ମିଳିନାହିଁ। ମନ୍ମଥକୁ ଯେତେବେଳେ କହିଲି ଯେ ତାକୁ ହାର ବରାଦ୍ ଦିଆଯାଇଥିବା କଥା ମୁଁ କୁବେରବାବୁଙ୍କଠାରୁ ବୁଝିବାକୁ ସାଙ୍ଗେ ସାଙ୍ଗେ ଯାଉଛି, ତା ପାଟିରୁ ବାହାରି ପଡ଼ିଲା ଯେ ସେ ଘରେ ନାହାନ୍ତି।

କୁବେର ପାତ୍ର ଘରେ ନଥିବା ବେଳେ ଏତେ ରାତିରେ ସେ କାହିଁକି ତାଙ୍କ ଘରକୁ ଯାଇଥିଲା ମୁଁ ହଠାତ୍ ବୁଝିପାରିଲି ନାହିଁ। ତାଙ୍କର ସ୍ତ୍ରୀ ଘରେ ଥିବା କଥା ସେ ସ୍ୱୀକାର କରି ସାରିଛି। କିଏ ଜଣେ ତାକୁ ଦୁଆର ଫିଟାଇଥିବା ଓ ତାପରେ ଦୁଆର ବନ୍ଦ କରିବା ମୁଁ ନିଜେ ଦେଖିଛି, ଏ ପରିପ୍ରେକ୍ଷୀରେ ଯେଉଁ ସନ୍ଦେହ ଉପୁଜିବା କଥା ମୋର ସେ ସନ୍ଦେହ ଉପୁଜିଲା, ତେବେ ସେଥିରେ ବିଶ୍ୱାସ କରିବା ପୂର୍ବରୁ ମୁଁ ତାକୁ ପଚାରିଲି, "ତତେ ଦୁଆର କିଏ ଫିଟାଇଲା ?"

"କୁବେରବାବୁଙ୍କ ଭାର୍ଯ୍ୟା," ସେ ମୁହଁପୋତି ଉତ୍ତର ଦେଲା।

ମୁଁ କ'ଣ ସନ୍ଦେହ କରୁଥିଲି ସେ ବୁଝିପାରିଥିଲା। ସେ ଦେଇଥିବା ଠିକଣା ଠିକ୍ କି ନୁହେଁ ଜାଣିବା ପାଇଁ ମୁଁ ତା ଘର ପର୍ଯ୍ୟନ୍ତ ଗଲି। ପ୍ରକୃତରେ ବଣିଆ ସାହିର ଗୋଟିଏ ଘରର ତାଲା ଫିଟାଇ ସେ ଘର ଭିତରକୁ ଗଲା। ଯିବା ଆଗରୁ ମୋ ଗୋଡ଼ତଳେ ପଡ଼ିଗଲା, ମତେ ଅନୁନୟ କରି କହିଲା, "ମୁଁ ତାଙ୍କ ଘରକୁ ଯାଇଥିଲି ବୋଲି କାହାକୁ କହିବେ ନାହିଁ, ସେ ମାଆ ଖୁବ୍ ଭଲ ଲୋକ, ଖୁବ୍ ଦୁଃଖୀ ଲୋକ।"

ମୁଁ ମନକୁ ମନ କହିଲି, "ପାଜି କାହାଁକା, ତାଙ୍କ ଦୁଃଖ ବୁଝିବାକୁ ତତେ ଆଉ ସମୟ ମିଳିଲା ନାହିଁ ଯେ ରାତି ଅଧରେ ତାଙ୍କ ପାଖକୁ ଯାଇଥିଲୁ।"

ତା ପରେ ଆଉ ଦୁଇଚାରି ଘେରା ବୁଲି ମୁଁ ଘରକୁ ଫେରିଲି, ଶୋଇପଡ଼ିଲି, ସେ ରାତିର ଘଟଣା ମୁଁ ଭୁଲି ଯାଇନଥିଲି, କିନ୍ତୁ ତା ଉପରେ କିଛି ଗୁରୁତ୍ୱ ଦେଲି ନାହିଁ। ସେ କଥା ମନେ ପଡ଼ିଲେ ହସ ମାଡୁଥିଲା, ମନକୁ ମନ କହୁଥିଲି ଯେ କୁବେର ପାତ୍ର ଚୋରା ମଦ ବିକୁଛି, ତା ଭାର୍ଯ୍ୟା ଚୋରା ପ୍ରୀତିରେ ମାତିଛି, ଈଶ୍ୱରଙ୍କ ନ୍ୟାୟ ବିଚାରକୁ ଧନ୍ୟ କହିବ।

ଅନେକ ଦିନ ପରେ ସେ ରାତିର ପ୍ରାୟ ଭୁଲି ହୋଇଯାଇଥିବା ଘଟଣାଟି ପୁଣି ପ୍ରାସଙ୍ଗିକ ହୋଇ ପଡ଼ିଲା। ଦିନେ ସକାଳୁ ସକାଳୁ ଖବର ମିଳିଲା ଯେ କୁବେର ପାତ୍ରଙ୍କୁ ହତ୍ୟା କରାଯାଇଛି, ତାଙ୍କ ଲାସ୍ ଗୋଟିଏ ପାଖ ଗାଆଁର ପୋଖରୀକୂଳରେ ପଡ଼ିଛି। ମୁଁ ସାଙ୍ଗେସାଙ୍ଗେ ଦୁଇଜଣ କନଷ୍ଟେବଲ୍‌ଙ୍କୁ ଧରି ସେ ଗାଆଁକୁ ଗଲି। କୁବେର ପାତ୍ରଙ୍କ ବେକ ଛୁରୀରେ କଟା ହୋଇଥିଲା ନିଶ୍ଚୟ, କିନ୍ତୁ ମୋର ସନ୍ଦେହ ହେଲା ଯେ ହୁଏତ ମୃତ୍ୟୁ ପରେ ତାଙ୍କର ବେକକୁ ଛୁରୀରେ କଟାଯାଇଛି ନଚେତ୍ ତାଙ୍କୁ କରାଯାଇଥବା ନାନାଦି ଆଘାତ ସତ୍ତ୍ୱେ ସେ କାଳେ ବଞ୍ଚିବେ ଏହି ଆଶଙ୍କାରେ ତାଙ୍କର ବେକ କାଟି ଦିଆ ଯାଇଛି। ମୋର ଏପରି ସନ୍ଦେହ କରିବାର ଯଥେଷ୍ଟ କାରଣ ଥିଲା। ତାଙ୍କର ହାତରେ ଓ ଗୋଡ଼ରେ ଦଉଡ଼ି ଶକ୍ତଭାବେ ବନ୍ଧା ହେବାର ଚିହ୍ନ ଥିଲା ଯଦିଓ ଲାସ୍ ପଡ଼ିଥିବା ଜାଗାରେ ଦଉଡ଼ି ମିଳିନଥିଲା। ଠେଙ୍ଗା ମାଡ଼ରେ ତାଙ୍କର ମୁଣ୍ଡରୁ ରକ୍ତସ୍ରାବ ହେବାର ଚିହ୍ନ ଥିଲା। ପିଠିରେ ଓ ଗୋଡ଼ରେ ବି ସେପରି ଚିହ୍ନ ଥିଲା। ଏ ହତ୍ୟାକାଣ୍ଡରେ ଅନେକ ଲୋକ ସଂପୃକ୍ତ ବୋଲି ମୋର ଧାରଣା ହେଲା। ଯେତେ ଲୋକଙ୍କୁ ପଚାରିଲି ସମସ୍ତେ କହିଲେ ଯେ ପୂର୍ବଦିନ କେହି କୁବେର ପାତ୍ରଙ୍କୁ ଗାଆଁରେ ଦେଖିନାହାନ୍ତି। କେତେଜଣ ଏତେ ଦାନୀ ଓ ଦୟାଳୁ ଲୋକଙ୍କର ନୃଶଂସ ହତ୍ୟାରେ ଶୋକାଭିଭୂତ ହୋଇପଡ଼ିବାର ଅଭିନୟ କଲେ, ଆଉ କେତେଜଣ ଏହା ଆତ୍ମହତ୍ୟା କି ନୁହେଁ ଅନୁସନ୍ଧାନ କରିବାକୁ ମତେ ପରାମର୍ଶ ଦେଲେ।

ଲାସ୍‌କୁ ବ୍ୟବଚ୍ଛେଦ ପାଇଁ ପଠାଇ ଦେଇ ମୁଁ ଥାନାକୁ ଫେରିଲି, ଏ ହତ୍ୟାକାଣ୍ଡ ସମ୍ପର୍କରେ ନଥିଟିଏ ଖୋଲିଲି, ସେଥିରେ ମୋର ପ୍ରାରମ୍ଭିକ ତଦନ୍ତର ସାରାଂଶ ଲେଖିଲି। ଦୁଇଟି ପରସ୍ପରବିରୋଧୀ ଚିନ୍ତା ଦ୍ୱାରା ମୁଁ ଆନ୍ଦୋଳିତ ହେଲି। କୁବେର ପାତ୍ରଙ୍କ ସ୍ତ୍ରୀଙ୍କ ସହିତ ଅବୈଧ ପ୍ରଣୟରେ ଲିପ୍ତ ମନ୍ମଥ ତାଙ୍କୁ ସବୁଦିନ ପାଇଁ ନିଜ ରାସ୍ତାରୁ ହଟାଇ ଦେବାକୁ ଚାହିଁବା ସ୍ୱାଭାବିକ, ତା ହେଲେ ସେ ଯେତେବେଳେ ଇଚ୍ଛା ସେତେବେଳେ ତାଙ୍କ ଘରକୁ ଯାଇ ପାରିବ, ଯେତେ ସମୟ ଇଚ୍ଛା ସେତେ ସମୟ ତାଙ୍କର ବିଧବା ପତ୍ନୀଙ୍କ ସହିତ ଅଙ୍ଗସଙ୍ଗ ହୋଇପାରିବ। କିନ୍ତୁ ଏ ବିଷୟରେ ନିଶ୍ଚିତ ହେବା ପୂର୍ବରୁ ଆଉ ଗୋଟିଏ ସମ୍ଭାବନା ମନକୁ ଆସୁଥିଲା ଓ ଦୁଇଟି ପ୍ରଧାନ କାରଣ ଯୋଗୁଁ ବେଶି ନିର୍ଭରଯୋଗ୍ୟ ଲାଗୁଥିଲା। ପ୍ରଥମତଃ, କୁବେର ପାତ୍ର ଯେଉଁ ବେନିୟମ ବ୍ୟବସାୟରେ ଲିପ୍ତ ଥିଲେ ସେଥିରେ ତାଙ୍କର ଅନେକ ଶତ୍ରୁ ନିଶ୍ଚୟ ଥିବେ। ସେ ବ୍ୟବସାୟରେ ସହଯୋଗୀମାନେ କୌଣସି କାରଣରୁ, ଯଥା ଆୟ ବଣ୍ଟାବଣ୍ଟିରେ ବିବାଦ ଯୋଗୁଁ ହଠାତ୍ ଶତ୍ରୁ ହୋଇପଡ଼ିବା ନୂଆ କଥା ନୁହେଁ। ଦ୍ୱିତୀୟତଃ, ତାଙ୍କର ଲାସ୍ ମିଳିଥିବା ଜାଗାଠାରୁ ଚୋରା ବେପାରର ଗୋଟିଏ ଆଡ୍‌ଡା ବେଶି ଦୂର ନୁହେଁ, ସେ ଆଡ୍‌ଡା

ଉପରେ ଆଗେ କେତେଥର ଚଢ଼ାଉ କରିସାରିଛୁ। ମନ୍ମଥ ଏତେ ଦୂରକୁ ଆସି, ପୁଣି ଏଇ କୁଖ୍ୟାତ ଆଡ୍‌ଡା ପାଖରେ ତାଙ୍କୁ ହତ୍ୟା କରିବା କଥା ବେଶ୍ ଅବାସ୍ତବ ବୋଧ ହୋଇଥିଲା। ଶବ ବ୍ୟବଚ୍ଛେଦ ପରେ ଯେଉଁ ରିପୋର୍ଟ୍ ମିଳିଲା ତାହା ମନ୍ମଥର ନିର୍ଦ୍ଦୋଷତା ସପକ୍ଷରେ ବଳିଷ୍ଠ ଯୁକ୍ତି ଥିଲା। ସେ ରିପୋର୍ଟ ଅନୁଯାୟୀ କୁବେର ପାତ୍ରଙ୍କୁ ବାନ୍ଧି ଦିଆଯାଇଥିଲା ଓ ଶରୀରର ନାନାଦି ସ୍ଥାନରେ ନିର୍ମମ ଭାବେ ପ୍ରହାର କରାଯାଇଥିଲା, ପ୍ରଚଣ୍ଡ ପ୍ରହାର ଯୋଗୁଁ ତାଙ୍କର ବାହୁର ଓ ଗୋଡ଼ର ହାଡ଼ ଭାଙ୍ଗିଯାଇଥିଲା, ମୁଣ୍ଡର ଗଭୀର ଆଘାତ ତାଙ୍କର ମୃତ୍ୟୁର କାରଣ ଏବଂ ଅନୁମାନ କରାଯାଏ ଯେ ମୃତ୍ୟୁ ପରେ ତାଙ୍କର ବେକ କଟା ଯାଇଥିଲା। ଏ ହତ୍ୟାକାଣ୍ଡ ଜଣେ ଦୁଇଜଣଙ୍କ ଦ୍ୱାରା ନୁହେଁ ଅନ୍ୟୂନ ପାଞ୍ଚଛଅଜଣଙ୍କ ଦ୍ୱାରା ଘଟିଛି ବୋଲି ଅନୁମାନ କରିବାର ଯଥେଷ୍ଟ ଯଥାର୍ଥତା ଥିଲା।

ମନ୍ମଥ ଏତେବଡ଼ ଯୋଜନା କରି ଓ ଏତେ ଲୋକଙ୍କୁ ନିଯୁକ୍ତ କରି କୁବେର ପାତ୍ରଙ୍କୁ ମାରିଛି ବୋଲି ମୋର ବିଶ୍ୱାସ ହେଲା ନାହିଁ, ତଥାପି ତାକୁ ଥାନାକୁ ଡକାଇ ଜେରା କଲି। ଅନୁସନ୍ଧାନରେ ଯେତେ ଅଗ୍ରଗତି ହେଉଥାଏ, ଏ ହତ୍ୟାର କାରଣ ବ୍ୟବସାୟିକ ଶତ୍ରୁତା ବୋଲି ସେତେ ମନେ ହେଉଥାଏ।

ଏହି ସମୟରେ ମୋର ବଦଳି ଆଦେଶ ଆସିଲା। କେତେବର୍ଷ ତଳେ ଏ ଥାନାର ଦାୟିତ୍ୱରେ ଥିବୋ ଜଣେ କର୍ମଚାରୀ ମୋ ସ୍ଥାନରେ ଅବସ୍ଥାପିତ ହୋଇଥିଲେ। ଖୁବ୍ ଶୀଘ୍ର ଦାୟିତ୍ୱ ହସ୍ତାନ୍ତର କରିବାକୁ ପଡ଼ିପାରେ ବୋଲି ମୁଁ ସବୁ ବକେୟା କାମ ତୁଟାଇବାରେ ଲାଗିପଡ଼ିଲି।

ହଠାତ୍ ଦିନେ କୁବେର ପାତ୍ରଙ୍କ ସ୍ତ୍ରୀ ଖବର ପଠାଇଲେ ଯେ ସେ ମତେ ଦେଖା କରିବାକୁ ଚାହୁଁଛନ୍ତି ଏବଂ ମୁଁ ଯେଉଁଠାରେ ଚାହିଁବି, ଥାନାରେ ବା ତାଙ୍କ ଘରେ, ସେ ମତେ ଦେଖା କରି ପାରିଲେ ଆଜୀବନ କୃତଜ୍ଞ ରହିବେ। କୁବେର ପାତ୍ରଙ୍କ ହତ୍ୟା ପରେ ମୁଁ ଜଣେ ସହକାରୀ ସବ୍‌ଇନ୍‌ସ୍‌ପେକ୍ଟରଙ୍କୁ ତାଙ୍କ ଘରକୁ ପଠାଇ ତାଙ୍କର ଜମାନବନ୍ଦି ଲିପିବଦ୍ଧ କରାଇଥିଲି। ଘଟଣା ଦିନ ଦିପହରଠାରୁ ସେ ଘରେ ନଥିଲେ ଓ ସ୍ୱାମୀଙ୍କ ସହିତ ତାଙ୍କର କୌଣସି ମନୋମାଳିନ୍ୟ ନଥିଲା ବୋଲି ସେ ସେତେବେଳେ କହିଥିଲେ। ତାଙ୍କର ଏ ପରିସ୍ଥିତିରେ ତାଙ୍କୁ ଥାନାକୁ ଡକାଇବା ଶିଷ୍ଟାଚାର ହେବ ନାହିଁ ଭାବି ସେହି ସହକାରୀ ସବ୍‌ଇନ୍‌ସ୍‌ପେକ୍ଟର ଓ ଜଣେ କନ୍‌ଷ୍ଟେବଲ୍‌ଙ୍କୁ ସାଙ୍ଗରେ ଧରି ତାଙ୍କ ଘରକୁ ଗଲି।

ତାଙ୍କର ଅନୁରୋଧକ୍ରମେ ଅନ୍ୟ କର୍ମଚାରୀମାନେ ସେ ଜମାନବନ୍ଦି ଦେବାକୁ ଯାଉଥିବା କୋଠରୀ ବାହାରେ ରହିଲେ। ସେମାନଙ୍କୁ ଓ ମତେ ଚା' ଜଳଖିଆ ଦିଆଗଲା।

ସ୍ୱର୍ଗତ ପାତ୍ରଙ୍କ ପତ୍ନୀ ଯେତେବେଳେ କୋଠରୀ ଭିତରକୁ ଆସିଲେ ଏତେ ସୁନ୍ଦରପଣ ସହିତ ଏତେ ଦୁର୍ଦ୍ଦଶା କାହିଁକି ଏକାଠି ରଖିଲେ ବୋଲି ମୁଁ ବିଧାତାଙ୍କୁ ଦୋଷ ଦେଲି। ତାଙ୍କର ବୟସ ପଇଁତିରିଶରୁ ଚାଳିଶ ଭିତରେ, ଅର୍ଥାତ୍ ସେ କୁବେର ପାତ୍ରଙ୍କଠାରୁ ପ୍ରାୟ ପନ୍ଦରବର୍ଷ ସାନ। ସେ ବିଷଣ୍ଣ ଦିଶୁଥିଲେ ନିଶ୍ଚୟ, କିନ୍ତୁ ତାଙ୍କର ମୁହଁରେ ଓ କଥାବାର୍ତ୍ତାରେ ନିଜର ଉଦ୍ଦେଶ୍ୟ ବିଷୟରେ ତିଳେମାତ୍ର ସନ୍ଦେହ ନଥିବା ବ୍ୟକ୍ତିର ଦୃଢ଼ତା ଥିଲା। ମୁଁ ମନେ ମନେ ଭାବିଲି ଯେ ଯଦିବା ମନ୍ମଥକୁ ଯାବଜ୍ଜୀବନ କାରାଦଣ୍ଡ ମିଳେ, ସେ ଯାହା ପାଇଛି ତା ତୁଳନାରେ ସେ ଦଣ୍ଡ ଅତି ତୁଚ୍ଛ।

ମୁଁ ତାଙ୍କର ଜମାନବନ୍ଦି ଲେଖିବାକୁ କାଗଜକଲମ ଧରି ପ୍ରସ୍ତୁତ ହେଲା ବେଳେ ସେ କହିଲେ, "ସେ ସବୁ ରଖନ୍ତୁ। ପ୍ରଥମେ ଯାହା କହିବି ବୋଲି ଆପଣଙ୍କୁ ସାକ୍ଷାତ କରିବାକୁ ଚାହିଁଥିଲି ସେ କଥା ଶୁଣନ୍ତୁ।"

"କହନ୍ତୁ," ମୁଁ କହିଲି।

"ଆପଣ ଏଠାରୁ ବଦଳି ହୋଇ ଯାଉଛନ୍ତି ବୋଲି ଶୁଣିଲି, ସେ କଥା କ'ଣ ସତ ?" ସେ ପଚାରିଲେ।

"ହଁ, ମାସେ ଭିତରେ ନୂଆ ଥାନା ଅଫିସର୍ ଆସିଯିବେ ବୋଲି ମୁଁ ଭାବୁଛି," ମୁଁ କହିଲି।

"ସେ ନୂଆ ନୁହନ୍ତି, ପୁରୁଣା। ଆଗରୁ ଏ ଥାନାରେ ଥିଲେ, ତାଙ୍କ ବିରୁଦ୍ଧରେ ବହୁତ ଅଭିଯୋଗ ଥିବାରୁ ତାଙ୍କର ବଦଳି ହୋଇଥିଲା। ଯେଉଁମାନେ ମୋ ସ୍ୱାମୀଙ୍କୁ ମାରିଛନ୍ତି ସେମାନେ ଯୋଗାଡ଼ କରି ଆପଣଙ୍କୁ ବଦଳି କରିଛନ୍ତି, ତାଙ୍କୁ ଏଠାକୁ ଆଣିଛନ୍ତି। ସେମାନେ ତାଙ୍କୁ ଯେମିତି ମୋଡ଼ିବେ ସେ ସେମିତି ଚାଲିବେ।"

ମୁଁ କିଛି ଉତ୍ତର ଦେଲି ନାହିଁ। କ'ଣ ବା ଦେଇଥା'ନ୍ତି ? ତାପରେ ସେ ପଚାରିଲେ, "ଆପଣ କ'ଣ ଭାବୁଛନ୍ତି ଯେ ମନ୍ମଥ ମୋ ସ୍ୱାମୀଙ୍କୁ ମାରିଛନ୍ତି ?"

ଏ ପ୍ରଶ୍ନର ସିଧାସଳଖ ଉତ୍ତର ଦେବା ମୋ ପକ୍ଷରେ ସମ୍ଭବ ନଥିଲା। ଅନ୍ୟ କେତେଜଣଙ୍କ ପରି ଆମେ ମନ୍ମଥକୁ ଜେରା କରିଛୁ, କିନ୍ତୁ ତଦନ୍ତ ଶେଷ ନହେବା ଯାଏଁ ନିର୍ଦ୍ଦିଷ୍ଟ ଭାବେ କିଛି କହିହେବ ନାହିଁ। ମୁଁ ତାଙ୍କୁ ତାହାହିଁ କହିଲି।

ସେ କହିଲେ, "ଆପଣ ତାଙ୍କୁ କାହିଁକି ସନ୍ଦେହ କରୁଛନ୍ତି ମୁଁ ଜାଣେ। କେତେମାସ ତଳେ ଥରେ ରାତିରେ ଆପଣ ତାଙ୍କୁ ଆମଘରୁ ବାହାରିବା ଦେଖିଥିଲେ। ଆପଣଙ୍କର ଧାରଣା ହୋଇଛି ଯେ ମୋ ସ୍ୱାମୀଙ୍କ ଅଗୋଚରରେ ସେ ମୋ ପାଖକୁ ଆସୁଥିଲେ, ଆମର ଦୈହିକ ସମ୍ପର୍କ ଥିଲା। ଆପଣଙ୍କର ଧାରଣା ଭୁଲ୍ ନୁହେଁ, କିନ୍ତୁ ମୋ ସ୍ୱାମୀଙ୍କୁ ହତ୍ୟା କରିନାହାନ୍ତି।"

ଏପରି ସ୍ପଷ୍ଟବାଦିନୀ ମହିଳାଙ୍କ ସାମ୍ନାରେ ମୁଁ ସଂକୁଚିତ ହୋଇ ପଡ଼ିଲି, ବିନା ବାକ୍ୟବ୍ୟୟରେ ସେ ଯାହା ଯାହା କହିଲେ ଶୁଣିଲି। ସେ ଯାହା କହିଲେ ତା'ର ସାରମର୍ମ ଏପରି। ତାଙ୍କର ସ୍ୱାମୀ ତାଙ୍କୁ କୌଣସି ସନ୍ତୋଷ ଦେଇ ନାହାନ୍ତି, ଅର୍ଥ ଉପାର୍ଜନ ବ୍ୟତୀତ ତାଙ୍କର ଅନ୍ୟ ଆଗ୍ରହ ନଥିଲା। ଚୋରା ମଦ ତିଆରି କରୁଥିବା ଓ ବିକ୍ରି କରୁଥିବା ଲୋକଙ୍କ ସହିତ ଖାଲି ଯେ ତାଙ୍କର ଘନିଷ୍ଠ ସମ୍ପର୍କ ଥିଲା ତାହା ନୁହେଁ, ସେ ସେମାନଙ୍କର ପ୍ରମୁଖ ପୁଞ୍ଜିଯୋଗାଣକାରୀ ଥିଲେ, ସେମାନେ ମକଦ୍ଦମାରେ ପଡ଼ିଗଲେ ତାଙ୍କ ପାଇଁ ଓକିଲ ଯୋଗାଡ଼ କରୁଥିଲେ ଓ ମକଦ୍ଦମାରେ ଖର୍ଚ୍ଚ ବହନ କରୁଥିଲେ। ବେଳେ ବେଳେ ତାଙ୍କ ପ୍ରାପ୍ୟ ସେ ପାଉନାହାନ୍ତି ବୋଲି ଅଭିଯୋଗ କରୁଥିଲେ; ସେଥିପାଇଁ ଅନେକ ସମୟରେ କାରବାର ବୁଝୁଥିବା ଲୋକଙ୍କ ସହିତ ତାଙ୍କର ଖୁବ୍ ଝଗଡ଼ା ହେଉଥିଲା। ହତ୍ୟାକାଣ୍ଡର ଅଳ୍ପଦିନ ପୂର୍ବରୁ ବେଶ୍ ବଡ଼ ଝଗଡ଼ା ହୋଇଥିଲା। ତାଙ୍କୁ ତାଙ୍କର ନ୍ୟାଯ୍ୟ ପ୍ରାପ୍ୟ ଶୀଘ୍ର ଦିଆନଗଲେ ସେ ଅନ୍ୟମାନଙ୍କର କଥା ପୁଲିସ୍‌କୁ ଜଣାଇଦେବେ ବୋଲି ତାଙ୍କ ସହିତ ଝଗଡ଼ା କରୁଥିବା ଲୋକଙ୍କୁ ଧମକ ଦେଇଥିଲେ। ହତ୍ୟାକାଣ୍ଡ ଦିନ ଦିପହରେ ଚୂଡ଼ାନ୍ତ ଫଇସଲା ପାଇଁ ସେ ସେମାନଙ୍କ ଗାଆଁକୁ ଯାଇଥିଲେ। ସେ ଦାବୀ କରୁଥିବା ଟଙ୍କା ସେମାନେ ତାଙ୍କୁ ଦେବାକୁ ଚାହୁଁ ନଥିଲେ, କିନ୍ତୁ ନଦେଲେ କାଳେ ପୁଲିସ୍ ଆଗରେ ସେ ସବୁକଥା ପ୍ରଘଟ କରିଦେବେ ବୋଲି ସେମାନେ ଆଶଙ୍କା ପାଇଁ ସେମାନେ ତାଙ୍କୁ ହତ୍ୟା କରିଥିବା ସମ୍ଭବ।

ସ୍ୱାମୀଙ୍କର କ୍ରମାଗତ ଅବହେଳା ବର୍ଷ ବର୍ଷ ଭୋଗିବା ପରେ ଓ ବର୍ଷ ବର୍ଷ ତାଙ୍କୁ ମନ ଭିତରେ ଘୃଣା କରିବା ପରେ ସେ ମନ୍ମଥଙ୍କ ସହିତ ପରିଚିତ ହେଲେ। କିଛି ଅଳଙ୍କାର ତିଆରି କରିବା ପାଇଁ ସେ ମନ୍ମଥଙ୍କୁ ଡାକିଥିଲେ। ଅଳ୍ପ ସମୟ କଥାବାର୍ତ୍ତା ପରେ ତାଙ୍କର ମନେ ହେଲା ଯେ ସେ ତାଙ୍କୁହିଁ ଶହଶହ ବର୍ଷ ଧରି ଚାହିଁ ବସିଥିଲେ। ମନ୍ମଥ ପ୍ରଥମେ ଖୁବ୍ ସଙ୍କୋଚ ବୋଧ କରୁଥିଲେ, କିନ୍ତୁ ଥରେ ସଙ୍କୋଚ ଭାଙ୍ଗିଗଲା ପରେ ସେ ତାଙ୍କୁ କେବଳ ଅଙ୍ଗସୁଖ ଦେଲେ ନାହିଁ, ଦେଲେ ମଧ୍ୟ ତାଙ୍କ ମନକୁ ବୁଝିପାରିବାର ଆନନ୍ଦ, ତାଙ୍କ ସହିତ କାନ୍ଦିବାର ଓ ହସିବାର ଦୁର୍ଲଭ ସାହଚର୍ଯ୍ୟ।

ମୁଁ ସେମାନଙ୍କ ସମ୍ପର୍କ ବିଷୟରେ ଅବଗତ ବୋଲି ମନ୍ମଥ ତାଙ୍କୁ କହିଛନ୍ତି। ସେଥିପାଇଁ ସେ ବିବ୍ରତ ନୁହଁନ୍ତି, କିନ୍ତୁ ମୁଁ ଯାହା ଜାଣିଛି ତାହା ଯୋଗୁଁ ଅସଲ ହତ୍ୟାକାରୀଙ୍କ ବଦଳରେ ମନ୍ମଥ ଅଭିଯୁକ୍ତ ହୋଇପାରନ୍ତି ଏହା ଆଶଙ୍କା କରି ସେ ମତେ ଅନୁରୋଧ କରିବାକୁ ଚାହାନ୍ତି ଯେ ନିର୍ଦ୍ଦୋଷ ମନ୍ମଥ ଯେପରି ହଇରାଣ ନ ହୁଅନ୍ତି। ମୋର ବଦଳି

ହେଉନଥିଲେ ତାଙ୍କର ଆଶଙ୍କାରେ କାରଣ ନଥା'ନ୍ତା କାରଣ ସେ ଜାଣନ୍ତି ଯେ ମୁଁ ମଦବେପାରୀଙ୍କର ଆଜ୍ଞାବହ ନୁହେଁ ଏବଂ ମୋର ତଦନ୍ତ ନିର୍ଭୁଲ୍ ହେବ। ମୋ ଠାରୁ ବିପଦ ଆସିପରେ ଏହି ଭୟରେ ସେମାନେ ବହୁତ ଅର୍ଥବ୍ୟୟ କରି କେତେକ ରାଜନୈତିକ ବ୍ୟକ୍ତିଙ୍କୁ ଓ ପୁଲିସ୍ ବିଭାଗର କର୍ମକର୍ତ୍ତାଙ୍କୁ ପ୍ରଭାବିତ କରି ମତେ ବଦଳି କରାଇଛନ୍ତି, ମୋ ଜାଗାରେ ଯାହାଙ୍କୁ ଆଣୁଛନ୍ତି ତାଙ୍କ ସହିତ ସେମାନଙ୍କର ଅସାଧୁ ସମ୍ପର୍କ ବହୁତ ଦିନର।

ମୁଁ ତାଙ୍କୁ ଆଶ୍ୱାସନା ଦେଲି ଯେ ମନ୍ମଥ ଅଭିଯୁକ୍ତ ହେବାର ସମ୍ଭାବନା ପ୍ରାୟ ନାହିଁ। ଅବଶ୍ୟ ତାଙ୍କ ସହିତ ମନ୍ମଥର ସମ୍ପର୍କ ମୁଁ ଜାଣେ, କିନ୍ତୁ କାଗଜପତ୍ରରେ ତା'ର କୌଣସି ଉଲ୍ଲେଖ ନାହିଁ। ମନ୍ମଥ ତାଙ୍କ ଘରକୁ ବ୍ୟବସାୟିକ କାର୍ଯ୍ୟନିର୍ବନ୍ଧରେ କେତେଥର ଯାଇଥିବାରୁ ସେ କୁବେର ପାତ୍ରଙ୍କ ବିଷୟରେ କ'ଣ ଜାଣନ୍ତି ତାହା ବୁଝିବାକୁ ଆମେ ତାଙ୍କୁ ଜେରା କରିଛୁ, ଆଉ କୌଣସି ଉଦ୍ଦେଶ୍ୟରେ ନୁହେଁ। ମୁଁ ତାଙ୍କୁ ଆହୁରି ମଧ୍ୟ କହିଲି ଯେ ମଦବେପାରୀମାନେ ଏ ହତ୍ୟାକାଣ୍ଡ ସହିତ ଜଡ଼ିତ ବୋଲି ଆମେ ବି ଭାବୁଛୁ ଏବଂ ତାହାହିଁ ତଦନ୍ତର ବର୍ତ୍ତମାନ ଆଭିମୁଖ୍ୟ।

ସେ ଖୁବ୍ ଆଶ୍ୱସ୍ତ ହେଲା ପରି ଦିଶିଲେ। ତାଙ୍କଠାରୁ ବିଦାୟ ନେଇ ମୁଁ ଥାନାକୁ ଆସିଲି। ତାର ଦୁଇଦିନ ପରେ ଆମର ସନ୍ଦେହଘେରରେ ଥିବା ଜଣେ ଚୋରାବେପାରୀଙ୍କ ଘର ଓ ଗୋଦାମ ଚଢ଼ାଉ କରି ଆମେ ସୌଭାଗ୍ୟକ୍ରମେ କୁବେର ପାତ୍ରଙ୍କ ପକେଟ୍ ଡାଏରୀ ପାଇଲୁ, ତାକୁ ଜବତ୍ କଲୁ ଓ ବେପାରୀଙ୍କୁ ଗିରଫ କଲୁ। ସେ ଡାଏରୀରେ ଥିବା କେତେକ ତଥ୍ୟ ପ୍ରକୃତ ଅପରାଧୀମାନଙ୍କ ପାଇଁ ଖୁବ୍ ବିପଜ୍ଜନକ ଥିଲା। ତା ପରେ ପରେ କିନ୍ତୁ ମତେ ବେତାର ଯୋଗେ ନିର୍ଦ୍ଦେଶ ମିଳିଲା ଯେ ସାତଦିନ ଭିତରେ ମୁଁ ମୋ ଜାଗାରେ ଅବସ୍ଥାପିତ କର୍ମଚାରୀଙ୍କୁ ଦାୟିତ୍ୱ ଅବଶ୍ୟ ହସ୍ତାନ୍ତର କରିବି ଏବଂ ଏ ସମୟ ଭିତରେ ସେ ନଆସିଲେ ଥାନାର ବରିଷ୍ଠ କର୍ମଚାରୀଙ୍କୁ ଦାୟିତ୍ୱ ଦେଇ ମୋର ନୂଆ କାମରେ ଯୋଗଦେବି।

ଆଦେଶ ମିଳିବା ଦିନ ସନ୍ଧ୍ୟାବେଳେ ଯେଉଁ ଖବରଟି ହଠାତ୍ ମିଳିଲା ସେଥିରେ ଆମେ ସମସ୍ତେ ସ୍ତମ୍ଭୀଭୂତ ହୋଇଗଲୁ। କୁବେର ପାତ୍ରଙ୍କ ସ୍ତ୍ରୀ ଗୁଡ଼ାଏ କୀଟନାଶକ ଔଷଧ ପିଇ ଆତ୍ମହତ୍ୟା କରିଥିଲେ। ମୃତ୍ୟୁ ପୂର୍ବରୁ ସେ ଯେଉଁ ଚିଠି ଖଣ୍ଡିକ ଲେଖିଥିଲେ ସେ ପର୍ଯ୍ୟନ୍ତ ଦାୟିତ୍ୱ ହସ୍ତାନ୍ତର କରି ନ ଥିବାରୁ ମୁଁ ଚିଠିଟିକୁ ଜବତ୍ କରିଥିଲି ଓ ତା'ର ମର୍ମ ଜିଲ୍ଲାର ଆରକ୍ଷୀ ଅଧୀକ୍ଷକଙ୍କୁ ବେତାର ଯୋଗେ ଜଣାଇ ଦେଇଥିଲି। ସେଥିରେ ଉଲ୍ଲେଖ କରିଥିଲେ ଯେ ପତିହିଁ ତାଙ୍କର ସର୍ବସ୍ୱ ଥିଲେ; ପତିଙ୍କୁ ନିବେଦିତ ଜୀବନକୁ ସେ ଏକାଏକା ନିର୍ବାହ କରିପାରିବେ ନାହିଁ; ସ୍ୱର୍ଗଲୋକରେ ପତିଙ୍କ ସହିତ ମିଳିତ

ହେବା ପାଇଁ ସେ ଏ ପଦକ୍ଷେପ ନେଲେ ଏବଂ ତାଙ୍କର ଏକମାତ୍ର କାମନା ଯେ ଜନ୍ମେ ଜନ୍ମେ ସେ ତାଙ୍କର ପତିଙ୍କର ପତ୍ନୀ ହୁଅନ୍ତୁ। ତଦନ୍ତକାରୀ ଯେ ହୁଅନ୍ତୁ ନା କାହିଁକି ମନ୍ମଥ ଏଣିକି ସୁରକ୍ଷିତ ବୋଲି ମାର ସନ୍ଦେହ ନଥିଲା। ଏ ଖବର ପ୍ରଚାରିତ ହେବାମାତ୍ରେ ସତୀଙ୍କର ଶେଷଦର୍ଶନ ପାଇଁ ତାଙ୍କ ଘରକୁ ଲୋକଙ୍କର, ବିଶେଷତଃ ସଧବାମାନଙ୍କର ସୁଅ ଛୁଟିଲା। ତାଙ୍କ ଘର ଆଗରେ ଅଖଣ୍ଡ ସଂକୀର୍ତ୍ତନ କରାଗଲା। ମୁଁ ବି ତାଙ୍କ ଉଦ୍ଦେଶ୍ୟରେ ମୁଣ୍ଡିଆଟିଏ ମାରିଛି। ଯେଉଁ ଭଲପାଇବାରେ ନିଜର ଜୀବନକୁ ପୋଛି ଦେଲା ଭଳି ମିଛ କୁହାଯାଇପାରେ ତାହା କ'ଣ ଆମ ତମ ପରି ଲୋକଙ୍କର ଭଲପାଇବା ?

■

ଏକପାଖିଆ ବାଟ

ପର୍ଶୁରାମ ମହାପାତ୍ର ନିମ୍ନୋକ୍ତ ପରିସ୍ଥିତିରେ ପୋଥିଖଣ୍ଡିକ ପାଇଲା। ଜଣେ ଅଧସ୍ତନ ପୁଲିସ୍ କର୍ମଚାରୀଭାବେ ସେ ତା'ର ଅଧସ୍ତନ ଆଉ ଦୁଇଜଣ କର୍ମଚାରୀଙ୍କ ସହିତ ଦିନେ ମୁଣ୍ଡାପଦର ଗାଆଁକୁ ଯାଇଥିଲା। ଗାଆଁର ଚୌକିଦାର ସକାଳୁ ସକାଳୁ ଥାନାକୁ ଆସି ଖବର ଦେଇଥିଲା ଯେ ଗତ ରାତିରେ କିଏ ନଅଦଶବର୍ଷର ପିଲାଟିଏର ତଣ୍ଡିକାଟି ଦେଇଛି ଓ ପିଲାଟିର ଲାସ୍ ଠାକୁରାଣୀଙ୍କ ମନ୍ଦିର ପାଖରେ ପଡ଼ିଛି। ଗାଆଁ ଲୋକଙ୍କୁ ଲାସ୍ ଜଗିବା ଦାୟିତ୍ୱ ଦେଇ ଥାନାରେ ଏତଲା ଦେବା ପାଇଁ ସେ ଆସିଥିଲା। ଦିନ ଦଶଟା ବେଳେ ପର୍ଶୁରାମ ମୁଣ୍ଡାପଦରେ ପହଞ୍ଚିଲା ଓ ତତ୍‌କ୍ଷଣାତ୍ ତଦନ୍ତ ଆରମ୍ଭ କରିଦେଲା। ପିଲାଟିର ବାପାମାଆ କାନ୍ଦି କାନ୍ଦି ଭୂଇଁରେ ଗଡ଼ିଯାଉଥିଲେ ଓ ତାଙ୍କ ପୁଅର ହତ୍ୟାକାରୀକୁ ଅଭିଶାପ ପରେ ଅଭିଶାପ ଦେଉଥିଲେ। ଶବକୁ ବ୍ୟବଚ୍ଛେଦ ପାଇଁ ଶଗଡ଼ଗାଡ଼ିରେ ପଠାଇବା ପରେ ପର୍ଶୁରାମ କେତେଲୋକଙ୍କୁ ପଚରାଉଚରା କଲା, ମୂଳତଃ ସେ ପିଲାର ବାପା ସହିତ କାହାର ଶତ୍ରୁତା ଥିଲା ଜାଣିବା ପାଇଁ। ରାତିରୁ ପୁଲିସ୍ ଆସିବାଯାଏଁ ଲାସ୍‌କୁ ପାଳିକରି ଜଗିଥିବା ଲୋକଙ୍କର ବୟାନ ସେ ଲିପିବଦ୍ଧ କଲା। ସେ ତାଲିକାର ସର୍ବଶେଷ ବ୍ୟକ୍ତି ଦୁଇଜଣ ଥିଲେ ପଶୁପତି ନାଏକ୍ ଓ ତା'ର ସ୍ତ୍ରୀ। ସେମାନଙ୍କୁ ବୟାନ ଦେବାକୁ କହିଲା ବେଳେ ପର୍ଶୁରାମର ବିଶ୍ୱାସ ନଥିଲା ଯେ ସେମାନେ ଏ ହତ୍ୟାକାଣ୍ଡର ତଦନ୍ତରେ ସୁବିଧା ହେଲା ଭଳି କିଛି କହିବେ, କିନ୍ତୁ ସେମାନେ ଯାହା କହିଲେ ତାହା ଶୁଣିବା ପରେ ସେ ପ୍ରଥମେ ଚକିତ ହେଲା, ପରେ ତାଙ୍କୁ ଗିରଫ କଲା।

ବୟାନ ଦେବାକୁ ଆରମ୍ଭ କରିବା ପରେ ପଶୁପତିର ସ୍ୱର ବାଷ୍ପରୁଦ୍ଧ ହୋଇଗଲା, ଆଖି ତଳକୁ ହୋଇଗଲା, ଦେହରୁ ହାତଗୋଡ଼ ବିଚ୍ଛିନ୍ନ ହୋଇଗଲା ପରି ଲାଗିଲା।

ପଶୁପତି କହିଲା ଯେ ସ୍ୱପ୍ନରେ ଦେବୀ ତାକୁ ବାଳକ ବଳି ମାଗିଲେ । ସେ ଠାକୁରାଣୀଙ୍କର ବହୁତଦିନର ଭକ୍ତ, ତାଙ୍କର ପୂଜାର୍ଚ୍ଚନା ନିତି କରେ, ଅମାବାସ୍ୟା ରାତିରେ ଅନେକଥର ମଶାଣିରେ ତାଙ୍କୁ ଆବାହନ କରି କୁକୁଡ଼ା ବଳି ଦିଏ । ସ୍ୱପ୍ନରେ ଦେବୀଙ୍କ ଆଦେଶ ଶୁଣିଲା ପରେ ସେ ପ୍ରଥମେ ଭାବିଲା ଯେ ଠାକୁରାଣୀ ଯାହା କଲେ କରନ୍ତୁ ସେ ବାଳହତ୍ୟା କରିବ ନାହିଁ । ତାପରେ କ୍ରମାଗତ ଦୁଇ ରାତିରେ ସେ ସେହି ସ୍ୱପ୍ନ ଦେଖିଲା, ଉଲଗ୍ନ, ରକ୍ତଚକ୍ଷୁ ଓ ଜିହ୍ୱା ଲହଲହ କରୁଥିବା ଦେବୀ ଚତୁର୍ଦ୍ଦିଗକୁ ପ୍ରକମ୍ପିତ କରୁଥିବା ସ୍ୱରରେ ବାଳକ ବଳି ମାଗିବା ଶୁଣିଲା । ପଶୁପତି ଓ ତା'ର ସ୍ତ୍ରୀ ବହୁତ ଆଲୋଚନା କରି ସ୍ଥିର କଲେ ଯେ ଦେବୀଙ୍କ ଆଦେଶ ପାଳନ ନ କରି ବାଟ ନାହିଁ । ପୂର୍ବଦିନ ସନ୍ଧ୍ୟାବେଳେ ସେମାନେ ପିଲାଟିକୁ ଏକୁଟିଆ ଠାକୁରାଣୀଙ୍କ ମନ୍ଦିର ଆଡ଼େ ଯାଉଥିବା ଦେଖି ଭାବିଲେ ଯେ ଦେବୀଙ୍କର ତାଠାରେ ଲୋଭ । ତାକୁ ଘରକୁ ଡାକିଲେ ଓ ଚକୁଳି, କଦଳୀଚକଟା ଖାଇବାକୁ ଦେଲେ । କଦଳୀଚକଟାରେ ପଶୁପତିର ସ୍ତ୍ରୀ ଅଫିମ ମିଶାଇ ଦେଲା, ତେଣୁ ଖାଇସାରିବାର ଅଳ୍ପ ସମୟ ପରେ ପିଲାଟିର ଆଖି ବୁଜି ହୋଇ ଆସିଲା, ଚାଲିଲା ବେଳେ ସେ ଟଳିଟଳି ଚାଲିଲା । ସ୍ୱାମୀ ସ୍ତ୍ରୀ ତାକୁ ମନ୍ଦିରକୁ ଯିବାକୁ ଡାକିଲେ; ସେ ତାଙ୍କ କଥା ମାନି ତାଙ୍କ ସାଙ୍ଗେ ସାଙ୍ଗେ ଗଲା । ମନ୍ଦିରଠାରୁ ଅଳ୍ପଦୂରରେ ଦିପାଖରେ କିଆବୁଦା ଥିବା ଗୋହିରୀମୁଣ୍ଡରେ ପଶୁପତି ତାକୁ ତଳେ ପକାଇ ତା ଛାତି ଉପରେ ମାଡ଼ିବସିଲା । ତା'ର ସ୍ତ୍ରୀ ପିଲାର ହାତ ଜାବୁଡ଼ି ଧରିଲା, ପଶୁପତି ସାଙ୍ଗରେ ଆଣିଥିବା କଟୁରୀରେ ପିଲାର ବେକକୁ ହାଣି ହାଣି କାଟିଲା, ବୋହିଯାଉଥିବା ରକ୍ତକୁ ମନ୍ତ୍ରପଢ଼ି ଠାକୁରାଣୀଙ୍କୁ ସମର୍ପଣ କଲା । ପିଲାଟି ପାଟି କଲା ବେଳକୁ ପଶୁପତିର ସ୍ତ୍ରୀ ତା ପାଟିରେ ଶାଢ଼ିର କାନିକୁ ବିଣ୍ଡା କରି ମାଡ଼ିଦେଲା । ବଳିକାର୍ଯ୍ୟ ସରିଲା ପରେ ସ୍ୱାମୀ ସ୍ତ୍ରୀ ଶବର ଗୋଡ଼ପାଖରେ ମୁଣ୍ଡିଆ ମାରିଲେ ଓ ଘରକୁ ଫେରିଆସିଲେ । ବିଲୁଆ କୁକୁର ଖାଇଯିବେ ନାହିଁ ବୋଲି ଗାଆଁର ପ୍ରତି ଘରୁ ଜଣେ ଦିଜଣ ଲାସ୍‌କୁ ପାଳିକରି ଜଗୁଥିଲେ । ସବାଶେଷରେ ପଶୁପତିର ପାଳି ପଡ଼ିଲା, ପୁଲିସ୍ ଆସିବା ବେଳକୁ ସେ ଓ ତା'ର ସ୍ତ୍ରୀ ଲାସ୍ ପାଖରେ ଥିଲେ ।

ପଶୁପତି ନିଜର ଓ ସ୍ତ୍ରୀର ଅପରାଧ ସ୍ୱୀକାର କରିବା ପରେ ପର୍ଶୁରାମ ସେମାନଙ୍କୁ ଗିରଫ କଲା । ସେମାନେ ବ୍ୟବହାର କରିଥିବା ଓ ରକ୍ତଦାଗ ଲାଗିଥିବା କଟୁରୀ ସେମାନେ କହିବା ମୁତାବକ କିଆବଣ ଭିତରୁ ମିଳିଲା । କଟୁରୀକୁ ଜବତ୍ କରି ତାହା ସର୍ବସମ୍ମୁଖରେ ଜବତ୍ ହୋଇଛି ବୋଲି ଓ ସେହି କଟୁରୀରେ ପଶୁପତି ଓ ତା'ର ସ୍ତ୍ରୀ ପିଲାଟିକୁ ହତ୍ୟା କରିଥିବା ସ୍ୱୀକାର କରିଛନ୍ତି ବୋଲି ପର୍ଶୁରାମ ସରକାର ଯୋଗାଇଥିବା ବାଲିଆ କାଗଜରେ ଲେଖିଲା ଓ କାଗଜରେ ଗାଆଁର ଚାରିଜଣଙ୍କର ଟିପଚିହ୍ନ ଓ

ଦସ୍ତଖତ୍ କରିପାରୁଥିବା ଏକମାତ୍ର ଲୋକର ଦସ୍ତଖତ୍ ନେଲା । ତାପରେ ପଶୁପତିର ଘର ଖାନ୍‌ତଲାସ୍ କଲା । ଖାନ୍‌ତଲାସ୍ ପରେ ତା'ର ହୃଦ୍‌ବୋଧ ହେଲା ଯେ ସେମାନେ ଖୁବ୍ ଗରୀବ, ପୁରୁଣା ବାସନ କେତେଖଣ୍ଡ, ଖଣ୍ଡେ ଅଧାଭଙ୍ଗା ଟିଣବାକ୍ସ ଓ କେତେଖଣ୍ଡ ପିନ୍ଧିବା ଲୁଗା ତାଙ୍କର ସମୁଦାୟ ସମ୍ପତ୍ତି । ବାକ୍ସ ଭିତରୁ ସେ ଖଣ୍ଡେ ତାଳପତ୍ର ପୋଥି ପାଇଲା । କଟୁରୀ ଓ ପୋଥିକୁ ଧରି ସେ ଥାନାକୁ ଫେରିଲା, ବାକିସବୁ ଗାଆଁର ମୁଖିଆଙ୍କ ଜିମା ଦେଇଦେଲା । ପଶୁପତିକୁ ହାତକଡ଼ା ପିନ୍ଧାଇ ତାକୁ ଓ ତା'ର ସ୍ତ୍ରୀକୁ ଥାନାକୁ ଆଣିଲା, ଥାନା ହାଜତ୍‌ରେ ସେମାନଙ୍କୁ ଓ ମାଲ୍‌ଖାନାରେ କଟୁରୀକୁ ରଖି ଘରକୁ ଫେରିଲା । ପୋଥିରେ କ'ଣ ଲେଖାହୋଇଛି ପଢ଼ିବ ବୋଲି ପୋଥିକୁ ଘରକୁ ଆଣିଲା ।

ପର୍ଶୁରାମର ସ୍ତ୍ରୀର ନାଆଁ ମେନକା । ସେ ଅନ୍ୟଜଣେ କାହାକୁ ଭଲପାଉଥିଲା ଓ ତାକୁ ବିବାହ କରିବାକୁ ଚାହୁଁଥିଲା । ସେ ପିଲାଟି ଚାକିରୀ ପାଇନଥିଲା, ତା ଛଡ଼ା ବ୍ରାହ୍ମଣ ହେଲେ ମଧ୍ୟ ମେନକାଙ୍କ ପିତାଙ୍କ ପରି ଉଚ୍ଚବର୍ଗର ବ୍ରାହ୍ମଣ ନଥିଲା । ମେନକାର ବାପାମାଆ ତାକୁ ତା ଇଚ୍ଛାନୁସାରେ ବିବାହ କରିବାକୁ ନଦେଇ ପର୍ଶୁରାମ ସହିତ ତା'ର ବିବାହ କରିଦେଲେ । ପର୍ଶୁରାମ ଅଳ୍ପଦିନ ତଳେ ପୁଲିସ୍ ଏ.ଏସ୍.ଆଇ. ହୋଇଥାଏ, ପୁଣି କୁଳୀନ ବ୍ରାହ୍ମଣ ବଂଶର । ବିବାହ ପରେ ମେନକା ପର୍ଶୁରାମ ଚାକିରୀ କରୁଥିବା ଜାଗାକୁ ଆସିଲା ଓ ଥାନା ହତା ଭିତରେ ଥିବା ସରକାରୀ ଘରେ ରହିଲା । ପର୍ଶୁରାମ ମେନକାକୁ ହେଳା କରୁନଥିଲା, ବରଂ ତାକୁ ଖୁସି କରିବା ପାଇଁ ପାରୁପର୍ଯ୍ୟନ୍ତ ଚେଷ୍ଟା କରୁଥିଲା, କିନ୍ତୁ ମେନକା ସବୁବେଳେ ଉଦାସ ରହୁଥିଲା, ନିହାତି ଦରକାର ନହେଲେ କଥାବାର୍ତ୍ତା କରୁନଥିଲା ।

ସବୁକାମ ସାରି ପର୍ଶୁରାମ ଘରକୁ ଫେରିଲା ବେଳକୁ ରାତି ପ୍ରାୟ ଆଠଟା ହୋଇଯାଇଥିଲା । ଗାଧୁଆ ପାଧୁଆ ସାରି ଖାଇ ବସିଲା, ଖାଇବା ବେଳେ ମେନକାକୁ ସେ ସେଦିନ ତଦନ୍ତ କରିଥିବା ହତ୍ୟାକାଣ୍ଡର ବିବରଣୀ ଦେଲା, ଅନ୍ଧବିଶ୍ୱାସର ବଶବର୍ତ୍ତୀ ହୋଇ ଲୋକ କିପରି ପୈଶାଚିକ ଓ ଦାୟିତ୍ୱହୀନ କାଣ୍ଡ କରିବସନ୍ତି ଏ ଘଟଣା ତା'ର ଗୋଟିଏ ଦୃଷ୍ଟାନ୍ତ ବୋଲି କହିଲା । ସେ ଲକ୍ଷ୍ୟ କଲା ଯେ ଅନେକଦିନ ପରେ ମେନକା ତା କଥା ଆଗ୍ରହ ସହିତ ଶୁଣୁଛି । ଲକ୍ଷ୍ୟ କରି ଖୁସି ହେଲା । ସେ ବୁଝିପାରିଲା ନାହିଁ ମେନକା କାହିଁକି କେତେ ସମୟ ପରେ କହିଲା, "ବିଶ୍ୱାସ ରଖି ଜଣେ ଯେଉଁ କାମ କରେ ସେ କାମ ପାଇଁ ତାକୁ ଦାୟୀ କରିବା ଉଚିତ ନୁହେଁ ।" ପର୍ଶୁରାମ ଭାବିଲା, ମେନକା କ'ଣ କହିବାକୁ ଚାହୁଁଛି ଯେ କୌଣସି ଲୋକ ଜଣେ ଲୋକ ନୁହେଁ, ବିଶ୍ୱାସ ଫଳରେ କାମ କରୁଥିବା ଲୋକ ଅଲଗା, ସେ ନିଜେ ଅଲଗା ? ତା ହେଲେ ତ କାହାରିକୁ କିଛି ପାଇଁ ଦାୟୀ କରି ହେବ ନାହିଁ, ସମସ୍ତେ ସେହି ବିଶ୍ୱାସ-ପରିଚାଳିତ,

ନାଆଁଗାଆଁ ନଥିବା, କାହାରିକୁ ଦିଶୁନଥିବା ଲୋକଟି ମୁଣ୍ଡରେ ସବୁ ଦୋଷ ଦେଇ ନିଜେ ସୁରକ୍ଷିତ ରହିଯିବେ।

ମେନକା ଶୋଇବାକୁ ଗଲାପରେ ପର୍ଶୁରାମ ଦାଣ୍ଡଘରକୁ ଗଲା, ପାତଳା ତୁଳାଶେଯ ପଡ଼ିଥିବା ଖଟ ଉପରେ ଲମ୍ବିଯାଇ ପୋଥିଟିକୁ ପଢ଼ିବା ଆରମ୍ଭ କଲା। ତାଳପତ୍ର ସବୁ ବହୁତ ଦିନର, ଠାଏ ଠାଏ ଅକ୍ଷର ପଢ଼ି ହେଉନାହିଁ। ସାବଧାନ ହୋଇ ସେ ପୋଥି ଖୋଲିଲା। ପ୍ରଥମ ଦୁଇ ପୃଷ୍ଠାର ପାଠ ଥିଲା-

ଏ ଗ୍ରନ୍ଥ ଦୁଇ ବିପରୀତ। ଭାବରେ ହୋଇଛି ନିର୍ମିତ॥
ପ୍ରଥମ ଭାଗରେ ମାରଣ। ବଶୀକରଣ ଉଚ୍ଚାଟନ॥
ଶତ୍ରୁଗୃହକୁ ବାରମ୍ବାର। ଅଗ୍ନିରେ ଭସ୍ମ କରିବାର॥
ଶତ୍ରୁପତ୍ନୀର ଗର୍ଭେ ସ୍ଥିତ। ଭ୍ରୂଣକୁ ମାରିବ କେମନ୍ତ॥
ଅନ୍ନ ପୁରୀଷମୟ ହେବ। ଗୋଗୋଷ୍ଠ ନିପାତ ହୋଇବ॥
ଏସବୁ ଉପାୟ ସମେତ। ଆହୁରି ଉପାୟ ବହୁତ॥
ବର୍ଣ୍ଣିତ ପ୍ରଥମ ଭାଗରେ। ମଶାଣିଚଣ୍ଡୀଙ୍କ କୃପାରେ॥
ଦ୍ୱିତୀୟ ଭାଗେ ବ୍ୟାଧିଙ୍କର। ମନ୍ତ୍ରଶକ୍ତିରେ ପ୍ରତିକାର॥
ବାଗ୍‌ଦେବୀ ମୁଖରୁ ନିଃସୃତ। ବାଣୀରେ ହୋଇଛି ରଚିତ॥

ତାପରେ ଥିବା କେତୋଟି ପତ୍ର ଉପରେ ଆଖି ବୁଲାଇ ଆଣିବା ପରେ ପର୍ଶୁରାମ ଏକ ଭୟାବହ ଓ କୁତ୍ସିତ ମାନସିକତା ସହିତ ପରିଚିତ ହେଲା। କେଉଁ କେଉଁ ତିଥିରେ କ'ଣ କ'ଣ ପୂଜା କଲେ କି କି ଅଭୀଷ୍ଟ ସିଦ୍ଧ ହୁଏ ସେ ସବୁ ବ୍ୟତୀତ ଶତ୍ରୁକୁ ପୀଡ଼ା ଦେବାର ଓ ମାରିବାର ଉପାୟ ସବୁ ବର୍ଣ୍ଣନା କରାଯାଇଥିଲା। ଉଦାହରଣ ସ୍ୱରୂପ, ଶତ୍ରୁର ଜନ୍ମତିଥି ମଧ୍ୟରାତ୍ରିରେ ଚାଉଳଖଳିରେ ପିତୁଳାଟିଏ ତିଆରି କରି ତାକୁ ତା ଦେହରେ ଲୁହାକଣ୍ଟା ଫୋଡ଼ିହେବାର କଷ୍ଟ ଭୋଗିବ। ଶତ୍ରୁକୁ ପ୍ରାଣରେ ମାରିଦେବା, ନାରୀକୁ ବଶ କରିବା, ଗଛକୁ ନୁଆଁଇ ଆଣି ଫଳ ତୋଳିବା ଇତ୍ୟାଦି ମନସ୍କାମନା ପୂର୍ଣ୍ଣ କରିବାର ଉପାୟ, ପୂଜାବିଧି ଓ ମନ୍ତ୍ରସମ୍ବଳିତ କେତୋଟି ପତ୍ର ପଢ଼ିବା ପରେ ପର୍ଶୁରାମ ସେଥିରେ ନିସ୍ପୃହ ହୋଇପଡ଼ିଲା ଓ ପୋଥିବନ୍ଦ କରି ଶୋଇବାକୁ ଗଲା।

କେତେଦିନ ବିତିଗଲା, ପଶୁପତିର ବିଚାର ଚୂଡ଼ାନ୍ତ ପର୍ଯ୍ୟାୟରେ ପହଞ୍ଚିଥାଏ, କିନ୍ତୁ ସେ ମାମଲାରେ ପର୍ଶୁରାମର ଆଉ କୌଣସି ଆଗ୍ରହ ନଥାଏ। ସେ ତା'ର କାମ କରିସାରିଛି, ଏଣିକି କ'ଣ ହେବ ତାହା ବିଚାରାଳୟରେ ସ୍ଥିର କରାଯିବ।

ଦିନେ ସକାଳୁ ଉଠି ପର୍ଶୁରାମ ଦେଖିଲା ଯେ ମେନକା ଘରେ ନାହିଁ। କାହା ଘରକୁ ବା ବଜାରକୁ ବା ମନ୍ଦିରକୁ ଯାଇଥିବ ଭାବି ସେ ତା'ର ଅନୁପସ୍ଥିତି ଉପରେ

ପ୍ରଥମେ ଗୁରୁତ୍ୱ ଦେଲା ନାହିଁ, କିନ୍ତୁ ଅଫିସ୍‌କୁ ଯିବା ପର୍ଯ୍ୟନ୍ତ ମେନକା ନଫେରିବାରୁ ସେ ଖୁବ୍ ଉଦ୍‌ବିଗ୍ନ ହୋଇପଡ଼ିଲା । ଅଫିସ୍ ଗଲା, ମଝିରେ ମଝିରେ ଜଣେ କନଷ୍ଟେବଲ୍‌କୁ ପଠାଇ ମେନକା ଫେରିଲାଣି କି ନାହିଁ ବୁଝୁଥିଲା, ପ୍ରତ୍ୟେକଥର ଶୁଣୁଥିଲା ଯେ ସେ ଆସିନାହିଁ । କାଳେ ଆତ୍ମହତ୍ୟା କରିଥିବ ଭାବି ଲୋକପଠାଇ ରେଳଲାଇନ୍ ଓ ପାଖଆଖର କୂଅପୋଖରୀ ସବୁ ଖୋଜିଲା, କିନ୍ତୁ ମେନକାର ପତ୍ତା ମିଳିଲା ନାହିଁ ।

ସନ୍ଧ୍ୟାବେଳେ ପର୍ଶୁରାମ ଘରକୁ ଫେରିଲା । ଅନେକ ରାତିଯାଏଁ ଘର ଭିତରେ ଅସ୍ଥିରଭାବେ ବୁଲୁଥାଏ, ଅନେକ ଥର ଦୁଆର ଖୋଲି ବାରଣ୍ଡାକୁ ଆସି କାଳେ ମେନକା ଆସୁଥିବ ବୋଲି ଚାହୁଁଥାଏ । କ୍ରମଶଃ ସେ ସମାନ ପରିମାଣରେ କ୍ରୋଧ ଓ ଲଜ୍ଜା ଅନୁଭବ କଲା । କାହିଁକି ମେନକା ତାକୁ ଏ ଦଣ୍ଡ ଦେଲା ? ମେନକାକୁ ଅସୁଖୀ କଲା ଭଳି ସେ ତ କିଛି କରିନଥିଲା, ନିଜ ରୋଜଗାର ଅନୁଯାୟୀ ତାକୁ ସୁଖୀ ରଖିବାକୁ ସର୍ବଦା ଚେଷ୍ଟା କରୁଥିଲା । ମେନକାର ବାପାମାଆଙ୍କର ଅବସ୍ଥା ଯାହା, ତା ଭଳି ପାତ୍ର ପାଇବା ସେମାନଙ୍କର ସୌଭାଗ୍ୟ । ବର୍ଷେ ଖଣ୍ଡେ ଭିତରେ ସବ୍‌ଇନ୍‌ସପେକ୍ଟର ପାହ୍ୟାକୁ ତା'ର ପଦୋନ୍ନତି ହୋଇଯିବ, ହେଲା ପରେ ଏବେ ଯେଉଁ ଯେଉଁ ଅଭାବ ରହୁଛି ତାହା ରହିବ ନାହିଁ । ଥାନାର ବଡ଼ବାବୁଙ୍କ ପତ୍ନୀର ମର୍ଯ୍ୟାଦା କେତେଜଣ ସ୍ତ୍ରୀଲୋକଙ୍କ ଭାଗ୍ୟରେ ଥାଏ ? ଯଦି ତା'ର ଯିବାର ଥିଲା, କହିକରି ବା ଚିଠିଖଣ୍ଡେ ଲେଖି ଗଲାନାହିଁ କାହିଁକି ? ମେନକାର ମନ ଭିତରେ ଏତେ ଦୁଷ୍ଟବୁଦ୍ଧି ଥିଲା ବୋଲି ସେ ଜାଣିଥା'ନ୍ତା କିପରି ? ଜୋଇଁକୁ କ'ଣ ବା ଦେଇଥିଲେ ତା'ର ବାପମାଆ ? ଦୁଇଟା ଅଳ୍ପଓଜନର ମୁଦି ଓ ହାତଘଣ୍ଟାଟିଏ ଛଡ଼ା ସେ ଆଉ କିଛି ପାଇନଥିଲା । ତା'ର ସାଙ୍ଗମାନେ କେତେ ଯୌତୁକ ପାଇନାହାନ୍ତି ! ସେ ତ ସେଥିପାଇଁ କେବେ ଶୋଚନା କରିନାହିଁ, ବରଂ ସବୁବେଳେ ଆଶା କରି ଆସିଛି ଯେ ମେନକା ତା'ର ମହାନୁଭବତା ବୁଝିବ, ପ୍ରତିଦାନରେ ଅନ୍ତରର ବିପୁଳ କୃତଜ୍ଞତା ଅଜାଡ଼ି ଦେବ । କିନ୍ତୁ ଦେଲା କ'ଣ ? ମାସମାସର ଉଦାସୀନତା ପରେ ସେ ଦେଲା ତା'ର ଅଯୌକ୍ତିକ ବିରାଗରେ ତିଆରି ମସ୍ତବଡ଼ ପଦାଘାତ ।

ଲାଜ ବି ମାଡ଼ିଲା । ତା'ର ସାଙ୍ଗମାନଙ୍କ ପାଖରେ, ପୁଲିସ୍ ବିଭାଗରେ ତା'ର ଇଜ୍ଜତ୍ ଦିକଡ଼ାର ହୋଇଗଲା । ଜଣେ ପୁଲିସ୍ କର୍ମଚାରୀର ସ୍ତ୍ରୀ ସ୍ୱାମୀକୁ ନକହି ଘରୁ ପଳାଇଛି ଏହାଠାରୁ ବଳି ଅପମାନ ଆଉ କ'ଣ ଥାଇପାରେ ? ସେ ଖାକୀ ପୋଷାକ ପିନ୍ଧି ଚଉକୀରେ ବସିଲାବେଳେ ସିପାହୀମାନେ ତା ପଛରେ ମୁରୁକି ହସୁଥିବେ, ବଡ଼ବାବୁ ମୁହଁରେ କିଛି ନକହିଲେ ବି ଆଗଭଳି ତା ଉପରେ ନିର୍ଭର କରିବେ ନାହିଁ । ରୋଗରେ ପଡ଼ି ମେନକା ମରିଯାଇଥା'ନ୍ତା ହେଲେ ! ତା ହୋଇଥିଲେ ତାକୁ ସହାନୁଭୂତି ମିଳିଥା'ନ୍ତା, ସେ ଆଗପରି ମୁଣ୍ଡଟେକି ଚାଲିପାରିଥା'ନ୍ତା ।

ଦିନେ ଛୁଟିନେଇ ପର୍ଶୁରାମ ମେନକାର ବାପଘରକୁ ଗଲା । ମେନକା ସେଠାକୁ ଆସିନଥିଲା । ତା'ର ବାପମାଆ ଖୁବ୍ ମନଦୁଃଖ କଲେ । ବାପା ଯେତେବେଳେ ସେ ପ୍ରାଣରେ ଅଛି କି ନାହିଁ ବୋଲି ଉଦ୍‌ବେଗ ପ୍ରକାଶ କଲେ, ମାଆ ନିଜ କପାଳକୁ ନିନ୍ଦିଲେ ଓ କହିଲେ ଯେ ଏପରି ଝିଅ ପ୍ରାଣରେ ରହିବାଠାରୁ ନରହିବା ଭଲ । ପର୍ଶୁରାମ ତାଙ୍କର ପ୍ରତିକ୍ରିୟାରେ ଆଶ୍ଚର୍ଯ୍ୟ ହେଲା । ତାପରେ ସେ ସ୍ୱାମୀଙ୍କୁ କହିଲେ, "ତମେ ଯାଇ ବୁଝିଲ, ଏ ପୋଡ଼ାମୁହିଁ ସେ ଅଲପେଇସା ଯଦୁମଣି ପାଖକୁ ଚାଲିଯାଇନି ତ ?" ମେନକାର ବାପ ଖୁବ୍ ଅପ୍ରତିଭ ଦିଶିଲେ, ସ୍ତ୍ରୀଙ୍କୁ ଆକଟ କରି "କ'ଣ ଗୁଡ଼ାଏ ବାଜେ କଥା କହୁଛ" ବୋଲି କହିଲେ । ପର୍ଶୁରାମକୁ କିନ୍ତୁ ମେନକାର ସନ୍ଧାନ ନେବାର ବାଟଟିଏ ଦିଶିଗଲା ।

ଥାନାକୁ ଫେରି ପର୍ଶୁରାମ ତାର ଜଣେ ବନ୍ଧୁଙ୍କୁ ଯଦୁମଣିର ଖୋଜଖବର ନେବାକୁ ଅନୁରୋଧ କଲା । ବନ୍ଧୁଜଣକ କହିଲେ ଯେ ଖୋଜ୍‌ଖବର ନେବା ଦରକାର ନାହିଁ, ବିଭାଘର ପୂର୍ବରୁ ମେନକାର ଯଦୁମଣି ସହିତ ଭାବ ଥିଲା, ଉଭୟେ ବିଭାହେବାକୁ ଚାହୁଁଥିଲେ, କିନ୍ତୁ ମେନକାର ବାପମାଆ ରାଜି ନହେବାରୁ ବିଭାଘର ହୋଇପାରିଲା ନାହିଁ । ସେ ଆହୁରି କହିଲେ ଯେ ପର୍ଶୁରାମର ବିଭାଘର ବେଳକୁ ଯଦି ସେ ଓଡ଼ିଶା ବାହାରେ ନଥା'ନ୍ତେ ତାକୁ ମେନକାକୁ ବିଭାହେବାରୁ ନିବୃତ୍ତ କରିଥା'ନ୍ତେ । ଏବେ ମେନକା ଯଦୁମଣି ପାଖରେ ଅଛି କି ନାହିଁ ବୁଝି ତାକୁ ସପ୍ତାହେ ଭିତରେ ଜଣାଇବାର ପ୍ରତିଶ୍ରୁତି ଦେଲେ ।

ପର୍ଶୁରାମର ବଡ଼ ଆଶା ଥିଲା ଯେ ମେନକା ଯଦୁମଣି ପାଖରେ ନାହିଁ ବୋଲି ଖବର ଆସିବ । ସେ ଯେଉଁଠି ଥାଉ ପଛକେ, ମରିଯାଇ ଥାଉ ପଛକେ, ତା'ର ସନ୍ଧାନ ନ ମିଳୁ, କିନ୍ତୁ ସେ ତା'ର ସ୍ତ୍ରୀର ପସନ୍ଦ ହେଲାନାହିଁ ଏ ଅପମାନ ଭୋଗିବାକୁ ନପଡୁ । ସେ ଆହୁରି ଚାହୁଁଥିଲା ଯେ ସପ୍ତାହକ ଲମ୍ବିଯାଇ ମାସେ ହୋଇଯାଆନ୍ତା, ତାଠାରେ ଲମ୍ବି ଲମ୍ବି ବର୍ଷ ବର୍ଷ ହୋଇଯାଆନ୍ତା । ଚାରିଦିନ ପରେ କିନ୍ତୁ ଖବର ମିଳିଲା ଯେ ମେନକା ଯଦୁମଣି ପାଖରେ ରହୁଛି ।

ପର୍ଶୁରାମ ପ୍ରଥମେ ଭାବିଲା, ଯଦୁମଣି ବିରୁଦ୍ଧରେ ପରସ୍ତ୍ରୀ ସହିତ ସହବାସ ଅଭିଯୋଗ କରି ମକଦ୍ଦମା କରିବ, ମେନକା ବିରୁଦ୍ଧରେ ବିବାହ-ବିଚ୍ଛେଦ ପାଇଁ ଦରଖାସ୍ତ ଦେବ । କିନ୍ତୁ ଏପରି କଲେ ଘଟଣା ପ୍ରଘଟ ହୋଇଯିବ, ଯେଉଁଠାକୁ ବଦଳି ହୋଇ ଗଲେ ବି ତା'ର ପରିଚୟ ହେବ ସ୍ତ୍ରୀ-ପରିତ୍ୟକ୍ତ ସ୍ୱାମୀର ପରିଚୟ, ଏହି ଭୟରେ ସେ ଆଇନର ଆଶ୍ରୟ ନେଲା ନାହିଁ । ଦିନକୁ ଦିନ ତା'ର ଅପମାନବୋଧ ତୀବ୍ରତର ହୋଇ ପ୍ରଚଣ୍ଡ କ୍ରୋଧରେ ପରିଣତ ହୋଇଗଲା । ସେ କ୍ରୋଧର ମୂଳସ୍ରୋତ

ଅବଶ୍ୟ ମେନକା ଓ ଯଦୁମଣି ଏ ଦୁହିଁଙ୍କ ଆଡ଼କୁ ପ୍ରବାହିତ ହେଉଥିଲା, କିନ୍ତୁ ତା ନିଜ ସମେତ ଆହୁରି ଅନେକେ ସେ ସ୍ରୋତର ଧାରା ଉପଧାରା ଭିତରେ ବୁଡ଼ିଯାଉଥିଲେ, ପୁଣି ଉଠୁଥିଲେ, ପୁଣି ବୁଡ଼ିଯାଉଥିଲେ।

ଗୋଟିଏ ଅଶୁଭ ମୁହୂର୍ତ୍ତରେ ତା'ର ବିପର୍ଯ୍ୟସ୍ତ ମନରେ ପୋଥିରେ ଦିଆଯାଇଥିବା ମାରଣବିଧି ଯଦୁମଣି ବିରୁଦ୍ଧରେ ପ୍ରୟୋଗ କରିବାର ଇଚ୍ଛା ଉପୁଜିଲା। ଇଚ୍ଛା ହେବାମାତ୍ରେ ସେ ବୁଝିପାରିଲା ଯେ ସେପରି କଲେ ସେ ତା'ର ପରିବାରର ସଂସ୍କୃତିର ବିରୁଦ୍ଧାଚରଣ କରିବ, କିନ୍ତୁ କ୍ରମଶଃ ହିଂସ୍ରତର ହେଉଥିବା ପ୍ରତିଶୋଧପରାୟଣତା ବିରୁଦ୍ଧରେ ତା'ର ସବୁ ସଂସ୍କାରର ପ୍ରତିରୋଧ ତୁଚ୍ଛ ଥିଲା। କରିବି କରିବିନି ବୋଲି ଭାବୁ ଭାବୁ କେଉଁ ଶକ୍ତି ଦ୍ୱାରା ତଡ଼ି ହୋଇ ସେ ଦିନେ ରାତିରେ ପୂଜାସାମଗ୍ରୀ ସବୁ ସଂଗ୍ରହ କରି ମଶାଣିପଦାକୁ ଗଲା ଓ ଯଦୁମଣିକୁ ମାରିବା ପାଇଁ ପୋଥିରେ ଲେଖାହୋଇଥିବା ମାରଣମନ୍ତ୍ର ପଢ଼ିଲା।

ଘରକୁ ଫେରିବା ପରେ ସେ ଖୁବ୍ ଅନୁତାପ କଲା। ଏବେ ତ ସେ ତା'ର କୌଣସି ପୂର୍ବପୁରୁଷ କେବେ ନ କରିଥିବା ଦୁଷ୍କୃତିଟିଏ କରିଛି, ତା ଛଡ଼ା ଯଦୁମଣି ମରିଗଲେ ତା'ର କ'ଣ ଲାଭ ହେବ? ମେନକା ଯଦିବା ଘରକୁ ଫେରିଆସେ, ସେ କ'ଣ ତା ସହିତ ଆଗଭଳି ଚଳିପାରିବ? ବର୍ଷ ବର୍ଷ ଧରି ସେ ଦୁଇଜଣ ପରସ୍ପର ପ୍ରତି କୌଣସି ସ୍ନେହ ନରଖି ଚଳପ୍ରଚଳ ହେବେ, ସେ ମେନକାର ବିଶ୍ୱାସଘାତକତା ଭୁଲି ପାରୁନଥିବ କି ତାକୁ ତା'ର ଲକ୍ଷ୍ୟପ୍ରାପ୍ତିରୁ ଦୁଇ ଦୁଇଥର ବଞ୍ଚିତ କରିଥିବାରୁ ମେନକା ତାକୁ କ୍ଷମା କରିପାରୁନଥିବ।

ତାପରେ ତା'ର ପୂଜା ପଣ୍ଡ ହୋଇଯାଉ ବୋଲି ସେ ମନେ ମନେ ବହୁତ ପ୍ରାର୍ଥନା କଲା। ଏଣିକି ସେ ପୋଥିର ଦ୍ୱିତୀୟ ଭାଗର ସାଧନା କରିବ ଓ ଲୋକଙ୍କୁ ବିନା ପାରିଶ୍ରମିକରେ ଆରୋଗ୍ୟ କରିବ ବୋଲି ସ୍ଥିର କଲା। ପ୍ରଥମେ ଯଦୁମଣିକୁ ମୃତ୍ୟୁମୁଖରୁ ଫେରାଇ ଆଣିବାକୁ ପଡ଼ିବ। ଏହା ଭାବି ସେ ପୋଥି ଖୋଲିଲା ଓ ପତ୍ର ପରେ ପତ୍ର ଲେଉଟାଇ ଦ୍ୱିତୀୟ ଭାଗ ଯେଉଁ ପତ୍ରରୁ ଆରମ୍ଭ ହୋଇଥିଲା ସେହି ପତ୍ରକୁ ମୁଣ୍ଡରେ ଲଗାଇ ପଢ଼ିବା ଆରମ୍ଭ କଲା। ଆରମ୍ଭର ପାଠ ଏପରି ଥିଲା-

ବନ୍ଦଇ ଦେବୀ ସରସ୍ୱତୀ। ଅଜ୍ଞାନ ଅନ୍ଧକାରେ ଜ୍ୟୋତି॥
ମୁଁ ମୂଢ଼ ଅଜ୍ଞାନୀ ପାମର। ପ୍ରାଣୀଙ୍କ କଷ୍ଟରେ ଆତୁର॥
ହୋଇ ଚଉଦବର୍ଷ ଧରି। କେବଳ ଫଳାହାର କରି॥
ସ୍ତୁତି କରିଲି ନିଶିଦିନ। ସେ ଦେବୀ ହୋଇଲେ ପ୍ରସନ୍ନ॥
ଡାକିଲେ ମନ୍ତ୍ର ଯାହାଯାହା। ଲେଖିଗଲାଇଁ ତାହା ତାହା॥

ବ୍ୟାଧିଙ୍କ ବିନାଶନ ପାଇଁ। ମନ୍ତ୍ରହୁଁ ବଳି ଅସ୍ତ୍ର ନାହିଁ॥
ମାତ୍ର ମାରଣ ଉଚ୍ଚାଟନ। ବଶୀକରଣ ଆଦି ହୀନ॥
ସାଧନା କରେ ଯେଉଁ ଜନ। ସେ ନୁହେଁ ଏ ଅସ୍ତ୍ରଭାଜନ॥
ସପତ ଜନ୍ମଯାଏଁ ତାର। ନର୍କରୁ ନଥାଏ ଉଦ୍ଧାର॥

ଏତକ ପଢ଼ିଲା ପରେ ପର୍ଶୁରାମକୁ ଚାରିଆଡ଼ ଅନ୍ଧାର ଦିଶିଲା। ତାକୁ ଲାଗିଲା ଘୋର ଅନ୍ଧାର ଭିତରେ ସେ କୁଆଡ଼େ ଠେଲି ହୋଇ ଯାଉଛି, ଯୁଆଡ଼େ ଗଲେ ବି ଆଗକୁ ଖାଲି ଅନ୍ଧାର ଦିଶୁଥିଲା। ସେ ହଠାତ୍ ଅନେକ ସ୍ତ୍ରୀ ଲୋକଙ୍କ ଟହଟହ ହସ ଓ କିଳିକିଳା ରଡ଼ି ଶୁଣିଲା, ତାପରେ ଦେଖିଲା ଯେ ଅନ୍ଧାର ଭିତରୁ କେତେକେତେ ଉଲଗ୍ନ, ଆଲୁଳାୟିତକେଶା ଚଣ୍ଡୀଚାମୁଣ୍ଡା ତା ଆଡ଼କୁ ମାଡ଼ି ଆସୁଛନ୍ତି, କହୁଛନ୍ତି ଯେ ସେ ତାଙ୍କୁ ପୂର୍ବଦିନ ରାତିରେ ଆବାହନ କରି ସେମାନେ ପହଞ୍ଚିବା ପୂର୍ବରୁ ଚାଲିଆସିଥିବାରୁ ଆଜି ସେମାନେ ତା ପାଖକୁ ଆସିଛନ୍ତି। ପର୍ଶୁରାମ ସେମାନଙ୍କୁ ଚାଲିଯାଅ ଚାଲିଯାଅ ବୋଲି ବଡ଼ପାଟିରେ କହିବାକୁ ଚେଷ୍ଟା କଲା କିନ୍ତୁ ତା ନିଜର ସ୍ୱର ତାକୁ ବି ଶୁଭୁନଥିଲା। ସେମାନେ ନଯାଉଣୁ ପଶୁପତି ପହଞ୍ଚିଲା, ହସିହସି କହିଲା, "କି ହୋ ବାବୁ, ମୁଁ ତନ୍ତ୍ର କରିଥିଲି ବୋଲି ପରା ମତେ ବାନ୍ଧିନେଇଥିଲ, ଏବେ ଚାଲ ସାଙ୍ଗ ହୋଇ ନର୍କକୁ ଯିବା।" ପର୍ଶୁରାମ ଛାଟିପିଟି ହୋଇ ସେ ଘରୁ ବାହାରି ଆସିଲା, ପୋଥିଖଣ୍ଡିକ ଧରି ବିସର୍ଜନ କରିବ ବୋଲି ନଈ ଆଡ଼କୁ ଦଉଡ଼ିଲା।

ପୋଥିକୁ ନଈକୁ ଫିଙ୍ଗିଦେଲା ପରେ ତାକୁ ଖୁବ୍ ଉଶ୍ୱାସ ଲାଗିଲା, କିନ୍ତୁ ତା'ର ମନେ ହେଲା ଯେ ତା'ର ଦେହ ଥିବା ଯାଏଁ ବିସର୍ଜନ ସମ୍ପୂର୍ଣ୍ଣ ହେବନାହିଁ, ହୀନ ସାଧନା କରି ତା'ର ଦେହ ଅର୍ଜିଥିବା ଦୁଷ୍କୃତିରୁ ମୁକ୍ତ ହେବାକୁ ସେ ଖୁବ୍ ଉଦ୍‌ଗ୍ରୀବ ହୋଇ ପଡ଼ିଲା। ଦେହକୁ ନଈରେ ବିସର୍ଜନ ଦେବାକୁ ଗଲାବେଳେ ସେ ନିଶ୍ଚିତ ଥିଲା ଯେ ପୋଥିର ଦ୍ୱିତୀୟ ଭାଗରେ ସୂଚିତ ଦଣ୍ଡ ତା'ର ଏ ପ୍ରାୟଶ୍ଚିତ୍ତ ଫଳରେ ପ୍ରତ୍ୟାହୃତ ହୋଇଯିବ।

ତା ଆରଦିନ ନଈ ଭିତରୁ ପର୍ଶୁରାମର ମୁର୍ଦ୍ଦାରକୁ ଉଦ୍ଧାର କରାଗଲା। ପୋଥିଟି ନଈରେ ପଡ଼ି ନଷ୍ଟ ହୋଇଯାଇଥିବ, ଯେମିତି ଦିନେ ନିଶ୍ଚିହ୍ନ ହୋଇଯାଏ। ମଣିଷର ସବୁ ଦ୍ୱେଷ, ସବୁ ସଦିଚ୍ଛା; ଅନ୍ୟମାନଙ୍କୁ ଅଧୀନସ୍ଥ କରିବାର ସବୁ ଉଦ୍ୟମ, ନିଜକୁ ଅନ୍ୟମାନଙ୍କ ସୁଖଦୁଃଖରେ ହଜାଇ ଦେବାର ସବୁ ଆଗ୍ରହ; ସବୁ ଠକିବା, ସବୁ ନିଜେ ଠକି ହୋଇଯିବା; ସବୁ ବିଶ୍ୱାସ, ସବୁ ଅବିଶ୍ୱାସ; ସବୁ କ୍ରୂରତା, ସବୁ ଭଲପାଇବା।

■

ମେଘ

ମୋ ପିଲାଦିନେ ମୋର ଆଉ ମୋର ସାଙ୍ଗମାନଙ୍କର ଦୃଢ଼ବିଶ୍ୱାସ ଥିଲା ଯେ ମେଘ ବରାଳ ପରି ବୀର ଭାରତବର୍ଷରେ ନାହାନ୍ତି, ଆଉ କେଉଁ ଦେଶରେ ବି ଥିବା ସନ୍ଦେହଜନକ। ଛଅଫୁଟିଆ କଳା ମଚ୍‌ମଚ୍ ମେଘ ବରାଳ ବାଟରେ ଚାଲିଗଲାବେଳେ ଲାଗୁଥିଲା ବାଟକଡ଼ର ଗଛମାନେ ତାଙ୍କର ଡାଳମାନଙ୍କୁ ପାଖକୁ ଭିଡ଼ି ଆଣୁଛନ୍ତି, ମାରଣା ଗାଈ ଆସୁଥିବା ବେଳେ ଦାଣ୍ଡରେ ଖେଳୁଥିବା ପିଲାଙ୍କୁ ମାଆମାନେ ଯେପରି ପାଖକୁ ଭିଡ଼ି ଆଣନ୍ତି। ତା'ର ବାଳ କାନ୍ଧକୁ ଛୁଉଁଥାଏ, ତାର ଆଖି ଲାଲ୍‌ଲାଲ୍, ସେ ଚାଲିଲାବେଳେ ଡାଳପତ୍ର ଭିତରେ ଲୁଚିଥିବା ଡାହାଣୀ ଚିର୍ଗୁଣୀମାନେ ତାକୁ ବିନ୍ଧୁଥିବା ଶରସବୁ ତା ଦେହରେ ବାଜିବା ପୂର୍ବରୁ ଭସ୍ମ ହୋଇଯାଉଥିଲେ। ମଝିରେ ମଝିରେ ମେଘ ବରାଳ ଗାଆଁରୁ ଛଅସାତ ଦିନ ପାଇଁ କୁଆଡ଼େ ଚାଲିଯାଉଥିଲା; ଆମେ ଭାବୁଥିଲୁ ଯେ ଆଉ କେଉଁ ମୁଲକରେ କ'ଣ ବିପତ୍ତି ପଡ଼ିଥିବାରୁ ସେ ସେଠାକୁ ଯାଇଛି। ଫେରିଲାବେଳକୁ ଆମେ କଳ୍ପନା କରିଥିବା ସୁନାହାର ଓ ପାଟଲୁଗା ସେ ପିନ୍ଧିନଥିଲା; ଆମେ ଟିକିଏ ନିରାଶ ହେଲା ପରେ ସର୍ବସମ୍ମତ ସିଦ୍ଧାନ୍ତରେ ପହଞ୍ଚୁଥିଲୁ ଯେ ତାକୁ ସେ ସବୁ ଯଚାଯାଇଥିଲା, କିନ୍ତୁ ତା କାମ ସରିଲା ମାତ୍ରେ ମେଘ ବରାଳ କିଛି ନଛୁଇଁ ସିଧାସିଧା ଗାଆଁକୁ ଫେରିଆସିଲା।

ମେଘ ବରାଳର ବୃତ୍ତି ଥିଲା ମାଙ୍କଡ଼ ମାରିବା। ଦ୍ୱିତୀୟ ବିଶ୍ୱଯୁଦ୍ଧ ସମୟରେ ଅଧିକ ଖାଦ୍ୟ ଉତ୍ପାଦନ ପାଇଁ ସରକାର କେତୋଟି କାର୍ଯ୍ୟକ୍ରମ ଆରମ୍ଭ କରିଥିଲେ। ମାଙ୍କଡ଼ମାନେ ବହୁତ ଖାଦ୍ୟଶସ୍ୟ ନଷ୍ଟ କରୁଥିବାରୁ ସେମାନଙ୍କୁ ମାରିବା ଅନ୍ୟତମ କାର୍ଯ୍ୟକ୍ରମ ଥିଲା। ଶିକାରୀକୁ ମାଙ୍କଡ଼ ପିଛା ତିନିଟଙ୍କା ମିଳୁଥିଲା। ସେ ମାରିଥିବା ମାଙ୍କଡ଼ର ଲାଙ୍ଗୁଡ଼ ତହସିଲ୍‌ଦାରଙ୍କ ଆଗରେ ଦାଖଲ୍ କଲେ ତାକୁ ଟଙ୍କା ଦିଆଯାଉଥିଲା। ମେଘ ବରାଳ ଦିନସାରା ତୋଟାମାଳରେ ବୁଲି ବୁଲି ମାଙ୍କଡ଼ ମାରେ। ଗାଆଁ ଭିତରେ

ଥିବା ନଡ଼ିଆ ଗଛରୁ ଓ ଗାଆଁମୁଣ୍ଡ ଦେଉଳ ପାଖରେ ଥିବା ଆମ୍ବଗଛରୁ ସେ ମାଙ୍କଡ଼ଙ୍କୁ ଗୁଳି ମାରି ଖସାଇ ଦେବା ମୁଁ କେତେଥର ଦେଖିଛି । ତାକୁ ବନ୍ଧୁକ ସଜାଡ଼ିବାକୁ ବେଶ୍ କିଛି ସମୟ ଲାଗୁଥିଲା । ସେ ବନ୍ଧୁକର ଘୋଡ଼ା ଟିପିବା ମାତ୍ରେ ଗୋଟାକ ପରେ ଗୋଟାଏ ଗୁଳି ବାହାରୁନଥିଲା । ତା'ର ନଳୀ ଭିତରେ ବାରୁଦ ଓ ଛର୍‌ରା ଭର୍ତ୍ତି କରି ମସଲାକୁ ଗୋଟିଏ ସରୁ ଲୁହାବାଡ଼ିରେ ଖୁନ୍ଦିବାକୁ ପଡୁଥିଲା । ଅନେକ ସମୟରେ ଗୁଳି ବାଜିବ ବାଜିବ ବୋଲି ଅପେକ୍ଷା କରି କରି ମାଙ୍କଡ଼ଟି ଅନ୍ୟତ୍ର ଚାଲିଯାଉଥିଲା । ସେତେବେଳେ ମେଘ ବରାଳର ଲକ୍ଷ୍ୟଭେଦ ଦେଖିନପାରି ଆମେ ନିରାଶ ହେଉଥିଲୁ, ପୁଣି ଖୁସି ବି ହେଉଥିଲୁ ଯେ ଯାହାହେଉ ମାଙ୍କଡ଼ଟି ତା'ର ସ୍ତ୍ରୀ ପିଲାଙ୍କ ପାଖରେ ଏଣିକି ରହିବ ।

ମେଘ ବରାଳ ଆମ ଗାଆଁର ମୂଳ ବାସିନ୍ଦା ନଥିଲା । ସାତ ଆଠ ବର୍ଷ ତଳେ ସେ ଏ ଗାଆଁକୁ ଆସିଥିଲା ବୋଲି ମୁଁ ଶୁଣିଛି । ଆସିବା ଦିନଠୁଁ ଗାଆଁକୁ ପଶିବା ପୂର୍ବରୁ ଥିବା ଦଳ ଭର୍ତ୍ତି ଗଡ଼ିଆକୂଳର କେଳି ବାଉରାଣି ଘରେ ରହୁଥିଲା । କେଳିକୁ ସେ ବିଭା ହୋଇଥିଲା କି ନାହିଁ କେଜାଣି, ତେବେ ସେମାନେ ସ୍ୱାମୀ ସ୍ତ୍ରୀ ଭାବେ ଚଳପ୍ରଚଳ ହେଉଥିଲେ । ମୁଁ ପ୍ରଥମେ ଭାବିଥିଲି ଯେ ଆମ ଗାଆଁରେ ଓ ଗାଆଁ ପାଖାପାଖି ମାଳରେ ବହୁତ ମାଙ୍କଡ଼ ଥିବାରୁ ମେଘ ବରାଳ ତା ଗାଆଁ ଛାଡ଼ି ଏଠାକୁ ଉଠି ଆସିଛି, କିନ୍ତୁ ଦିନେ ଆମଠାରୁ ତିନିଶ୍ରେଣୀ ଉପରେ ପଢୁଥିବା ପ୍ରଭାକର କହିଲା ଯେ ତା'ର ଭାଇନା ତାଙ୍କର ସାଙ୍ଗମାନଙ୍କୁ କହୁଥିବାର ସେ ଶୁଣିଛି ଯେ ମେଘ ବରାଳ ଦିନେ ଦୋଳ ମେଳଣ ରାତିରେ କେଳିକୁ ଭେଟିଲା । ତାପରେ ସେମାନଙ୍କ ଭିତରେ କ'ଣ ହେଲା ଯେ ମେଘ (ତା'ର ପୂରା ନାଆଁ ମେଘନାଦ ବରାଳ) କେଳିକୁ ବିଭାହେବ ବୋଲି ଅଡ଼ି ବସିଲା । ବାଉରୀ ଝିଅକୁ ବୋହୂ କରି ଆଣିବାକୁ ମେଘର ବାପାମାଆ ଅମଙ୍ଗ ହେବାରୁ ସେ ଘର ଛାଡ଼ି ଚାଲି ଆସିଲା, କେଳି ସାଙ୍ଗରେ ତା ଘରେ ରହିଲା । ଏ ବୃତ୍ତାନ୍ତ ଶୁଣିବା ପରେ ମୋର ଧାରଣା ହେଲା ଯେ ମୁଁ ମେଘ ବରାଳକୁ ଯେତେ ବଡ଼ ବୀର ବୋଲି ଭାବିଥିଲି ସେ ତାଠାରୁ ବହୁତ ବଡ଼ ବୀର । ଖୁବ୍ ବଡ଼ ବୀର ନହେଲେ କିଏ ନିଜର ପସନ୍ଦର ଝିଅକୁ ବିଭାହେବ ବୋଲି ବାପାମାଆ, ଘରଦ୍ୱାର ଛାଡ଼ି ଦେଇଥା'ନ୍ତା ? ସେତେବେଳେ ମୋର ଇଚ୍ଛା ହେଲା ସରକାରଙ୍କୁ କହନ୍ତି ଯେ ଆଉ କାହାପାଇଁ ନ ହେଉ ପଛକେ, ମେଘ ବରାଳକୁ ମାଙ୍କଡ଼ ପିଛା ପାଞ୍ଚଟଙ୍କା ଦିଆଯିବା ଉଚିତ ।

ମୁଁ ନବମ ଶ୍ରେଣୀରେ ପଢ଼ିଲା ବେଳକୁ ମାଙ୍କଡ଼ମରା କାର୍ଯ୍ୟକ୍ରମ କେବହୁଁ ବନ୍ଦ ହୋଇଗଲାଣି । ମେଘ ବରାଳ ବେଳେ ବେଳେ ଚଢ଼େଇ ମାରୁଥିଲା, କିନ୍ତୁ ଅଧିକାଂଶ

ସମୟରେ ପାଖ ସହରରେ ରିକ୍ସା ଟାଣୁଥିଲା। ସେ ଗୋଟାଏ ଦୁଇଟା ମଲା ଚଢ଼େଇ ଧରି ଆସିଲାବେଳେ ସେହି ଚଢ଼େଇମାନଙ୍କ ପରି ନିର୍ଜୀବ ଦିଶୁଥିଲା। ଏହା ଭିତରେ ଗଞ୍ଜେଇ ଟାଣିବା ତା'ର ଅଭ୍ୟାସ ହୋଇଯାଇଥିଲା। ଆଗଭଳି ସହରରୁ ନିତି ନ ଫେରି କେବେ ଦୁଇ ତିନିଦିନ ତ କେବେ ପାଞ୍ଚ ଛଅଦିନ ଅନ୍ତରରେ ଫେରୁଥିଲା। କେଳି ପଚାରିଲେ କହୁଥିଲା ଯେ ରାତିରେ ରିକ୍ସା ଟାଣିଲେ ବେଶି ମଜୁରୀ ମିଳେ। କେଳି ପାଟିତୁଣ୍ଡ କରୁନଥିଲା, ସେ ପୁଣିଥରେ ସହରକୁ ବାହାରିଲା ବେଳେ ରାତି ନ ହେଉଣୁ ଫେରି ଆସିବାକୁ କହୁ ନଥିଲା।

ତା ପରେ କେଳି ନାଆଁରେ ବହୁତ ଖରାପ କଥା ଶୁଣାଗଲା। ବେଳ ଅବେଳରେ ଗାଆଁର, ପାଖାପାଖି ଗାଆଁର ଏପରିକି ସହରର କେତେଜଣ ତା ଘରକୁ ଯିବା ବା ତା ଘରୁ ବାହାରିବା ଦେଖାଗଲା। କେଳିର ବେଶଭୂଷା ବି ବଦଳିଗଲା। ତା'ର ରଙ୍ଗିନ୍ ଶାଢ଼ି, ପାଉଡ଼ର ବୋଳା ମୁହଁ, ଚୂଡ଼ି ଓ ହାରରୁ ଜଣା ପଡୁଥିଲା ଯେ ସେ ଆଗପରି ଦୁଃସ୍ଥ ନୁହେଁ। ଆଗରୁ କେଳି ମୂଲ ଲାଗିବାକୁ ଯାଉଥିଲା, କିନ୍ତୁ ଏଣିକି ଦୋକାନ ସଉଦା କରିବା ଛାଡ଼ିଦେଲେ ଆଉ ଘରୁ ପ୍ରାୟ ବାହାରୁନଥିଲା। ଘରେ ଥିଲାବେଳେ ବି ଭଲ ଶାଢ଼ି ଓ ଗହଣା ପିନ୍ଧିଥାଏ। ଥରେ କେଳି ଗାଧୋଉଥିବା ବେଳେ ମୁଁ ଗଡ଼ିଆର ଏ ପାଖେ ଥିବା ରାସ୍ତାରେ ଯାଉଥିଲି, ଦେଖିଲି ସେ ସାବୁନ୍ ଲଗେଇ ଗାଧୋଉଛି।

ଦିନେ ଅଧରାତିରେ ମେଘ ବରାଳ ଘରକୁ ଫେରିଲା। ଦୁଆର ବାଡ଼େଇଲା। କିଛି ସମୟ ପରେ ଦୁଆର ଫିଟିଲା ଓ ତା ଭିତରୁ ଆମ ଗାଆଁର ଯମେଶ୍ୱର ଷଡ଼ଙ୍ଗୀ ବାହାରିଲେ। ମେଘ ବରାଳର ମୁଣ୍ଡକୁ ପିତ୍ତ ଚଢ଼ିଗଲା, ସେ ଷଡ଼ଙ୍ଗୀଙ୍କର ହାତଧରି ତାଙ୍କୁ ଝିଙ୍କି ଆଣିଲା, ପଚାରିଲା, କହିଲା "ସାଆନ୍ତେ, ଏତେ ରାତିରେ ମୋ ଘରକୁ କାହିଁକି ଆସିଥିଲ?" କେଳି ଖାଲି ଖଣ୍ଡେ ଶାଢ଼ି ଗୁଡ଼େଇ ହୋଇ ବାହାରି ପଡ଼ିଲା, କହିଲା, "ସାଆନ୍ତଙ୍କୁ ଛାଡ଼ ବେ ମାଙ୍କଡ଼, କାହିଁକି ଆସିଥିଲେ ମତେ ପଚାର, ମୁଁ କହିବି।" ତାପରେ ଯମେଶ୍ୱର ଷଡ଼ଙ୍ଗୀଙ୍କୁ ଚାହିଁ କହିଲା, "ତମେ ଗଲ ସାଆନ୍ତେ, ଏ ମାଙ୍କଡ଼ମୁହାଁ ଗଞ୍ଜେଡ଼ର କଥା କାହିଁକି ଶୁଣୁଛ?" ମେଘ ବରାଳର ମୁଠା ହୁଗୁଳି ଗଲା, ଷଡ଼ଙ୍ଗୀଏ ଟିକିଏ ହସିଦେଇ ଚାଲିଗଲେ, ଗଲାବେଳେ ପାନପିକ ପକାଇଲେ ଯେ ପବନରେ କେତେ ଛିଟା ଉଠିଆସି ମେଘ ବରାଳର ମୁହଁରେ ଲାଗିବାରୁ ତା ମୁହଁ ଓଦା ହୋଇଗଲା।

ମେଘ ବରାଳ ଘର ଭିତରକୁ ଗଲା ନାହିଁ। ଚାରିଆଡ଼େ ଜହ୍ନ ଆଲୁଅ ପଡ଼ିଥିଲେ ବି ସେ ଆଲୋକିତ ଇଲାକା ବାହାରେ ଥିବା ଅନ୍ଧାର ଯେଉଁଠୁ ଆରମ୍ଭ ହୋଇଥିଲା

ସେଠାରେ ପହଞ୍ଚିଗଲା, ପହଞ୍ଚିଲା ପରେ ତା ଭିତରେ ଆଗକୁ ଆଗକୁ ଚାଲିଲା। ସେ ଚାଲିବାର କୌଣସି ଉଦ୍ଦେଶ୍ୟ ନଥିଲା, କୌଣସି ଅଭିଳାଷ ନଥିଲା, ସେ ଚାଲୁଥିଲା ଯେହେତୁ ନ ଚାଲିଲେ କ'ଣ କରିବ ସେ ଜାଣି ନଥିଲା। ବଞ୍ଚିବା ବି ଅନେକ ସମୟରେ ଏହିପରି- ନ ବଞ୍ଚିଲେ କ'ଣ କରିବୁ ଜାଣିନଥିବାରୁ ଆମେ ବଞ୍ଚି ଚାଲିଥାଉଁ। ଅନ୍ଧାରରେ କିଛି ବୋଲି କିଛି ଦିଶୁ ନଥିଲା, ସବୁକିଛି ନିରାକାର, ସବୁକିଛି ଅସତ୍ୟ ହୋଇଯାଇଥିଲା। କିଛି ଦିଶୁନଥିଲା ସିନା, ସେ ଅନ୍ଧାରରେ କିଛି ଯେ ଘଟୁନଥିଲା ସେ କଥା ନୁହେଁ। ଚଢ଼େଇଟେ ଉଡ଼ିଯିବାର ବା କୁହାଟ ମାରିବାକୁ ହଠାତ୍ ମନସ୍ଥ କରିଥିବା ପେଚାର କୁହାଟ ଶୁଣିଲେ ତାହା ଚଢ଼େଇର ଡେଣା ଫଡ଼ଫଡ଼ ଶବ୍ଦ ବା ପେଚାର କୁହାଟ ବୋଲି ବୁଝିବା ପୂର୍ବରୁ କ୍ଷଣକ ପାଇଁ ମେଘ ବରାଳର ମନେ ହେଉଥିଲା ଯେ ତାହା ତା ହାତରେ ମରିଥିବା କୌଣସି ମାଙ୍କଡ଼ର ଗୋଟିଏ ଡାଳରୁ ଅନ୍ୟ ଡାଳକୁ ଡେଇଁବାର ଶବ୍ଦ ବା ମତେ ମାରନାହିଁ ମାରନାହିଁ ଅନୁନୟ।

ଅନ୍ଧାରରେ ଏକମୁହାଁ ହୋଇ ମେଘ ବରାଳ ଚାଲିଗଲା। ଭୋର୍ ନହେଉଣୁ ସହରରେ ପହଞ୍ଚିଲା, ପୁଣି ତା'ର ରିକ୍ସାବାଲାର ଜୀବନ ଆରମ୍ଭ ହୋଇଗଲା। ସେ ଆଉ ଘରକୁ ଫେରିଲା ନାହିଁ। ସେଦିନ ରାତିର ଘଟଣା ବା କେଳିକୁ ଭେଟିବାର ପୂର୍ବଦିନଗୁଡ଼ିକ ମନେ ପଡ଼ିବାର ଦୁଃଖ ସେ ଗଞ୍ଜେଇ ସାହାଯ୍ୟରେ ସହି ନେଇ ପାରୁଥିଲା। ସେ ଅଭ୍ୟାସ ବେଶିଦିନର ହୋଇଯିବା ପରେ ତା'ର ବାହୁରୁ, ହାତରୁ ଗୋଡ଼ର ପେଣ୍ଡାରୁ ବଳିଲା ବଳିଲା ଗଢ଼ଣ ଉଭାନ ହୋଇଗଲା, ଚମ ଝୁଗୁଲା ହୋଇଗଲା, କଥା କହିଲା ବେଳେ ପାଟି ଖନି ମାରିଯାଉଥିଲା।

ଦିନେ ରିକ୍ସାରେ ସେ ସାଇକେଲରୁ ପଡ଼ି ହାତଭାଙ୍ଗି ଯାଇଥିବା ପିଲାଟିକୁ ଓ ତା'ର ବାପକୁ ଡାକ୍ତରଖାନା ନେଲା। ସେମାନେ ଓହ୍ଲାଇଗଲା ପରେ ଡାକ୍ତରଖାନା ବାରଣ୍ଡାରେ ଯମେଶ୍ୱର ଷଡ଼ଙ୍ଗୀଙ୍କ ସାନପୁଅ ରାଜୁକୁ ଦେଖିଲା। ରାଜୁ ମୋଠାରୁ ଦୁଇଶ୍ରେଣୀ ତଳେ ପଢୁଥିଲା। ମେଘ ବରାଳ ପଚାରିବାରୁ ରାଜୁ କହିଲା ଯେ ତା ନନାଙ୍କ ଦେହ ଖୁବ୍ ଖରାପ, ସେ କାଲିଠାରୁ ଡାକ୍ତରଖାନାରେ ଅଛନ୍ତି, ବୋଉ ତାଙ୍କ ପାଖରେ ବସିଛି। ମେଘ ବରାଳ ବାରଣ୍ଡାକୁ ଗଲା, ଦୁଆରବାଟେ ବିଛଣାରେ ପଡ଼ିଥିବା ଯମେଶ୍ୱର ଷଡ଼ଙ୍ଗୀଙ୍କୁ ଚାହିଁଲା, ତାଙ୍କ ପାଦ ପାଖରେ ବସିଥିବା ତାଙ୍କର ସ୍ତ୍ରୀଙ୍କୁ ଦେଖିଲା। ଦୁଆରମୁହଁରୁ ସେ ତାଙ୍କୁ ଜୁହାର ହେଲା, ସେ ବି ମୁଣ୍ଡ ହଲାଇ ତା'ର ଜୁହାର ସ୍ୱୀକାର କଲେ। ସେ ଯଦି ଜାଣିଥା'ନ୍ତେ ଯେ ତାର ଓ ତାଙ୍କର ପରିସ୍ଥିତି ଏକ, ମେଘ ବରାଳକୁ ହୁଏତ ପାଖକୁ ଡାକିଥା'ନ୍ତେ, ତା ଦୁଃଖ ଶୁଣିଥା'ନ୍ତେ। ସଂସାରରେ ସମଦୁଃଖୀମାନେ ଅନେକ ସମୟରେ ପରସ୍ପରକୁ କିଛି କହିପାରନ୍ତି ନାହିଁ। ବେଳେବେଳେ ଚିହ୍ନି ବି

ପାରନ୍ତି ନାହିଁ। ସେମାନେ ପରସ୍ପରକୁ ଯାହା କହିଥା'ନ୍ତେ ତାହା ଆକାଶମାର୍ଗରେ ଇତସ୍ତତଃ ବୁଲିବୁଲି ଶେଷରେ ସେମାନଙ୍କର ଅନିଶ୍ଚିତ ପୁନର୍ଜନ୍ମ ଯାଏଁ ନିଶ୍ଚିହ୍ନ ହୋଇଯାଏ।

ତିନିଦିନ ପରେ ମେଘ ବରାଳ ଡାକ୍ତରଖାନା ଯାଇ ଦେଖିଲା ଯମେଶ୍ୱର ଷଡ଼ଙ୍ଗୀଙ୍କ ବିଛଣାରେ ଆଉ ଜଣେ କିଏ ଶୋଇଛି। ପଚାରି ପଚାରି ବୁଝିଲା ଯେ ପୂର୍ବଦିନ ତାଙ୍କର ଦେହାନ୍ତ ହୋଇଗଲା।

ତା'ର କେତେଦିନ ପରେ ସେ ଶୁଣିଲା ଯେ କେଳିର ଦେହ ଖୁବ୍ ଖରାପ। କେଳିର ଗାଆଁ, ଯେଉଁଠି ସେ କେତେବର୍ଷ ରହିଗଲା, ସହରଠାରୁ ପାଞ୍ଚ ଛଅ କିଲୋମିଟର ଦୂର। ପ୍ରତିଦିନ ଗାଆଁରୁ କେହିନା କେହି ସହରକୁ ଆସନ୍ତି, କାମଦାମ ସାରି ସନ୍ଧ୍ୟାବେଳକୁ ଫେରିଯାଆନ୍ତି। କେଳିର ଅସୁସ୍ଥତା ସମ୍ବାଦ ପ୍ରଥମେ ଶୁଣିଲା ପରେ ମେଘ ବରାଳ ଭାବିଲା, ତାର ଦେଖାଶୁଣା କରିବାକୁ ଲୋକ ଅଛନ୍ତି, ମୁଁ ତା'ର କିଏ ଯେ ତାକୁ ଦେଖିବାକୁ ଯିବି। କିଛିଦିନ ପରେ ଶୁଣିଲା ଯେ କେଳି ହୁଏତ ଆଉ ବଞ୍ଚିବ ନାହିଁ। ଶୁଣିଲା ପରେ ମେଘ ବରାଳ ଭାବିଲା, ଏତେଦିନ ତ ମୋ ସାଙ୍ଗରେ ଥିଲା, ଯାଏଁ ସେ ଆଖି ବୁଜିବା ଆଗରୁ ତାକୁ ଥରେ ଦେଖିଆସେ। ଖାଲି ନିଜ ଉପରୁ ଦୋଷ ଛିଣ୍ଡାଇଲା ଭଳି ଶୁଭୁଥିବା ଓ ନିଜକୁ ହିଁ କୁହାଯାଉଥିବା ଏହି କେତେପଦର ଅନ୍ତରାଳରେ, ତା ନିଜର ଅଜାଣତରେ, ତା ମନ ଭିତରେ କେଉଁଠାରେ ତା'ର ଅପରିଣାମଦର୍ଶୀ କିନ୍ତୁ ପ୍ରଗାଢ଼ ଭଲ ପାଇବା ଏକ ଅଲଙ୍ଘ୍ୟ ଆଦେଶରେ ପରିଣତ ହୋଇଯାଇଥିଲା। ସେହି ଆଦେଶକୁ ଶିରୋଧାର୍ଯ୍ୟ କରି ମେଘ ବରାଳ ଏକଦା ତା'ର ଓ କେଳିର ଏବଂ ବର୍ତ୍ତମାନ କେବଳ କେଳିର ଘରେ ପହଞ୍ଚିଲା।

ପହଞ୍ଚି ସେ ଦେଖିଲା ଯେ ଚଟାଣର ଗୋଟିଏ କୋଣରେ କନ୍ଥା ଉପରେ କେଳି ଶୋଇଛି। ତା'ର ଅନୁପସ୍ଥିତିର ଚାରିବର୍ଷ ଭିତରେ ସେ କଙ୍କାଳସାର ହୋଇଯାଇଛି। ତା' ମୁଣ୍ଡ ପାଖରେ ତାଟିଆରେ କିଛି କେବଳ ବତୁରା ଚୂଡ଼ା ଓ ଟିଣ ଡେକ୍‌ଚିରେ ଅଧ ଡେକ୍‌ଚିଏ ପାଣି ବ୍ୟତୀତ ଅନ୍ୟ କିଛି ଖାଦ୍ୟ ନଥିଲା। ମେଘ ବରାଳ ତା ପାଖରେ ବସିଲା। ତା ମୁଣ୍ଡ ଆଉଁଶି ଦେଲା। କେଳି ଆଖି ଖୋଲିଲା, ତାକୁ ଚାହିଁଲା, ଚାହିଁଲା ଯେ ଲୁହ ବୋହିବା ସତ୍ତ୍ୱେ ଆଖି ବୁଜିଲା ନାହିଁ। ଖାଲି ଚମ ଢଙ୍କା ହୋଇଥିବା ହାତ ଟେକି ସେ ମେଘ ବରାଳର ହାତକୁ ଆଉଁଶିଲା। ତା ହାତର ଇସାରାରେ ମେଘ ବରାଳ ମୁହଁ ନୁଆଁଇ ଆଣିଲା। ତା ମୁହଁ ଉପରେ ହାତ ବୁଲାଇ ଆଣି କେଳି ତା ଗାଲ ଟିପି ଦେଲା, ଅତି ଦୁର୍ବଳ ସ୍ୱରରେ କହିଲା, "ମୋ ସୁନା ମାଙ୍କଡ଼ରେ, ଆ, ତତେ ଟିକିଏ ଗେଲ କରିଦିଏ।"

ମେଘ ବରାଳ କେଳିର ଖୁବ୍ ସେବାଶୁଶ୍ରୁଷା କଲା, କିନ୍ତୁ ସେ ପହଞ୍ଚିବାର ତିନିଦିନ ପରେ କେଳି ଚାଲିଗଲା।

କେଳି ଚାଲିଯିବାର କେତେଦିନ ପର୍ଯ୍ୟନ୍ତ ମେଘ ବରାଳ କୁଆଡ଼େ ଗଲା ନାହିଁ, ପିଣ୍ଡା ଉପରେ ବସି ଖାଲି ପଡ଼ିଆକୁ ବା ଆକାଶକୁ ଚାହିଁ ରହୁଥିଲା। ଗଡ଼ିଆ ପାଖର ଗଛମାନଙ୍କର ଡାଳରେ ଡାଳରେ ତାକୁ ବେଳେବେଳେ ଅନେକ ମାଙ୍କଡ଼ ଦିଶୁଥିଲେ। କେହି କେହି ସ୍ଥିର ହୋଇ ବସିଥିଲେ, କେହି କେହି ଡାଳରୁ ଡାଳକୁ ଡେଉଁଥିଲେ। ସମସ୍ତେ ସେ ତାଙ୍କୁ ମାରିଥିବା କଥା ଭୁଲିଯାଇଥିଲେ, ସତେ ଯେପରି ସେ ତାଙ୍କୁ ମାରିବା ପ୍ରହେଳିକାଟିଏ ଥିଲା ଏବଂ ସେ ପ୍ରହେଳିକା କେବେଠୁଁ ସରି ଯାଇଥିଲା। ଦଳଭର୍ତ୍ତି ଗଡ଼ିଆର ଯେଉଁ ଟିକିଏ ଜାଗାରୁ ଦଳ ସଫା କରାଯାଇଥିଲା ଓ ଦଳ ପଶିବ ନାହିଁ ବୋଲି ବାଉଁଶବାଡ଼ ଦିଆଯାଇଥିଲା ସେ ଜାଗାର ପାଣି ଭିତରକୁ ଚାହିଁଲେ ମୁହଁ ଦିଶୁଥିଲା। ପାଣିକୁ ଚାହିଁ ଚାହିଁ ମେଘ ବରାଳ ଭାବୁଥିଲା, କ'ଣ ମିଳିବ ତାକୁ ଗଡ଼ିଆସାରା ବ୍ୟାପିଥିବା ଦଳରୁ, ପଡ଼ିଆ ହୁଡ଼ାର ବୁଦାରୁ, ଘାସରୁ, ଏ ଟିକିଏ ସ୍ୱଚ୍ଛ ସୁନ୍ଦର ପାଣିରେ ତ ତା'ର ଆତ୍ମା ପୂରି ଯାଉଛି।

ମେଘ ବରାଳ ଆଉ ବେଶିଦିନ ବଞ୍ଚି ନ ଥିଲା। କେଳି ମରିବାର ପ୍ରାୟ ଦୁଇମାସ ପରେ ଦିନେ ସେ ଗଡ଼ିଆ କୂଳରେ ବସିଥିବା ଅବସ୍ଥାରେ ଟଳିପଡ଼ିଥିଲା। ଖବର ପାଇବା ପରେ ମୁଁ ଗଡ଼ିଆ କୂଳକୁ ଯାଇଥିଲି। ମୋର ମନେ ଅଛି, ମୁଁ ଆକାଶକୁ ଚାହିଁଲି, ଆକାଶରେ ଖଣ୍ଡେ ବି ମେଘ ନଥିଲା।

■

ବିଦାୟ

ମୁଚୁକୁନ୍ଦ ଓ ଭବତୋଷ ପିଲାଦିନରୁ ସାଙ୍ଗ । ଉଭୟଙ୍କର ଘର ଗୋଟିଏ ସହରରେ, ଉଭୟେ ସେହି ସହରର ଏକମାତ୍ର ସଙ୍ଗୀତ ବିଦ୍ୟାଳୟରେ ସହପାଠୀ । ମୁଚୁକୁନ୍ଦର ପିତା ଜଣେ ମଧ୍ୟମ ଧରଣର ବ୍ୟବସାୟୀ । ସେ ତାଙ୍କର ସବା ସାନ ପୁଅ । ସବୁ ପିଲାଙ୍କୁ ନିଜର ବ୍ୟବସାୟରେ ସାମିଲ୍ କଲେ କେହି ସ୍ୱଚ୍ଛଳ ହେବେ ନାହିଁ ଏହା ଭାବି ମୁଚୁକୁନ୍ଦର ପିତା ସ୍ଥିର କଲେ ଯେ ମୁଚୁକୁନ୍ଦ ଓ ତା'ର ଉପର ଭାଇ ଆଉ କିଛି କାମରେ ଲାଗିଗଲେ ଭଲ ହେବ । ବଡ଼ଭାଇ ତା ପିତାଙ୍କର ଜଣେ ଠିକାଦାର ବନ୍ଧୁଙ୍କ ପାଖରେ ଶିକ୍ଷାନବିଶ୍ ହୋଇ ରହିଲା, କାଳକ୍ରମେ ନିଜର ଠିକାଦାରି ବ୍ୟବସାୟ ଆରମ୍ଭ କରିବ ବୋଲି । ମୁଚୁକୁନ୍ଦର କୌଣସି ଉପାର୍ଜନକାରୀ ଧନ୍ଦା ପ୍ରତି ସାମାନ୍ୟତମ ଆଗ୍ରହ ନଥିଲା, ଆଗ୍ରହ ଥିଲା ସଙ୍ଗୀତରେ । ନିଜର ଘୋର ଅନିଚ୍ଛାସତ୍ତ୍ୱେ ତାର ପିତା ସଙ୍ଗୀତ ବିଦ୍ୟାଳୟରେ ତା'ର ନାଆଁ ଲେଖାଇଦେଲେ ଓ ସେ ବେହେଲାବାଦନ ଶିଖିବା ଆରମ୍ଭ କଲା ।

ଭବତୋଷର ପିତା ନିଜେ ଜଣେ ସଙ୍ଗୀତରସିକ, କିନ୍ତୁ ସଙ୍ଗୀତ ତାଙ୍କର ଜୀବିକା ନଥିଲା, ଜୀବିକା ଥିଲା ନାନାଦି ବାଦ୍ୟଯନ୍ତ୍ର ବିକ୍ରି ହେଉଥିବା ଓ ମରାମତି ହେଉଥିବା ଖଣ୍ଡେ ଦୋକାନ । ମଝିରେ ମଝିରେ ସହରରେ ଅନୁଷ୍ଠିତ ଉତ୍ସବ ଓ ସଭାସମିତିରେ ସଙ୍ଗୀତ କାର୍ଯ୍ୟକ୍ରମ ଆୟୋଜନ କରି ସେ କିଛି ରୋଜଗାର କରୁଥିଲେ, କିନ୍ତୁ ଆର୍ଥିକ ଅନାଟନରୁ ନିଷ୍କୃତି ପାଇବା ତାଙ୍କ ଭାଗ୍ୟରେ ନଥିଲା । ଭବତୋଷ ଅନ୍ୟ କିଛି ଧନ୍ଦା ଧରୁ ବୋଲି ସେ ଚାହୁଁଥିଲେ, କିନ୍ତୁ ତାଙ୍କର ଅପାରଗତାରୁ ହେଉ କି ଭାଗ୍ୟଦୋଷରୁ ହେଉ, ଭବତୋଷକୁ ତାଙ୍କରି ବାଟରେ ହିଁ ଯିବାକୁ ପଡ଼ିଲା । ସେ ସଙ୍ଗୀତ ବିଦ୍ୟାଳୟରେ ନାଆଁ ଲେଖାଇ ବେହେଲାବାଦନ ଶିଖିବା ଆରମ୍ଭ କଲା ।

ସମାନ ଆଗ୍ରହ ଥିବା ଦୁଇଜଣ ସମବୟସ୍କ ସହପାଠୀ ପରସ୍ପରର ଅନ୍ତରଙ୍ଗ ହେବା ସ୍ୱାଭାବିକ। ଏ କ୍ଷେତ୍ରରେ ଆଗ୍ରହଟି ଥିଲା ସଙ୍ଗୀତ, କିନ୍ତୁ ଅନ୍ୟାନ୍ୟ ଅନେକ ଆଗ୍ରହ ପରି ତାହା ସମୟପ୍ରବାହରେ ଦୁର୍ବଳ ହୋଇ ନପଡ଼ି ବଳବତ୍ତର ହୋଇ ଚାଲିଥିଲା। ବିଭିନ୍ନ ରାଗର ତାତ୍ତ୍ୱିକ ଆଲୋଚନା ତ ସେମାନେ କରୁଥିଲେ, ବେଳେବେଳେ କୌଣସି ରାଗ ଉପରେ ସେମାନଙ୍କର ଦଖଲ କେତେ ଜାଣିବା ପାଇଁ ପରସ୍ପରକୁ ନିଜ ନିଜର ବେହେଲାବାଦନ ଶୁଣାଉଥିଲେ। ସେମାନେ କ୍ରମଶଃ ଅନୁଭବ କଲେ ଯେ ପ୍ରତ୍ୟେକ ରାଗର ଯେଉଁ ନିୟମ ଅଛି ତାହା ଶିଳ୍ପୀକୁ ଆବଦ୍ଧ କରେ ନାହିଁ, ତାକୁ ଏକାତ୍ମକ ରାସ୍ତାରେ ଯିବାର ସ୍ୱାଧୀନତା ଦିଏ। ମୁଚୁକୁନ୍ଦ ନିୟମ ଅପେକ୍ଷା ସ୍ୱାଧୀନତା ଉପରେ ବେଶି ଗୁରୁତ୍ୱ ଦେଉଥିଲା, ଫଳତଃ ବେଳେବେଳେ ତା'ର ବେହେଲାବାଦନରେ ଭବତୋଷ ରାଗଟିକୁ ସାମୟିକ ଭାବେ ଭେଟୁଥିଲା, ତା'ର ପଟୁତା ସ୍ୱୀକାର କରିବାରେ କିନ୍ତୁ ଭବତୋଷର ସାମାନ୍ୟତମ ଦ୍ୱିଧା ନଥିଲା।

ଥରେ ତାଙ୍କ ସହରରେ ଜଣେ ବିଶିଷ୍ଟ ନୃତ୍ୟାଙ୍ଗନାଙ୍କର କାର୍ଯ୍ୟକ୍ରମ ଥିଲା। ତାଙ୍କର ବେହେଲାବାଦକ କୌଣସି କାରଣରୁ ଆସି ପାରିନଥିଲା। ଜଣେ କାହାର ପରାମର୍ଶରେ ସେ ମୁଚୁକୁନ୍ଦକୁ ଦାୟିତ୍ୱ ଗ୍ରହଣ କରିବାକୁ ଅନୁରୋଧ କଲେ। ପ୍ରଥମେ ମୁଚୁକୁନ୍ଦର ଧାରଣା ଥିଲା ଯେ ଏତେ ପ୍ରସିଦ୍ଧ ଶିଳ୍ପୀଙ୍କର ସହଯୋଗୀ ହେବାର ଯୋଗ୍ୟତା ତା'ର ନାହିଁ, କିନ୍ତୁ ତାଙ୍କର ଉତ୍ସାହ ଫଳରେ ତା'ର ନିଜ ପ୍ରତି ଅନାସ୍ଥାଭାବ ଧୀରେ ଧୀରେ ଦୂର ହୋଇଗଲା। କାର୍ଯ୍ୟକ୍ରମ ଶେଷରେ ନୃତ୍ୟାଙ୍ଗନାଙ୍କର ଉଚ୍ଛସିତ ପ୍ରଶଂସାରେ ସେ ଅଭିଭୂତ ହୋଇ ପଡ଼ିଲା। ନୃତ୍ୟାଙ୍ଗନା ମଞ୍ଚଉପରେ ପ୍ରକାଶ୍ୟ ଘୋଷଣା କଲେ ଯେ ସହରର ପ୍ରତିଭାବାନ୍ ଯୁବ ବେହେଲାବାଦକ ଶ୍ରୀ ମୁଚୁକୁନ୍ଦ ଗୁପ୍ତାଙ୍କର ସାହାଯ୍ୟ ବ୍ୟତିରେକେ ସେ ଦିନର କାର୍ଯ୍ୟକ୍ରମ ସଫଳ ହେବା ତ ଦୂରର କଥା ହୁଏତ ଆରମ୍ଭ ମଧ୍ୟ ହୋଇପାରିନଥା'ନ୍ତା। ମୁଚୁକୁନ୍ଦର ମୁହଁ ଲାଲ୍ ପଡ଼ିଗଲା, କ'ଣ ସବୁ ଘଟୁଛି ବୁଝିବା ଅବସ୍ଥାରେ ସେ ନଥିଲା। ତାପରେ ଯେତେବେଳେ ସେ ତାଙ୍କୁ ଅର୍ପଣ କରାଯାଇଥିବା ପୁଷ୍ପଗୁଚ୍ଛଟିକୁ ହସିହସି ମୁଚୁକୁନ୍ଦ ହାତକୁ ବଢ଼ାଇ ଦେଲେ ମୁଚୁକୁନ୍ଦ ତାଙ୍କ ସ୍ୱରରେ ଶୁଣିଲା ଆଖୁକିଆରୀରେ ବୋହିଯାଉଥିବା ପବନର ଧ୍ୱନି, ଅଣନିଃଶ୍ୱାସୀ ହୋଇପଡ଼ିଲା ତାଙ୍କ ଦେହରୁ ଆସୁଥିବା ଚନ୍ଦ୍ରପକ୍ଷ ନଈର ବାସ୍ନାରେ। ସଭାଗୃହରୁ ଶୁଭୁଥିବା କରତାଳି ସେ ଶୁଣିଲା ସିନା, ତା'ର ମନେ ହେଲା ଯେ କରତାଳି ଦ୍ୱାରା ସୂଚିତ ପାରଦର୍ଶିତା ସେ ନିଜେ ଅର୍ଜନ କରିନାହିଁ, ତାହା ଏହି ମହୀୟସୀ ମହିଳାଙ୍କର ଅବଦାନ। ଅଳ୍ପ ସମୟ ପରେ ସେ ଏକପ୍ରକାର ଆତଙ୍କ ଅନୁଭବ କଲା; ନୃତ୍ୟାଙ୍ଗନା ଜଣକ ଚାଲିଯିବା ପରେ ହୁଏତ ସେ ଆଜିର ସାର୍ଥକତାର ପାଖଶପାଖି ହେବାର ସାମର୍ଥ୍ୟ ହରାଇ ବସିବ।

ତା ପରଦିନ ନୃତ୍ୟାଙ୍ଗନା ସହର ଛାଡ଼ିବା କଥା, ଛାଡ଼ିଲେ ମଧ୍ୟ। ଯିବା ପୂର୍ବରୁ ସେ ମୁଚୁକୁନ୍ଦକୁ ଡକାଇ ପଠାଇଲେ। ଭବିଷ୍ୟତ ପାଇଁ ତା'ର ଯୋଜନା କ'ଣ ବୋଲି ପଚାରିଲେ। ମୁଚୁକୁନ୍ଦ କହିଲା ଯେ ତାର କିଛି ଯୋଜନା ନାହିଁ ଓ ଯେହେତୁ କେବଳ ବେହେଲା ବଜାଇ ଏ ସହରରେ ପେଟ ପୋଷିବା ମୁସ୍କିଲ, ସେ ହୁଏତ ତା'ର ପିତାଙ୍କ ବ୍ୟବସାୟରେ ଯୋଗ ଦେବ। ଶୁଣିବା ମାତ୍ରେ ନୃତ୍ୟାଙ୍ଗନା ଜିଭ କାମୁଡ଼ି ପକାଇଲେ। ତାପରେ ପ୍ରସ୍ତାବ ଦେଲେ ଯେ ସେ ତାଙ୍କ ଗୋଷ୍ଠୀରେ କାମ କରିବା କଥା ବିଚାର କରୁ। ଏ ପର୍ଯ୍ୟନ୍ତ ତାଙ୍କର କାର୍ଯ୍ୟକ୍ରମରେ ବେହେଲା ବଜାଉଥିବା ବ୍ୟକ୍ତି ପ୍ରାୟ ଅସୁସ୍ଥ ରହୁଛନ୍ତି, ତାଙ୍କ ଉପରେ ନିର୍ଭର କରି ହେଉନାହିଁ। ସେ ଯେଉଁ ବେତନର ସୂଚନା ଦେଲେ ତାହା ମୁଚୁକୁନ୍ଦର କଳ୍ପନାତୀତ ଥିଲା, କିନ୍ତୁ ବେତନ ପାଇଁ ଯେତେ ନୁହେଁ ତାଙ୍କର ସାନ୍ନିଧ୍ୟରୁ ଆସୁଥିବା ବାସ୍ନାର ଅଲଙ୍ଘ୍ୟ ଓ ଆଦେଶ ପରି ଲାଗୁନଥିବା ଆଦେଶକୁ ଅମାନ୍ୟ କରିବା ତା'ର ସାଧ୍ୟାତୀତ ଥିଲା। କେତେଦିନ ପରେ ମୁଚୁକୁନ୍ଦ ସହର ଛାଡ଼ି ଚାଲିଗଲା ଓ ତାଙ୍କର ଗୋଷ୍ଠୀରେ ଜଣେ କଳାକାର ଭାବେ ନାନାଦି କାର୍ଯ୍ୟକ୍ରମରେ ତା'ର କର୍ତ୍ତବ୍ୟ କରି ଚାଲିଲା।

ନୃତ୍ୟାଙ୍ଗନାଙ୍କ ଗୋଷ୍ଠୀରେ ସାମିଲ୍ ହେବାର ପ୍ରାୟ ଦୁଇବର୍ଷ ପରେ ଯେଉଁ ଘଟଣା ଘଟିଲା ସେଥିପାଇଁ ମୁଚୁକୁନ୍ଦ ପ୍ରସ୍ତୁତ ନଥିଲା, କିନ୍ତୁ ଘଟିଲା ବେଳେ ତାକୁ ଲାଗିଲା ଯେ ଘଟଣାଟି ଗୋଟିଏ ରାଗ, ସେ ନିଜେ ବେହେଲାଟିଏ, ଓ ସେ ରାଗକୁ ନିଜ ଉପରେ ପ୍ରବାହିତ ହେବାକୁ ଦେବାଛଡ଼ା ତା'ର ଅନ୍ୟ ଉପାୟ ନଥିଲା। ଯେଉଁ ବଖରାରେ ସେ ନୃତ୍ୟ ଅଭ୍ୟାସ କରନ୍ତି, ସେ ବଖରାରେ ତାଙ୍କର ଅନୁରୋଧକ୍ରମେ ମୁଚୁକୁନ୍ଦ ବେହେଲା ବଜାଉଥିଲା। ଘରେ ଆଉ କେହି ନଥିଲେ। ସେ ତା'ର ଖୁବ୍ ପାଖକୁ ଆସି ତା'ର ପାପୁଲିକୁ ନିଜ ପାପୁଲି ଭିତରେ ରଖି ଟିକିଏ ଚିପି ଦେଲେ ଏବଂ ତା ଆଖିକୁ ମାଗିଲା ମାଗିଲା ଓ ଡରିଲା ଡରିଲା ଆଖିରେ ଚାହିଁଲେ। ସେ ଯେଉଁ ଦି ଚାରି ପଦ କହିଲେ କ'ଣ କହିଲେ ମୁଚୁକୁନ୍ଦର ଠିକ୍ ମନେ ନାହିଁ, କିନ୍ତୁ ମନେ ଅଛି ଯେ ସେତେବେଳେ ସେ ଆଖୁ କିଆରୀରେ ପବନ ବୋହିବାର ଧ୍ୱନି ଶୁଣିଲା, ଚନ୍ଦ୍ରପକ୍ଷ ନଈର ବାସ୍ନାରେ ଆକ୍ରାମାକ୍ରା ହୋଇଗଲା ଭଳି ତାକୁ ଲାଗିଲା।

ତା'ର ଅଳ୍ପଦିନ ପରେ ସେମାନଙ୍କର ବିବାହ ହେଲା। ନୃତ୍ୟାଙ୍ଗନା ସାରା ଦେଶରେ ବିଖ୍ୟାତ ହୋଇ ସାରିଥିଲେ, ଅନେକ ସମୟରେ ନୃତ୍ୟ ପ୍ରଦର୍ଶନ ପାଇଁ ବିଦେଶ ଯାଉଥିଲେ। ତାଙ୍କର ସକ୍ରିୟ ସାହାଯ୍ୟ ଫଳରେ ମୁଚୁକୁନ୍ଦ କ୍ରମଶଃ ଜଣେ ଉଚ୍ଚକୋଟୀର ବେହେଲାବାଦକ ଭାବେ ପରିଚିତ ହୋଇଗଲା। କେବଳ ନୃତ୍ୟ ପାଇଁ ବେହେଲାବାଦନ କରିବା ଛାଡ଼ି ସେ ନିଜେ ମୁଖ୍ୟ କଳାକାର ଭାବେ ଆସରମାନଙ୍କରେ

ଯୋଗଦେଲା, ତା'ର ମଧ୍ୟ କେତେଜଣ ସାହାଯ୍ୟକାରୀ କଳାକାର ରହିଲେ। ଖୁବ୍ ଶୀଘ୍ର ସେ ପଣ୍ଡିତ ମୁଚୁକୁନ୍ଦ ଗୁପ୍ତା ହୋଇଗଲା।

ଏଠାରେ ଆଉ ଗୋଟିଏ ନୂଆ ପରିସ୍ଥିତିର ଉଲ୍ଲେଖ ଆବଶ୍ୟକ। ମୁଚୁକୁନ୍ଦର ସଙ୍ଗୀତ ଆଦୌ ଗତାନୁଗତିକ ନଥିଲା। କୈଶୋରରୁ ନୂଆନୂଆ ପ୍ରବୃତ୍ତି ତା'ର ଖ୍ୟାତି ଫଳରେ ପ୍ରୋତ୍ସାହିତ ହେଲା, ସୁତରାଂ ନିୟମାନୁବର୍ତ୍ତୀ ରାଗରାଗିଣୀଠାରୁ ସେ ଅନେକ ସମୟରେ ଖୁବ୍ ଦୂରକୁ ଚାଲି ଯାଉଥିଲା। ନୃତ୍ୟାଙ୍ଗନାଙ୍କର ଶୈଳୀରେ ମଧ୍ୟ ପରିବର୍ତ୍ତନ ଦେଖାଦେଲା। ଶାସ୍ତ୍ରୀୟ ନୃତ୍ୟ ପରିବେଷଣ କରିବା ଭିତରେ ସେ ଶାସ୍ତ୍ରସମ୍ମତ ଉପସ୍ଥାପନାରେ ନିଜକୁ ସୀମିତ ରଖୁନଥିଲେ। ସାହସିକ ଉଦ୍ଭାବନରେ ସେ ଓ ମୁଚୁକୁନ୍ଦ ପରସ୍ପରର ପରିପୂରକ ହେଲେ। କେତେକ ସମୀକ୍ଷକ ଯଦିଓ କହିଲେ ଯେ ଏ ଦୁହେଁ ପରମ୍ପରାକୁ ବିକଳାଙ୍ଗ କରି ଚାଲିଛନ୍ତି, ଅନ୍ୟ କେତେଜଣଙ୍କ ମତରେ ପରିବର୍ତ୍ତନ ଦ୍ୱାରା ପରମ୍ପରାକୁ ପୁଷ୍ଟ କରିବା ପାଇଁ ଏମାନଙ୍କର ଉଦ୍ୟମ ଅଭିନନ୍ଦନୀୟ।

ମୁଚୁକୁନ୍ଦ ଥରେ ତା ପୁରୁଣା ସହରକୁ ଏକ ସଙ୍ଗୀତ କାର୍ଯ୍ୟକ୍ରମରେ ମୁଖ୍ୟ କଳାକାର ଭାବେ ନିମନ୍ତ୍ରିତ ହୋଇ ଆସିଥିଲା। ସହରର ବରପୁତ୍ର ଓ ଭାରତର ପ୍ରସିଦ୍ଧ ବେହେଲାବାଦକ ପଣ୍ଡିତ ମୁଚୁକୁନ୍ଦ ଗୁପ୍ତାଙ୍କ ସଙ୍ଗୀତ କାର୍ଯ୍ୟକ୍ରମରେ ବହୁସଂଖ୍ୟାରେ ଯୋଗ ଦେବାପାଇଁ ପ୍ରଚାରପତ୍ର ବଣ୍ଟା ଯାଇଥିଲା ଓ ଅନେକ ଜାଗାରେ ମୁଚୁକୁନ୍ଦର ଚିତ୍ରସମ୍ବଳିତ ପ୍ରାଚୀରପତ୍ର ଲଗାଯାଇଥିଲା। ଦୁଇ ଜାଗାରେ ତୋରଣରେ "ସ୍ୱାଗତଂ ମୁଚୁକୁନ୍ଦ ଗୁପ୍ତା" ଲେଖା ଯାଇଥିଲା।

ମୁଚୁକୁନ୍ଦ ରେଳଷ୍ଟେସନରୁ ହୋଟେଲ୍‌କୁ ଗଲା। କିଛି ସମୟ ବିଶ୍ରାମ କରିସାରି ପ୍ରେକ୍ଷାଳୟକୁ ଗଲା। ପ୍ରେକ୍ଷାଳୟ ପୂର୍ଣ୍ଣ। ଭବତୋଷ ବି ଜଣେ ଶ୍ରୋତା। ସଙ୍ଗୀତ ବିଦ୍ୟାଳୟରୁ ଉତ୍ତୀର୍ଣ୍ଣ ହେବା ପରେ ସେ ସେହି ସହରରେ ରହିଗଲା ଓ ପୈତୃକ ଦୋକାନଟିକୁ ଚଳାଇଲା। ସେହି ସହରର ଓ ପାଖାପାଖି କଲେଜମାନଙ୍କର ଉତ୍ସବରେ ସେ ବେଳେବେଳେ ସଙ୍ଗୀତ ପରିବେଷଣ କରେ। ପାରିଶ୍ରମିକ ଖୁବ୍ ଅଳ୍ପ ମିଳେ, ବେଳେବେଳେ ଯିବା ଆସିବା ଖର୍ଚ୍ଚ ଛଡ଼ା ଆଉ କିଛି ମିଳେ ନାହିଁ। ଭବତୋଷ ନିଶ୍ଚିତ ଥିଲା ଯେ ମୁଚୁକୁନ୍ଦ ଏତେ ନାଆଁ କରିଲା ଯେତେବେଳେ, ତା'ର ସଙ୍ଗୀତ ନିଶ୍ଚୟ ଅଦ୍ୱିତୀୟ ହୋଇଥିବ। ତା'ର ଆହୁରି ମଧ୍ୟ ଭୟ ଥିଲା ଯେ ମୁଚୁକୁନ୍ଦ ହୁଏତ ତା'ର ଦୁଃସ୍ଥ ସହପାଠୀକୁ ଚିହ୍ନିବ ନାହିଁ, ଚିହ୍ନିଲେ ବି ଲୋଡ଼ିବ ନାହିଁ।

ତା'ର ଏ ଭୟ ଅମୂଳକ ଥିଲା। ମଞ୍ଚ ଉପରକୁ ଯିବା ଆଗରୁ ମୁଚୁକୁନ୍ଦ ତାକୁ ଖୋଜି ଖୋଜି ତା ପାଖରେ ପହଞ୍ଚିଲା, ତାକୁ କୁଣ୍ଢାଇ ପକାଇଲା। ଟିକିଏ ପରେ କହିଲା ଯେ ଭବତୋଷ ଯଦି ତାପରି ସେହି ଛୋଟ ସହର ଛାଡ଼ି ଚାଲିଯାଇଥା'ନ୍ତା

ତାଠାରୁ ବହୁତ ବେଶି ଖ୍ୟାତି ଅର୍ଜନ କରିଥା'ନ୍ତା। ଭବତୋଷ ପରିହାସରେ ଉତ୍ତର ଦେଲା, "ଯାଇଥା'ନ୍ତି କେମିତି ? କେଉଁ ନୃତ୍ୟାଙ୍ଗନା କ'ଣ ମତେ ବେହେଲାସଙ୍ଗତ କରିବାକୁ ଡାକିଲେ ?"

ପ୍ରଥମ ଦୁଇଟି ଉପସ୍ଥାପନାରେ ମୁଚୁକୁନ୍ଦର ନୈପୁଣ୍ୟ ଅନସ୍ୱୀକାର୍ଯ୍ୟ ଥିଲା। ଭବତୋଷର ବିଶ୍ୱାସ ହେଲା ଯେ ତା'ର ନୃତ୍ୟାଙ୍ଗନା-ପତ୍ନୀଙ୍କର ସୁପାରିଶ କିଛିଟା କାମ କରିଥାଇପାରେ, କିନ୍ତୁ ମୁଚୁକୁନ୍ଦ ଯେଉଁ ଖ୍ୟାତି ଅର୍ଜନ କରିଛି ସେ ତା'ର ହକ୍‌ଦାର୍। ତାପରେ କିନ୍ତୁ ମୁଚୁକୁନ୍ଦ ତୁରନ୍ତ ଓ ଶସ୍ତା ଲୋକପ୍ରିୟତା ପାଇଁ ବିଭିନ୍ନ ରାଗର ଯେଉଁ ଅଣପାରମ୍ପରିକ ରୂପାନ୍ତର କରୁଥିଲା ତାର ଭୂରିଭୂରି ପ୍ରମାଣ ଦେଲା। ବେହେଲା ଯେ ପପ୍ ସଙ୍ଗୀତ ପାଇଁ ବ୍ୟବହୃତ ହୋଇପାରେ ଏକଥା ଭବତୋଷ କଳ୍ପନା କରିପାରିନଥିଲା। ମୁଚୁକୁନ୍ଦ ସେହି ଧରଣର ବେହେଲାବାଦନ କଲାବେଳେ ଜିନ୍‌ପିନ୍ଧା ଯୁବକମାନଙ୍କର କରତାଳିରେ ପ୍ରେକ୍ଷାଳୟ ପ୍ରକମ୍ପିତ ହେଲା। ଉଠିଯିବାକୁ ଇଚ୍ଛା ହେଉଥିଲେ ମଧ୍ୟ ଭବତୋଷ ଉଠିଯାଇପାରିଲା ନାହିଁ। ଉଠିଗଲେ କେହି କେହି ଭାବି ପାରନ୍ତି ଯେ ମୁଚୁକୁନ୍ଦ ପ୍ରତି ଈର୍ଷା ଯୋଗୁଁ ସେ ଉଠିଚାଲିଗଲା।

କାର୍ଯ୍ୟକ୍ରମ ଶେଷରେ ସେ ମୁଚୁକୁନ୍ଦକୁ ଭେଟି ପାରିଲା ନାହିଁ। ଭେଟିବାକୁ ତା'ର ବିଶେଷ ଆଗ୍ରହ ନଥିଲା, ତାଛଡ଼ା ବହୁସଂଖ୍ୟକ ପ୍ରଶଂସକଙ୍କ ଭିଡ଼ ଭିତରେ ଠେଲି ହୋଇ ଆଗକୁ ଯିବାକୁ ତାକୁ ସଙ୍କୋଚ ଲାଗିଲା। ସେ ଘରକୁ ଫେରିଆସିଲା।

ପାହାନ୍ତିଆ ବେଳକୁ ତା'ର ନିଦ ଭାଙ୍ଗିଗଲା। ତାକୁ ଲାଗିଲା ତା ଘର ଦୋହଲୁଛି, ଟେବୁଲ, ଚଉକୀ ହଲୁଛନ୍ତି। ଭୂମିକମ୍ପ ଆଶଙ୍କାରେ ସେ ତା'ର ସ୍ତ୍ରୀକୁ ବାହାରକୁ ଚାଲିଆସିବାକୁ ବଡ଼ପାଟିରେ କହିଲା ଓ ପିଲା ଦୁଇଟିଙ୍କୁ ଟେକି ଆଣି ନିଜେ ବାହାରକୁ ଚାଲିଆସିଲା। ଗୋଟିଏ ମଧ୍ୟମ ଧରଣର ଭୂମିକମ୍ପରେ ସହରର କେତେକ ଅଞ୍ଚଳ ଖୁବ୍ କ୍ଷତିଗ୍ରସ୍ତ ହେଲା। ତା ନିଜ ଘରର ଗୋଟିଏ କାନ୍ଥରେ ଫାଟଟିଏ ଛଡ଼ା ଆଉ କିଛି କ୍ଷତି ହେଲା ନାହିଁ, କିନ୍ତୁ କ୍ଷତିଗ୍ରସ୍ତ ଅଞ୍ଚଳରେ ଅଧାଭଙ୍ଗା ଓ ପୂରାଭଙ୍ଗା ବଡ଼ବଡ଼ ଘରଙ୍କର ସଂଖ୍ୟା ବେଶ୍‌କିଛି ହୋଇଗଲା। ଭଙ୍ଗା ଘରଗୁଡ଼ିକର ଖଣ୍ଡବିଖଣ୍ଡ କାନ୍ଥ ଓ ଛାତ ପଡ଼ି କେତେକ ରାସ୍ତାରେ ଗମନାଗମନ ବନ୍ଦ ହୋଇ ଯାଇଥିଲା। ବାସଚ୍ୟୁତ ଲୋକମାନେ ନିଜନିଜ ଘରର ଧ୍ୱଂସାବଶେଷ ପାଖରେ ଠିଆ ହୋଇଥିଲେ ବା ବସିଥିଲେ, ସେମାନଙ୍କ ଭିତରୁ କେତେଜଣ କାନ୍ଦୁଥିଲେ। କେତେକ ଘରୁ ଅଗ୍ନିଶମ ସଂସ୍ଥା ଓ ପଡ଼ୋଶୀଙ୍କ ସାହାଯ୍ୟରେ ମୃତାହତଙ୍କୁ ଉଦ୍ଧାର କରାଯାଉଥିଲା। ଭୂମିକମ୍ପର ପାଞ୍ଚଛଅ ଘଣ୍ଟା ପରେ ସରକାରଙ୍କ ବିଭିନ୍ନ ବିଭାଗର କର୍ମଚାରୀମାନେ ରାସ୍ତା ସଫା କରିବାରେ ଏବଂ ବିପନ୍ନ ଲୋକଙ୍କୁ ଖାଦ୍ୟ ଓ ପାଣି

ଯୋଗାଇବାରେ ତତ୍ପର ହୋଇପଡ଼ିଲେ। ଯେଉଁ ରାସ୍ତାରେ ଯାତାୟାତ ସମ୍ଭବ ଥିଲା ଏବଂ ଯେଉଁ ରାସ୍ତା ସଫା କରାଯାଇ ଯାତାୟାତର ଉପଯୋଗୀ କରାଗଲା ସେଥିରେ ଆମ୍ବୁଲାନ୍‌ସ ବ୍ୟତୀତ ଅନ୍ୟାନ୍ୟ ଗାଡ଼ିରେ ଆହତ ଲୋକଙ୍କୁ ଡାକ୍ତରଖାନା ନିଆଯାଇଥିଲା।

ଭବତୋଷ ମୁଚୁକୁନ୍ଦର ଖବର ଜାଣିବାକୁ ଉଦ୍‌ବିଗ୍ନ ହୋଇ ପଡ଼ିଲା। ଗଦାଗଦା ଇଟା ଓ ଭଙ୍ଗାକାଠ ଡେଇଁ ବହୁତ କଷ୍ଟରେ ସେ କେତେବାଟ ଗଲା, କିନ୍ତୁ ହୋଟେଲ୍ କିଛି ବାଟ ଅଛି ରାସ୍ତା ପୂରା ଅଲକ୍ଷ୍ୟ ହୋଇଯାଇଥିଲା। ରାସ୍ତା ଯେତିକି ସଫା ହେଉଥାଏ ସେ ସେତିକି ଆଗକୁ ଯାଉଥାଏ। ଅପରାହ୍ନ ପ୍ରାୟ ତିନିଟା ବେଳେ ସେ ହୋଟେଲ୍ ପାଖରେ ପହଞ୍ଚି ଦେଖିଲା ଯେ ତାହା ପୂରା ଧ୍ୱସ୍ତ ହୋଇଯାଇଛି। ତା'ର ଛାତି ପଡୁଥାଏ ଉଠୁଥାଏ, ନିଃଶ୍ୱାସ ବନ୍ଦ ହୋଇଗଲା ପରି ଲାଗୁଥାଏ। ମୁଚୁକୁନ୍ଦ କ'ଣ ସତରେ ଆଉ ଜୀବନରେ ଥିବ?

ହୋଟେଲ୍‌ର ଧ୍ୱଂସାବଶେଷ ଭିତରୁ ଗୋଟିଗୋଟି କରି ଲୋକଙ୍କୁ ବାହାର କରାଯାଉଥାଏ। ସେମାନଙ୍କ ଭିତରୁ ଅଧିକାଂଶ ମୁର୍ଦ୍ଦାର ହୋଇସାରିଥିଲେ। ଯେଉଁମାନଙ୍କର ଜୀବନ ଥିଲା ସଂସାରରେ ସେମାନଙ୍କ ରହଣି ଅଳ୍ପସମୟରେ ସରିଯିବ ବୋଲି ମନେ ହେଉଥିଲା। କେତେଜଣ ଯନ୍ତ୍ରଣାରେ ଚିତ୍କାର କରୁଥିଲେ, କେତେଜଣ କ'ଣ କହିବେ କହିବେ ବୋଲି ପାଟି ପାକୁପାକୁ କରୁଥିଲେ, ଆଉ କେତେଜଣଙ୍କର ଲୁଗାପଟାରେ ମେଞ୍ଚା ମେଞ୍ଚା ରକ୍ତ ଶୁଖିଯାଇଥାଏ। ଭବତୋଷ ପ୍ରତ୍ୟେକ ଲୋକଙ୍କୁ ନିରେଖି ନିରେଖି ଚାହିଁଲା, ମୁଚୁକୁନ୍ଦକୁ ପାଇଲା ନାହିଁ। ସେ ନିଜେବି ବହୁତ ଖୋଜାଖୋଜି କଲା, ଭାଙ୍ଗି ପଡ଼ିଥିବା ଦୁଆର ଓ କାଠ ଆସ୍‌ବାବ୍ ପତ୍ର ଉଠାଉଠି କଲା କାଳେ ମୁଚୁକୁନ୍ଦ ତା ଭିତରେ ଥିବ। ଶେଷରେ ସେ ଦେଖିଲା ଯେ କେତେଜଣ ଲୋକ ମୁଚୁକୁନ୍ଦକୁ ଧରାଧରି କରି ଆଣୁଛନ୍ତି, ସେ ଛୋଟେଇ ଛୋଟେଇ ଚାଲୁଛି। ତାକୁ ସାହାଯ୍ୟ କରିବା ପାଇଁ କିଏ ଜଣେ ତା ବାଆଁ ହାତ ଟେକି ନିଜ କାନ୍ଧ ଉପରେ ରଖିବାକୁ ଚାହିଁଲେ କିନ୍ତୁ ମୁଚୁକୁନ୍ଦ ଛୁଅଁନା ଛୁଅଁନା ବୋଲି ଚିତ୍କାର କଲା। ଭବତୋଷକୁ ଦେଖି ସେ କାନ୍ଦି ପକାଇଲା, ଖୁବ୍ କ୍ଷୀଣ ସ୍ୱରରେ କହିଲା ଯେ କପାଳରେ ଏ ଦୁର୍ଦ୍ଦଶା ଥିଲା।

ଭବତୋଷ ତା ସାଙ୍ଗରେ ଡାକ୍ତରଖାନା ଗଲା। ବହୁତ କୁହାକୁହି କରି ଅଧିକା ଖଟଟିଏ ଯୋଗାଡ଼ କଲା ଓ ମୁଚୁକୁନ୍ଦକୁ ଶୁଆଇ ଦେଲା। ମୁଚୁକୁନ୍ଦ ବାଆଁ ହାତ ଖୁଆକୁ ଦେଖାଇ ଖୁବ୍ କଷ୍ଟ ହେଉଛି ବୋଲି କହୁଥାଏ। ପ୍ରଥମେ ତା'ର ମୁଣ୍ଡରେ, ଗୋଡ଼ରେ ଓ କହୁଣିରେ ହୋଇଥିବା ଖଣ୍ଡିଆ ଜାଗାଗୁଡ଼ିକୁ ସଫାକରାଗଲା ଓ ଔଷଧ

ଲଗାଗଲା। ଗୋଟିଏ ଇଞ୍ଜେକ୍‌ସନ୍ ପରେ ମୁଚୁକୁନ୍ଦକୁ ନିଦ ହୋଇଗଲା। ସେତିକିବେଳେ ଭବତୋଷ ବାହାରକୁ ଗଲା, ଖୋଜାଖୋଜି କରି ଅଚଳ ହୋଇନଥିବା ଟେଲିଫୋନ୍‌ଟିଏ ଠାବ କଲା, ମୁଚୁକୁନ୍ଦର ପତ୍ନୀକୁ ଖବର ଦେଲା।

ମୁଚୁକୁନ୍ଦର ପତ୍ନୀ ତା ଆରଦିନ ପହଞ୍ଚିଲେ। ଆଉ କେଉଁଠି ସୁବିଧା ନଥିବାରୁ ଭବତୋଷର ଘରେ ରହିଲେ। ତାଙ୍କର ଅଧିକାଂଶ ସମୟ ଡାକ୍ତରଖାନାରେ କଟୁଥିଲା। ଭବତୋଷ ତା'ର ସାଧ୍ୟମତେ ମୁଚୁକୁନ୍ଦର ସେବା କରୁଥିଲା, ତା ପାଖରେ ବସି ସାନ୍ତ୍ୱନା ଦେଉଥିଲା।

କିନ୍ତୁ ଯେତେବେଳେ ଡାକ୍ତରମାନେ କହିଲେ ଯେ ମୁଚୁକୁନ୍ଦର ବାଆଁ ଖୁଆର ହାଡ଼ସବୁ ପୂରାପୂରି ଗୁଣ୍ଡଗୁଣ୍ଡ ହୋଇଯାଇଥିବାରୁ ଖୁଆ ପାଖରୁ ହାତଟିକୁ କାଟିଦେବା ଛଡ଼ା ଉପାୟ ନାହିଁ, ଭବତୋଷ ସାନ୍ତ୍ୱନା ଦେବାକୁ ଭାଷା ପାଇଲା ନାହିଁ। ହାତଟି ହରାଇଲେ ମୁଚୁକୁନ୍ଦ ଆଉ ବେହେଲାବାଦନ କରିପାରିବ ନାହିଁ, ବେହେଲାବାଦନ ନକରି ପାରିଲେ ସେ ଅଲଗା, ହତଭାଗ୍ୟ, ନିରାଶ୍ରୟ ମଣିଷଟିଏ ହୋଇଯିବ ଏହା ଭାବି ଭବତୋଷ କାନ୍ଦକାନ୍ଦ ହୋଇଗଲା। ମୁଚୁକୁନ୍ଦର ପତ୍ନୀ ନିଜକୁ ସମ୍ଭାଳି ପାରୁନଥିଲେ। ତାଙ୍କ ଆଖିରୁ ଲୁହ ବୋହିବା ପ୍ରାୟ ବନ୍ଦ ହେଉନଥିଲା। ମୁଚୁକୁନ୍ଦର ସଙ୍ଗୀତକୁ ପୂରା ସମର୍ଥନ ଦେଇ ନଥିବା ଯୋଗୁଁ ଭବତୋଷ ନିଜକୁ ଧିକ୍କାର କଲା। କିଏ ନିଜର ଭାବାବେଶକୁ କିପରି ପ୍ରକାଶ କଲା ତାହା କ'ଣ ଏମିତି ବଡ଼ କଥା ଯେ ସଠିକ୍ ନିଷ୍ପତ୍ତି ନିଆନଗଲେ ପୃଥିବୀ ଓଲଟପାଲଟ ହୋଇଯିବ? ପ୍ରକାଶଭଙ୍ଗୀ ଯାହା ହେଉନା କାହିଁକି, ପ୍ରତ୍ୟେକ କଳାକାର ଦିନେ ନା ଦିନେ ତା'ର ଶ୍ରୋତା, ଦର୍ଶକ ବା ପାଠକଙ୍କଠାରୁ ସବୁଦିନ ପାଇଁ ବିଦାୟ ନେଇଯିବ, ସେ ଅର୍ଜନ କରିଥିବା ଉଚ୍ଛ୍ୱସିତ ସମ୍ବର୍ଦ୍ଧନାର, କରତାଳିର, ଗୁଣଗାନର ଲେଶମାତ୍ର ରହିବ ନାହିଁ। ଯେଉଁମାନେ ଏ ସବୁ ଦେଇଥିଲେ ସେମାନେ ବି ରହିବେ ନାହିଁ, ସେ ଓ ସେମାନେ ଦିନେ କୁହୁଡ଼ି ପରି ମିଳାଇଯିବେ। ନିନ୍ଦା ପ୍ରଶଂସା କାହାରି କିଛି ଅର୍ଥ ନାହିଁ।

ମୁଚୁକୁନ୍ଦର ସଙ୍ଗୀତ ଆସର ଓ ତାପରେ ପରେ ଘଟିଥିବା ଭୂମିକମ୍ପ କ'ଣ କୌଣସି ଭାବେ ପରସ୍ପର ସହିତ ସମ୍ପୃକ୍ତ? କଳାର ଗାରିମା ସାବ୍ୟସ୍ତ ହେବା ପରେ ପରେ ଓ କଳାକାର ନିଜର ନଶ୍ୱରତାକୁ ଭୁଲିଯିବା ପାଇଁ କିଛି ଖୋରାକ୍ ପାଇବା ପରେ ଉତ୍କଟ ଉପହାସରେ ପ୍ରକୃତି ସେ ସବୁ ନାକଚ କରିଦିଏ। ଯେତେବଡ଼ କଳାକାର ହେଉନା କାହିଁକି, ସେବି କୋଟି କୋଟି ଅପାଙ୍‌କ୍ତେୟ ମଣିଷଙ୍କ ପରି ଦିନେ ନିଶ୍ଚିହ୍ନ ହୋଇଯିବାର ଭାଗ୍ୟନେଇ ଜନ୍ମ ହୋଇଛି। କଳାରେ ବା ଅନ୍ୟ କୌଣସି କ୍ଷେତ୍ରରେ ପାରଦର୍ଶିତା ନେଇ ମଣିଷ ନିଜକୁ ସୌଭାଗ୍ୟବନ୍ତ ଭାବିବ, ନା ନୈପଥ୍ୟରେ

କେବେବି ବନ୍ଦ ହେଉନଥିବା ଉପହାସ ଶୁଣିଶୁଣି ମୁହଁ ପୋତି ପୋତି ନିଜର ନଥିବାପଣକୁ ଯିବ ?

ମୁଚୁକୁନ୍ଦ ଓ ତା'ର ପତ୍ନୀଙ୍କୁ ରେଳଗାଡ଼ିରେ ବସାଇ ଭବତୋଷ ଗାଡ଼ି ଛାଡ଼ିବା ଯାଏଁ ଅପେକ୍ଷା କଲା । ଗାଡ଼ି ଚାଲିବା ଆରମ୍ଭ କଲାରୁ ସେ ହାତ ହଲାଇ ମୁଚୁକୁନ୍ଦକୁ ବିଦାୟ ଜଣାଇଲା । ଭବତୋଷକୁ ଲାଗିଲା ସେ ଖାଲି ମୁଚୁକୁନ୍ଦକୁ ବିଦାୟ ଦେଉନାହିଁ, ବିଦାୟ ବି ଦେଉଛି ଜୀବନକୁ ପରିପୂର୍ଣ୍ଣ କରିବାର ପ୍ରତିଶ୍ରୁତି ଦେଇଥିବା ସଙ୍ଗୀତକୁ ।

■

BLACK EAGLE BOOKS

www.blackeaglebooks.org
info@blackeaglebooks.org

Black Eagle Books, an independent publisher, was founded as
a nonprofit organization in April, 2019. It is our mission to
connect and engage the Indian diaspora and the world at large
with the best of works of world literature published on a
collaborative platform, with special emphasis on
foregrounding Contemporary Classics and New Writing.